Tess Gerritsen

Mutterherz

Thriller

blanvalet

Die Originalausgabe erschien 2022 unter dem Titel
»Rizzoli & Isles: Listen to Me« bei Ballantine Books,
an imprint of Random House, a division of
Penguin Random House LLC, New York.

Der Verlag behält sich die Verwertung des urheberrechtlich
geschützten Inhalts dieses Werkes für Zwecke des Text- und
Data-Minings nach § 44 b UrhG ausdrücklich vor.
Jegliche unbefugte Nutzung ist hiermit ausgeschlossen.

Penguin Random House Verlagsgruppe FSC® N001967

1. Auflage 2024
Copyright der Originalausgabe © 2022 by Tess Gerritsen
Published by Arrangement with TESS GERRITSEN INC.
Dieses Werk wurde im Auftrag der Jane Rotrosen Agency LLC
vermittelt durch die Literarische Agentur
Thomas Schlück GmbH, 30161 Hannover.
Copyright der deutschsprachigen Ausgabe © 2022 by Limes
in der Penguin Random House Verlagsgruppe GmbH,
Neumarkter Straße 28, 81673 München
Redaktion: Gerhard Seidl
Umschlaggestaltung: www.buerosued.de
Umschlagmotive: Sue Anne Hodges/Arcangel Images;
www.buerosued.de
WR · Herstellung: DiMo
Satz: Uhl + Massopust, Aalen
Druck und Bindung: GGP Media GmbH, Pößneck
Printed in Germany
ISBN 978-3-7341-1298-0

www.blanvalet.de

Für Josh und Laura

1

AMY

Ich hätte meine Stiefel anziehen sollen, dachte sie, als sie aus der Snell Library trat und die frische Schicht aus Graupel und Schneematsch erblickte, die den Campus überzog. Heute Morgen hatte sie bei milden neun Grad Celsius das Haus verlassen. Es schien ein weiterer in einer Reihe von frühlingshaften Tagen zu werden, die sie glauben machte, der Winter wäre endlich vorbei. Und so war sie in Bluejeans, Kapuzenjacke und einem nagelneuen Paar rosa Ballerinas aus seidenweichem Leder zur Universität aufgebrochen. Doch während sie den ganzen Tag drinnen an ihrem Laptop gearbeitet hatte, war draußen der Winter mit Macht zurückgekehrt. Jetzt war es dunkel, und bei dem eisigen Wind, der durch den Innenhof fegte, würden die Gehwege bald glatt wie eine Schlittschuhbahn sein.

Mit einem Seufzer zog sie den Reißverschluss ihres Hoodies hoch und schulterte den Rucksack, schwer beladen mit Büchern und ihrem Laptop. *Es hilft ja nichts. Also Augen zu und durch.* Vorsichtig stieg sie die Stufen vor der Bibliothek hinunter und steckte sogleich knöcheltief im Schneematsch. Mit nassen, vor Kälte schmerzenden Füßen stapfte sie den Fußweg zwischen der Hayden Hall und dem Blackman Auditorium entlang. Tja, die neuen Schuhe waren jetzt ruiniert. Wie dumm von ihr.

Das hatte sie nun davon, dass sie heute Morgen nicht in den Wetterbericht geschaut hatte. Dass sie vergessen hatte, wie unbarmherzig der März in Boston sein konnte.

An der Eli Hall angekommen, blieb sie plötzlich stehen. Drehte sich um. Waren das Schritte, die sie hinter sich gehört hatte? Einen Moment lang starrte sie in den Durchgang zwischen den zwei Gebäuden, doch sie sah nur den verlassenen Gehweg, der im Schein der Straßenlaterne glänzte. Die Dunkelheit und das schlechte Wetter hatten den Campus geleert, und sie hörte jetzt keine Schritte mehr, nur noch das leise Prasseln des Graupelschauers und das ferne Zischen der Autos auf der Huntington Avenue.

Sie vergrub sich tiefer in ihren Hoodie und ging weiter.

Der Vorplatz des Campus war mit einer glitzernden Eisschicht überzogen, und mit ihren leider völlig ungeeigneten Schuhen brach sie durch die Kruste in Pfützen ein. Spritzer von Eiswasser benässten ihre Jeans. Schon konnte sie ihre Zehen nicht mehr spüren.

Das war alles Professor Harthoorns Schuld. Er war der Grund, weshalb sie den ganzen Tag in der Bibliothek verbracht hatte. Anstatt längst zu Hause mit ihren Eltern beim Abendessen zu sitzen, lief sie hier mit halb abgefrorenen Zehen durch Eis und Schnee, und alles nur, weil ihre Abschlussarbeit – die zweiunddreißig Seiten, an denen sie monatelang gesessen hatte – angeblich *unvollständig* war. *Ungenügend*, hatte er sie genannt, weil Amy das entscheidende Ereignis im Leben der Artemisia Gentileschi nicht thematisiert hatte – das Trauma, das ihr Leben verändert hatte und ihren Gemälden eine derart kraftvolle, ja brutale Intensität verlieh: die Erfahrung, vergewaltigt zu werden.

Als ob Frauen formlose Lehmklumpen wären, die erst geprügelt und missbraucht werden mussten, um sie zu etwas Größerem zu formen. Als ob es eine Vergewaltigung gebraucht hätte, um Artemisia zur Künstlerin werden zu lassen.

Ihre Wut über Harthoorns Bemerkungen wuchs immer weiter an, während sie durch den Schneematsch platschend den Platz überquerte. Was wusste so ein vertrockneter alter Mann wie er schon über Frauen und all die ermüdenden und empörenden Ärgernisse, die sie erdulden mussten? All die hilfreichen Ratschläge, die ihnen von Männern mit ihren *Ich-weiß-es-besser*-Stimmen aufgedrängt wurden.

Sie erreichte den Fußgängerüberweg und blieb an der Ampel stehen, die gerade auf Rot gesprungen war. Natürlich war sie rot, heute hatte sich doch alles gegen sie verschworen. Autos rauschten vorbei, von ihren Reifen spritzte Schmutzwasser auf. Graupel prasselte auf ihren Rucksack nieder, und sie sorgte sich, dass ihr Laptop nass werden und die Arbeit des ganzen Nachmittags verloren sein könnte. Ja, das wäre die perfekte Krönung dieses Tages. Geschah ihr ganz recht – warum hatte sie auch nicht in den Wetterbericht geschaut? Warum hatte sie keinen Schirm mitgenommen? Warum hatte sie diese albernen Schuhe angezogen?

Die Ampel war immer noch rot. War sie etwa kaputt? Sollte sie sie ignorieren und einfach rasch die Straße überqueren?

Sie war so auf die Ampel konzentriert, dass sie den Mann, der hinter ihr stand, zunächst gar nicht wahrnahm. Dann erregte irgendetwas an ihm ihre Aufmerksamkeit. Vielleicht war es das Rascheln seiner Nylonjacke oder die Alkoholfahne, die er ausströmte. Sobald ihr bewusst wurde, dass da jemand hinter ihr war, fuhr sie herum und sah ihn an.

Er war so eingemummt gegen die Kälte – den Schal ums Kinn geschlungen, die Wollmütze bis über die Augenbrauen gezogen –, dass seine Augen das Einzige waren, was sie von seinem Gesicht sehen konnte. Er wich ihrem Blick nicht aus, sondern erwiderte ihn unverwandt und mit einer solchen Intensität, dass sie es als übergriffig empfand – als ob dieser Blick ihr die intimsten Geheimnisse entreißen könnte. Er machte keine Anstalten, sich ihr zu nähern, doch die Art, wie er sie anstarrte, genügte, um sie aus der Fassung zu bringen.

Sie blickte über die Huntington Avenue hinweg zu den Geschäften auf der anderen Straßenseite. Der Taco-Laden war geöffnet, die Fenster hell erleuchtet, und drinnen konnte sie ein halbes Dutzend Gäste erkennen. Ein sicherer Ort mit Menschen, an die sie sich wenden könnte, wenn sie Hilfe brauchte. Sie könnte dort Unterschlupf finden, sich ein wenig aufwärmen und vielleicht ein Taxi rufen, das sie nach Hause brachte.

Endlich sprang die Ampel auf Grün.

Sie lief zu schnell vom Bordstein los, und die Sohle ihres Lederschuhs fand auf der eisglatten Straße keinen Halt. Sie ruderte mit den Armen, um sich zu fangen, doch der Rucksack brachte sie aus dem Gleichgewicht. Sie kippte nach hinten und fiel mit dem Hintern in den Matsch. Durchnässt und benommen, rappelte sie sich wieder auf.

Die Scheinwerfer, die auf sie zurasten, sah sie nicht.

2

ANGELA

Zwei Monate später

Siehst du etwas, dann sag etwas. Wir alle haben diese Aufforderung schon so oft gehört, dass wir ganz automatisch aufmerken, wenn wir ein verdächtiges Paket irgendwo sehen, wo es nicht hingehört, oder einen Fremden entdecken, der sich in der Nachbarschaft herumtreibt. Bei mir ist es jedenfalls so, zumal meine Tochter Jane Polizistin ist und mein Lebensgefährte Vince Polizist im Ruhestand. Ich kenne alle ihre Horrorgeschichten, und wenn ich etwas sehe, dann sage ich etwas, darauf können Sie Gift nehmen. Es ist mir sozusagen in Fleisch und Blut übergegangen, ein Auge auf meine Nachbarschaft zu haben.

Ich wohne in Revere, was streng genommen nicht mehr zu Boston gehört, sondern eher so etwas wie Bostons erschwinglichere kleine Schwester im Norden ist. Meine Straße besteht aus bescheidenen Einfamilienhäusern, Seite an Seite aufgereiht wie Perlen an einer Kette. *Einsteigerhäuser*, so nannte sie Frank (der in Kürze mein Exmann sein wird), als wir vor vierzig Jahren hierhergezogen sind, nur dass wir danach nie in etwas Größeres umgezogen sind. Genauso wenig wie Agnes Kaminsky, die immer noch nebenan wohnt, oder Glen Druckmeyer, der in dem

Haus schräg gegenüber gestorben ist, was es für ihn quasi zum Gegenteil eines Einsteigerhauses machte. Im Lauf der Jahre habe ich so manche Familie ein- und wieder ausziehen sehen. Das Haus zu meiner Rechten steht wieder einmal leer und wartet auf den nächsten Käufer, die nächste Familie in dem endlosen Reigen. Links von mir wohnt Agnes, die meine beste Freundin war, bis ich anfing, mit Vince Korsak auszugehen, was Agnes schockierte, weil meine Scheidung noch nicht durch ist und ich so in ihren Augen als sündiges Weib dastehe. Obwohl es Frank gewesen ist, der mich wegen einer anderen Frau verlassen hat. Was Agnes so richtig gegen mich aufgebracht hat, ist, dass ich das Leben so sehr *genieße*, seit Frank nicht mehr da ist. Ich *genieße* es, einen neuen Mann in meinem Leben zu haben und ihn in meinem eigenen Garten zu küssen. Was sollte ich denn Agnes' Meinung nach tun, jetzt wo mein Mann mich verlassen hat? Mich in züchtiges Schwarz hüllen und mit übereinandergeschlagenen Beinen dasitzen, bis da unten alles vertrocknet ist? Wir reden kaum noch miteinander, aber das ist auch nicht nötig. Ich weiß auch so, was sie dort drüben den ganzen Tag macht, nämlich dasselbe wie immer: ihre Virginia Slims rauchen, QVC schauen und ihr Gemüse totkochen.

Aber darüber habe ich nicht zu urteilen.

Das blaue Haus auf der anderen Straßenseite, das erste nach der Kreuzung, gehört Larry und Lorelei Leopold, die seit gut zwanzig Jahren hier wohnen. Larry ist Englischlehrer an der hiesigen Highschool. Ich kann zwar nicht behaupten, dass wir eng befreundet wären, aber immerhin spielen wir jeden Donnerstagabend zusammen Scrabble, weshalb ich immerhin weiß, dass Larry über einen beeindruckenden Wortschatz verfügt. Neben den Leopolds befindet sich das Haus, in dem Glen Druckmeyer gestorben ist und das seither zur Vermietung gestanden hat. Und daneben, in dem Haus direkt gegenüber von mir, wohnt Jonas, ein zweiundsechzigjähriger Junggeselle, der früher bei den Navy SEALs war und vor sechs Jahren hierhergezogen ist. Vor Kurzem hat Lorelei Jonas zu den Scrabble-Abenden in meinem Haus eingeladen, was wir eigentlich in der Gruppe hätten entscheiden sollen, aber wie sich herausstellte, ist Jonas ein echter Gewinn für die Runde. Er bringt immer eine Flasche Cabernet von Ecco Domani mit, er hat einen guten Wortschatz, und er versucht nicht, fremdsprachige Wörter einzuschmuggeln, was ohnehin verboten sein sollte. Scrabble ist schließlich ein amerikanisches Spiel. Zudem, das muss ich zugeben, ist Jonas ein gut aussehender Bursche. Leider weiß er das auch, und er mäht gerne mit nacktem Oberkörper den Rasen vor seinem Haus, mit gewölbter Brust und prallen Bizepsen. Ich kann natürlich nicht umhin, ihm dabei zuzusehen, und das weiß er. Wenn er mich an meinem Fenster sieht, winkt er mir immer zu, und deshalb denkt Agnes Kaminsky jetzt, dass wir etwas miteinander haben, was nicht stimmt. Ich will einfach nur eine gute Nachbarin sein, und wenn jemand neu in unsere Straße zieht, bin ich stets die Erste, die mit einem Lächeln und einem Zucchinibrot auf der Matte steht. Die Leute wissen das zu schätzen. Sie laden mich zu sich ein, stellen mir ihre Kinder vor, erzählen mir, wo sie herkommen und was sie beruflich machen. Sie fragen mich, ob ich ihnen einen Klempner oder einen Zahnarzt empfehlen kann. Wir tauschen Telefonnummern aus und versichern einander, dass wir uns bald einmal treffen werden. So ist es mit allen meinen Nachbarn gewesen.

Bis die Greens kamen.

Sie haben die Nummer 2533 gemietet, das gelbe Haus, in dem Glen Druckmeyer gestorben ist. Es hat ein Jahr lang leer gestanden, und ich bin froh, dass es endlich wieder bewohnt ist. Es ist nicht gut, wenn ein Haus zu lange leer steht. Das wirft ein schlechtes Licht auf die ganze Straße und vermittelt den Eindruck einer wenig begehrten Wohnlage.

An dem Tag, an dem ich den Umzugswagen der Greens vor dem Haus vorfahren sehe, nehme ich automatisch eines meiner berühmten Zucchinibrote aus dem Gefrierschrank. Während es auftaut, trete ich auf die Veranda und versuche, einen Blick auf meine neuen Nachbarn zu erhaschen. Den Mann sehe ich zuerst. Er steigt auf der Fahrerseite aus: groß, blond und muskulös. Kein Lächeln. Das ist das erste Detail, das mir auffällt. Sollte man nicht lächeln, wenn man in seinem neuen Zuhause ankommt? Stattdessen blickt er sich mit unbewegter Miene in der Nachbarschaft um, dreht den Kopf hin und her, die Augen hinter einer verspiegelten Sonnenbrille verborgen.

Ich winke ihm zu, doch er erwidert die Begrüßung zunächst nicht. Einen Moment lang steht er nur da und betrachtet mich. Endlich hebt er die Hand zu einem mechanischen Winken, als ob der Chip in seinem Computerhirn die Situation analysiert und entschieden hätte, dass die korrekte Reaktion darin besteht zurückzuwinken.

Na ja, okay, denke ich. Vielleicht ist die Frau ja freundlicher.

Sie steigt auf der Beifahrerseite des Umzugswagens aus. Anfang dreißig, silberblonde Haare, eine schlanke Gestalt in Bluejeans. Auch sie sieht sich zunächst in der Straße um, aber mit schnellen, hektischen Blicken wie ein scheues Eichhörnchen. Ich winke ihr zu, und sie winkt zögerlich zurück.

Das genügt mir vollauf als Einladung. Ich überquere die Straße und sage: »Lassen Sie mich die Erste sein, die Sie in der Nachbarschaft begrüßt!«

»Freut mich, Sie kennenzulernen«, erwidert sie. Sie sieht zu ihrem Mann, als ob sie ihn um Erlaubnis bittet weiterzureden. Sofort sagt mir mein Instinkt, dass bei diesem Paar irgendetwas nicht stimmt. Ich nehme die Spannungen zwischen ihnen wahr und denke sogleich an all die verschiedenen Gründe, aus denen eine Ehe scheitern kann. *Ich* sollte es schließlich wissen.

»Ich bin Angela Rizzoli«, stelle ich mich vor. »Und Sie sind …?«

»Ich – ähm, ich bin Carrie. Und das ist Matt.« Die Antwort kommt stockend, als ob sie über jedes Wort nachdenken müsste, bevor sie es ausspricht.

»Ich wohne seit vierzig Jahren in dieser Straße – wenn Sie also irgendetwas über das Viertel wissen wollen, egal was, dann müssen Sie nur mich fragen.«

»Erzählen Sie uns etwas über unsere Nachbarn«, sagt der Mann. Er blickt zu Nummer 2535, dem blauen Haus nebenan. »Wie sind die so?«

»Oh, dort wohnen die Leopolds. Larry und Lorelei. Larry ist Englischlehrer an der staatlichen Highschool, und Lorelei ist Hausfrau. Sehen Sie, wie gepflegt ihr Vorgarten ist? Larry hat wirklich ein Händchen dafür, in seinem Garten bleibt nie ein Unkraut stehen. Sie haben keine Kinder – also wirklich nette, ruhige Nachbarn. Auf der anderen Seite von Ihnen wohnt Jonas. Er ist im Ruhestand, war früher bei den Navy SEALs, und er kann Ihnen Geschichten darüber erzählen, das glauben Sie gar nicht. Und auf der anderen Straßenseite, gleich neben meinem Haus, wohnt Agnes Kaminsky. Ihr Mann ist schon lange tot, und sie hat nie wieder geheiratet. Ich denke, ihr Leben gefällt ihr einfach so, wie es ist. Wir waren sehr gut befreundet, bis mein Mann …« Ich merke, dass ich zu viel rede, und halte inne. Sie brauchen nicht zu hören, wie Agnes und ich uns zerstritten haben. Sicher werden sie es früh genug von ihr erfahren. »Und haben Sie auch Kinder?«

Es ist eine einfache Frage, aber wieder schielt Carrie zu ihrem Mann, als ob sie seine Erlaubnis bräuchte, um zu antworten.

»Nein«, sagt er, »noch nicht.«

»Dann brauchen Sie also keine Empfehlungen für Babysitter. Es wird ohnehin immer schwieriger, welche zu finden.« Ich wende mich Carrie zu. »Übrigens, in meiner Küche taut gerade ein leckeres Zucchinibrot auf. Ich bin berühmt für mein Rezept, wenn ich das in aller Bescheidenheit sagen darf. Ich bring es Ihnen gleich rüber.«

Er antwortet für sie beide. »Das ist nett, aber nein danke. Wir sind allergisch.«

»Gegen Zucchini?«

»Gegen Gluten. Keine Weizenprodukte.« Er legt seiner Frau eine Hand auf die Schulter und schiebt sie sanft, aber bestimmt auf das Haus zu. »Also, jetzt müssen wir erst mal ankommen. Man sieht sich, Ma'am.« Sie verschwinden beide im Haus und machen die Tür zu.

Ich sehe den Umzugswagen an, den sie noch nicht einmal geöffnet haben. Jedes andere Paar hätte es doch eilig, seine Sachen ins Haus zu schaffen, oder nicht? Das Erste, was ich auspacken würde, wären meine Kaffeemaschine und der Teekessel. Aber nein, Carrie und Matt Green haben alles im Umzugswagen gelassen.

Den ganzen Nachmittag lang bleibt der Wagen vor ihrem Haus stehen, alle Türen verschlossen.

Erst nach Einbruch der Dunkelheit höre ich ein metallisches Klappern, und als ich aus dem Fenster spähe, sehe ich die Silhouette des Ehemanns. Matt steht am Heck des Wagens, steigt hinein und kommt einen Augenblick später rückwärts die Rampe wieder herunter, einen Rollwagen voller Kartons ziehend. Warum hat er mit dem Entladen gewartet, bis es dunkel ist? Was will er vor den Blicken der Nachbarn verbergen? Es kann nicht viel in dem Umzugswagen sein, denn nach zehn Minuten ist er schon fertig. Er schließt den Wagen ab und zieht sich ins Haus zurück. Drinnen brennt Licht, aber ich kann nichts sehen, weil sie die Jalousien zugezogen haben.

In meinen vier Jahrzehnten in dieser Straße hatte ich Alkoholiker und Ehebrecher als Nachbarn, auch einen Frauenschläger oder vielleicht zwei. Aber ein so reserviertes, unnahbares Paar wie Carrie und Matt Green habe ich noch nicht erlebt. Vielleicht war ich zu aufdringlich. Vielleicht haben sie Eheprobleme und können gerade keine neugierigen Nachbarinnen ertragen. Vielleicht ist es allein meine Schuld, dass wir uns nicht auf Anhieb verstanden haben.

Ich muss ihnen wohl erst mal ihre Ruhe lassen.

Aber am nächsten Tag und auch am übernächsten und am Tag darauf, kann ich nicht umhin, die Nummer 2533 zu beobachten. Ich sehe, wie Larry Leopold zu seiner Schule aufbricht. Ich sehe Jonas ohne Hemd seinen Rasen mähen. Ich sehe meine Erzfeindin Agnes paffend an meinem Haus vorbeimarschieren und es mit missbilligenden Blicken streifen, wie sie es zweimal täglich zu tun pflegt.

Aber die Greens? Sie schaffen es, sich wie Geister an

mir vorbeizuschleichen. Ich erhasche nur einen ganz kurzen Blick auf ihn am Steuer eines schwarzen Toyotas, als er in seine Garage fährt. Ich erspähe ihn, wie er an den oberen Fenstern Jalousien anbringt. Ich beobachte, wie sie von FedEx ein Paket zugestellt bekommen, das, wie der Fahrer mir verrät, von B&H Photo in New York City kommt. (Es schadet nie zu wissen, dass der fürs Viertel zuständige FedEx-Fahrer ganz wild auf Zucchinibrot ist.) Was ich nicht sehe, ist irgendein Anzeichen dafür, dass diese Leute einer Arbeit nachgehen. Sie haben einen irregulären Tagesablauf, kommen und gehen zu den unterschiedlichsten Zeiten, gerade so, als ob sie in Rente wären. Ich frage die Leopolds und Jonas nach ihnen, aber sie wissen auch nicht mehr als ich. Die Greens sind uns allen ein Rätsel.

All das habe ich am Telefon meiner Tochter Jane erklärt, und man sollte doch meinen, dass es sie genauso neugierig machen würde wie mich. Aber sie erklärt mir, dass es nicht verboten sei, seiner vorwitzigen Nachbarin aus dem Weg zu gehen. Sie ist stolz auf ihren Instinkt als Polizistin, aber sie hat keinen Respekt vor dem Instinkt einer Mutter. Als ich sie zum dritten Mal wegen der Greens anrufe, reißt ihr schließlich der Geduldsfaden.

»Ruf mich wieder an, wenn tatsächlich etwas *passiert*«, fährt sie mich an.

Eine Woche später verschwindet die sechzehnjährige Tricia Talley.

3

JANE

Luftblasen umwirbelten ein rosarotes Dornröschenschloss und einen Wald aus Plastik-Seetang mit einer Piratenkiste, die vor Juwelen überquoll. Eine Meerjungfrau mit fließenden roten Haaren ruhte auf ihrem Muschelbett, umgeben von einer Verehrerschar von Meeresgetier. Nur ein Bewohner dieser Unterwasser-Wunderwelt war tatsächlich lebendig, und in diesem Moment glotzte er Detective Jane Rizzoli durch das blutbespritzte Glas an.

»Das ist ein ganz schön schickes Aquarium für einen einzigen kleinen Goldfisch«, bemerkte Jane. »Ich glaube, sie hat da drin das komplette Ensemble von *Arielle, die Meerjungfrau* versammelt. Und das alles für einen Fisch, der nach einem Jahr schon das Klo runtergespült wird.«

»Nicht unbedingt. Das ist ein Fächerschwanz«, erklärte Dr. Maura Isles. »So ein Fisch kann theoretisch zehn oder zwanzig Jahre alt werden. Das älteste dokumentierte Exemplar erreichte ein Alter von dreiundvierzig Jahren.«

Durch das Glas hindurch konnte Jane Mauras verschwommene Silhouette sehen, wie sie auf der anderen Seite des Aquariums kauerte und die Leiche der zweiundfünfzigjährigen Sofia Suarez untersuchte. Auch um Viertel vor elf an einem Samstagvormittag schaffte es Maura, smarte Eleganz auszustrahlen, ein Kunststück, das Jane noch nie fertiggebracht hatte. Es waren nicht nur Mauras maßgeschneiderte Hosenanzüge und ihre geometrisch geschnittenen schwarzen Haare – nein, es lag auch in Mauras Wesen begründet. In den Augen der meisten Polizistinnen und Polizisten beim Boston PD war sie eine einschüchternde Erscheinung mit ihrem blutroten Lippenstift – eine Frau, die ihren Intellekt als Schutzschild benutzte. Und dieser Intellekt war jetzt voll und ganz damit beschäftigt, die Sprache des Todes in den Wunden und Blutspritzern zu entziffern.

»Ernsthaft? Goldfische können wirklich dreiundvierzig Jahre alt werden?«, fragte Jane.

»Schlag's nach.«

»Wie kommt es, dass du so eine total nutzlose Information abgespeichert hast?«

»Keine Information ist nutzlos. Sie ist nur ein Schlüssel, der noch auf das passende Schloss wartet.«

»Also, ich werde es nachschlagen. Weil jeder Goldfisch, den ich je besessen habe, spätestens nach einem Jahr tot war.«

»Kein Kommentar.«

Jane richtete sich auf und ließ den Blick noch einmal durch das bescheidene Wohnzimmer der Frau schweifen, die hier gelebt hatte und hier gestorben war. *Sofia Suarez, wer warst du?* Jane las die Hinweise in den Büchern im Regal, in den akkurat aufgereihten Fernbedienungen auf dem Couchtisch. Eine ordnungsliebende Frau, die gerne strickte, nach den Zeitschriften auf dem Beistelltisch zu schließen. Das Bücherregal war voll mit Fachliteratur zu Krankenpflege und Liebesromanen – die Lektüre einer Frau, die in ihrem Beruf mit dem Tod zu tun hatte, aber dennoch an die Liebe glauben wollte. Und in einer Ecke, auf einem kleinen, mit bunten Plastikblumen geschmückten Tisch, stand das gerahmte Foto eines lächelnden Mannes mit verschmitzten Augen und einem hübschen schwarzen Haarschopf. Eines Mannes, dessen geisterhafte Präsenz noch in jedem Zimmer dieses Hauses zu spüren war.

Über dem Schrein des Verstorbenen hing das Hochzeitsfoto einer jüngeren Sofia und ihres Ehemanns Tony. Am Tag ihrer Trauung hatten ihre Gesichter vor Freude gestrahlt. An jenem Tag mussten sie geglaubt haben, dass noch viele glückliche Jahre vor ihnen lägen, dass sie gemeinsam alt werden würden. Aber im vergangenen Jahr hatte der Tod den Ehemann dahingerafft.

Und gestern Abend war Sofia in die Hände eines Mörders geraten.

Jane ging zurück zur Haustür, wo ein mit Blutspritzern übersätes Stethoskop am Boden lag.

Hier ist er über sie hergefallen.

Hatte der Mörder schon auf sie gewartet, als sie gestern Abend zur Tür hereinkam? Oder wurde er überrascht, als er den Schlüssel im Schloss hörte, und geriet in Panik, als ihm klar wurde, dass er jeden Moment entdeckt würde?

Der erste Schlag ist noch nicht tödlich. Sie lebt noch. Ist noch bei Bewusstsein.

Jane folgte der Spur aus verschmiertem Blut, die sich über den Fußboden zog und vom verzweifelten Versuch des Opfers zeugte, dem Angreifer zu entkommen. Sie führte von der Haustür durchs Wohnzimmer und weiter an dem leise blubbernden Aquarium vorbei.

Und hier endet es, dachte Jane, als sie auf den Leichnam hinabblickte.

Sofia Suarez lag auf der Seite, mit angezogenen Beinen wie ein Embryo in der Gebärmutter. Sie trug ihre blaue Schwesternuniform, das Namensschild vom Krankenhaus steckte noch an ihrer Bluse: *S. Suarez, Registrierte Pflegekraft*. Eine Blutlache hatte sich um ihren zertrümmerten Schädel gebildet, und ihr Gesicht, das auf dem Hochzeitsfoto so vor Glück strahlte, war bis zur Unkenntlichkeit zerschmettert.

»Ich kann die Umrisse einer Schuhsohle erkennen, hier, in diesem Blutspritzer«, sagte Maura. »Und da drüben ist noch ein partieller Abdruck.«

Jane ging in die Hocke, um den Schuhabdruck zu inspizieren. »Sieht nach einer Art Stiefel aus. Männerschuh, ungefähr Größe vierzig?« Jane wandte sich zur Haustür um. »Ihr Stethoskop liegt nahe bei der Tür. Sie wird angegriffen, sobald sie das Haus betritt. Schafft es noch, sich bis hierher zu schleppen, wo sie sich in Embryonalstellung zusammenrollt, vielleicht in dem Versuch, sich zu schützen, ihren Kopf abzuschirmen. Und er schlägt noch einmal zu.«

»Habt ihr die Waffe schon gefunden?«

»Nein. Wonach sollten wir suchen?«

Maura kniete sich neben die Leiche und teilte mit ihrer behandschuhten Hand behutsam die Haare der toten Frau, um die Kopfhaut freizulegen. »Die Wunden sind scharf begrenzt. Kreisförmig. Ich würde sagen, ihr müsst nach einem Hammer mit flachem Kopf suchen.«

»Einen Hammer haben wir bisher nicht gefunden, weder mit noch ohne Blut.«

Janes Partner Barry Frost trat aus dem hinteren Schlafzimmer. Sein normalerweise blasses Gesicht war erschreckend rot und sonnenverbrannt, die Folge seines gestrigen Strandausflugs, bei dem er keine Kopfbedeckung getragen

hatte. Es tat Jane schon weh, wenn sie ihn nur anschaute.
»Ich habe weder ihre Brieftasche noch ihr Handy finden können«, sagte er. »Aber dafür habe ich das hier gefunden. Es war im Schlafzimmer eingesteckt.« Er hielt ein Ladekabel hoch. »Scheint zu einem Apple-Laptop zu gehören.«

»Und wo ist der Laptop?«

»Nicht hier jedenfalls.«

»Bist du sicher?«

»Willst du selber nachschauen?«, entgegnete Frost. Es sah ihm gar nicht ähnlich, so gereizt zu reagieren, aber vielleicht hatte sie es herausgefordert. Und er litt bestimmt unter seinem Sonnenbrand.

Sie hatte sich zuvor schon einmal im Haus umgesehen, und nun wiederholte sie den Rundgang. Ihre Schuhüberzieher schleiften raschelnd über den Boden, als sie einen Blick ins Gästezimmer warf, wo das Bett mit zusammengefalteter Wäsche beladen war. Als Nächstes kam das Bad, der Unterschrank vollgestopft mit den üblichen Gesichtscremes und Lotionen, die ewige Jugend versprachen, ohne das Versprechen je einzulösen. Im Arzneischränkchen fanden sich Tabletten gegen Bluthochdruck und Allergien sowie eine Flasche mit verschreibungspflichtigem Hydrocodon, vor einem halben Jahr abgelaufen. Im Bad schien noch alles an seinem Platz zu sein, was Jane verdächtig fand. Die Hausapotheke war normalerweise das Erste, was ein Einbrecher plünderte, und das Hydrocodon war eine begehrte Beute.

Jane ging weiter ins Schlafzimmer, wo sie auf der Kommode ein weiteres gerahmtes Foto von Sofia und ihrem Mann aus glücklicheren Zeiten fand. Sie standen Arm in Arm an einem Strand, und beide hatten in den Jahren seit ihrem Hochzeitsfoto an Falten wie auch an Pfunden zugelegt. Ihre Hüften waren fülliger, ihre Lachfalten tiefer. Sie öffnete den Kleiderschrank und sah, dass darin neben Sofias Kleidern auch noch Tonys Sakkos und Hosen hingen. Wie schmerzlich musste es sein, diesen Schrank jeden Morgen zu öffnen und die Sachen ihres verstorbenen Mannes zu erblicken. Oder war es vielmehr ein Trost, den Stoff zu berühren, den er getragen hatte, und seinen vertrauten Geruch einzuatmen?

Jane schloss die Schranktür. Frost hatte recht – falls Sofia einen Apple-Laptop besessen hatte, war er nicht in diesem Haus.

Sie ging in die Küche. Auf der Arbeitsplatte lagen Tüten mit Maismehl und Plastikbeutel voll getrockneter Maisspelzen. Ansonsten war die Küche aufgeräumt, die Oberflächen sauber gewischt. Sofia war Krankenschwester gewesen, wahrscheinlich war es ihr in Fleisch und Blut übergegangen, immer alle Flächen abzuwischen und zu desinfizieren. Jane öffnete den Vorratsschrank und sah Regale voll mit fremdartigen Gewürzen und Saucen. Sie stellte sich vor, wie Sofia ihren Einkaufswagen durch den Supermarkt schob und die Mahlzeiten plante, die sie nur für sich kochte. Die Frau hatte allein gelebt und wahrscheinlich allein gegessen, und nach ihrem reichlich bestückten Gewürzregal zu urteilen, hatte sie im Kochen Trost gefunden. Es war ein weiteres Puzzleteil im Bild von Sofia Suarez, einer Frau, die gerne gekocht und gestrickt hatte. Einer Frau, die ihren verstorbenen Mann so sehr vermisste, dass sie seine Sachen im Kleiderschrank aufbewahrte und ihm im Wohnzimmer einen Schrein errichtet hatte. Einer Frau, die ein Faible für Liebesromane und Goldfische gehabt hatte. Einer Frau, die allein gelebt hatte, aber sicherlich nicht allein gestorben war. Jemand hatte danebengestanden, die Mordwaffe in der Hand, und ihren Todeskampf beobachtet.

Janes Blick fiel auf die Glasscherben von der zerbrochenen Scheibe in der Hintertür, durch die der Täter offensichtlich eingedrungen war. Er hatte das Glas im Türrahmen eingeschlagen, durch die Öffnung gegriffen und den Riegel zurückgezogen. Jane trat hinaus auf den Grundstücksstreifen an der Seite des Hauses, eine gekieste Fläche mit einer leeren Mülltonne und hier und da etwas Unkraut. Hier draußen lagen ebenfalls Scherben, doch im Kies waren keine Fußabdrücke zurückgeblieben, und das Tor war nur mit einem einfachen Riegel verschlossen, der sich leicht von außen anheben ließ. Keine Überwachungskameras, keine Alarmanlage. Sofia hatte sich in dieser Nachbarschaft offenbar sicher gefühlt.

Janes Handy meldete sich mit kreischenden Geigentönen. Es war die Filmmusik aus *Psycho*, und sie zerrte an ihren Nerven – was auch ganz passend war. Ohne einen Blick auf die Anruferkennung zu werfen, stellte sie das Telefon auf stumm und ging wieder ins Haus zurück.

Eine Krankenschwester. Wer zum Teufel bringt eine Krankenschwester um?

»Willst du nicht rangehen?«, fragte Maura, als Jane ins Wohnzimmer trat.

»Nein.«

»Aber es ist doch deine Mutter.«

»Und genau deshalb werde ich nicht rangehen.« Sie sah Mauras skeptischen Blick. »Das ist schon das dritte Mal, dass sie heute anruft. Ich weiß genau, was sie sagen wird: *Was bist du denn für eine Polizistin, dass du dich überhaupt nicht für eine Entführung interessierst?*«

»Jemand ist entführt worden?«

»Nein. Es geht bloß um ein Mädchen aus ihrer Nachbarschaft, das von zu Hause durchgebrannt ist. Und zwar nicht zum ersten Mal.«

»Bist du sicher, dass es weiter nichts ist?«

»Ich habe schon mit den Kollegen vom Revere PD gesprochen, und jetzt sind die dran.« Jane sah wieder auf die Leiche hinunter. »Ich habe selber genug Probleme.«

»Detective Rizzoli?«, rief eine Stimme.

Jane drehte sich um und sah einen Streifenpolizisten in der Haustür stehen. »Ja?«

»Die Enkelin der Nachbarin ist gerade gekommen. Sie ist bereit zu übersetzen, wenn Sie nach nebenan kommen möchten.«

Jane und Frost traten ins Freie, wo die Sonne so blendete, dass Jane einen Moment innehalten und die Augen schließen musste, ehe sie registrierte, dass sich vor dem Haus bereits ein interessiertes Publikum eingefunden hatte. Ein Dutzend Nachbarinnen und Nachbarn standen auf dem Gehsteig, angezogen vom ungewohnten Anblick der Polizeifahrzeuge in ihrer Straße. Während ein Transporter der Spurensicherung hinter der Reihe von Streifenwagen einparkte, sah Jane zwei grauhaarige Frauen den Kopf schütteln und sich betroffen die Hand vor den Mund halten. Das hier war nicht die Zirkusatmosphäre, wie Jane sie so oft in Downtown Boston erlebte, wo Tatorte offenbar Unterhaltungswert hatten. Sofias Tod hatte die Menschen, die sie gekannt hatten, sichtlich erschüttert, und sie sahen in bestürztem Schweigen zu, wie Jane und Frost zum Nachbarhaus hinübergingen.

Die Tür wurde von einer jungen asiatischen Frau in Nadelstreifenhose und gestärkter weißer Bluse geöffnet, ein ungewöhnlich geschäftsmäßiges Outfit für einen Samstagvormittag. »Sie ist immer noch ziemlich erschüttert, aber sie will unbedingt mit Ihnen reden.«

»Sie sind ihre Enkelin?«, fragte Jane.

»Ja. Lena Leong. Ich bin diejenige, die den Notruf abgesetzt hat. Grandma hat in ihrer Panik zuerst mich angerufen und mich gebeten, die Polizei für sie zu alarmieren, weil sie Probleme hat, sich auf Englisch zu verständigen. Ich wäre schon eher hergekommen, um zu dolmetschen, aber ich hatte einen Termin mit einem Mandanten in der Innenstadt.«

»An einem Samstagmorgen?«

»Manche meiner Mandanten haben unter der Woche keine Zeit. Ich bin Fachanwältin für Einwanderungsrecht, und ich vertrete viele Beschäftigte in der Gastronomie, die nur am Samstagvormittag Zeit haben, zu mir zu kommen. Tun Sie, was Sie tun müssen.« Lena bat sie herein. »Sie ist in der Küche.«

Jane und Frost gingen durch das Wohnzimmer, wo das karierte Sofa unter dem Schonbezug aus Plastik wie neu aussah. Auf dem Couchtisch stand eine aus Stein gemeißelte Obstschale mit jadegrünen Äpfeln und Trauben aus Rosenquarz. Unverderbliche Früchte, deren künstlicher Glanz nie verblassen würde.

»Wie alt ist Ihre Großmutter?«, fragte Frost, als sie Lena in die Küche folgten.

»Sie ist neunundsiebzig.«

»Und sie spricht *überhaupt* kein Englisch?«

»Oh, sie versteht wesentlich mehr, als sie zugibt, aber wenn es ums Sprechen geht, hat sie zu große Hemmungen.« Lena blieb im Flur stehen und deutete auf das Foto an der Wand. »Das ist meine Großmutter mit meinen

Eltern und mir, als ich sechs Jahre alt war. Meine Eltern leben unten in Plymouth, und sie fragen Grandma immer wieder, ob sie nicht zu ihnen ziehen möchte, aber sie weigert sich hartnäckig. Sie wohnt seit fünfundvierzig Jahren in diesem Haus, und sie ist nicht bereit, ihre Unabhängigkeit aufzugeben.« Lena zuckte mit den Schultern. »Sie hat nun mal ihren eigenen Kopf. Was will man da machen?«

In der Küche fanden sie Mrs. Leong am Tisch sitzend, den Kopf in die Hände gestützt, ihr silbergraues Haar zerzaust wie eine Pusteblume. Vor ihr stand eine Tasse Tee, von der nach Jasmin duftender Dampf aufstieg.

»*Nai nai?*«, sagte Lena.

Langsam hob Mrs. Leong den Kopf und sah ihre Besucher an, ihre Augen vom Weinen gerötet. Sie deutete auf die freien Stühle, und sie setzten sich alle an den Tisch, Lena auf den Platz neben ihrer Großmutter.

»Nun, Lena, können Sie uns zunächst einmal wiedergeben, was Ihre Großmutter Ihnen am Telefon gesagt hat?«, fragte Frost, während er sein Notizbuch hervorzog.

»Sie sagte, sie sei für heute Morgen mit Sofia verabredet gewesen. Doch als Grandma nach nebenan ging und klingelte, machte niemand auf. Die Tür war nicht abgeschlossen, also ging sie hinein. Sie sah das Blut. Und dann sah sie Sofia.«

»Um wie viel Uhr war das?«

Lena fragte ihre Großmutter, und Mrs. Leong antwortete mit einem langen Wortschwall auf Mandarin – sicherlich mehr als nur die Antwort auf die Frage nach der Uhrzeit.

»Kurz vor acht«, übersetzte Lena. »Sie wollten zusammen Tamales machen. Normalerweise machen sie das im

Januar, aber das war kurz nach Tonys Tod, und Sofia war noch zu mitgenommen.«

»Sie sprechen von Mr. Suarez?«, fragte Jane. »Wie ist er gestorben?«

»Es war ein Schlaganfall. Sie haben ihn noch operiert, aber er ist nicht mehr aufgewacht. Er lag noch drei Wochen im Koma, bevor er starb.« Lena schüttelte den Kopf. »Er war so ein guter Mann, immer nett zu meiner Grandma. Zu allen eigentlich. Man konnte ihn und Sofia immer Händchen haltend um den Block spazieren sehen, wie Frischvermählte.«

Frost blickte von dem Notizbuch auf, in dem er die Antworten festgehalten hatte. »Sie sagten, Ihre Großmutter und Sofia hätten heute Morgen zusammen Tamales machen wollen. Wie haben sie sich denn verständigt?«

Lena runzelte die Stirn. »Was meinen Sie?«

»Ihre Großmutter spricht kein Englisch. Und ich nehme an, dass Sofia kein Chinesisch gesprochen hat.«

»Sie mussten nicht reden, weil Kochen eine Sprache *ist*. Sie haben einander zugesehen und zusammen probiert. Sie haben ständig Gerichte ausgetauscht – Sofias Tamales, das wunderbare Ochsenschwanzragout meiner Grandma.«

Janes Blick ging zu dem Gewürzregal über dem Herd, dem Sortiment von Zutaten und Saucen, das sich so sehr von dem bei Sofia unterschied. Sie erinnerte sich an die Tüten mit Maismehl in der Küche der toten Frau, und vor ihrem inneren Auge sah sie die beiden Frauen Seite an Seite sitzen, wie sie Maisspelzen um Klumpen von Maisteig wickelten, während sie in verschiedenen Sprachen lachten und schwatzten und einander doch bestens verstanden.

Jane sah, wie Mrs. Leong sich das Gesicht abwischte, auf dem feuchte Streifen zurückblieben, und sie dachte an ihre eigene Mutter: Auch sie war eine Frau, die leidenschaftlich auf ihrer Unabhängigkeit beharrte, auch sie lebte allein. Sie dachte an all die anderen Frauen in dieser Stadt, die abends in ihren Häusern allein waren. Frauen, die in Furcht vor dem Geräusch von splitterndem Glas und fremden Schritten lebten.

»Gestern Abend«, sagte Jane, »hat Ihre Großmutter da irgendetwas Ungewöhnliches gehört? Irgendwelche Stimmen oder verdächtige Geräusche?«

Bevor Lena übersetzen konnte, schüttelte Mrs. Leong bereits den Kopf. Offensichtlich hatte sie die Frage verstanden, und wieder antwortete sie mit einem Wortschwall auf Mandarin.

»Sie sagt, sie hat nichts gehört, aber sie geht immer um zehn zu Bett«, sagte Lena. »Sofia hatte die Abendschicht im Krankenhaus, und sie kam meist erst gegen halb zwölf, zwölf nach Hause, also zu einer Zeit, wo meine Großmutter schon schlief.« Lena hielt inne, während Mrs. Leong noch etwas hinzufügte. »Sie fragt, ob es da passiert ist? Gleich nachdem sie nach Hause kam?«

»Wir nehmen es an«, antwortete Jane.

»War es ein Raubüberfall? Hier in der Nachbarschaft ist nämlich in letzter Zeit ein paarmal eingebrochen worden.«

»Wann war das genau?«, fragte Frost.

»Das eine Mal war vor ein paar Monaten, eine Straße weiter. Die Bewohner lagen im Bett, als es passierte, und sie haben den ganzen Einbruch verschlafen. Danach hat mein Vater bei Grandma Riegel an den Türen anbringen lassen. Ich glaube, Sofia war bei sich noch nicht dazu gekommen.« Lena sah Jane an, dann Frost. »Ist es so passiert? Ist jemand bei ihr eingebrochen, und sie hat ihn überrascht?«

»Es fehlen Gegenstände aus ihrem Haus«, antwortete Jane. »Ihre Brieftasche, ihr Handy. Und möglicherweise ein Laptop. Weiß ihre Großmutter, ob Sofia einen besessen hat?«

Es folgte wieder ein schneller Wortwechsel auf Mandarin. »Ja«, sagte Lena. »Grandma sagt, dass Sofia ihn letzte Woche in ihrer Küche benutzt hat.«

»Kann Sie ihn beschreiben? Welche Farbe, welche Marke?«

»*Apple*«, sagte Mrs. Leong und deutete auf eine Obstschale, die auf der Arbeitsfläche stand.

Frost und Jane sahen einander verblüfft an. Hatte die Frau gerade ihre Frage beantwortet?

Frost zog sein Handy aus der Tasche und zeigte auf das Logo auf der Rückseite. »Ein Apfel wie dieser? Ein Apple-Computer?«

Die Frau nickte. »Apple.«

Lena lachte. »Ich hab's Ihnen doch gesagt – sie versteht mehr, als sie zugibt.«

»Kann Sie uns noch mehr über den Computer sagen? Welche Farbe hat er? Ist er alt oder neu?«

»Jamal«, sagte die Großmutter. »Er helfen ihr kaufen.«

»Okay«, sagte Frost und notierte den Namen in seinem Büchlein. »In welchem Laden arbeitet dieser Jamal?«

Mrs. Leong schüttelte den Kopf. Frustriert wandte sie sich an ihre Enkelin und redete auf sie ein.

»Ach, *der* Jamal!«, rief Lena. »Das ist dieser Junge aus der Nachbarschaft, Jamal Bird. Er hilft vielen älteren Damen hier, wenn sie zum Beispiel nicht wissen, wie sie ihren Fernseher zum Laufen bringen sollen. Ihn müssen Sie nach dem Computer fragen.«

»Das werden wir tun«, erwiderte Frost und klappte sein Notizbuch zu.

»Und sie sagt, Sie sollen kalten Grüntee und Ringelblumensalbe drauftun, Detective.«

»Wie bitte?«

»Auf ihren Sonnenbrand.«

Mrs. Leong deutete auf Frosts hochrotes Gesicht. »Geht gleich viel besser«, sagte sie, und zum ersten Mal brachte sie ein Lächeln zustande. Es war ja klar, dass Frost derjenige sein würde, der dieser betrübten Frau endlich ein Lächeln entlockte. Irgendwie schienen alle älteren Damen in ihm immer ihren lange verloren geglaubten Enkel zu sehen.

»Eine Sache noch«, sagte Lena. »Grandma meint, Sie sollen vorsichtig sein, wenn Sie mit Jamal reden.«

»Wieso?«, fragte Jane.

»Weil Sie Polizisten sind.«

»Hat er etwas gegen Cops?«

»Er nicht. Aber seine Mutter.«

4

»Warum wollen Sie mit meinem Sohn reden? Sie gehen wohl einfach davon aus, dass er was ausgefressen haben muss?«

Beverly Bird baute sich schützend in ihrer offenen Haustür auf, ein unüberwindliches Hindernis für jeden, der es wagte, in ihr Reich einzudringen. Obwohl kleiner als Jane, war sie stämmig wie ein Baum, die Füße in rosa Flip-Flops schulterbreit aufgestellt.

»Wir sind nicht hier, um Ihren Sohn wegen irgendetwas zu beschuldigen, Ma'am«, sagte Frost ruhig. Wenn es darum ging, einen Streit zu schlichten, war Frost der ideale Krisenflüsterer, und Jane konnte sich stets darauf verlassen, dass es ihm gelang, die Gemüter zu kühlen. »Wir hoffen lediglich, dass Jamal uns weiterhelfen kann.«

»Er ist erst fünfzehn. Wie soll er bei einem Mordfall helfen?«

»Er kannte Sofia, und …«

»Jeder in der Nachbarschaft hat sie gekannt. Aber ihr Cops greift euch natürlich den einzigen schwarzen Jungen im Block raus!«

So musste es ihr natürlich vorkommen – wie konnte es anders sein? In den Augen einer Mutter ist die ganze Welt ein Ort voller Gefahren, und das galt umso mehr für die Mutter eines schwarzen Sohnes.

»Mrs. Bird«, sagte Jane. »Ich bin auch Mutter. Ich verstehe, dass Sie besorgt sind, weil wir mit Jamal sprechen wollen. Aber wir brauchen Hilfe bei der Identifizierung von Mrs. Suarez' Computer, und wir haben gehört, dass Ihr Sohn ihr geholfen hat, ihn zu kaufen.«

»Er hilft vielen Leuten mit ihren Computern. Manchmal kriegt er sogar Geld dafür. Schauen Sie sich doch um in der Nachbarschaft. Was glauben Sie, wie viele von den alten Leuten nicht mal mit ihren eigenen Handys zurechtkommen?«

»Dann ist er genau der Richtige, um uns zu helfen, Sofias verschwundenen Laptop zu finden. Der Einbrecher hat ihn mitgenommen, und wir müssen wissen, welche Marke und welches Modell es war.«

Mrs. Bird beäugte sie einen Moment lang wie eine Bärenmutter, die einzuschätzen versuchte, ob diese Eindringlinge eine Gefahr für ihr Junges darstellten. Dann trat sie widerwillig zur Seite, um sie ins Haus zu lassen. »Nur damit Sie's wissen, ich hab ein Handy, und ich scheue mich nicht, dieses Gespräch zu filmen.«

»Wenn es Ihnen damit besser geht«, meinte Jane. Wer besaß heutzutage kein Handy? Das war die Welt, mit der sie als Polizisten nun mal zurechtkommen mussten – eine Welt, in der alles, was sie taten und sagten, aufgezeichnet und infrage gestellt werden konnte. Wäre sie an der Stelle dieser Mutter, sie würde es genauso machen.

Mrs. Birds rosa Flip-Flops klatschten an ihre Sohlen, als sie den Flur entlang voranging. Am Zimmer ihres Sohnes blieb sie stehen und rief durch die offene Tür: »Schatz, es ist die Polizei. Sie wollen mit dir über Sofia reden.«

Der Junge musste ihr Gespräch mit angehört haben, denn er reagierte nicht auf die Ankündigung und drehte sich auch nicht zu ihnen um. Er saß mit hängenden

Schultern an seinem Computer, als würde er bereits ahnen, dass ihr Besuch nichts Gutes bedeutete. In seinem Zimmer herrschte das übliche Teenager-Chaos: Klamotten auf dem Bett, blaue Nike-Schuhe auf dem Boden, die Regale voll mit Plastik-Actionfiguren – Thor, Captain America, Black Panther.

»Was dagegen, wenn ich mich setze?«, fragte Jane.

Der Junge zuckte mit den Schultern, was Jane als Zustimmung interpretierte. Oder vielleicht nur als ein *Mir egal*. Als sie einen Stuhl griff und neben ihn rückte, sah sie einen Inhalator auf der Sitzfläche liegen. Der Junge hatte Asthma. Sie legte das Gerät auf den Schreibtisch und setzte sich.

»Ich bin Detective Rizzoli«, stellte sie sich vor. »Und das ist Detective Frost. Wir sind vom Boston PD, und wir brauchen deine Hilfe.«

»Es ist wegen Sofia. Stimmt's?«

»Dann hast du also gehört, was passiert ist.«

Er nickte, immer noch ohne sie anzusehen. »Ich hab die Polizeiautos gesehen.«

Von der Tür kam Mrs. Birds Stimme: »Er ist im Haus geblieben, und ich bin rüber, um zu schauen, was da los ist. Ich hab ihm verboten rauszugehen, weil ich verhindern wollte, dass es zu Missverständnissen kommt. Ihr Cops seid ja manchmal schnell bei der Hand mit euren Unterstellungen.«

»Ich will niemandem etwas unterstellen, Mrs. Bird«, erwiderte Jane.

»Warum sind Sie dann hier?«, fragte Jamal. Jetzt endlich schwenkte er seinen Stuhl herum und sah Jane an. Seine braunen Augen waren feucht, und Jane fielen die unglaublich langen Wimpern auf. Er war klein für seine fünfzehn Jahre und wirkte schwächlich. *Das Asthma*, dachte sie.

»Es fehlen ein paar Dinge aus Sofias Haus, darunter ihr Laptop. Mrs. Leong sagte, du hättest Sofia geholfen, diesen Computer zu kaufen.«

Er blinzelte mit feucht glänzenden Wimpern. »Sie war echt nett. Wollte mich immer bezahlen für die Sachen, die ich gemacht hab.«

»Was hast du für sie gemacht?«

»Ach, nur so Kleinkram. Ihr gezeigt, wie sie ihren Fernseher bedienen muss. Ihren neuen Computer eingerichtet. Sie hat mir leidgetan, nachdem ihr Mann gestorben ist.«

»Sie hat uns allen leidgetan«, warf Mrs. Bird ein. »Irgendwie passieren die schlimmsten Sachen immer den guten Leuten.«

»Erzähl uns was über Sofias Laptop«, forderte Frost Jamal auf. »Wann hast du ihr geholfen, ihn zu kaufen?«

»Das war so vor zwei Monaten. Ihr alter Rechner ist kaputtgegangen, und sie wollte einen neuen, um Sachen im Internet zu recherchieren. Sie hatte nicht viel Geld, und sie hat mich gefragt, was für einen sie kaufen soll.«

»Viele Frauen aus der Nachbarschaft bitten ihn um Hilfe«, erklärte Mrs. Bird mit Stolz in der Stimme. »Er ist der Technik-Freak des Viertels.«

»Und wo hat sie nun diesen Computer gekauft?«, fragte Frost.

»Ich hab auf eBay einen für sie gefunden. War ein richtiges Schnäppchen. Ein MacBook Air von 2012 für hundertfünfzig Dollar. Die Grafik war ihr nicht so wichtig, und ich hab mir gedacht, mehr als vier Gigabyte Speicherplatz braucht sie bestimmt nicht. Sie wollte ihn ja nur zum Recherchieren benutzen.«

Frost machte sich eine Notiz. »Also ein MacBook Air von 2012 ...«

»Dreizehn Komma drei Zoll Monitor. Eins Komma acht Gigahertz Intel Core ...«

»Stopp, nicht so schnell. Lass mich das erst mal aufschreiben.«

»Soll ich Ihnen die technischen Daten schnell ausdrucken?« Jamal drehte sich zu seinem Computer um und drückte ein paar Tasten, um die Informationen aufzurufen. Sekunden später erwachte der Drucker surrend zum Leben und warf ein Blatt Papier aus. »Er war silber«, fügte Jamal hinzu.

»Und du sagst, er hat hundertfünfzig Dollar gekostet?«, fragte Jane.

»Genau. Ihr Gebot hat den Zuschlag bekommen, und der Verkäufer hatte gute Bewertungen. Als sie ihn geliefert bekam, bin ich rüber und hab ihr noch geholfen, das WLAN einzurichten.«

»Wow«, meinte Jane. »So einen persönlichen Support könnte ich auch gut gebrauchen.«

Zum ersten Mal lächelte Jamal, aber es war ein zögerliches Lächeln. Noch vertraute er ihnen nicht. Vielleicht würde er ihnen nie gänzlich vertrauen.

»Manche der Ladys bezahlen ihn, wissen Sie?«, sagte Mrs. Bird. »Nicht dass Sie denken, seine Hilfe wäre umsonst.«

»Aber ich habe nie verlangt, dass Sofia mich bezahlt«, sagte Jamal. »Sie wollte mir stattdessen ein paar Tamales schenken.«

»Die Frau hat wahnsinnig gute Tamales gemacht«, sagte Mrs. Bird.

Die Tamales, die nie fertig wurden, dachte Jane. Manchmal waren es kleine Dinge wie mexikanische Teigtaschen, die Nachbarn zusammenbrachten.

»Was ist mit ihrem Handy, Jamal?«, fragte Frost. »Erinnerst du dich daran?«

Jamal runzelte die Stirn. »Ist das auch verschwunden?«

»Ja.«

»Komisch. Weil, das ist bloß so ein altes Android, das sie schon ewig hatte. Sie hatte Probleme, damit zu surfen, weil ihre Augen nicht so gut waren. Deswegen brauchte sie den Laptop für die Recherchen.«

»Was für Recherchen waren das?«

»Sie hat nach irgendwelchen alten Zeitungsartikeln gesucht. Das ist schwierig auf so einem kleinen Handy, wenn man nicht gut sieht.«

Frost schlug eine neue Seite in seinem Notizbuch auf und schrieb weiter. »Es war also ein altes Android. Welche Farbe?«

»Ich weiß, dass die Hülle blau war, mit so tropischen Fischen drauf. Sie hat Fische gemocht.«

»Blaue Hülle mit tropischen Fischen. Okay«, sagte Frost und klappte sein Notizbuch zu. »Danke.«

Jamal stieß einen tiefen Seufzer aus, offensichtlich erleichtert, dass das Verhör beendet war. Aber das war es nicht. Es gab noch eine Frage, die Jane unbedingt stellen musste.

»Versteh das bitte nicht falsch, Jamal«, sagte sie, »aber ich muss einfach gründlich sein. Kannst du uns sagen, wo du gestern Abend gegen Mitternacht warst?«

Augenblicklich war es, als ob eine Wolke sich vor sein Gesicht schob. Mit dieser einen Frage hatte sie jegliches Vertrauen zerstört, das sie in ihm aufgebaut haben mochten.

»Ich hab's doch gewusst«, zischte Mrs. Bird empört. »Warum fragen Sie ihn das? Deswegen sind Sie eigentlich hier, nicht wahr? Um ihn zu beschuldigen?«

»Nein, Ma'am. Das ist eine reine Routinefrage.«

»Es ist *nie* Routine. Sie suchen nach einem Grund, meinem Sohn die Schuld in die Schuhe zu schieben, dabei hätte er Sofia nie etwas zuleide getan. Er hat sie gerngehabt. Wie wir alle.«

»Ich verstehe, aber ...«

»Und weil Sie es ja unbedingt wissen wollen, sag ich's Ihnen lieber gleich. Es war ein warmer Abend gestern, und mein Junge verträgt die Hitze nicht gut. Er hatte einen schlimmen Asthmaanfall. Das Letzte, was ihm da in den Sinn kommen würde, wäre, rauszugehen und jemanden zu überfallen.«

Während seine Mutter schimpfte, sagte Jamal gar nichts. Er saß nur mit steifem Rücken da, die Schultern gestrafft, schweigend darauf bedacht, seine Würde zu wahren. Jane konnte die Frage nicht zurücknehmen, eine Frage, die sie jedem Teenager gestellt hätte, der in einem Viertel wohnte, wo es Einbrüche gegeben hatte. Jedem, der das Opfer gekannt hatte und in ihrem Haus gewesen war.

Ihre nächste Frage würde noch Salz in die Wunde streuen.

»Jamal«, sagte sie leise, »da du in Sofias Haus warst, hast du vielleicht Fingerabdrücke hinterlassen. Deswegen brauchen wir deine, einfach nur zum Abgleich.«

»Sie wollen meine Fingerabdrücke«, sagte er tonlos.

»Nur damit wir wissen, welche wir ausschließen können.«

Er seufzte resigniert. »Okay. Ich hab verstanden.«

»Wir schicken jemanden von der Spurensicherung, der sie dir abnimmt.« Sie sah seine Mutter an. »Ihr Sohn ist nicht verdächtig, Mrs. Bird. Im Gegenteil, er war uns eine sehr große Hilfe, also vielen Dank dafür. Danke Ihnen beiden.«

»Ja, klar doch«, höhnte die Frau.

Als Jane aufstand, um zu gehen, fragte Jamal: »Was ist mit Henry? Was wird jetzt aus ihm?«

Jane schüttelte den Kopf. »Henry?«

»Ihr Fisch. Sofia hat keine Familie, also wer füttert jetzt Henry?«

Jane sah Frost an, der nur den Kopf schüttelte. Sie wandte sich wieder zu Jamal um. »Was weißt du über Goldfische?«

5

In Janes Erfahrung waren Krankenhäuser Orte, an denen schlimme Dinge passierten. Die Geburt ihrer Tochter Regina, eigentlich ein freudiges Ereignis, war stattdessen von Angst und Schmerz geprägt gewesen, ein Albtraum, der in Schüssen und Blutvergießen geendet hatte. *Hierher kommen Menschen, um zu sterben*, dachte sie, als sie mit Frost das Pilgrim Hospital betrat und mit dem Aufzug in die Chirurgische Intensivstation im fünften Stock fuhr. Während der Pandemie, als COVID-19 in der Stadt grassierte, war dies tatsächlich ein Ort gewesen, an den Menschen zum Sterben gekommen waren, doch an diesem Sonntagabend herrschte auf der Intensivstation eine geradezu unheimliche Ruhe. Eine einsame Stationssekretärin saß an der Anmeldung, wo sechs Monitore die Vitalzeichen der verschiedenen Patienten anzeigten.

»Detective Rizzoli und Detective Frost, Boston PD«, sagte Jane und hielt der Sekretärin ihre Dienstmarke hin. »Wir müssen mit den Kolleginnen und Kollegen von Sofia Suarez sprechen. Mit allen, die mit ihr zu tun hatten.«

Die Frau nickte. »Wir haben uns schon gedacht, dass Sie kommen würden. Ich weiß, dass alle gerne mit Ihnen sprechen wollen.« Sie griff nach dem Telefon. »Und Dr. Antrim piepe ich auch gleich an.«

»Dr. Antrim?«

»Der Leiter der Intensivstation. Er müsste noch im Haus sein.« Sie blickte auf, als eine Krankenschwester aus einer der Kabinen kam. »Mary Beth, die Polizei ist da.«

Sofort eilte die Schwester auf sie zu, eine rothaarige, sommersprossige Frau mit schwarzen Mascara-Krümeln in den Wimpern. »Ich bin Mary Beth Neal, die Stationsschwester. Wir sind alle total geschockt wegen Sofia. Haben Sie den Täter schon gefasst?«

»Wir stehen erst am Anfang«, antwortete Jane.

Nach und nach versammelten sich auch die anderen Krankenschwestern an der Stationszentrale und bildeten einen Halbkreis von ernsten Gesichtern. Frost notierte rasch ihre Namen: Fran Souza, eine kleine, kräftige Frau mit kurz geschorenen dunklen Haaren. Paula Doyle, blonder Pferdeschwanz, schlank, sonnengebräunt und fit wie ein Model für Outdoorkleidung. Alma Aquino, deren fein geschnittenes Gesicht von einer riesigen Brille dominiert wurde.

»Wir konnten es gar nicht glauben, als wir gestern Abend die Nachrichten gehört haben«, sagte Mary Beth. »Wir kennen niemanden, der Grund hätte, Sofia etwas zuleide zu tun.«

»Aber leider hat jemand genau das getan«, entgegnete Jane.

»Dann war es jemand, der sie nicht gekannt hat. Mein Gott, die Welt ist wirklich verrückt geworden.«

Ihre Kolleginnen nickten zustimmend. Diesen Frauen, die sich täglich der Rettung von Leben widmeten, musste es allerdings wie eine Wahnsinnstat vorkommen, einem Menschen das Leben zu nehmen – insbesondere, wenn das Opfer eine der ihren war.

Die Tür zur Station öffnete sich zischend, und ein Arzt kam mit schnellen Schritten und wehendem weißem Kittel hereingerauscht. Er machte keine Anstalten, ihnen die Hände zu schütteln – in dieser postpandemischen Welt war das Abstandhalten schon zur neuen Normalität geworden –, doch er trat so nahe an sie heran, dass Jane sein Namensschild lesen konnte. Er war Mitte fünfzig, mit Hornbrille und ernstem Gesicht. Das war es, was Jane besonders auffiel: seine Ernsthaftigkeit. Sie erkannte sie in seiner gefurchten Stirn, seinem besorgten Blick.

»Ich bin Mike Antrim«, stellte er sich vor. »Leiter der Intensivstation.«

»Detective Rizzoli und Detective Frost«, erwiderte Jane.

»Wir haben die ganze Zeit gehofft, dass es eine Namensverwechslung wäre«, sagte Mary Beth Neal, »eine andere Sofia Suarez.«

Einen Moment lang herrschte Schweigen, und das einzige Geräusch war das Zischen eines Beatmungsgeräts in einer der Patientenkabinen.

»Sagen Sie uns, wie wir helfen können«, forderte Dr. Antrim sie auf.

»Wir versuchen, den Ablauf der Ereignisse am Freitag zu rekonstruieren.« Jane ließ den Blick über die versammelten Mitarbeiterinnen schweifen. »Wann haben Sie Sofia das letzte Mal gesehen?«

Fran Souza antwortete als Erste. »Das war am Ende der Abendschicht. Wir machen die Übergabe um elf Uhr. Fertig waren wir so gegen Viertel nach.«

»Und dann?«

»Dann bin ich nach Hause gefahren.«

Die anderen nickten, mehrere Stimmen sagten: »Ich auch.«

»Und Sie, Dr. Antrim?«, fragte Jane.

»Am Freitag war ich hier, ich hatte Bereitschaft.«

»Um wie viel Uhr haben Sie Sofia das Krankenhaus verlassen sehen?«

»Ich habe sie gar nicht gehen sehen. Ich war mit einem Patienten in Bett sieben beschäftigt. Wir mussten ihn immer wieder reanimieren. Stundenlang haben wir darum gekämpft, ihn zu stabilisieren, aber leider hat er die Nacht nicht überlebt.« Er hielt inne, und sein Blick ging zu Kabine Nummer sieben.

»Das Unglücksbett«, sagte Mary Beth leise. »Tony ist auch dort gestorben.«

Frost blickte von seinem Notizbuch auf. »Tony?«

»Sofias Mann«, erklärte Dr. Antrim. »Er lag nach seiner OP fast einen Monat lang auf dieser Station. Die arme Sofia. Sie hat hier ihre Schichten absolviert, während Tony in dieser Kabine vor sich hinvegetierte. Er war wie ein Teil unserer Familie.«

»Das waren sie beide«, fügte Mary Beth hinzu.

Wieder schwiegen alle, nur leises Seufzen war zu hören.

»Es stimmt, wir sind hier wirklich eine Familie«, sagte Antrim schließlich. »Als meine Tochter vor ein paar Monaten hier eingeliefert wurde, war Sofia ihre Krankenschwester, und sie hat Amy wie ihre eigene Tochter behandelt. Wir hätten uns keine bessere Pflege für sie wünschen können.«

»Ihre Tochter – ist sie wieder gesund?«, fragte Jane. Fast fürchtete sie sich vor der Antwort.

»Oh, Amy geht es inzwischen wieder gut. Sie war an einem Fußgängerüberweg von einem Raser angefahren worden. Ihr Bein war an drei Stellen gebrochen, und sie musste wegen eines Milzrisses notoperiert werden. Meine Frau und ich waren außer uns vor Sorge, aber die

Schwestern hier haben alle mitgeholfen, sie durchzubringen. Besonders Sofia, die ...« Er verstummte und wandte den Blick ab.

»Fällt Ihnen irgendjemand ein, der einen Groll gegen sie gehegt haben könnte? Ein ehemaliger Patient vielleicht? Ein Verwandter eines Patienten?«

»Nein«, antworteten die Krankenschwestern wie aus einem Mund.

»Ich kann mir nicht vorstellen, dass irgendjemand ihr etwas Böses gewollt haben könnte.«

»Das sagen uns alle, die wir fragen«, bemerkte Jane.

»Und es ist auch wahr«, sagte Mary Beth. »Außerdem hätte sie es uns erzählt, wenn irgendjemand sie bedroht hätte.«

»War sie in einer Beziehung?«, fragte Frost. »Gab es einen neuen Mann in ihrem Leben?«

Mary Beth reagierte geradezu empört auf die Frage. »Tony ist vor einem halben Jahr gestorben. Glauben Sie wirklich, dass sie so bald etwas mit einem anderen Mann angefangen hätte?«

»Schien sie in letzter Zeit besorgt wegen irgendetwas?«, fragte Jane.

»Nein, sie war nur stiller als sonst. Was ja kein Wunder ist nach dem Verlust von Tony. Das war wahrscheinlich auch der Grund, warum sie nicht mehr zu unseren allmonatlichen Mitbringpartys gekommen ist.«

Jane bemerkte, dass der Arzt die Stirn runzelte. »Dr. Antrim?«, fragte sie.

»Ich bin mir nicht sicher, ob es wichtig ist. Es kam mir nur in dem Moment merkwürdig vor, und jetzt frage ich mich, ob es etwas zu bedeuten hat.«

»Was denn?«

»Es war letzten Mittwoch, als ich das Krankenhaus verließ. Da habe ich Sofia auf dem Parkplatz gesehen, sie telefonierte mit ihrem Handy. Das muss kurz vor Beginn ihrer Schicht gewesen sein, also vielleicht nachmittags gegen halb drei.«

»Und was war daran merkwürdig?«

»Sie wirkte ganz außer sich, als ob sie gerade eine schlechte Nachricht erhalten hätte. Ich habe nur gehört, wie sie sagte: ›Bist du sicher? Bist du sicher, dass das stimmt?‹«

»Haben Sie noch mehr von dem Gespräch mitbekommen?«

»Nein. Als sie mich sah, hat sie es beendet. Als ob sie nicht wollte, dass jemand mithört.«

»Wissen Sie, mit wem sie telefoniert hat?«

Er schüttelte den Kopf. »Sie haben doch sicher Zugriff auf ihre Verbindungsdaten. Können Sie es nicht darüber herausfinden?«

»Wir warten noch auf die Daten von ihrem Mobilfunkanbieter. Aber ja, wir werden es herausfinden.«

»Es kam mir nur seltsam vor, verstehen Sie? Wir kennen sie alle schon bald fünfzehn Jahre, seit sie hier im Pilgrim angefangen hat, und es will mir nicht in den Kopf, dass sie vor uns Geheimnisse gehabt haben soll.«

Welche Geheimnisse könnte eine zweiundfünfzigjährige verwitwete Krankenschwester hüten, fragte sich Jane. Sofia hatte keine Vorstrafen, es gab nicht einmal einen offenen Bußgeldbescheid. Bei der Durchsuchung ihres Hauses waren weder illegale Drogen noch versteckte Bargeldvorräte gefunden worden, und ihr Kontostand war bescheiden.

Vielleicht ging es bei dem Geheimnis ja nicht um sie.

»Was ist mit Tony, ihrem Mann?«, fragte Jane. »Was hat er beruflich gemacht?«

»Er war Briefträger«, antwortete Mary Beth. »Dreißig Jahre lang hat er das gemacht, und er hat seine Arbeit geliebt. Hat immer gerne mit den Leuten auf seiner Tour geplaudert. Er hat sogar ihre Hunde geliebt, und die Hunde haben ihn geliebt.«

»Nein, sie haben seine Hundekuchen geliebt«, meinte Fran Souza mit einem betrübten Lachen. »Tony hatte immer eine Tüte davon in seinem Postauto.«

»Aber er hat Hunde wirklich geliebt. Genau wie Sofia. Nach Tonys Tod hat Sofia davon gesprochen, dass sie sich einen anschaffen wollte, vielleicht sogar so einen Bären von Golden Retriever. Aber dann fand sie, dass es dem Hund gegenüber nicht fair wäre, ihn im Haus einzusperren, wenn sie arbeiten ging.« Mary Beth hielt inne. »Hätte sie sich nur einen Hund zugelegt – dann wäre das vielleicht nicht passiert.«

»Ist es schnell gegangen?«, fragte Fran leise. »Hat sie gelitten?«

Jane dachte an die Schlieren von getrocknetem Blut auf dem Wohnzimmerboden, die von Sofias verzweifeltem Fluchtversuch zeugten. *Ja, sie hat gelitten.* Sofia hatte noch lange genug gelebt, um Todesangst zu empfinden. Um zu wissen, dass sie sterben würde. Doch sie sagte nur: »Wir warten noch auf den Obduktionsbericht.«

»Macht Maura Isles die Obduktion?«, fragte Dr. Antrim.

Jane sah ihn erstaunt an. »Sie kennen Dr. Isles?«

»Oh ja. Wir spielen im gleichen Orchester.«

»Sie ist in einem Orchester?«

»Es ist ein Ärzteorchester. Wir proben einmal die

Woche in der Brookline Highschool. Sie ist unsere Pianistin, und zwar eine sehr gute.«

»Ich weiß, dass sie Klavier spielt, aber von einem Orchester habe ich nichts gewusst.«

»Wir sind nur Amateure, aber wir haben unseren Spaß dabei. Sie sollten zu unserem Konzert in ein paar Wochen kommen. Ich bin nur ein bescheidener zweiter Geiger, aber Maura? Sie ist eine Vollblutmusikerin, und sie ist die Solistin bei dem Konzert.«

Und mir hat sie kein Wort davon gesagt.

Was hatte Maura ihr noch alles vorenthalten, fragte sich Jane, als sie mit Frost im Aufzug nach unten fuhr und während sie über den Parkplatz zu ihrem Auto gingen. Es war keine große Sache, und doch beschäftigte es sie. Sie wusste, dass Maura ein verschlossener Mensch war, aber sie waren seit Jahren eng befreundet, hatten zusammen Schreckliches erlebt, und es gibt nichts, was zwei Menschen so zusammenschweißt, wie Seite an Seite dem Tod ins Auge zu blicken.

Sie setzte sich ans Steuer und sah Frost an. »Wieso hat sie uns nichts gesagt?«

»Wer?«

»Maura. Warum hat sie nie erwähnt, dass sie in einem Orchester spielt?«

Frost zuckte mit den Schultern. »Erzählst *du* ihr denn alles?«

»Nein, aber das ist doch was ganz anderes. So ein Konzert, das ist schon eine große Sache.«

»Vielleicht ist es ihr peinlich.«

»Dass es *noch etwas* gibt, was sie kann und ich nicht?«

Er lachte. »Siehst du? Das nervt dich, hab ich recht?«

»Es nervt mich noch mehr, dass sie mir nichts davon

erzählt hat.« Ihr Handy meldete sich mit dem dissonanten Gekreisch von Geigen. »Und das ist noch etwas, was mich nervt.«

»Gehst du jetzt vielleicht mal dran? Sonst versucht sie es ja doch immer wieder.«

Resigniert griff Jane nach dem Handy. »Hallo, Ma. Ich bin gerade sehr beschäftigt.«

»Du bist immer sehr beschäftigt. Wann können wir reden?«

»Geht es wieder um Tricia Talley?«

»Weißt du, was der Detective von Revere gesagt hat? Er hat Jackie gesagt, dass Tricia schon wieder nach Hause kommen wird, wenn ihr das Geld ausgeht. Wer sagt so was zur Mutter eines vermissten Kindes? Ich sag dir, die Polizei nimmt die Sache nicht ernst.«

»Anders als die letzten drei Male, die Tricia von zu Hause weggelaufen ist?«

»Die arme Jackie ist fix und fertig. Sie will mit dir reden.«

»Das müssen wir den Kollegen von Revere überlassen, Ma. Denen wird es nicht gefallen, wenn ich mich einmische.«

»Was heißt hier einmischen? Die vernachlässigen schließlich ihre Dienstpflicht! Jane, du kennst die Talleys fast dein ganzes Leben. Du hast auf dieses Mädchen aufgepasst, als sie klein war. Du kannst einen Vermisstenfall nicht einfach ignorieren, bloß weil du an einer größeren Sache dran bist.«

»Eine tote Frau ist keine Sache.«

»Tja, aber Tricia ist vielleicht auch tot. Würde das reichen, um dein Interesse zu wecken?«

Jane rieb sich die Schläfe in dem Versuch, die einsetzenden Kopfschmerzen wegzumassieren. »Okay, okay. Ich komme morgen vorbei.«

»Wann?«

»Irgendwann am Nachmittag. Ich muss bei einer Obduktion dabei sein. Und ich habe auch sonst noch eine Menge zu erledigen.«

»Ach, und ich hab dir doch von diesen Leuten von gegenüber erzählt. Den Greens?«

»Spionierst du sie immer noch aus?«

»Da ist so ein komisches Gehämmer zu hören in ihrem Haus. Du weißt doch, was das Heimatschutzministerium sagt: ›Siehst du etwas, dann sag etwas.‹ Tja, und ich sage etwas, das ist alles.«

Ja, Ma. So kenne ich dich.

6

MAURA

»Wieso hast du uns eigentlich nie erzählt, dass du in einem Orchester spielst?«, fragte Jane. »Ich meine, das hättest du ruhig mal erwähnen können.«

Maura hörte den Vorwurf in Janes Stimme, und sie zögerte die Antwort auf die Frage hinaus. Stattdessen konzentrierte sie sich weiter auf den Leichnam, der vor ihr auf dem Seziertisch lag. Sofias Kleidung war bereits entfernt worden – blauer OP-Anzug, BH Größe 46 B, weiße Baumwollunterhose. Im grellen Licht des Sektionssaals waren jeder Makel und jede Narbe aus den zweiundfünfzig Lebensjahren der Frau deutlich zu erkennen. Noch richtete sich Mauras Blick nicht auf den eingeschlagenen Schädel oder das entstellte Gesicht, sondern auf die Brandnarbe am linken Handrücken und auf die arthritische Verdickung des rechten Daumens – vielleicht Andenken an Stunden, die sie mit Gemüseschneiden, Braten und Teigkneten in der Küche verbracht hatte. Das Altern war ein gnadenloser Prozess. Die einstmals sicherlich schlanken und glatten Oberschenkel waren jetzt von Cellulite gezeichnet, und eine Blinddarmnarbe kräuselte die Haut des Oberbauchs. Hals und Brust waren von Sommersprossen, Stielwarzen und rauen schwarzen Papillomen verunziert, wie sie das größte Organ des Körpers im Lauf der Jahrzehnte so oft entwickelt. Makel, die Maura auch an ihrer eigenen Haut zu entdecken begann – eine deprimierende Erinnerung daran, dass wir alle irgendwann alt werden. Wenn wir Glück haben.

Sofia Suarez hatte dieses Glück nicht gehabt.

Maura griff zum Skalpell und begann zu schneiden.

»Wir haben auch gehört, dass du demnächst ein Konzert gibst«, sagte Frost. »Alice und ich würden gerne kommen. Sie steht total auf klassische Musik.«

Endlich blickte Maura zu Jane und Frost auf, die sie über den Tisch hinweg beobachteten. Frosts Sonnenbrand war inzwischen in der hässlichen Schälphase, und über seiner OP-Maske war seine Stirn schuppig von abgestoßenen Hautfetzen. »Glaubt mir, das Konzert ist wirklich keine große Sache. Deswegen habe ich es auch nicht für nötig gehalten, es zu erwähnen. Wie habt ihr überhaupt davon erfahren?«

»Dr. Antrim hat es uns gesagt«, antwortete Jane. »Er hat mit Sofia Suarez im Pilgrim Hospital zusammengearbeitet.«

»Das wusste ich gar nicht.«

»Wir haben ihre Kolleginnen auf der Intensivstation befragt, und bei der Gelegenheit hat er uns erzählt, dass du bei eurem Konzert die Starsolistin sein würdest.«

»Es ist bloß Mozart.« Maura packte die Knochenschere und begann, die Rippen durchzuschneiden. »Das Klavierkonzert Nummer einundzwanzig.«

»Na, das klingt aber schon ganz schön beeindruckend.«

»Es ist kein schwieriges Stück.«

»Alice liebt Mozart«, sagte Frost. »Das will sie sich bestimmt nicht entgehen lassen.«

»Ihr tut ja gerade so, als ob ich Lang Lang wäre.« Maura durchtrennte die letzte Rippe, um die Brusthöhle freilegen zu können. »Wir sind Amateure. Einfach nur Ärzte, die aus Spaß an der Freude zusammenspielen.«

»Du hättest es uns trotzdem sagen sollen«, meinte Jane.

»Ich bin erst vor ein paar Monaten dazugestoßen. Nachdem ihre Pianistin gestürzt war und sich die Schulter gebrochen hatte.«

»Und da kannst du einfach einspringen und so ein schwieriges Stück spielen?«

»Ich sagte doch, es ist keine große Sache.«

Jane schnaubte. »Das behauptest du jetzt zum wiederholten Male. Und ich glaube dir immer noch nicht.«

»Hey, vielleicht sollten *wir* ja eine Band gründen oder so«, wandte sich Frost an Jane. »Eine Polizeiband. Du hast doch mal Trompete gespielt, oder nicht?«

»Du willst mich *nicht* Trompete spielen hören, glaub mir.«

Maura griff in Sofia Suarez' Brustkorb und runzelte die Stirn. »Die Oberfläche des rechten Lungenflügels fühlt sich nicht normal an. Das ist eine Fibrose.«

»Heißt was?«, fragte Jane.

»Die Erklärung findet sich in den Thorax-Aufnahmen.« Maura deutete mit einem Nicken auf den Computerbildschirm, der ein Röntgenbild des Brustkorbs zeigte. »Es stand auch in ihrer Krankenakte. Das sind Narben von COVID-19. Sie war Intensivkrankenschwester, es ist also wenig überraschend, dass sie sich infiziert hat. Sie musste nie intubiert werden, aber sie lag vier Tage im Krankenhaus und bekam Sauerstoff. Es laufen inzwischen sehr viele Menschen da draußen herum, deren Röntgenbilder so aussehen, obwohl sie es selbst vielleicht gar nicht wissen.«

Maura nahm ein Skalpell zur Hand und schob die Hand wieder in die Brusthöhle. Eine Weile waren die einzigen Geräusche das feuchte Schmatzen der Organe, wenn Maura sie aus der Öffnung zog, und das Klatschen, mit dem sie in der Schale landeten. Geräusche wie von einer Schlachtbank.

Sie wandte ihre Aufmerksamkeit der Bauchhöhle zu und entnahm Dünn- und Dickdarm, Magen und Leber, Bauchspeicheldrüse und Milz. Dann schlitzte sie den Magen auf und leerte den spärlichen Inhalt in eine Schüssel. »Ihre letzte Mahlzeit hat sie mindestens vier Stunden vor dem Tod eingenommen«, bemerkte sie. »Das dürfte während ihrer Schicht gewesen sein.«

»Sie hat also auf dem Nachhauseweg nicht irgendwo Halt gemacht, um etwas zu essen«, sagte Jane. »Vier Stunden. Sie muss hungrig gewesen sein.«

Maura nahm eine Probe des Mageninhalts und versiegelte sie. »Gab es irgendwelche Treffer in der Datenbank?«

»Keine bei den Fingerabdrücken«, sagte Frost. »Die, die wir identifizieren konnten, stammen von ihrer Nachbarin Mrs. Leong und von Jamal Bird, dem jungen Computergenie aus der Nachbarschaft. Wenn wir davon ausgehen, dass es keiner von den beiden war, muss der Täter wohl Handschuhe getragen haben.«

»Und die Schuhe?«

»Ganz normale Gummistiefel, Größe einundvierzig. Bekommt man in jedem Walmart. Wir warten immer noch auf ihre Verbindungsdaten, aber das wird uns nicht weiterhelfen, wenn der Mörder jemand war, den sie nicht kannte.«

»Was ist mit diesen Einbrüchen in der Nachbarschaft?

Gibt es da irgendwelche Parallelen?« Maura sah zu Jane auf, die den Kopf schüttelte.

»Dieser Einbrecher trug Nikes der Größe dreiundvierzig, und seine Fingerabdrücke wurden in Sofias Haus nicht gefunden. Es wäre ja auch *viel* zu einfach, wenn es derselbe Täter wäre, der die Einbrüche in der Nachbarschaft begangen hat.«

Maura wandte sich nun dem Becken zu. Ihr Skalpell öffnete den Uterus und brachte ein weiteres trauriges Geheimnis ans Licht. »Narben von einer Endometriose. Fast die ganze Gebärmutterwand ist betroffen.«

»Sie hatte keine Kinder«, sagte Jane.

»Und das hier könnte der Grund dafür sein.«

Während Maura den resezierten Uterus in die Schüssel legte, dachte sie an das Hochzeitsfoto, das im Haus des Opfers hing, mit dem freudestrahlenden Brautpaar. Sofia und Tony waren nicht mehr die Jüngsten gewesen, als sie geheiratet hatten – beide bereits in ihren Vierzigern. Vielleicht hatte es ihre Ehe umso glücklicher gemacht, dass sie sich erst so spät im Leben gefunden hatten. Aber für Kinder war es zu spät gewesen.

Endlich widmete sich Maura den Verletzungen, die Sofia Suarez auf diesen Tisch gebracht hatten. Bisher hatte sie das Herz und die Lunge untersucht, den Magen und die Leber, aber das waren anonyme Organe, so unpersönlich wie die Innereien in der Auslage einer Metzgerei. Jetzt musste sie Sofias Gesicht anschauen, so grausam entstellt, dass es an ein verfremdetes Picasso-Porträt erinnerte. Maura hatte bereits die Röntgenaufnahmen des Schädels analysiert, sie hatte die Frakturen im Schädeldach und der Gesichtsknochen gesehen, und schon bevor sie die Kopfhaut abzog und den Schädel öffnete, wusste sie um die Zerstörung, die sie im Inneren vorfinden würde.

»Wir haben hier eine Impressionsfraktur des Scheitel- und des Schläfenbeins«, kommentierte sie. »Die Konturen der Schädelverletzung sind scharf abgegrenzt und kreisförmig, mit einem sehr regelmäßigen Wundrand an der äußeren Schädeldecke. Die Röntgenaufnahmen zeigen deutlich ein Eindringen von Knochenmaterial aufgrund eines Bruchs der äußeren Decke mit Trümmerfraktur der inneren Decke. Das passt alles zu einer stumpfen Gewalteinwirkung durch einen Hammer. Der erste Schlag wurde höchstwahrscheinlich von hinten geführt und traf das Opfer in einem schrägen Winkel.«

»Rechtshänder?«, fragte Frost.

»Wahrscheinlich. Er dürfte über seine rechte Schulter zum Schlag ausgeholt haben. Die Folge war ein Haarbruch, der sich schräg über das Schläfenbein zieht. Ein Schlag, der sicherlich reichte, um das Opfer zu betäuben, aber wir wissen, dass er Sofia nicht auf der Stelle getötet hat. Die Blutspur quer durch das Wohnzimmer verrät uns, dass sie noch in der Lage war, sich ein paar Meter weit zu schleppen ...«

»Ziemlich genau fünf Meter«, warf Frost ein. »Die ihr wie Meilen vorgekommen sein müssen.«

Während Maura die Kopfhaut zurückklappte und Haare und Haut vom Knochen löste, stellte sie sich Sofias entsetzliche letzte Sekunden vor. Die vernichtenden Schmerzen, die blutenden Wunden. Der Boden glitschig unter ihren Händen, als sie von der Haustür wegkriecht. Weg von ihrem Mörder.

Aber sie ist nicht schnell genug. Er folgt ihr, vorbei an dem Aquarium mit der Meerjungfrau in ihrem luxuriösen rosafarbenen Palast. Vorbei an dem Bücherregal mit den Liebesromanen. Inzwischen kann sie nur noch verschwommen sehen, ihre Glieder werden taub. Sie weiß, dass sie nicht entkommen kann, dass sie den Angriff nicht abwehren kann. Schließlich versagen ihre Kräfte, und hier endet es schließlich. Sie rollt sich in Seitenlage zusammen wie ein Embryo, schlingt die Arme um sich, als der letzte Schlag sie trifft.

Er landet auf ihrer rechten Schläfe, wo der Knochen am dünnsten ist. Er zerschmettert den Wangenknochen, sprengt den Knochenring der Augenhöhle. All das zeigte sich in den Röntgenaufnahmen ebenso wie in der nun freigelegten Schädeldecke. Noch ehe Maura die Knochensäge einschaltete und den Schädel öffnete, wusste sie, dass die Wucht der Schläge Knochensplitter ins Gehirn getrieben, Blutgefäße aufgeschlitzt und die graue Substanz verletzt hatte. Sie kannte die katastrophalen Folgen, die entstanden, wenn Blut Hirnmasse verdrängte, wenn Axone gezerrt und zerfetzt wurden.

Was sie nicht wusste, war, was das Opfer in seinen letzten Augenblicken gedacht hatte. Sofia hatte gewiss Todesangst empfunden, aber war sie überrascht gewesen? Fühlte sie sich verraten? Kannte sie das Gesicht, das auf sie herabblickte? Hier stieß die Rechtsmedizin an ihre Grenzen. Maura konnte einen Körper sezieren, konnte das Gewebe bis auf die Zellebene hinab untersuchen, doch was die Toten gewusst, gesehen, empfunden hatten, kurz bevor die Dunkelheit sich herabsenkte, würde immer ein Geheimnis bleiben.

Ein Gefühl der Unzufriedenheit verfolgte Maura, als sie an diesem Abend nach Hause fuhr. Als sie durch die Haustür trat, musste sie unwillkürlich an Sofia denken, die vor ein paar Tagen ebenfalls am Ende ihres Arbeitstags nach Hause gekommen war, ohne zu ahnen, dass dort der Tod auf sie wartete. *So, wie er auf uns alle wartet – die Frage ist nur, wo und wann wir ihm begegnen.*

Maura marschierte direkt in die Küche, schenkte sich ein Glas Cabernet ein und ging damit ins Wohnzimmer. Sie setzte sich ans Klavier, wo die Noten von Mozarts Concerto Nr. 21 schon aufgeschlagen lagen und sie anstarrten, eine Mahnung an eine weitere Verpflichtung, die sie eingegangen war und die das Risiko einer bitteren Blamage barg, sollte sie versagen.

Sie nahm einen Schluck Wein, stellte das Glas auf dem Beistelltisch ab und begann zu spielen.

Das Solo im Andante-Satz war gemächlich und unkompliziert, und es verlangte nicht die gleiche Virtuosität wie die dynamischeren Passagen, weshalb es sich gut als Einstieg eignete. Sie merkte, wie sie sich entspannte und ihre Nerven sich beruhigten, als sie sich auf Tempo und Melodieführung konzentrierte und die Gedanken an Sofia Suarez' Tod in den Hintergrund traten. Die Musik war ihre Zuflucht, eine Welt jenseits von Skalpell und Knochensäge, von der die Toten ausgeschlossen blieben. Sie hatte Jane nicht von ihrem Orchester erzählt, weil sie diesen Abstand zwischen den beiden Welten bewahren wollte; weil sie nicht wollte, dass die Reinheit der Musik von ihrem anderen Leben getrübt wurde.

Sie kam zum Schluss des Andantes und stürzte sich sofort in das Allegro. Ihre inzwischen aufgewärmten Finger flogen nur so über die Tasten, und sie spielte weiter, auch als sie hörte, wie die Haustür aufging und wenig später Daniel Brophy ins Wohnzimmer trat. Er sagte kein

Wort, sondern hörte nur schweigend zu, während er seinen Priesterkragen löste und die Uniform seines Standes ablegte, eines Standes, der jede intime Beziehung zwischen ihnen untersagte.

Und doch war er hier und lächelte sie an.

Sie kam zum Ende des Konzerts. Als sie die Hände von den Tasten nahm, schlang er die Arme um ihre Schultern und hauchte ihr einen warmen Kuss auf den Nacken.

»Das klingt herrlich«, sagte er.

»Immerhin nicht mehr so holprig wie letzte Woche.«

»Kannst du nicht einfach mal ein Kompliment annehmen?«

»Nur, wenn ich es verdiene.«

Er setzte sich neben sie auf die Klavierbank und drückte ihr einen Kuss auf die Lippen. »Du wirst sensationell sein. Und fang jetzt nicht an, mir deine ganzen Fehler aufzuzählen, weil ich sie sowieso nicht hören kann. Und das Publikum wird sie auch nicht hören.«

»Jane wird da sein. Und Frost bringt seine Frau mit, die angeblich eine Expertin für klassische Musik ist.«

»Die kommen zum Konzert? Ich dachte, du wolltest ihnen nichts davon sagen?«

»Sie haben es herausgefunden. Es ist schließlich ihr Job, Dinge herauszufinden.«

»Ich habe sowieso nicht verstanden, warum du es ihnen nicht erzählen wolltest. Sie sind deine Freunde. Es scheint fast so, als ob es dir peinlich wäre.«

»Es wäre mir peinlich, wenn ich es vermasseln würde.«

»Ach, da spricht nur wieder die Perfektionistin aus dir. Aber es stört wirklich niemanden, dass du nicht perfekt bist.«

»Mich stört es.«

»Da hast du wahrhaftig ein schweres Kreuz zu tragen.« Er lächelte. »Bis jetzt ist es dir gelungen, uns alle zu täuschen.«

»Ich bereue es fast, dass ich mich auf diesen Auftritt eingelassen habe.«

»Hinterher wirst du froh sein, dass du es getan hast.«

Sie sahen sich lächelnd an – ein Liebespaar entgegen jeder Wahrscheinlichkeit; zwei, die einander nie hätten begegnen dürfen. Sie hatten versucht, einander aus dem Weg zu gehen, hatten zu leugnen versucht, dass sie einander brauchten – und waren gescheitert.

Er bemerkte das leere Weinglas auf dem Tischchen neben dem Klavier. »Soll ich dir noch eins einschenken?«

»Unbedingt. Ich bin sowieso fertig mit Üben.«

Sie folgte ihm in die Küche und sah zu, wie er den Wein in ihr Glas goss. Der Cabernet war vollmundig und körperreich, einer der teuren Genüsse, die sie sich gönnte, doch als sie sah, dass er sich selbst kein Glas einschenkte, hatte sie plötzlich auch keine Lust mehr und stellte ihres nach dem ersten kleinen Schluck weg. »Du trinkst ja gar nichts«, sagte sie.

»Ich würde gerne, aber ich kann heute Abend nicht bleiben. Ich habe um acht eine Sitzung des Finanzausschusses der Pfarrei. Und danach habe ich noch ein Treffen der Flüchtlingshilfe, das wahrscheinlich bis zehn gehen wird.« Er schüttelte den Kopf. »Der Tag hat einfach nicht genug Stunden.«

»Na ja, dann kann ich ja heute Abend noch ein bisschen mehr üben.«

»Aber morgen Abend bin ich wieder da.« Er beugte sich vor, um sie zu küssen. »Du bist hoffentlich nicht zu enttäuscht?«

»Es ist, wie es ist.«

Er nahm ihr Gesicht in die Hände. »Ich liebe dich, Maura.«

Im Lauf der Jahre hatte sie beobachtet, wie sich mehr und mehr silbergraue Strähnen in Daniels Haare schmuggelten, wie die Falten um seine Augen tiefer wurden – die gleichen Veränderungen, die sie in ihrem eigenen Gesicht sah. Er würde immer der Mann sein, den sie liebte, aber diese Liebe war auch mit Leid verbunden. Es schmerzte, dass sie nie wie ein normales Paar leben, nie Nacht für Nacht unter demselben Dach schlafen würden. Sie würden nie in der Öffentlichkeit Hand in Hand gehen und der ganzen Welt ihre Liebe zeigen können. Das war die Abmachung, die sie miteinander getroffen hatten, und mit seinem Gott. *Und es muss uns genügen*, dachte sie, als sie ihn zur Tür hinausgehen hörte.

Sie kehrte zum Klavier zurück und blickte die Partitur an. Da waren so viele Passagen, die sie noch nicht richtig beherrschte, die noch nicht mühelos unter ihren Fingern dahinflossen. Es war eine Herausforderung, ja, aber auch eine dringend benötigte Ablenkung von Daniel und von der nie enden wollenden Parade von Leichen, die sie unter ihr Skalpell bekam.

Sie schlug die erste Seite auf und begann wieder zu spielen.

7

AMY

Meine Mutter ist wunderschön.

Das dachte Amy oft über Julianne, aber nie so sehr wie an diesem Abend, als sie ihrer Mutter dabei zusah, wie sie den Teig für die Fettuccine knetete. Juliannes Oberkörper bewegte sich vor und zurück, als sie Mehl und Wasser vermengte, so kraftvoll, dass kleine weiße Wölkchen von der schwarzen Granit-Arbeitsfläche aufstoben. Mit ihren einundvierzig Jahren hatte Julianne immer noch schlanke, muskulöse Arme, geformt in jahrelanger Arbeit mit Teigrolle, Hackmesser und Schneebesen. Ihr Gesicht glühte vor Anstrengung, und an ihren Schläfen klebte Mehl. *Die Kriegsbemalung der Bäcker*, sagte ihre Mutter dazu, und an diesem Abend stürzte sich Julianne, die Bäckerin, wieder einmal mit Begeisterung in die Schlacht, die Ärmel hochgekrempelt, ihre gestreifte Lieblingsschürze um den Bauch gebunden. Amys Vater hatte im Krankenhaus die Abendschicht, also waren sie beim Abendessen nur zu zweit. Ein Frauenabend – was bedeutete, dass sie essen konnten, worauf sie gerade Lust hatten.

Heute Abend gab es Fettuccine mit frischem Spargel. Julianne drehte den Teig ein ums andere Mal durch die Nudelmaschine, um die Bahnen immer noch dünner zu rollen. Unterdessen rieb Amy Zitronenschalen ab, deren scharfer und erfrischender Duft die Küche füllte. Teamwork, wie ihre Mutter immer sagte. *Du und ich gegen den Rest der Welt.*

Eine Stunde später genossen sie das Ergebnis: glänzende Nester von Fettuccine, duftend nach Zitrone und Parmesan. Sie trugen ihre Teller durch das Esszimmer direkt ins Wohnzimmer und machten es sich vor dem Fernseher gemütlich. *Heute Abend pfeifen wir auf die Regeln*, hatte Julianne gesagt. *Wir machen uns einen Frauenabend.*

Und es war auch ein Frauenfilm, den sie sich aussuchten: *Stolz und Vorurteil*. Amys Vater hätte sich zu Tode gelangweilt, aber er war heute Abend nicht da. Heute Abend konnte sie im Nachthemd vor dem Fernseher fläzen und Pasta schlürfen, während sie und ihre Mutter zusahen, wie Keira Knightley den zurückhaltenden Mr. Darcy becircte. Wenn doch nur die Frauen heute noch so wunderschöne Kleider trügen! Wäre es doch nur tatsächlich so, dass die Männer vom scharfen Verstand und der hohen Intelligenz einer Frau angezogen würden!

»Auf manche Männer trifft das zu«, sagte Julianne. »Auf die guten. Solche wie dein Vater.«

»Wo sind denn all die anderen guten?«

»Du musst nur Geduld haben und darfst dich nicht zu früh festlegen. Gib dich nicht zu schnell zufrieden. Du verdienst nur das Beste.« Julianne strich Amy eine Haarsträhne hinters Ohr, und ihre Finger verweilten auf der Wange ihrer Tochter. »Du verdienst es, glücklich zu sein.«

»Ich *bin* glücklich.«

Julianne lächelte. »Soll ich dir jetzt das Bein einreiben? Wir dürfen da nicht nachlässig werden.«

Amy zog ihr Nachthemd bis zur Hüfte hoch und legte die hässliche Operationsnarbe frei. Es war Monate her, dass die Chirurgen ihren zerschmetterten Oberschenkelknochen wieder zusammengeflickt hatten. Bei kaltem Wetter tat ihr Bein immer noch weh, und die verheilte Wunde war ein schmerzhafter roter Wulst. Sie konnte diese Narbe unter einem Rock verstecken, aber sie würde immer da sein – ein Makel, der nur darauf wartete, bei einem Besuch am Strand oder in einem intimen Moment ans Licht zu kommen. Würde die Salbe, mit der Julianne sie täglich einrieb, diese Narbe je verblassen lassen? Amy wusste es nicht, aber es war inzwischen ihr allabendliches Ritual. Julianne nahm die Salbe und massierte sie behutsam in die wulstige Stelle ein. Im Fernseher küsste Keira Knightley endlich ihren Mr. Darcy, während Amy auf der Couch allmählich die Augen zufielen und eine wohlige Ermattung sie überkam. Auch als das Telefon klingelte und Julianne aufstand, um abzuheben, rührte Amy sich nicht, sondern verharrte in diesem warmen, aufgelösten Zustand. *Mr. Darcy. Mr. Darcy.*

»Wer ist da?«, fragte Julianne.

Amy schlug die Augen auf und drehte sich träge zu ihrer Mutter um, die mit dem Hörer am Ohr dastand.

»Wer ist da?«

Die Anspannung in Juliannes Stimme ließ Amy aufmerken. Sie beobachtete, wie ihre Mutter auflegte. Einen Moment lang stand Julianne reglos da und starrte das Telefon an.

»Mom? Wer hat da angerufen?«

»War bloß falsch verbunden.«

Amy rechnete damit, dass Julianne wieder auf die Couch zurückkommen würde, um mit ihr den Nachspann von *Stolz und Vorurteil* zu schauen, doch sie trat stattdessen ans Fenster. Einen Moment lang blieb sie dort stehen und blickte auf die Straße hinaus, dann zog sie den Vorhang zu. Sie ging zum anderen Fenster und machte es dort ebenso. Dann drehte sie sich zu Amy um und lächelte. »Was meinst du? Schauen wir uns noch einen Film an?«

»Nein.« Amy gähnte. »Ich glaube, ich gehe ins Bett.«

»Ja, du siehst auch müde aus. Brauchst du Hilfe auf der Treppe?«

»Nein, ich komm schon klar.« Amy hievte sich von der Couch hoch und griff nach ihrem Stock. »Ich kann es kaum erwarten, dieses Ding loszuwerden.«

»Lass uns doch eine Zeremonie draus machen! Eine Krückstock-Verbrennungs-Party! Ich backe einen Kuchen.«

Amy lachte. »Natürlich wirst du das.«

Sie humpelte die Stufen hinauf, eine Hand an ihrem Stock, die andere am Geländer, und spürte den Blick ihrer Mutter im Rücken. Die sie nie aus den Augen ließ. Sicher oben angekommen, drehte Amy sich um, um ihrer Mutter zuzuwinken, doch Julianne sah sie gar nicht an. Stattdessen tippte sie den Code der Alarmanlage in der Diele ein: 5429. System scharfgestellt.

»Gute Nacht!«, rief Amy zu ihr hinunter.

»Gute Nacht, Schatz«, erwiderte Julianne. Dann trat sie ans Fenster. Sie stand immer noch da, starrte immer noch in die Nacht hinaus, als Amy zu ihrem Bett humpelte.

8

ANGELA

Meine Tochter glaubt, dass ich ihre Zeit vergeude. Ich sehe es an ihrem Gesicht, als sie meine Küche betritt und ihre Handtasche achtlos auf die Arbeitsplatte wirft. Geduld war noch nie Janes Stärke. Als sie noch klein war, konnte sie es nicht erwarten, endlich gehen zu lernen, endlich keine Windeln mehr tragen zu müssen, endlich mit den Jungs Basketball zu spielen. Meine kluge, kämpferische, unbezwingbare Tochter ist stets bereit, jedem Gegner die Stirn zu bieten.

Heute Abend aber hat sie es mit *mir* zu tun, und die Fronten sind abgesteckt, als sie in meiner Küche steht und sich eine Tasse Kaffee einschenkt.

»Schlechter Tag in der Arbeit?«, frage ich, um ein bisschen Small Talk zu führen. Sie ist bei der Mordkommission – für sie ist jeder Tag ein schlechter Tag.

»Eine tote Frau in Roslindale. Eine Krankenschwester.«

»Mord?«

»Ja. Oh Wunder.« Sie schlürft ihren Kaffee. »Hast du mal wieder von Vince gehört?«

»Er hat heute Morgen angerufen. Seine Schwester hat immer noch starke Schmerzen, sagt er, deshalb wird er wohl noch zwei Wochen länger bleiben. Ich dachte immer, ein künstliches Hüftgelenk ist heutzutage ein

Klacks, aber bei ihr ist es offenbar anders. Er bedient sie von vorne bis hinten.«

»Sag ihm, er soll sich loseisen und zurückkommen. Dann kann *er* dir helfen, Tricia aufzuspüren.«

»Das hier ist dein altes Viertel, Janie. Wenn da ein Mädchen verschwindet, müsstest du doch ein persönliches Interesse daran haben.«

»Ich habe getan, worum du mich gebeten hast. Ich habe mit Detective Saldana gesprochen und mich nach dem Stand der Dinge erkundigt.«

»Jackie sagt, er unternimmt rein gar nichts, um sie zu finden.«

»Was er tut, ist, sich an Wahrscheinlichkeiten zu orientieren. Tricia ist schon dreimal von zu Hause weggelaufen. Und jedes Mal ist sie von sich aus wieder zurückgekommen.«

»Aber diesmal könnte es anders sein. Es könnte ein Stalker sein. Irgendein perverser alter Typ, der sie in sein Haus gelockt hat und sie im Keller als Sexsklavin gefangen hält. Wie dieser Kerl in Cleveland, der diese Mädchen jahrelang eingesperrt hat. Da hat die Polizei ganz schön alt ausgesehen.«

Bei der Erwähnung des Cleveland-Falls, der es schließlich sogar auf die Titelseite des Magazins *People* geschafft hat, verstummt Jane. Ich habe gewusst, dass sie das ins Grübeln bringen würde. Kein Ermittler möchte bei einem so prominenten Fall als Versager dastehen.

»Okay«, seufzt Jane, »dann lass uns mal mit Jackie reden.«

Wir müssen nicht fahren – das Haus der Talleys ist nur anderthalb Blocks entfernt, und um diese Zeit am Abend ist es ein angenehmer Spaziergang. Die Luft ist von Kochdüften erfüllt, und in den Fenstern flimmern die Fernseher. Bei den Talleys angekommen, sehe ich Ricks blauen Camaro in der Einfahrt stehen, und ich frage mich, ob er und Jackie sich inzwischen wieder besser verstehen. Man sollte meinen, dass sie nach zwanzig Jahren Ehe entweder ihre Differenzen ausgebügelt oder sich getrennt hätten. Jackie hat mir erzählt, dass er sie einmal im Streit gegen den Kühlschrank gestoßen hätte, und Tricia hätte alles mit angesehen. Also, an Frank hatte ich ja wirklich so einiges auszusetzen, vor allem, dass er sich mit einer anderen Frau rumgetrieben hat, aber wenigstens hat er mich nie gestoßen oder geschlagen. Vielleicht, weil Jane ihm sonst direkt Handschellen angelegt hätte.

Ich klopfe an die Tür, und Jackie macht fast sofort auf. Ihre Haare sind zerzaust, ihre Wange ist mit Eyeliner verschmiert. Ich habe sie immer für eine attraktive Frau gehalten – vielleicht *zu* attraktiv –, aber was ich heute sehe, ist eine verängstigte Mutter. »Oh, Angela, du hast sie mitgebracht! Danke! Janie, ich kann gar nicht glauben, dass du jetzt Detective bist. Ich weiß noch genau, wie du einmal Tricia gehütet hast. Du hast sie in ihr Laufställchen gesperrt und ihr gesagt, sie wäre im Gefängnis. Ja, früh übt sich, wer mal Bösewichte hinter Gitter bringen will ...«

Jackie setzt ihr nervöses Geplapper fort, während sie uns in die Küche führt, wo Rick am Tisch sitzt und den Sportteil liest. Mit seinen fünfundvierzig Jahren hat er immer noch sehr volles, dunkles Haar, und man könnte ihn als durchaus gutaussehend bezeichnen, aber mir hat sein Äußeres nie gefallen, und heute Abend gefällt es mir sogar noch weniger. Seine Haare sind nach hinten gegelt, und unter der Manschette seines Hemds blitzt ein goldenes Armband hervor. Ich kann Männer, die Armbänder tragen, nicht ausstehen. Als er Jane erblickt, richtet er sich auf seinem Stuhl auf. Vielleicht liegt es an der Pistole, die an ihrer Hüfte hängt. Manchmal reichen die sogenannten Waffen einer Frau eben nicht aus, um sich bei einem Mann Respekt zu verschaffen.

Jackie eilt zum Herd, wo ein Topf überzukochen droht, und dreht die Herdplatte herunter. Der Tisch ist mit zwei Tellern und einem hingeworfenen Haufen Besteck gedeckt. In der Küche riecht es nach angebranntem Essen, und der Herd ist mit Fett und braunen Krusten verdreckt. Der beklagenswerte Zustand der Küche verrät mir, wie sehr das Verschwinden ihrer Tochter diesen Haushalt aus der Bahn geworfen hat.

»Es tut mir leid, Jackie. Wie ich sehe, wolltet ihr gerade zu Abend essen.«

»Nein, nein, mach dir deswegen keine Gedanken. Dein Besuch ist viel wichtiger.« Jackie zieht einen Stuhl unter dem Tisch heraus. »Bitte, setz dich doch. Kaum zu glauben, dass unsere Janie jetzt Verbrecher jagt. Wenn irgendjemand uns helfen kann, dann du.«

»Also, streng genommen ist das ein Fall für das Revere PD, aber ich will gerne versuchen zu helfen.« Jane nimmt Platz und legt zögerlich die Unterarme auf den von Krümeln übersäten Tisch. »Meine Mutter sagt, dass Tricia seit letzten Mittwoch verschwunden ist?«

»Ja, ich bin morgens aufgewacht, und da war sie nicht in ihrem Zimmer. Die Kette an der Haustür war nicht vorgelegt, daher wusste ich, dass sie dort rausgegangen war. Ich hab mir gedacht, sie wird wohl zu einer Freundin gegangen sein, deshalb hab ich mir keine Sorgen gemacht. Erst als sie am späten Abend immer noch nicht zu Hause war, hab ich die Polizei angerufen.«

»Detective Saldana meinte, Tricia habe Geld aus deiner Brieftasche gestohlen. Wie viel?«

Jackie rutschte unruhig auf ihrem Stuhl hin und her. »Keine Ahnung. Vielleicht fünfzig Dollar.«

»Hast du irgendeine Ahnung, warum sie davongelaufen sein könnte?«

»Sie hat in letzter Zeit nicht viel mit mir geredet. Wir haben uns ziemlich viel gestritten, sie und ich.«

»Worüber?«

»Alles Mögliche«, wirft Rick leicht genervt ein. »Ihre Schulnoten. Ihre Raucherei. Ihre sogenannten Freunde. Seit sie vierzehn geworden ist, ist hier so ziemlich die Hölle los.«

»*Du* bist doch derjenige, der ihr immer wegen dieser Geschichten in den Ohren liegt, nicht ich«, sagt Jackie.

»Aber anscheinend bist *du* es, auf die sie jetzt sauer ist.«

»Natürlich, weil ich ihre Mutter bin. Mädchen in ihrem Alter lassen immer alles an ihren Müttern aus. Das ist normal.«

»Wenn das normal ist, ist es ein Wunder, dass nicht alle Kinder gleich bei der Geburt erdrosselt werden.« Rick steht auf und nimmt seine Autoschlüssel von der Arbeitsplatte.

»Wo willst du hin?«

»Ich muss mich mit Ben treffen wegen diesem Projekt drüben in Quincy. Hab ich dir doch erzählt.«

»Was ist mit dem Abendessen?«

»Ich hol mir unterwegs was.« Er sieht Jane widerwillig an und nickt. »Danke, dass du vorbeigeschaut hast, aber ich glaube, es ist nicht nötig, dass wir dich da reinziehen. Ich weiß nicht, was neuerdings in dieses Mädchen gefahren ist, aber sie wird schon wieder nach Hause kommen, wenn ihr das Geld ausgeht. Das ist jedes Mal so.«

Wir schweigen alle, während er zur Tür hinausgeht. Es ist, als ob wir nicht wagten, irgendetwas zu sagen, was seinen Abgang verzögern könnte. Als wir hören, wie der Motor draußen anspringt und er davonfährt, kann ich geradezu sehen, wie Jackies Körper vor Erleichterung schlaff wird. Jane wirft mir einen Blick zu, der sagt: *Wieso sind diese Leute immer noch verheiratet?* Das habe ich mich allerdings auch schon mehr als einmal gefragt. Aber es war nicht immer so zwischen ihnen. Ich weiß noch, wie sie ständig geknutscht und geschnäbelt haben, als sie neu in der Nachbarschaft waren. Bevor sie Tricia bekamen. Kinder können einer Ehe schon arg zusetzen.

»Ich bin auf ihre Facebook-Seite gegangen, aber sie hat mich geblockt. Könnt ihr euch das vorstellen?«, sagt Jackie. »Ich habe ihre Freundinnen gefragt – die behaupten alle, sie wüssten nicht, wo Tricia ist. Aber diese Teenager sind ja so gut darin, ihre Geheimnisse zu hüten. Vielleicht stiftet sie sie ja dazu an, mich anzulügen, keine Ahnung.« Jackie lässt den Kopf in die Hände sinken. »Wenn ich nur wüsste, was das ausgelöst hat. Warum sie so wütend auf mich ist. Es ist, als hätte man plötzlich einen Schalter umgelegt. Sie ist am Dienstag vor der Schule nach Hause gekommen, hat mir ein ganz, ganz schlimmes Wort an den Kopf geworfen und sich dann in ihrem Zimmer eingeschlossen. Am nächsten Morgen war sie verschwunden.«

»Wohin ist sie gegangen, als sie das letzte Mal davongelaufen ist?«, fragt Jane.

»Da hat sie sich bei einer Freundin versteckt. Nicht einmal die Eltern des Mädchens haben gewusst, dass sie dort war und im Zimmer ihrer Tochter schlief. Ein anderes Mal hat sie den Bus nach New York City genommen. Ich habe erst davon erfahren, als sie mich anrief und mich bat, ihr Geld für das Ticket nach Hause zu schicken.«

Jane betrachtet Jackie eine Weile eingehend, wie um herauszufinden, was diese nicht sagt. Was sie auslässt. »Was glaubst du, warum sie wütend auf dich ist, Jackie?«, fragt sie leise.

Jackie seufzt und schüttelt den Kopf. »Du kennst sie doch. Sie war schon immer launisch.«

»Ist hier zu Hause irgendetwas vorgefallen? Vielleicht etwas zwischen ihr und ihrem Vater?«

»Rick? Nein, das hätte er mir gesagt.«

»Bist du sicher?«

»Ganz sicher«, antwortet Jackie, doch dann wendet sie den Blick ab, was Zweifel an ihrer Beteuerung weckt. Ich denke an Rick Talley mit seinem goldenen Männerarmband und seinen zurückgegelten Haaren. Ich kann mir nicht vorstellen, dass er auf Teenager steht. Nein, sein Typ dürfte eher die aufgedonnerte, vollbusige Sorte sein, so eine mit einem lauten, ordinären Lachen. Eine Frau, wie Jackie früher eine war.

Jackie senkt den Blick auf den Tisch mit den Krümeln und den eingetrockneten Flecken, und ich bemerke die einsetzenden Hängebacken in ihrem Gesicht. Das ist nicht mehr die lebhafte Frau, die vor achtzehn Jahren hierhergezogen ist, um einen Job an der Highschool anzunehmen. Damals, als sie das aufregende neue Gesicht in der Nachbarschaft war, habe ich sie nicht sonderlich gemocht. Ich bin ihr sogar aus dem Weg gegangen, weil ich wusste, dass sämtliche Männer in der Nachbarschaft ein

Auge auf sie geworfen hatten, darunter auch mein Frank. Aber jetzt ist sie nur eine verängstigte Mutter, gefangen in einer offenbar unglücklichen Ehe, und für meine Ehe stellt sie keine Bedrohung mehr dar, weil eine andere blonde Tussi sich meinen Frank bereits gekrallt hat.

Jane und ich reden nicht viel, als wir zusammen zu meinem Haus zurückgehen. Der Abend ist warm, die Leute haben die Fenster geöffnet, und aus den Häusern dringen Gesprächsfetzen, das Klappern von Geschirr und Fernsehgeräusche an mein Ohr. Es ist vielleicht nicht das schönste Wohnviertel in der Stadt, aber es ist mein Viertel, und in diesen bescheidenen Häusern wohnen Menschen, die ich kenne; mit manchen bin ich befreundet, mit anderen nicht. Wir kommen bei den Leopolds vorbei, und durch das Wohnzimmerfenster sehe ich Larry und Lorelei Seite an Seite auf ihrer weißen Couch vor dem Fernseher sitzen und von Tabletts essen. Etwas, was ich in *meinem* Haus nie gestattet habe, denn es gehört sich nun mal, das Abendessen ordentlich am Tisch einzunehmen.

Aber das soll jeder machen, wie es ihm beliebt. Auch wenn es falsch ist.

Wir erreichen mein Haus, und gegenüber sehen wir Jonas, diesen Silberrücken, in seinem Wohnzimmer mit nacktem Oberkörper Gewichte stemmen. All diese Fenster sind wie Fernsehbildschirme, auf denen jeder, den es interessiert, Dramen aus dem wirklichen Leben verfolgen kann. *Kanal 2531: Jonas, Navy SEAL im Ruhestand, kämpft gegen den Zahn der Zeit an! Kanal 2535: Die Leopolds auf der Couch, ein Ehepaar in mittleren Jahren, das die Romantik am Leben zu halten versucht! Kanal 2533: Die Greens ...*

Ich weiß nicht, was ich über die Greens sagen soll.

Ihre Jalousien sind wie üblich geschlossen, und bis auf eine Silhouette, die am Fenster vorbeihuscht, kann ich nichts von dem erkennen, was dort drinnen vor sich geht.

»Das ist ihr Haus«, sage ich zu Jane.

»Wessen Haus?«

»Diese Leute, von denen ich dir erzählt habe. Die Spione. Oder vielleicht sind sie ja auf der Flucht.«

Jane seufzt. »Mein Gott, Ma. Bist du immer so vorschnell mit deinem Urteil?«

»Irgendetwas stimmt nicht mit diesen Leuten.«

»Weil sie dein Zucchinibrot nicht essen wollen?«

»Weil sie gar keine Kontakte knüpfen. Sie sind überhaupt nicht daran interessiert, ihre Nachbarn kennenzulernen.«

»Es ist nicht verboten, für sich zu bleiben.«

Ihr schwarzer SUV parkt in der Einfahrt. Die Garage ist nur für ein Auto gebaut, sodass Mr. Greens SUV immer draußen steht, den Blicken der Passanten ausgesetzt.

Ich überquere die Straße und steuere auf das Auto zu.

»Ma!«, ruft Jane. »Was hast du vor?«

»Ich will nur mal einen kurzen Blick riskieren.«

Sie folgt mir auf die andere Straßenseite. »Das ist unbefugtes Betreten, ist dir das klar?«

»Es ist doch nur die Einfahrt. Die ist quasi eine Verlängerung des Gehwegs.« Ich gehe mit dem Gesicht ganz nahe ans Fahrerfenster, aber es ist zu dunkel, um drinnen etwas zu erkennen. »Gib mir deine Taschenlampe. Nun mach schon – ich weiß doch, dass du immer eine dabeihast.«

Jane seufzt, als sie die Hand in ihre Tasche steckt, die Lampe hervorholt und sie mir in die Hand drückt.

Ich brauche ein paar Sekunden, um den Schalter zu finden. Der bläulich weiße Lichtstrahl ist genau das, was ich brauche. Ich richte ihn ins Innere des SUVs und sehe blitzsaubere Polster. Kein Müll, keine Papiere, kein loses Kleingeld.

»Zufrieden?«, fragt Jane.

»Es ist nicht normal, dass es so sauber ist.«

»Für eine Rizzoli vielleicht.« Sie nimmt mir die Taschenlampe wieder ab und schaltet sie aus. »Es reicht, Ma.«

Da klappt plötzlich die Jalousie am Wohnzimmerfenster auf, und wir erstarren. Matthew Green steht da, seine breiten Schultern verdunkeln fast völlig das Licht hinter ihm. Wir sind auf frischer Tat ertappt worden, wie wir neben seinem SUV stehen, doch er rührt sich nicht von der Stelle, brüllt nicht durchs Fenster. Er starrt uns nur schweigend an wie ein Jäger seine Beute, und meine Nackenhaare stellen sich auf.

Jane winkt ihm zu, eine beiläufige nachbarschaftliche Geste, als ob wir nur zufällig vorbeigekommen wären, aber wir wissen, dass wir ihn nicht einen Augenblick täuschen können. Er weiß, was wir da machen. Jane packt meinen Arm, zieht mich auf den Gehweg zurück und über die Straße zu meinem Haus. Als wir die Verandastufen hinaufsteigen, blicke ich mich noch einmal um.

Er beobachtet uns immer noch.

»Na, das war ja eine saubere Leistung«, murmelt Jane, als wir das Haus betreten.

Ich schließe die Tür und lehne mich mit pochendem Herzen dagegen. »Jetzt weiß er, dass ich ihn beobachtet habe.«

»Das hat er schon vorher gewusst, da bin ich mir sicher.«

Ich atme tief durch. »Er macht mir Angst, Jane.«

Sie tritt ans Wohnzimmerfenster und blickt über die Straße zu Mr. Green, der immer noch am Fenster steht und zu uns herüberschaut. Die beiden beäugen einander eine Weile in einem Blickduell. Dann lässt er die Jalousie herunterfallen und verschwindet.

»Janie?«

Sie dreht sich zu mir um, ihre Miene ist besorgt. »Kannst du dich bitte einfach von diesen Leuten fernhalten? Damit würdest du ihnen eine Freude machen und mir auch.«

»Aber du verstehst jetzt, was ich meine, nicht wahr? Irgendwas stimmt mit denen nicht. Warum gehen sie mir immer aus dem Weg?«

»Oh Mann, ich hab *keine* Ahnung.« Sie sieht auf ihre Uhr.

»Was ist mit Tricia? Was willst du wegen ihr unternehmen?«

»Ich werde die Kollegen von Revere anrufen und fragen, ob sie neue Informationen haben. Aber im Moment neige ich immer noch zu der Annahme, dass sie einfach durchgebrannt ist. Sie ist ganz offensichtlich stinksauer auf ihre Mutter, sie hat Geld aus ihrer Brieftasche genommen, und sie hat so was in der Vergangenheit schon öfter gebracht.«

»Und ich sage dir, wenn ein junges Mädchen immer wieder von zu Hause wegläuft, sollte man sich den Vater mal genauer anschauen.«

»Für mich hört es sich eher an, als ob Tricia ein Problem mit ihrer Mutter hat.«

»Aber wie können wir sie finden?«

Jane schüttelt den Kopf. »Das wird nicht einfach sein.

Nicht, wenn dieses Mädchen nicht gefunden werden *will*.«

»Ich hab Rick Talley nie sonderlich gemocht«, sagt Jonas, als wir zu viert in meinem Wohnzimmer sitzen und die Scrabble-Steine auf dem Tisch mischen. »So ein attraktives Mädel wie Jackie, die hätte doch weiß Gott was Besseres kriegen können. Er wechselt ständig den Job, bleibt nie an irgendwas dran. Wahrscheinlich ist Jackie diejenige, die das meiste Geld nach Hause bringt. Die Highschool zahlt bestimmt nicht schlecht, schätze ich. Was, Larry?«

Larry Leopold macht nur »Hmm« und nimmt sich sieben neue Steine. Wie üblich hat er die letzte Runde gewonnen, mit ZYGOTEN auf dreifachem Wortwert. Ich musste es nachschlagen, um mich zu vergewissern, dass es das Wort überhaupt gibt – und ja, es steht tatsächlich im Wörterbuch. Jeder normale Mensch hätte das Z genommen, um ZOO oder ZUG zu legen oder nach längerem Nachdenken vielleicht ZOTEN. Aber das ist nun mal der Lehrer in Larry – er muss uns unbedingt immer wieder vorführen. Das fuchst Jonas ganz gewaltig, denn er hasst es, wenn ein anderer Mann in irgendetwas besser ist als er. Da Jonas weiß, dass er Larry am Scrabblebrett nicht schlagen kann, richtet er seinen Groll stattdessen gegen Rick Talley, der nicht hier ist, um sich zu verteidigen.

»Als ich hierhergezogen bin, ist Jackie gleich rübergekommen, um sich vorzustellen«, erzählt Jonas. »Sie war echt supernett, hat mich zum Kaffee bei sich zu Hause eingeladen. Ich bin rüber, und wir haben eine Stunde lang geredet. Und dann kommt Rick nach Hause, und ich sag's euch, wenn ich nicht so kräftig gebaut wäre, hätte er mir wahrscheinlich eine reingehauen.«

»Das ist doch nicht dein Ernst, Jonas«, sagt Lorelei. »Er hat wirklich geglaubt, dass du was von Jackie wolltest?«

Jonas reckt die Brust. Wenn er alle seine Militärorden tragen würde, dann könnten wir jetzt das Blech klirren hören. »Manche Damen stehen eben auf den wilden, verwegenen Typ. Aber dieser Rick, der hat so gar nichts Wildes oder Verwegenes an sich. Der ist doch so glatt wie eine rasierte …« Jonas hält inne und zwinkert mir zu. »Immer schön anständig bleiben, Jonas, es sind schließlich Damen anwesend.«

Wir studieren alle unsere neuen Buchstaben. Wieder einmal habe ich schlecht gezogen. Zwei E, ein I, zwei L, ein K und ein R.

»Bei denen hängt der Haussegen jedenfalls ziemlich schief«, sagt Lorelei.

»Kein Wunder, ihre Tochter ist schließlich durchgebrannt«, bemerkt ihr Mann.

»Nein, es ist noch etwas anderes. Gestern bin ich rüber, um diese Petition gegen Pestizide vorbeizubringen. Als ich auf der Veranda stand, habe ich sie schreien hören. Jackie hat gebrüllt, dass er ausziehen muss, und Rick hat zurückgebrüllt, dass *sie* ausziehen muss. Kein Wunder, dass Tricia davongelaufen ist. Dieses Geschrei hält doch kein Mensch aus.«

»Als sie hergezogen sind«, sage ich, »schienen sie mir ganz glücklich zu sein. Wie ein normales Paar.«

»›Glücklich‹ soll normal sein?«, brummt Larry.

Jonas legt sein Wort aufs Brett. MÖPSE.

»Als du das letzte Mal dran warst, hast du *Busen* gelegt«, bemerkt Lorelei. »Mein Gott, Jonas, kannst du denn an nichts anderes denken?«

»Ich meine die Hunderasse.« Jonas feixt. »*Du* bist diejenige, die dabei gleich an was Unanständiges denkt, Lorelei.«

»Weil ich genau weiß, wie du tickst.«

»Ha, das hättest du wohl gern.«

Und dann platziert Larry mit einem befriedigten Schnauben alle sieben Steine auf dem Brett. Mit dem P aus Jonas' Wort legt er PARKETT und landet damit auf einem begehrten Doppelter-Wortwert-Feld. Wir alle stöhnen.

»Du bist dran, Angie.«

Während ich über meiner erbärmlichen Buchstabensammlung brüte, leuchten die Rücklichter eines Autos in meinem Wohnzimmerfenster auf. Ich blicke hoch und sehe Matthew Greens schwarzen SUV in seine Einfahrt einbiegen. Er steigt aus, bleibt neben dem Auto stehen und blickt zu mir herüber. Er beobachtet mein Haus.

»He, Angie, wo bist du denn gerade?«, sagt Jonas und wedelt mit der Hand vor meinem Gesicht herum.

Ich sehe auf meine Steine hinunter, und plötzlich springt mich ein Wort an – ein Wort, das mich trifft wie ein eiskalter Wasserschwall. Ich schluckte krampfhaft, während ich das Wort lege, wobei ich das K aus Larrys letztem Wort verwende.

KILLER.

Gegenüber verschwindet Mr. Green in seinem Haus.

»Seltsame Leute, wirklich«, murmele ich, während seine Silhouette hinter dem Fenster vorbeihuscht. »War irgendjemand von euch schon mal bei ihnen im Haus?«

»Redest du von den Greens?« Lorelei schüttelt den

Kopf. »Sie haben uns noch nie zu sich eingeladen, nicht ein einziges Mal. Und dabei wohnen sie direkt neben uns.«

»Also, ich war auch noch nie bei Jonas im Haus«, bemerkt Larry. »Ich kenne nur seinen Garten.«

Jonas lacht. »Du sollst ja die Leichen nicht sehen, die ich im Keller versteckt habe.«

»Diese Leute sind dermaßen unfreundlich. Es würde mich nicht wundern, wenn *sie* Leichen in ihrem Keller hätten.« Lorelei lehnt sich zu mir herüber, ein verschwörerisches Funkeln in den Augen. »Weißt du, was ich neulich beobachtet habe?«

»Was?«, frage ich.

»Ich war oben auf dem Balkon und habe zufällig rübergeschaut, und da habe ich ihn auf seinem hinteren Balkon stehen sehen. Er hat eine Videokamera am Geländer installiert.«

»Auf den Garten hinter seinem Haus gerichtet? Wieso?«

»Ich weiß es nicht. Er hat mich gesehen und ist gleich wieder rein. Und es ist doch komisch, dass man nie in dieses Haus reinsehen kann. An allen Fenstern sind jetzt immer die Jalousien unten, sogar tagsüber. Und *sie* kriegt man so gut wie nie zu Gesicht. Es ist, als ob sie sich da drinnen versteckt. Oder als ob sie nicht vor die Tür *darf*.«

Ich sehe auf das Scrabblebrett hinunter, auf mein Wort KILLER, und ich verspüre plötzlich ein Flattern in der Magengrube. Ich stehe auf. »Ich glaube, ich mache jetzt mal Jonas' Wein auf.«

Jonas folgt mir, als ich in die Küche gehe. »Komm, lass mich das machen«, sagt er. »Ich bin ein alter Hase, wenn es ums Entkorken geht.«

»Ich vielleicht nicht?«

»Du bist alles andere als alt, Schätzchen.«

Ich greife in die Schublade, um den Korkenzieher herauszunehmen, und spüre plötzlich seine Hand an meinem Hintern. »He. *He!*«

»Ach, Angie. Das war doch nur ein freundschaftlicher Klaps.«

Ich fahre herum, um ihn anzusehen, und atme eine Wolke von seinem Aftershave ein. Der Zedernduft ist so überwältigend, dass ich das Gefühl habe, mitten im Wald zu stehen. Jonas ist ein gutaussehender Mann, kein Zweifel – braungebrannt, mit makellosem Gebiss und einer dichten silbergrauen Mähne. Aber das hier geht eindeutig zu weit.

»Du weißt schon, dass ich einen Freund habe.«

»Du meinst diesen Korsak? Den hab ich hier schon länger nicht mehr gesehen.«

»Er besucht seine Schwester in Kalifornien. Sobald sie sich von ihrer Hüft-OP erholt hat, kommt er wieder.«

»Und bis dahin bin ich hier. Allzeit bereit.« Er versucht, mich zu küssen.

Ich schnappe mir den Korkenzieher und schwenke ihn vor seinem Gesicht herum. »Okay, *du* machst den Wein auf.«

Er sieht den Korkenzieher an, dann mich und seufzt enttäuscht auf. »Ach, Angie. So ein Prachtweib, und wohnt auch noch direkt gegenüber. So nah und doch so fern.«

»So *unendlich* fern.«

Zu meiner Erleichterung reagiert er mit einem herzhaften Lachen. »Na ja, man kann's ja mal versuchen«, sagt er augenzwinkernd und öffnet die Flasche. »Na, dann komm mit, Schätzchen, lassen wir uns noch mal von Larry in die Pfanne hauen.«

Noch lange, nachdem alle gegangen sind, bin ich ganz durcheinander wegen Jonas' Annäherungsversuch. Ich muss zugeben, dass ich mich ganz schön geschmeichelt fühle. Jonas ist ein paar Jahre älter als Vince, aber er ist schlanker und fitter, und ich muss gestehen, dass diese Navy-Burschen etwas an sich haben, was einer Frau den Kopf verdrehen kann. Ich stelle die benutzten Weingläser in die Spülmaschine, schalte das Licht in der Küche aus und gehe in mein Schlafzimmer. Dort betrachte ich mich im Spiegel – mein Gesicht ist gerötet, meine Frisur ein bisschen außer Kontrolle geraten. Und genauso fühle ich mich auch: ein bisschen außer Kontrolle. Bin ich wirklich drauf und dran, mich auf einen Flirt einzulassen? Auf eine Affäre?

Es klingelt an der Tür. Ich erstarre vor meinem Schlafzimmerspiegel und denke: Jonas ist zurückgekommen. Er weiß, dass er mich aus dem Gleichgewicht gebracht hat, und jetzt glaubt er, dass es nur noch einen kleinen Schubs von ihm braucht, damit ich umfalle.

Mein Gesicht kribbelt, meine Nerven flattern, als ich zur Tür gehe. Aber es ist nicht Jonas, der auf der Matte steht. Es ist Rick Talley, und er sieht erschöpft aus. Er hat mich schon durch das Dielenfenster gesehen, also kann ich nicht so tun, als wäre ich nicht zu Hause. Und es wäre auch unhöflich, ihm nicht die Tür aufzumachen. Wir Frauen sind einfach oft *zu* nett – wir scheuen uns, irgendjemandes Gefühle zu verletzen, selbst wenn es bedeutet, dass *wir* verletzt werden.

»Angie«, sagt er, als ich die Tür öffne. »Ich war gerade

auf dem Heimweg und habe gesehen, dass bei dir noch Licht brennt. Und da dachte ich mir, ich schaue kurz vorbei und sag's dir persönlich.«

»Was denn?«

»Ich habe vorhin eine Textnachricht von Tricia bekommen. Sie sagt, dass sie eine Weile bei einer Freundin wohnt. Du kannst Jane also ausrichten, dass sie sich nicht weiter um die Sache kümmern muss.«

»Weiß Jackie das schon?«

»Natürlich! Ich habe sie angerufen, gleich nachdem ich die Nachricht bekommen habe. Wir sind natürlich beide total erleichtert.«

»Sie hat dir geschrieben, aber nicht ihrer Mutter?« Ich kann die Skepsis in meiner Stimme nicht verbergen.

Er zieht sein Handy hervor und hält es mir vors Gesicht, so dicht, dass ich zurückzucke. »Siehst du?«

Was ich sehe, sind Worte, die irgendjemand auf Tricias Handy getippt haben könnte. *Halts daheim grad nicht aus. Bin bei ner Freundin. Erzähl euch alles, wenn ich so weit bin. LG.*

»Gibt also keinen Grund, sich Sorgen zu machen«, sagt er.

»Bei Teenagern muss man sich immer Sorgen machen.«

»Aber es ist kein Fall für die Polizei. Sag Jane das.« Er steigt wieder in seinen Camaro, der mit laufendem Motor am Straßenrand steht, und braust davon zu seinem eigenen Haus.

Ich stehe auf der Veranda und sehe stirnrunzelnd den Rücklichtern nach. Ich frage mich, ob ich Jackie anrufen soll, um seine Geschichte zu überprüfen. Aber sicher hat er ihr dasselbe gesagt wie mir und ihr auch die Textnachricht von Tricia gezeigt.

Falls sie wirklich von Tricia ist.

Auf der anderen Straßenseite erscheint in einem Fenster ein Lichtstreifen. Einer von den Greens späht durch die Jalousie, und ich kann beinahe spüren, wie ein Augenpaar mich durch den Schlitz hindurch mustert. Sofort ziehe ich mich in mein Haus zurück.

Als ich im dunklen Wohnzimmer zum Fenster hinausschaue, sehe ich dieselbe Häuserreihe, die immer schon da war, dieselbe Straße, in der ich seit vierzig Jahren wohne. Aber heute Abend scheint alles anders zu sein. So, als ob ich mich in ein Paralleluniversum verirrt hätte und jetzt auf den bösen Zwilling meiner Nachbarschaft blicke. Einer Nachbarschaft, in der jedes Haus und jede Familie ein Geheimnis verbirgt.

Ich lege den Riegel vor. Nur für alle Fälle.

9

JANE

Bei drei Einbrüchen in vier Monaten konnte man noch nicht von einer Verbrechensserie in der Nachbarschaft sprechen, aber es ergab ein Muster. Jane saß an ihrem Schreibtisch und verglich die drei Polizeiberichte auf der Suche nach eventuellen Parallelen zwischen diesen Fällen und dem Überfall auf Sofia Suarez. Bei dem dreisten Einbruch, von dem Lena Leong ihnen erzählt hatte, war der Täter durch ein ungesichertes Fenster eingestiegen, während die Bewohner schlafend im Bett lagen. Er hatte eine Brieftasche mit Bargeld und Kreditkarten sowie einen Laptop Marke Lenovo erbeutet, doch den Schmuck und die Handys in dem Zimmer, in dem die Hausbesitzer schliefen, hatte er nicht angerührt. Vielleicht war ihm das dann doch zu tollkühn erschienen. In der Erde unter dem Fenster, durch das er geklettert war, hatte man einen Abdruck eines Nike-Turnschuhs der Größe 44 gefunden. Die Fingerabdrücke am Fensterrahmen waren noch nicht identifiziert worden.

Vier Wochen später tauchten die gleichen Fingerabdrücke bei Einbruch Nummer zwei auf in einem Haus gleich um die Ecke. Dieses Mal waren die Besitzer nicht zu Hause gewesen. Wieder war der Einstieg durch ein nicht gesichertes Fenster erfolgt. Gestohlen wurden Bargeld, Schmuck und ein MacBook Pro.

Wieder ein Laptop. War das von Bedeutung, oder lag es nur daran, dass es sich um leicht transportierbare Geräte handelte, die in jedem Haushalt zu finden waren?

Jane wandte sich dem dritten Einbruch zu, der sich sechs Wochen darauf im Haus der Dolans ereignet hatte. Wieder war niemand zu Hause gewesen. Diesmal hatte der Einbrecher ein Küchenfenster eingeschlagen, um hineinzugelangen, und dem Polizeibericht beigelegt war ein Foto der Glasscherben, mit denen der Fußboden und die Arbeitsplatten übersät waren, aufgenommen vom Hausbesitzer. Hier wurden Bargeld und mehrere Uhren gestohlen, aber kein Laptop, da der Besitzer ihn mitgenommen hatte, als er das Haus verließ. Im Garten wurde ein Nike-Schuhabdruck Größe 44 gefunden. Fingerabdrücke gab es keine – vielleicht hatte der Täter dazugelernt und Handschuhe angezogen.

Jane betrachtete das Foto des zerbrochenen Küchenfensters und dachte an die Glasscherben in Sofia Suarez' Küche. Sie rief die Fotos vom Tatort des Mordes auf und klickte sich durch, fand Aufnahmen des eingeschlagenen Türeinsatzes und des Küchenbodens, auf dem einige Scherben herumlagen. Doch es gab nur zwei Fotos vom Seitenstreifen des Grundstücks, wo der gekieste Fußweg vor Glas glitzerte. Jane ging noch einmal zu dem Foto des Dolan-Einbruchs zurück und runzelte die Stirn angesichts der Menge von Glassplittern auf dem Küchenboden.

Ich muss da noch mal hin, dachte sie.

Frost war schon nach Hause gefahren, also machte sie sich allein auf den Weg zum Haus von Sofia Suarez. Es war kurz nach sechs, als sie davor hielt und aus dem Auto stieg. Der Tatort war schon vor Tagen freigegeben worden, und die Tatortreiniger waren da gewesen, um alles abzuwischen und zu sterilisieren, doch Wischmopps und Bleiche konnten nicht die Bilder aus Janes Gedächtnis löschen. Die Eindrücke verfolgten sie immer noch, als sie die Verandastufen hinaufstieg und die Haustür aufschloss.

In der Luft hing der scharfe Geruch von chemischen Reinigungsmitteln, und sie ließ die Tür offen, um ein wenig zu lüften. Im Wohnzimmer hielt sie inne, als ihre Erinnerung den nunmehr blitzsauberen Fußboden mit den Bildern der Flecken und Spritzer überlagerte, die sie bei ihrem ersten Besuch abgespeichert hatte. Sie konnte immer noch das Stethoskop am Boden liegen sehen, die Blutspur, die Sofia hinterlassen hatte, als sie kriechend vor dem Angreifer zu fliehen versuchte. Jane folgte der Spur, die nur noch in ihrem Gedächtnis existierte, durchs Wohnzimmer, vorbei an der leeren Stelle, wo das Aquarium gestanden hatte, und weiter ins Esszimmer. Auch hier, wo sich eine Blutlache unter der Leiche gebildet hatte, war der Boden jetzt makellos sauber.

Die Tatortreiniger hatten sich wirklich ins Zeug gelegt.

Jane ging weiter in die Küche. Sie hätte sich gewünscht, dass der Reinigungstrupp hier nicht ganz so gründlich gewesen wäre, doch der Fußboden war gewischt, die Oberflächen vom Fingerabdruckpulver gesäubert. Die zerbrochene Glasscheibe in der Tür war durch eine Spanplatte ersetzt worden, die das letzte Tageslicht aussperrte. Der Raum wirkte klaustrophobisch. Stickig.

Jane öffnete die Küchentür und trat ins Freie, wo ihre Schuhe im Kies knirschten. Sie hatten angenommen, dass der Mörder auf diesem Weg ins Haus eingedrungen war. Dass er die Glasscheibe eingeschlagen hatte, um die Tür von innen öffnen zu können. Jane entsann sich, dass sie hier draußen im Kies Glasscherben gesehen hatte, ebenso wie in der Küche, aber sie waren jetzt nicht mehr da. Sie hätte damals besser darauf achten sollen, aber sie hatte sich zu sehr auf die Leiche konzentriert, auf die Blutspritzer und die Spur vom Wohnzimmer her. Sie hatte zu ermitteln versucht, wann der Mörder den ersten Schlag geführt hatte. Wie der Angriff begonnen und wie er geendet hatte.

Jetzt ließ sie sich in die Hocke fallen und suchte den Kies ab, doch die Tatortreiniger hatten sehr gewissenhaft alle Splitter aus dem Kies aufgelesen. Sie ließ den Blick in immer weiteren Kreisen schweifen und war fast schon am Zaun angelangt, als sie etwas aufblitzen sah. Vorsichtig fischte sie eine Glasscherbe heraus, die zwischen den Zaunlatten klemmte, und verstaute sie in einem Beweismittelbeutel. Dann drehte sie sich zur Küchentür um, die sich fast zwei Meter entfernt befand. Das Glas war nicht einfach gegen den Zaun gefallen, es war durch die Luft geschleudert worden.

Sie stand da und lauschte auf das Summen der Insekten, auf das Dröhnen des Verkehrs. Selbst hier, inmitten von Häusern und Autos und einer Million anderer Menschen, konnte man völlig allein sein. Sie spürte, wie ihr Herz hämmerte, hörte das Blut in ihren Ohren rauschen, während sie über eingeschlagene Fenster, verstreute Glassplitter und gestohlene Laptops nachdachte.

Und Muster, die es vielleicht gab, vielleicht auch nicht.

Ein lauter Knall ließ sie zusammenfahren. Die Haustür. War da jemand im Haus?

Sie ging zurück in die Küche, blieb stehen und lauschte. Hörte das Summen des Kühlschranks, das Ticken der

Wanduhr. Ein Haus ist niemals vollkommen still. Sie ging weiter ins Esszimmer und hielt wieder inne, als sie merkte, dass sie genau an der Stelle stand, wo Sofia ihren letzten Atemzug getan hatte. Unwillkürlich musste sie auf den Boden hinabsehen, und sie erinnerte sich an den Anblick der Toten, die genau hier gelegen hatte.

Weiter ins Wohnzimmer. Hier blieb sie an der Stelle stehen, wo das Aquarium gewesen war mit seiner blubbernden Wasserpumpe und dem glubschäugigen Goldfisch. Die Haustür, die sie weit offen gelassen hatte, war jetzt geschlossen. *Vom Wind zugeschlagen*, dachte sie. *Kein Grund zur Beunruhigung.*

Trotzdem ging sie einmal durchs ganze Haus, nur zur Sicherheit. Sah in den Schlafzimmern nach, in den Wandschränken, im Bad. Es war niemand da, und doch nahm sie immer noch die Echos der Menschen wahr, die hier gelebt hatten. Glaubte zu spüren, dass sie sie von den Fotos an den Wänden beobachteten. Ein glückliches Haus, früher einmal. Bis es vom Glück verlassen wurde.

Draußen atmete sie erst einmal tief durch. Hier roch es nicht nach scharfen Reinigungsmitteln, hier gab es nur die vertraute Geruchsmischung aus gemähtem Gras und Autoabgasen. Ihr Ortstermin hatte keine Fragen beantwortet, sondern im Gegenteil neue aufgeworfen. Sie betastete den Beweismittelbeutel in ihrer Tasche mit der einzelnen Glasscherbe, die die Tatortreiniger übersehen hatten. Glas, das vielleicht von der Scheibe in der Küchentür stammte, vielleicht auch nicht. Glas, das nur dann so weit geflogen wäre, wenn die Scheibe von *innen* eingeschlagen worden wäre.

Und das würde alles ändern.

10

ANGELA

Sogar von der anderen Straßenseite kann ich das Gehämmer hören. Irgendetwas ist im Gange im Haus der Greens – etwas, das immer unheimlichere Züge annimmt, vor allem wegen der durchgehend geschlossenen Jalousien an allen Fenstern. Ich stehe in meinem Wohnzimmer, spähe durch das Fernglas und versuche einen Blick auf Mr. oder Mrs. Green zu erhaschen, doch sie halten sich hartnäckig versteckt. Auch von ihrem schwarzen SUV ist nichts mehr zu sehen, er steht jetzt in der Garage. Den Umzugswagen haben sie wohl zur Autovermietung zurückgebracht, denn er parkt nicht mehr vor dem Haus. Ich habe nicht sehen können, was in diesem Transporter war, weil Matthew Green ihn im Schutz der Dunkelheit entladen hat – ein weiteres Detail, das mich argwöhnisch macht, aber offenbar bin ich die Einzige, die das interessiert.

Ich lege das Fernglas beiseite und greife zum Telefon. Vince hat fünfunddreißig Jahre lang als Polizist gearbeitet, er wird wissen, was zu tun ist. In Kalifornien ist es drei Stunden früher, und inzwischen dürfte er gefrühstückt haben, es ist also die ideale Zeit für einen Anruf.

Nach dem fünften Läuten meldet er sich. »Hi, Babe.« Eine muntere Begrüßung, aber ich kenne ihn gut genug, um die Erschöpfung in seiner Stimme zu hören. Es ist, als ob er die ganzen Belastungen, denen er ausgesetzt ist, vor mir zu verbergen versucht. Das ist mein Vince – er will immer nur, dass ich mir keine Sorgen mache. Das ist einer der Gründe, warum ich ihn liebe.

»Geht's dir gut, Schatz?«, frage ich.

Nach kurzem Schweigen höre ich ihn seufzen. »Sie ist nicht gerade pflegeleicht als Patientin, das kann ich dir sagen. Ich renne ständig die Treppe rauf und runter, um ihr dies und das zu holen, und nie ist sie zufrieden. Und angeblich bin ich ein miserabler Koch.«

In dem Punkt hat sie recht, denke ich, doch ich sage nur: »Du bist ein guter Bruder, Vince. Der Allerbeste.«

»Na ja, ich gebe mir jedenfalls Mühe. Aber du fehlst mir, Liebling.«

»Du fehlst mir auch. Ich will nur, dass du wieder nach Hause kommst.«

»Bist du auch schön brav?«

Was für eine seltsame Frage. »Wieso fragst du das?«

»Ich habe mit Jane geredet und ...«

»Hat sie dich angerufen?«

»Ja. Sie fand, dass ich über bestimmte Dinge informiert sein sollte. Wie etwa, dass du deine Nase in Dinge steckst, die dich nichts angehen.«

»Das ist genau der Punkt, Vince. Jane nimmt mich nicht ernst, und ich würde wirklich gerne deine Meinung dazu hören.«

»Geht es wieder um das verschwundene Mädchen?«

»Nein, den Fall habe ich fürs Erste auf Eis gelegt. Es geht um das neue Paar im Haus gegenüber, die Greens, die du noch nicht kennengelernt hast.«

»Die sich so abschotten?«

»Genau die. Irgendwas stimmt nicht mit denen. Wieso

haben sie bis nach Einbruch der Dunkelheit gewartet, um ihren Umzugswagen zu entladen? Wieso haben sie den ganzen Tag ihre Jalousien geschlossen? Wieso gehen sie mir aus dem Weg?«

»Mensch, Angie, ich hab wirklich keine Ahnung«, sagt er, und ich glaube da Sarkasmus herauszuhören, bin mir aber nicht sicher. »Was sagt Jane dazu?«

»Sie sagt, ich soll mich raushalten. Sie will nichts mehr davon hören, weil ich ja bloß ihre Mutter bin, und anscheinend hört niemand je auf die eigene Mutter. Ich wünschte, du wärst hier und könntest mir helfen, der Sache auf den Grund zu gehen.«

»Ich wünschte auch, ich wäre bei dir, aber vielleicht solltest du auf deine Tochter hören. Sie hat in diesen Dingen einen guten Instinkt.«

»Ich aber auch.«

»Sie hat eine Dienstmarke. Du nicht.«

Und das ist der Grund, weshalb niemand auf mich hört. Es ist die alte Geschichte mit der Dienstmarke. Die lässt die Cops glauben, dass sie die Einzigen sind, die Ärger wittern können. Als ich auflege, bin ich zutiefst unzufrieden mit meiner Tochter ebenso wie mit meinem Freund. Ich trete wieder ans Fenster und blicke über die Straße.

Die Jalousien sind immer noch geschlossen, das Geklopfe hat wieder eingesetzt. Was macht er da bloß mit dem Hammer? Plötzlich schwenkt mein Blick zum Nachbarhaus der Greens. Im Gegensatz zu ihnen hat Jonas die Vorhänge weit geöffnet. Er steht am Fenster, wo ihn die ganze Nachbarschaft sehen kann, und stemmt mit nacktem Oberkörper Gewichte. Ich beobachte ihn eine Weile lang – nicht, weil er einen sehr ansehnlichen

Körper hat für einen Mann seines Alters, sondern weil ich an die Grillparty in seinem Garten denke, zu der er die Nachbarn letzten August eingeladen hat. Ich erinnere mich, wie ich auf seiner hinteren Veranda stand und über den Zaun zum Haus seines damaligen Nachbarn Glen blickte, der vom Magenkrebs bis auf die Knochen abgemagert war und zwei Monate später tot sein würde. Ich erinnere mich, wie Jonas und ich kopfschüttelnd über die Grausamkeit des Lebens sinnierten – dass wir hier Hamburger grillten, während der arme Glen nebenan bloß noch Astronautennahrung trinken konnte.

Ich kann nicht in den Garten der Greens hineinschauen, Jonas aber schon.

Ich gehe in die Küche und nehme ein Zucchinibrot aus dem Gefrierfach. Ich kann ja nicht einfach mit leeren Händen bei ihm aufkreuzen, ich brauche ein Sesam-öffnedich, und für diesen Zweck haben sich gerade bei Männern Backwaren am besten bewährt.

Als ich an seine Tür klopfe, öffnet mir Jonas mit nichts am Leib als seinen blauen Lycra-Shorts mit den roten Streifen an der Seite. Er steht da und grinst mich an, und ich bin so schockiert darüber, wie eng diese Hose an seinem Körper anliegt, dass es mir im ersten Moment die Sprache verschlägt.

»Bist du endlich doch meinem Charme erlegen?«, begrüßt er mich.

»Was? Nein! Ich hatte das hier noch im Gefrierschrank. Ich muss Platz schaffen, und da dachte ich mir, du würdest vielleicht gerne – ähm ...«

»Dir helfen, deinen Gefrierschrank zu leeren?«

Tja, das nimmt meinem Angebot natürlich den ganzen Charme. Ich stehe da mit dem auftauenden Zucchinibrot in der Hand und überlege, wie ich aus der Nummer rauskommen könnte.

Jonas rettet mich, indem er laut loslacht. »Angie, ich wollte dich doch nur ein bisschen aufziehen. Es ist mir eine Ehre, in den Genuss einer deiner Spezialitäten zu kommen, ob tiefgefroren oder nicht. Willst du nicht reinkommen? Ich schneide uns ein paar Scheiben ab, und wir spülen sie mit einem Whisky runter.«

»Ähm, kein Whisky, danke. Aber ich komme gerne rein.«

Sobald ich sein Haus betrete, bekomme ich das Gefühl, dass dieser Besuch sich als Fehler erweisen könnte. Was, wenn er es falsch versteht? Was, wenn er glaubt, ich käme wegen des Annäherungsversuchs, den er neulich Abend gemacht hat? Die Art, wie er mir zuzwinkert, der taxierende Blick, mit dem er mich von Kopf bis Fuß mustert, sagen mir, dass ich ihm unmissverständlich klarmachen muss, weshalb ich eigentlich hier bin.

»Ich bring das schnell in die Küche«, sagt er, »und dann können wir zusammen einen kleinen nachmittäglichen Leckerbissen genießen, hm?«

Er geht hinaus und lässt mich allein im Wohnzimmer zurück. Ich trete sofort an das Fenster zum Nachbargrundstück, aber von hier kann man genauso wenig ins Innere des Green-Hauses sehen wie durch die vorderen Fenster, weil sie auch auf dieser Seite die Jalousien geschlossen haben. Ich weiche zurück und stolpere fast über eine von Jonas' Hanteln. Die Gewichte sind über den ganzen Fußboden verstreut, und die Luft riecht nach einer Mischung aus Schweiß und Rasierwasser. Es hängen keine Bilder an den Wänden, es gibt überhaupt nichts Dekoratives, nur einen riesigen Fernsehbildschirm, einen

Schrank mit Elektronik und ein Bücherregal voller DVDs und Militärbücher.

»Bitte sehr, Frau Nachbarin!«, sagt Jonas, als er barfuß ins Zimmer getappt kommt. Seine Füße sind riesig, und ihre schiere Größe lenkt mich für einen Moment so ab, dass ich gar nicht die zwei Gläser Whisky on the Rocks bemerke, die er in den Händen hält.

»Nein, danke«, sage ich.

»Aber das ist ein richtig edler Tropfen, direkt aus Schottland. Ich hab sogar deine Nachbarin Agnes auf den Geschmack gebracht.«

»Du trinkst mit *Agnes*?«

»Das Alter macht für mich keinen Unterschied. Ich mag alle Frauen.« Er hält mir ein Glas hin und zwinkert wieder.

»Es ist noch zu früh, Jonas.«

»Irgendwo ist es jetzt gerade fünf Uhr nachmittags.«

»Aber nicht hier.«

Er seufzt und stellt das für mich bestimmte Glas auf den Couchtisch. »Also, warum bist du hier, Angie? Wenn nicht, um mit meiner Wenigkeit zu feiern?«

»Willst du die ehrliche Antwort?«

»Immer.«

»Du kannst in den Garten der Greens sehen.«

»Und?«

»Ich muss wissen, was sie im Schilde führen.«

»Wieso?«

»Weil ich einfach ein ungutes Gefühl habe. Den ganzen Vormittag wird da schon gebohrt und gehämmert. Ich will nur mal kurz über den Zaun linsen und sehen, was sie da so treiben.«

»Und danach trinkst du einen mit mir?«

»Klar«, antworte ich rasch, aber ich denke nicht wirklich über die Folgen nach, die dieser Drink haben könnte, so erpicht bin ich darauf, endlich zu sehen, was nebenan vor sich geht.

Jonas führt mich durch die Küche und zur Hintertür hinaus auf seine Terrasse. Er hat nicht viel im Garten gemacht, seit er das Haus gekauft hat, und alles sieht noch mehr oder weniger so aus wie damals, als die Dalys hier gewohnt haben: ein unkrautüberwucherter Rasen, zementierte Terrasse, ein Gasgrill und ein paar verwilderte Sträucher entlang des Zauns. Das Einzige, was neu dazugekommen ist, ist ein Geräteschuppen. Die Dalys hatten ihr Grundstück eingezäunt, damit ihr Golden Retriever nicht weglaufen konnte, aber der Hund hat es trotzdem immer wieder geschafft zu entwischen. Der Rotholzzaun ist noch ganz gut in Schuss, doch mittlerweile ist er von einem neuen Sichtschutzgitter gekrönt, das mir den Blick in den Garten der Greens verwehrt.

»Hast du den Sichtschutz da angebracht?«, frage ich Jonas.

»Nein, das hat der Nachbar gestern gemacht. Als ich vom Einkaufen zurückkam, war er plötzlich da. Sieht eigentlich ganz schick aus, findest du nicht?«

Nebenan kreischt ein Bohrer, dann setzt das Hämmern wieder ein.

»Man kann ja überhaupt nichts sehen«, murmele ich.

»Willst du einen Blick riskieren? Das können wir einrichten.« Jonas verschwindet in seinem Geräteschuppen und kommt mit einer Trittleiter heraus, die er an den Zaun stellt. »Bitte sehr, Mylady.«

Obwohl er sich bewusst so hinstellt, dass er einen guten Blick auf meinen Hintern hat, steige ich auf die

Leiter und hebe vorsichtig den Kopf, um über den Zaun zu spähen. Im ersten Moment bemerke ich nur die offene Kellerluke und einen Sack Zement, der an der Wand lehnt. Dann fällt mein Blick auf das hintere Fenster im Obergeschoss, und ich sehe den Grund für das ganze Hämmern und Bohren.

Gitter. Matthew Green bringt Gitter an den Fenstern an.

Im Erdgeschoss hat er sie schon eingebaut, und jetzt ist er oben zugange, wo sein Werkzeugkasten offen auf dem Balkon steht. Ich starre die Gitterstäbe an und frage mich, warum er das macht. Hat er so große Angst vor Einbrechern? Was ist in diesem Haus so Wertvolles, dass er es für nötig hält, es in ein zweites Fort Knox zu verwandeln?

Dann kommt mir ein Gedanke, bei dem es mir eiskalt über den Rücken läuft. Was, wenn die Gitterstäbe nicht Einbrecher draußen halten, sondern vielmehr jemanden *drinnen* festhalten sollen? Ich denke an seine Frau. Wieso bekommen wir seine Frau nie zu Gesicht?

Plötzlich geht die Balkontür auf, und Matthew Green tritt heraus. Ich ziehe den Kopf ein, bevor er mich sehen kann.

»Was? Was?«, flüstert Jonas.

»Das glaubst du nicht.«

»Lass mich sehen.«

Jonas ist zwar kräftig gebaut, aber er ist nicht viel größer als ich, also muss ich meinen Platz auf der Leiter räumen, um ihn hinaufsteigen zu lassen. Er wirft einen Blick über den Zaun und duckt sich gleich wieder.

»Ich glaube, er hat mich gesehen«, sagt er.

»Oh je.«

Wir drücken uns beide an den Zaun und lauschen.

Drüben ist es auf einmal vollkommen still, und ich höre mein Herz laut pochen, während ich angestrengt lausche. Ein paar Minuten verstreichen, dann setzt das Kreischen des Bohrers wieder ein.

Ich schiebe Jonas beiseite und steige wieder auf die Leiter, um noch einen Blick zu riskieren. Zu meiner Erleichterung kehrt mir Matthew den Rücken zu, während er arbeitet, sodass er mich nicht sehen kann, während er ein neues schmiedeeisernes Gitter am Balkonfenster anbringt. Da springt mir etwas ins Auge – etwas, das ich erst sehe, als Matthew Green sich vorbeugt, um etwas aus seinem Werkzeugkasten zu nehmen. Meine Knie werden plötzlich weich, ich muss mich am Zaun festhalten, um nicht das Gleichgewicht zu verlieren. Als er unvermittelt herumfährt und in meine Richtung schaut, reagiere ich nicht schnell genug.

Unsere Blicke treffen sich.

Auf frischer Tat ertappt, kann ich ihn nur entgeistert anstarren, während die Sekunden verstreichen. Ich kann den Blick immer noch nicht abwenden, als er ins Haus zurückgeht und die Tür schließt.

Meine Beine zittern, als ich von der Trittleiter steige.

»Was ist los?«, fragt Jonas und runzelt die Stirn, als er mein Gesicht sieht. »Was hast du gesehen?«

»Ich muss meine Tochter anrufen.«

11

JANE

Der durchschnittliche amerikanische Handynutzer führt 250 Telefonate im Monat, und in dieser Hinsicht war Sofia Suarez absolut durchschnittlich gewesen, nach den Verbindungsnachweisen vom letzten Jahr zu urteilen. Jane saß an ihrem Schreibtisch und arbeitete sich durch die Anrufe eines ganzen Jahres auf der Suche nach irgendwelchen Auffälligkeiten, irgendwelchen Namen, die Warnleuchten in ihrem Kopf aufblinken ließen. Doch da war nichts, was ihre Aufmerksamkeit erregte. Es gab wiederholt Anrufe im und vom Pilgrim Hospital, wo sie angestellt war, bei einem Friseur und einer Kreditkartenfirma, einem Klempner und einer Autowerkstatt. Und vor dem November letzten Jahres zahlreiche Telefonate mit ihrem Ehemann Tony. Das Muster ließ das Leben einer ganz gewöhnlichen Frau erkennen, die sich einmal im Monat die Haare machen ließ, deren Auto ab und zu einen Ölwechsel brauchte, deren Spülbecken mal verstopft war.

Während Jane die Liste durchging, tat Frost an seinem Schreibtisch das Gleiche – ein zweites Augenpaar, das die Aufstellung der aus- und eingehenden Anrufe von Sofias Handy sichtete.

Im November schnellte die Zahl der Anrufe schlagartig nach oben, wobei die meisten an ein und dieselbe Nummer gingen: die des Pilgrim Hospitals, wo ihr Mann jetzt auf der Intensivstation lag. Es war Sofias wachsende Verzweiflung, die aus diesen Aufzeichnungen sprach – immer wieder hatte sie im Krankenhaus angerufen, um sich nach Tonys Zustand zu erkundigen.

Am 14. Dezember brachen die Anrufe im Krankenhaus abrupt ab. An diesem Tag war ihr Mann gestorben.

Jane versuchte, sich die Tage unmittelbar vor diesem Datum vorzustellen – die Angst, die Sofia jedes Mal durchzuckt haben musste, wenn das Telefon klingelte. Als Krankenschwester hatte Sofia sicherlich die Anzeichen, dass die Organe ihres Mannes versagten, erkannt. Sie hatte das Ende kommen sehen. Jane dachte wieder an die lächelnden Gesichter des Paars auf ihrem Hochzeitsfoto, und es erinnerte sie daran, dass selbst in den glücklichsten Momenten die Tragödie bereits im Hintergrund lauern kann.

Sie hakte diesen traurigen Monat ab und wandte sich den Verbindungsnachweisen für Januar, Februar und März zu. Anrufe im und vom Pilgrim Hospital, bei einem Zahnarzt im Ort und bei Jamal Bird. Keine Überraschungen. Jane nahm sich den April vor und hielt inne, als sie eine neuerliche abrupte Veränderung des Musters bemerkte. In den letzten Wochen ihres Lebens hatte Sofia Suarez mit Menschen und Orten telefoniert, die sie zuvor noch nie kontaktiert hatte.

Sie schwenkte ihren Stuhl zu Frost herum. »Bist du schon beim April angekommen?«

»Hab ich gerade vor mir. Wieso?«

»Schau dir mal den zwanzigsten April an. Da hat sie eine Nummer angerufen, die einem gewissen Gregory Bouchard in Sacramento, Kalifornien, gehört.«

Frost ließ den Blick über die Seite wandern, bis er das

richtige Datum gefunden hatte. »Ich sehe es. Der Anruf hat zweiundfünfzig Sekunden gedauert. Kein sehr ausführliches Gespräch. Wer ist dieser Bouchard?«

»Das werden wir gleich wissen.« Sie griff nach ihrem Tischtelefon und wählte die Nummer. Es läutete dreimal, dann meldete sich eine forsche Männerstimme. »Hallo?«

Jane stellte auf Lautsprecher, damit Frost mithören konnte. »Hier ist Detective Jane Rizzoli, Boston PD. Spreche ich mit Gregory Bouchard?«

Es war kurz still, dann kam ein vorsichtiges: »Ja, der bin ich. Worum geht es?«

»Wir untersuchen den Tod einer Frau namens Sofia Suarez. Laut ihrem Verbindungsnachweis hat sie am zwanzigsten April Ihre Nummer angerufen. Können Sie uns etwas über dieses Telefonat sagen?«

Diesmal war die Pause noch länger. »Sagten Sie eben, Sofia ist *tot*?«

»Ja, Sir.«

»Was ist passiert? War es ein Unfall?«

»Nein. Es handelt sich um eine Mordermittlung.«

»Oh Gott. Katie wird ausflippen.«

»Katie?«

»Meine Frau. Sie ist diejenige, mit der Sofia sprechen wollte.«

»Ist es zu dem Gespräch gekommen?«

»Nein. Katie war auf Dienstreise, als Sofia auf den AB gesprochen hat. Als Katie wieder zu Hause war, hat sie versucht, sie zurückzurufen, aber sie hat sie nicht erreicht.«

»Könnte ich mit Ihrer Frau sprechen?«

»Sie ist nicht zu Hause. Sie arbeitet als Reisekrankenschwester bei National-Geographic-Reisen. Die Wehwehchen von den reichen Touristen versorgen, Sie wissen schon. Ich schau mir noch mal ihre Reiseroute an, aber soviel ich weiß, ist sie im Moment irgendwo im Südpazifik.«

»Was ist mit der Nachricht, die Sofia auf Ihrem Anrufbeantworter hinterlassen hat? Haben Sie die Aufnahme noch?«

»Nein, tut mir leid. Die ist schon gelöscht.«

»Wissen Sie, wie die Nachricht lautete?«

»Hmm, so in etwa. Ich war dabei, als Katie sie abgehört hat und ...« Jane hörte, wie er am anderen Ende tief Luft holte. »Tut mir leid, aber das hat mich jetzt ziemlich erschüttert. Ich habe noch nie jemanden gekannt, der ermordet wurde.«

»Die Sprachnachricht, Mr. Bouchard?«

»Ja, sicher. Also, ich glaube, sie wollte nur ein bisschen über ihre gemeinsame Zeit auf der Intensivstation quatschen.«

»Die beiden waren Kolleginnen? Ihre Frau und Sofia?«

»Das war vor fünfzehn, zwanzig Jahren in einem Krankenhaus in Maine. Dann habe ich den Job hier in Kalifornien bekommen, und wir sind hierhergezogen. Wir waren bei Sofias Hochzeit in Boston, aber das ist auch schon Jahre her.«

»Wissen Sie, warum sie Ihre Frau jetzt angerufen hat?«

»Ich habe keine Ahnung. Vielleicht nur um der alten Zeiten willen?« Eine Pause. »Was hat das damit zu tun, dass sie ermordet wurde?«

»Ich weiß es nicht, Sir. Ich gehe einfach nur jeder Spur nach. Bitte sagen Sie Ihrer Frau, dass Sie mich anrufen soll, wenn Sie irgendwelche Informationen hat.« Jane legte auf und sah Frost an. »Tja, das war wohl eine Sackgasse.«

»Oder vielleicht hat es etwas mit diesen anderen Anrufen zu tun«, sagte Frost. »Die gehen alle an die Vorwahl 207 – also nach Maine.«

»Wo Sofia und Bouchards Frau früher Kolleginnen waren.«

»Die Liste der Orte, in denen sie angerufen hat, ist wirklich eigenartig. Eine Gas-and-Go-Tankstelle in Augusta. Bangor Highschool. Restaurant Buffalo Wings in South Portland. Das Eastern Maine Medical Center. Gibt es eine Verbindung zwischen all diesen Nummern?«

Jane griff wieder nach dem Hörer. »Es gibt nur eine Möglichkeit, das herauszufinden. Ich probier gleich mal die erste.«

Während Frost zu seinem eigenen Telefon herumschwenkte, wählte Jane die Nummer in Augusta. Nach dem zweiten Läuten meldete sich eine Frau mit einem knappen »Gas and Go?«. Es war die nüchterne Stimme einer Frau, die Dringenderes zu erledigen hatte.

»Hier ist Detective Rizzoli vom Boston PD. Wir untersuchen den Tod einer Frau namens Sofia Suarez. Laut ihrem Verbindungsnachweis hat sie die Tankstelle am Montag, dem einundzwanzigsten April, um zehn Uhr vormittags angerufen. Haben Sie vielleicht mit ihr gesprochen?«

»Montag? Ja, dann war ich wohl diejenige, die den Anruf angenommen hat. Ich kann mich aber nicht an eine Kundin mit diesem Namen erinnern.«

»Sie hat wahrscheinlich von Boston aus angerufen.«

»Ich wüsste niemanden, der uns von Boston aus anrufen würde. Es sei denn, sie wollte uns etwas verkaufen. Solche Anrufe bekommen wir allerdings massenhaft. Vielleicht hat sie sich ja verwählt?«

»Und Sie können sich ganz bestimmt nicht daran erinnern, mit ihr gesprochen zu haben?«

»Nein, tut mir leid. Wir verkaufen auch Lotterielose und Bustickets, und *sehr* viele Leute rufen uns deswegen an. Und der einundzwanzigste April, das ist ja einen ganzen Monat her. Ich weiß nicht, weswegen sie angerufen hat, aber es war jedenfalls nichts, was bei mir hängen geblieben ist.«

Dann war Gas and Go also auch eine Sackgasse.

Die nächste Nummer auf Janes Liste war das Buffalo Wings in South Portland. Sofia hatte das Restaurant um 14.30 Uhr am vierundzwanzigsten April angerufen. Das Gespräch hatte gerade mal dreißig Sekunden gedauert. Jetzt war es Mittag, die denkbar schlechteste Zeit, um in einem Restaurant anzurufen, aber Jane wählte die Nummer trotzdem.

Ein Mann meldete sich. »Buffalo Wings, was kann ich für Sie tun?«

Auch er konnte sich nicht an einen Anruf von Sofia Suarez erinnern, und er kannte auch niemanden mit diesem Namen.

Jane legte auf, ohne der Antwort auf die Frage, warum Sofia diese Nummern angerufen hatte, im Geringsten nähergekommen zu sein. Der frustrierte Ton von Frosts Stimme ließ sie vermuten, dass er mit den Nummern, die er anrief, auch nicht mehr Glück hatte. Sie überflog die nächsten Anrufe auf der Liste, bis sie zu dem Mittwochnachmittag vor Sofias Tod kam. Dr. Antrim war Zeuge gewesen, wie sie auf dem Parkplatz mit ihrem Handy telefoniert hatte, und dabei war ihm ihr geheimnistuerisches Verhalten aufgefallen. Doch der einzige Anruf, den sie an diesem Nachmittag getätigt hatte, war um 14.46 Uhr an die Telefonzentrale des Pilgrim Hospital gegangen. Es ließ sich nicht feststellen, mit welchem Anschluss Sofia letztlich verbunden worden war.

»Was erreicht?«, fragte Frost.

»Nein. Du?«

»Ich habe mit der Sekretärin der Bangor Highschool gesprochen. Sie konnte mit dem Namen Sofia Suarez nichts anfangen und erinnert sich nicht an den Anruf. Aber sie führt jeden Tag unzählige Telefonate.«

»Und der Anruf im Eastern Maine Medical Center?«

»Der ging an das Patientenarchiv. Der Mitarbeiter konnte sich nicht an ein Gespräch mit Sofia erinnern.«

Jane zuckte zusammen, als das mörderische Kreischen von Geigen aus ihrem Handy drang.

»Oh nein!«, rief Frost. »Ich hab total vergessen, es dir zu sagen. Sie hat mich vor ein paar Stunden angerufen.«

»Meine Mom hat *dich* angerufen?«

»Ich soll dir sagen, dass du sie zurückrufen sollst.« Er rümpfte die Nase über Janes nervigen Klingelton. »Warum gehst du nicht ran? Sie lässt ja doch nicht locker.«

Mit einem Seufzer griff Jane nach ihrem Handy. »Hey, Ma.«

»Warum bist du immer so schwer zu erreichen?«

»Ich arbeite.«

»Immer noch derselbe Fall?«

»Es ist nicht wie im Fernsehen. Wir haben den Täter nicht nach einer Stunde hinter Gittern.«

»Weil diese Situation hier in der Nachbarschaft nämlich auch deine Aufmerksamkeit verdient hätte.«

»Es gibt keine ›Situation‹ in deiner Nachbarschaft. Du hast mir doch gesagt, dass Tricia ihrem Vater geschrieben hat und dass es ihr gut geht.«

»Ich bin mir nicht sicher, ob *diese* spezielle Situation wirklich geklärt ist. Und jetzt habe ich es mit einem völlig *neuen* Fall zu tun.«

Jane sah Frost an und formte mit den Lippen die Worte *Rette mich!*

»Ich finde einfach, dass ich ein Recht habe zu erfahren, ob ich hier in Gefahr bin«, sagte Angela. »Die sind direkt gegenüber von mir. Wer weiß, ob sich das nicht noch zu einem zweiten Waco entwickelt.«

»Geht es wieder um dieses neue Paar?«

»Ja.«

»Warum rufst du nicht das Revere PD an? Die sind schließlich zuständig.«

»Aber ich habe keine Tochter beim Revere PD.«

»Oder ruf doch Vince an. Er wird wissen, was zu tun ist.« *Und er wird mir nie verzeihen, dass ich ihr dazu geraten habe.*

»Vince kann nichts tun. Er ist immer noch in Kalifornien.«

»Aber er war Polizist. Er hat eine Nase für so was.«

»Aber er hat keinen Zugriff auf eine Schusswaffen-Datenbank.«

Jane stutzte. »Schusswaffen? Was für Schusswaffen?«

»Na, zunächst einmal die Waffe, die Matthew Green unter seinem Hemd versteckt. Eine Pistole. Sieht genauso aus wie die, die Vince früher getragen hat.«

»Eine Glock?«

»Kann sein. Es war jedenfalls kein altmodischer Revolver.«

»Und woher weißt du das?«

»Ich habe bei Jonas über den Zaun geschaut, um zu sehen, was es mit diesem Gehämmer und Gebohre auf sich hat. Und weißt du, was ich da gesehen habe? Dieser Green bringt an allen seinen Fenstern Gitter an. Es ist, als ob er sein Haus in eine Art Hochsicherheitstrakt verwandeln will. Jedenfalls, während ich ihn so beobachte, bückt er sich auf einmal, und da sehe ich sie an seinem Gürtel hängen. Eine Pistole. Vielleicht eine Glock. Du erzählst mir doch immer, wie streng der Staat Massachusetts in diesen Dingen ist. Warum sollte dieser Mann eine verdeckte Waffe tragen?«

Jane schwieg einen Moment. Es gab verschiedene legale Gründe, eine verdeckte Waffe zu tragen. Vielleicht war er Polizist, vielleicht Militärangehöriger. Oder vielleicht war er einfach nur ein gesetzestreuer Bürger, der gerne die Gewissheit hatte, dass er sein Eigentum notfalls verteidigen konnte.

»Es könnten sich noch weitere Waffen auf dem Grundstück befinden«, sagte Angela. »Dieses Haus ist voll unterkellert. Da unten ist genug Platz, um Bazookas zu lagern.«

»Okay, okay«, sagte Jane. »Ich werde überprüfen, ob Matthew Green eine entsprechende Genehmigung hat.«

»Gut. Wir reden drüber, wenn ihr zum Essen kommt. Maura fragt ihren Freund Daniel, ob er mitkommt, und ich habe beim Metzger schon eine schöne Lammkeule bestellt.«

»Essen?«

»Sag bloß, du hast es vergessen.«

»Nein, natürlich nicht.« *Mist, ich hab's vergessen.* Jane hielt inne, als sie sah, wie Frost den Ausdruck mit den Verbindungsdaten schwenkte. »Ma, ich muss Schluss machen. Frost braucht mich.«

»Oh, und sag diesem netten Barry Frost doch, dass er

auch eingeladen ist.« Angela machte eine Pause. »Auch wenn das bedeutet, dass wir seine Frau ertragen müssen.«

Jane legte auf und sah Frost an. »Du und Alice seid nächsten Samstag bei meiner Mutter zum Essen eingeladen. Es gibt Lammkeule. Macht Alice noch diese komische Diät?«

»Sie kann ja die Beilagen essen. Aber schau dir mal das hier an.« Er deutete auf einen Eintrag gegen Ende des Protokolls. »Dieser Anruf hier vom 19. Mai, acht Uhr morgens. Vorwahl von Massachusetts. Er dauerte sechzehn Minuten.«

»Sechzehn Minuten. Also wohl kaum falsch verbunden.«

»Und er ist lang genug für ein ausführliches Gespräch. Ich hab schon versucht, die Nummer anzurufen, aber es meldet sich niemand.«

»Versuchen wir's noch mal.«

Jane spürte, wie ihr Puls sich beschleunigte, als sie nach ihrem Tischtelefon griff und die Nummer wählte. Es läutete nur einmal, dann meldete sich eine anonyme elektronische Stimme: *Der angerufene Teilnehmer ist derzeit nicht erreichbar ...*

»Es geht immer noch niemand ran.« Jane legte auf und betrachtete stirnrunzelnd das Protokoll. »Es steht kein Name neben dieser Nummer.«

»Weil es ein Wegwerfhandy ist«, sagte Frost.

12

AMY

In einem Blüten-Hartriegel saß ein Rotkardinal mit leuchtendem Gefieder und verscheuchte seine Rivalen mit lautem *Huii-huii, Tick-tick-tick*. In den langen Wochen der Reha nach ihrem Unfall hatte Amy so wenig Zeit im Freien verbracht, dass es jetzt eine reine Freude war, wieder frische Luft atmen und dem Gesang der Vögel lauschen zu können. Während ihr Vater weiterfuhr, um den Wagen zu parken, genoss sie diese wenigen Augenblicke allein vor dem Friedhofstor und sah zu, wie dieser freche kleine Kardinal von Zweig zu Zweig hüpfte und lautstark seinen Gebietsanspruch verkündete. In der Ferne war Donnergrollen zu hören, und die Luft roch bereits nach Regen. Sie hoffte, dass ihr Vater daran denken würde, den Schirm aus dem Auto mitzubringen. Im Krankenhaus mochte er ein glänzender Klinikarzt sein, aber in Alltagsdingen konnte er genauso zerstreut sein wie jeder andere Mann.

Hatte sie da gerade einen Regentropfen gespürt? In der halben Stunde, seit sie von zu Hause losgefahren waren, hatte der Himmel sich schiefergrau verfärbt. Beim Blick auf die Wolken, die sich über ihr zusammenzogen, drohte sie plötzlich das Gleichgewicht zu verlieren, und sie musste sich auf ihren Stock stützen.

Sie bemerkte den Mann nicht, der neben ihr stand.

»Es ist doch verblüffend, wie viel Lärm so ein einzelner kleiner Vogel machen kann«, sagte er.

Sie fuhr herum, erschrocken über sein unvermitteltes Auftauchen, auch wenn der Mann selbst vollkommen harmlos wirkte. Er war Mitte bis Ende fünfzig, der Witterung entsprechend mit einem Regenmantel bekleidet. Der Mantel schien ihm ein wenig zu groß zu sein, als ob er ursprünglich jemandem mit breiteren Schultern gehört hätte. Sein Gesicht war schmal und blass, seine Augen unauffällig grau, und doch kam ihr irgendetwas an ihm bekannt vor – nur dass sie sich beim besten Willen nicht erinnern konnte, wie oder wo sie ihm begegnet sein könnte. Der Unfall im März hatte Teile ihrer Erinnerung ausgelöscht, und vielleicht war der Mann eines dieser verlorenen Bruchstücke. Er betrachtete sie ein wenig zu lange, und dann, als ob er spürte, dass es ihr unangenehm war, hob er den Blick wieder zu dem Rotkardinal, der über ihnen auf seinem Zweig saß.

»Er verteidigt sein Revier«, sagte er. »Sein Nest muss hier ganz in der Nähe sein. Inzwischen hat er wahrscheinlich schon ein paar Nestlinge, die er beschützen muss.«

»Ich verstehe nicht viel von Vögeln«, gab sie zu. »Ich beobachte sie einfach nur gerne.«

»Tun wir das nicht alle?« Er warf einen Blick auf ihr Kleid, ein schlichtes schwarzes Teil. »Sind Sie wegen einer Beerdigung hier?«

»Ja, wegen der von Sofia Suarez. Sie auch?«

»Nein. Ich besuche nur jemanden, den ich vor langer Zeit gekannt habe.«

»Oh.« Sie wusste nicht, ob er von einem Lebenden oder einem Toten sprach, und sie traute sich nicht zu fragen.

»Ich wünschte nur, wir hätten mehr Zeit zusammen gehabt«, sagte er leise, und der traurige Ton seiner Stimme verriet ihr, dass es um jemanden ging, der gestorben war.

»Und sie kommen immer noch her? Das ist ja total lieb von Ihnen.« Sie lächelte ihn an, und er lächelte zurück. Es fühlte sich an, als ob sich etwas zwischen ihnen verändert hätte. Als ob die Luft plötzlich statisch aufgeladen wäre.

»Kenne ich Sie?«, fragte sie endlich.

»Komme ich Ihnen bekannt vor?«

»Ich bin mir nicht sicher. Ich hatte im März einen Unfall, und seitdem habe ich Probleme, mich an Dinge zu erinnern. An Namen, Daten.«

»Deswegen brauchen Sie also den Stock.«

»Der ist total hässlich, nicht wahr? Ich hätte mir etwas Schickeres und Cooleres aussuchen sollen. Aber ich werde ihn sowieso nicht mehr lange brauchen.«

»Wie ist es passiert? Der Unfall?«

»So ein irrer Raser hat mich an einem Fußgängerüberweg angefahren. Ich kam gerade vom Campus, und ...« Sie hielt inne. »Kenne ich Sie von daher? Von der Northeastern?«

Eine Pause. »Es ist möglich, dass wir uns dort über den Weg gelaufen sind.«

»Im Institut für Kunstgeschichte vielleicht?«

»Ist das Ihr Studienfach?«

»Ich hätte eigentlich diesen Monat meinen Abschluss machen sollen, aber ich habe zwei Monate in der Reha verbracht, um wieder auf die Beine zu kommen. Ich fühle mich immer noch ganz schön unbeholfen.«

»Also, ich finde, dass Sie richtig gut aussehen«, sagte er. »Sogar besser als gut, selbst mit Stock.«

Sein Blick war plötzlich so durchdringend, dass es sie

aus der Fassung brachte, und sie wandte sich ab. Sie sah ihren Vater vom Parkplatz kommen, und er hatte den Regenschirm dabei. Mit einem kleinen storchartigen Hüpfer sprang er auf den Gehsteig.

»Gut, dass du an den Schirm gedacht hast«, sagte sie. »Es fängt bestimmt jeden Moment an zu schütten.«

»Wer war denn der Mann, mit dem du da geredet hast?«

Sie drehte sich zu ihrem neuen Bekannten um, doch er war nicht mehr da. Verwirrt blickte sie sich um und sah ihn gerade noch durch das Friedhofstor verschwinden. »Das ist aber seltsam.«

»Ist es jemand, den du kennst?«

»Ich bin mir nicht sicher. Er sagt, er ist an der Northeastern. Vielleicht ist er dort Dozent.«

Er nahm ihren Arm, und zusammen gingen sie auf das Tor zu. »Deine Mutter hat angerufen«, sagte er. »Sie ist in Panik, weil der Caterer noch nicht aufgetaucht ist.«

»Ach, du kennst sie doch. Sie kann ganz allein fünfhundert Sandwiches zaubern, wenn es sein muss.«

Er sah auf seine Uhr. »Es ist gleich zehn. Wir wollen doch nicht zu spät zu Sofia kommen.«

Zu Sofia, die nicht wissen würde, dass sie da waren. Und doch war es irgendwie wichtig, dass sie da waren. Dass an diesem düsteren Tag diejenigen, die sie gekannt hatten, an ihrem Grab standen und um sie trauerten.

»Denkst du, dass du den ganzen Weg gehen kannst?«, fragte ihr Vater. »Im Gras wird es vielleicht ein bisschen schwierig.«

»Ich schaffe das schon, Dad«, sagte sie, obwohl ihr Bein in der feuchten Luft schmerzte. Das würde es wahrscheinlich immer tun. Auch nachdem ein gebrochenes Bein verheilt ist, bleibt die Erinnerung an den Bruch im

Knochen eingeschlossen, und jedes Mal, wenn das Wetter umschlägt, flammt der Schmerz wieder auf. Doch Amy beklagte sich nicht. Sie behielt diesen Schmerz für sich, während sie Arm in Arm mit ihrem Vater durch das Friedhofstor schritt.

13

JANE

Die Wettervorhersage hatte Gewitter angekündigt, und Jane musste unwillkürlich alle paar Minuten zum Himmel aufschauen, wo dunkle Wolken über dem Friedhof aufzogen. Sie hatte gelesen, dass man an zwei Orten besonders gefährdet war, vom Blitz getroffen zu werden, und zwar auf einer Kuppe oder unter einem Baum – und sie und Frost hatten es geschafft, beides zu verbinden, denn sie standen jetzt auf einer Anhöhe unter den ausladenden Ästen eines Japanischen Ahorns. Von diesem Aussichtspunkt beobachteten sie, wie sich die Trauergemeinde um Sofia Suarez' offenes Grab versammelte. Hatte Sofia, als sie vor einigen Monaten ihren Ehemann Tony auf diesem Friedhof beerdigte, geahnt, dass sie ihm so bald nachfolgen würde? Als sie sein Grab besuchte und die sanft gewellten Rasenflächen, die gepflegten Sträucher betrachtete, hatte sie sich da vorgestellt, wie sie selbst die Ewigkeit an diesem Ort verbringen würde?

Das ferne Donnergrollen ließ Janes Blick wieder hinauf zu den Wolken wandern. Die Ansprache am Grab war beendet, und Jane und Frost hatten keinen Grund, hier noch länger auszuharren. Sie hatten sehen wollen, ob jemand auftauchte, der offensichtlich nicht gekommen war, um zu trauern, sondern um seinen Triumph zu genießen oder sich am Anblick der Trauernden zu weiden. Doch Jane hatte nur aufrichtigen Kummer in den Gesichtern gesehen, von denen sie viele wiedererkannt hatte: Dr. Antrim. Die Schwestern aus dem Krankenhaus. Sofias Nachbarn, Mrs. Leong und Jamal Bird mit seiner Mutter. Nicht viele Teenager würden es für nötig halten, sich bei der Beerdigung einer älteren Nachbarin blicken zu lassen, aber Jamal war gekommen, ganz in Schwarz gekleidet bis auf seine knallblauen Nikes.

»Es fängt an zu regnen. Machen wir Schluss für heute?«, fragte Frost.

»Warte mal. Da kommt Dr. Antrim.«

Antrim winkte, als er über den Rasen auf sie zuschritt, begleitet von einer schlanken jungen Frau, die an einem Stock ging. »Ich hatte gehofft, mit Ihnen sprechen zu können«, sagt er. »Wir wüssten alle gerne, ob es in dem Fall etwas Neues gibt.«

»Wir machen Fortschritte«, konnte Jane nur antworten.

»Haben Sie schon einen Verdacht, wer ...?«

»Noch nicht, fürchte ich.« Sie sah die junge Frau an, die neben Antrim stand, auf ihren Stock gestützt, dessen Spitze im feuchten Gras versank. Ihr rabenschwarzes Haar, zu einem modischen Bob geschnitten, bildete einen auffallenden Kontrast zu ihrer bleichen Haut. Es war die ungesunde Blässe eines Menschen, der lange nicht an der frischen Luft gewesen ist. »Ist das Ihre Tochter Amy?«

»Ja.« Antrim lächelte. »Sie ist endlich wieder auf den Beinen. Allerdings fällt ihr das Gehen hier auf dem Gras ein bisschen schwer.«

»Ich musste unbedingt kommen«, sagte Amy. »Sofia hat sich im Krankenhaus so wunderbar um mich gekümmert, und ich habe ihr nie richtig dafür gedankt.«

»Sie hat zwei lange Wochen im Krankenhaus verbracht«, erklärte Antrim und lächelte seine Tochter an. »Die ersten Tage war ihr Zustand sehr kritisch, aber Amy ist eine Kämpferin, auch wenn sie im Moment vielleicht nicht so aussieht.« Er wandte sich an Jane. »Der Fahrer, der sie angefahren hat, wurde nie gefasst, und es ist Wochen her, dass wir zuletzt von der Polizei etwas dazu gehört haben. Vielleicht könnten Sie ...«

»Dad«, mahnte ihn Amy.

»Na, sie kann doch mal nachfragen, oder nicht?«

»Ich werde den ermittelnden Beamten anrufen und fragen, ob es irgendwelche Fortschritte gibt«, versprach Jane. »Aber nach so langer Zeit würde ich mir keine allzu großen Hoffnungen machen.«

Das Donnergrollen kam näher.

»Es regnet«, sagte Amy. »Und Mom wartet auf uns.«

»Du hast recht. Sie fragt sich sicher schon, wo wir alle bleiben.« Er spannte einen Schirm auf und hielt ihn über seine Tochter. »Ich hoffe doch, dass Sie beide auch kommen«, sagte er an Jane und Frost gewandt.

»Wohin?«, fragte Jane.

»Zu uns nach Hause. Wir laden alle, die Sofia gekannt haben, zum Lunch ein. Meine Frau hat einen Cateringdienst beauftragt, was bedeutet, dass es genug Essen für eine ganze Armee geben wird. Also kommen Sie doch bitte.«

Eine einsame Gestalt in der Ferne zog plötzlich Janes Blick auf sich. Es war ein Mann – er stand dort zwischen den Grabsteinen und beobachtete sie.

»Dr. Antrim«, sagte sie, »kennen Sie diesen Mann?«

Er drehte sich in die Richtung, in die Jane zeigte. »Nein. Sollte ich ihn kennen?«

»Er scheint sich sehr für uns zu interessieren.«

Jetzt blickte Amy sich ebenfalls um. »Ach, den meinen Sie. Wir haben uns vorhin vor dem Friedhofstor kurz unterhalten. Ich dachte, dass ich ihn vielleicht von der Uni kenne, aber jetzt bin ich mir nicht mehr so sicher.«

»Was hat er zu Ihnen gesagt?«

»Er wollte wissen, ob ich wegen einer Beerdigung hier bin.«

»Hat er explizit nach Sofias Beerdigung gefragt?«

»Ich glaube nicht – das heißt, ich kann mich nicht erinnern.«

»Entschuldigen Sie uns«, sagte Jane. »Wir wollen uns mal ein bisschen mit ihm unterhalten.«

Sie ging mit Frost auf den Mann zu, in gemächlichem Tempo, um ihn nicht zu beunruhigen. Doch er drehte sich um und begann, in die andere Richtung zu gehen

»Sir?«, rief Jane. »Sir, wir möchten gerne mit Ihnen reden.«

Der Mann verfiel in einen leichten Trab.

»Oh, verdammt. Ich glaube, der will abhauen«, sagte Frost.

Sie setzten ihm nach, rannten an Grabsteinen und Marmorengeln vorbei. Regentropfen klatschten in Janes Gesicht und rannen ihr in die Augen, ließen die Landschaft zu einem grünen Brei verschwimmen. Sie blinzelte, bis sie den Mann wieder klar erkennen konnte. Er lief jetzt so schnell er konnte, umkurvte ein mit Efeu überwuchertes Mausoleum und rannte einen Weg entlang, der durch den Wald führte.

Keuchend und mit pochendem Herzen folgte Jane ihm in den Wald, da glitt ihr Schuh plötzlich auf dem feuchten Laub aus. Wie eine Eiskunstläuferin, die ihre Landung verpatzt hat, schlitterte sie über die Gehwegplatten, verlor das Gleichgewicht und landete so hart auf dem Hinterteil, dass sie den Aufprall im ganzen Rücken spürte.

Frost sprintete an ihr vorbei, ohne das Tempo zu verlangsamen.

Mit einem stechenden Schmerz im Steißbein und vollkommen verdrecktem Hosenboden rappelte Jane sich auf und lief ihrem Partner hinterher. Als sie ihn einholte, war er stehen geblieben und blickte sich hektisch im Wald um. Der Weg vor ihnen war verlassen, gesäumt von dichtem Buschwerk. Der Mann war verschwunden.

Wieder ein Donnergrollen, ganz nahe diesmal, und abermals standen sie am ungünstigsten Ort im Fall eines Blitzschlags: unter einem Baum.

»Wie zum Teufel konnten wir ihn verlieren?«, schimpfte Jane.

»Er hatte zu viel Vorsprung. Er muss irgendwo vom Weg abgebogen sein.« Er musterte sie. »Bist du okay?«

»Ja.« Sie wischte sich den Dreck von der Hose. »Mist, die hatte ich gerade erst gekauft.«

Ein Zweig knackte, laut wie ein Gewehrschuss.

Blitzschnell drehte sich Jane in die Richtung, aus der das Geräusch kam, und erblickte eine dichte Wand aus Rhododendron. Sie wechselte einen Blick mit Frost, und wortlos zogen sie beide ihre Waffen. Sie wusste nicht, wer dieser Mann war oder warum er vor ihnen geflohen war, aber man lief nur davon, wenn man Angst oder ein schlechtes Gewissen hatte.

Jane tippte auf Letzteres.

Sie erspähte eine Lücke im Gebüsch und begann sich hindurchzuzwängen, kämpfte sich durch das grüne Dickicht, während der Donner grollte und Regen auf die

Blätter klatschte mit einem Geräusch wie Maschinengewehrfeuer. Immer weiter schob sie sich durch den feuchten Dschungel und blinzelte die Regentropfen weg. Eine Wolke von Mücken flog vom Boden auf und schwärmte um ihr Gesicht. Sie wedelte sie weg, während sie sich blind weiter vorankämpfte.

Von der anderen Seite des Gebüschs kam wieder das Knacken eines Zweigs. Und ein metallisches Klacken.

Jane stürzte sich durch einen letzten Verhau von Zweigen und brach auf die andere Seite durch, die Waffe im Anschlag – wo sie sich einem Mann gegenübersah, der eine Heckenschere in den Händen hielt. Einem Mann, der sie mit angstgeweiteten Augen anstarrte. Er ließ die Heckenschere fallen und hob die Hände über den Kopf. Mit einem Blick erfasste Jane seinen Regenumhang, die Gummistiefel an seinen Füßen und den Berg von abgeschnittenen Zweigen auf der Ladefläche seines Pick-ups.

Der Gärtner. Ich hätte um ein Haar den Gärtner erschossen.

»Tut mir leid«, sagte sie und steckte ihre Waffe ins Holster zurück. »Wir sind von der Polizei. Es ist alles in Ordnung. Es ...«

»Rizzoli!«, rief Frost. »Er ist da drüben!«

Sie fuhr herum und sah gerade noch etwas Graues aufblitzen, als der Mann, den sie verfolgt hatten, zum Friedhofstor hinauslief. Er war zu weit weg, sie würden ihn nicht mehr einholen.

»Ähm ... kann ich die Hände jetzt runternehmen?«, fragte der Gärtner, der die Arme immer noch in die Luft reckte.

»Ja«, sagte Jane. »Und vielleicht können Sie uns helfen.

Dieser Mann, der gerade zum Tor rausgelaufen ist – kennen Sie den?«

»Ich glaube nicht.«

»Haben Sie ihn schon einmal gesehen?«

»Ich habe sein Gesicht nicht richtig erkennen können ...«

Jane seufzte und drehte sich zu Frost um. »Jetzt stehen wir wieder ganz am Anfang.«

»... aber vielleicht haben wir ihn auf Video.«

Sofort war Janes Aufmerksamkeit wieder bei dem Gärtner. »Was für ein Video?«

»Es ist eine Schande, dass wir überhaupt solche Kameras brauchen, aber so ist nun einmal die Welt von heute. Niemand hat mehr Respekt vor fremdem Eigentum, nicht wie zu meiner Jugendzeit«, sagte Gerald Haas, der Friedhofsleiter, der ganz bestimmt alt genug war, um sich daran zu erinnern, wie die Welt früher einmal gewesen war – oder wie er glaubte, dass sie gewesen war. Vorsichtig ließ er sich auf seinen Stuhl nieder und schaltete seinen Computer ein. Wie der Empfangsbereich der Leichenhalle war auch das Büro des Leiters dezent und geschmackvoll eingerichtet, mit beruhigenden Pastellfarben und gerahmten Sprüchen an den Wänden.

Es ist nicht die Länge des Lebens, sondern die Tiefe.
– Ralph Waldo Emerson

Denn Leben und Tod sind eins, so wie der Fluss und das Meer eins sind.
– Khalil Gibran

Auch ein Lageplan des 100 Hektar umfassenden Friedhofsgeländes hing an der Wand mit den nach Blumen und Bäumen benannten Wegen: *Lavender Way. Hibiscus Lane. Lake Magnolia.* Als ob hier nur Pflanzen in die Erde gesetzt würden und nicht die sterblichen Überreste von Menschen.

Mit zitternden, arthritischen Händen bewegte Haas die Computermaus. Jeder Schritt, jeder Klick dauerte quälend lange. Jane dachte an Jamal Birds flinke Finger, die mit dem schwindelerregenden Tempo der Jugend tippten, und sie musste sich zur Geduld zwingen, während Haas' knotige Hand scrollte und klickte, scrollte und klickte.

»Kann ich Ihnen vielleicht helfen, Sir?«, fragte Frost höflich wie immer und ohne jeden Anflug des Frusts, den Jane empfand.

»Nein, nein. Ich kenne dieses System. Ich brauche nur eine Weile, um mich wieder zurechtzufinden.«

Scrollen. Mauszeiger verschieben. Klicken.

»Ah. Da haben wir's.«

Auf dem Bildschirm erschien ein von Regentropfen getrübtes Bild. Es zeigte die Kurzparkzone am Friedhofseingang.

»Das ist die Überwachungskamera an unserem Haupteingang am Südende«, erklärte Haas. »Sie ist direkt über dem Torbogen angebracht, und sie müsste jeden erfasst haben, der heute Morgen das Gelände betreten oder verlassen hat.«

»Was ist mit dem Nordeingang?«, fragte Jane und deutete auf die Karte an der Wand. »Gibt es da auch eine Kamera?«

»Ja, aber dieser Eingang wird nur von unserem Personal

benutzt. Das Tor ist immer verschlossen, und man muss einen Code eingeben, um es zu öffnen. Ein Besucher kann also auf diesem Weg nicht hineingelangt sein.«

»Dann sehen wir uns doch mal das Video vom Haupteingang an«, sagte Jane. »Wir wissen schließlich, dass er den Friedhof auch auf diesem Weg verlassen hat.«

»Wie weit möchten Sie zurückgehen?«

»Laut unserer Zeugin hat der Mann das Gelände kurz vor Beginn der Trauerfeier betreten. Starten Sie also bitte bei neun Uhr dreißig.«

Scrollen. Mauszeiger verschieben. Klicken.

»Bitte sehr«, sagte er, »das ist jetzt neun Uhr dreißig.«

Auf dem Video hatte der Regen noch nicht eingesetzt, und der Asphalt war trocken. Bis auf einen Vogel, der durchs Bild flog, war keine Bewegung zu erkennen.

»Vor fünfzig Jahren, als ich ein junger Bursche war, da hatten wir noch Achtung vor den Toten. Es wäre uns nicht im Traum eingefallen, eine Friedhofsmauer mit Graffiti zu beschmieren oder Grabsteine umzuwerfen. Deswegen mussten wir diese Kameras installieren. Kein Wunder, dass die Welt aus den Fugen gerät.«

Die Klage einer jeden Generation, dachte Jane. *Die Welt gerät aus den Fugen.* Das hatte schon ihre Großmutter gesagt. Ihr Vater sagte es immer noch. Und irgendwann würde sie selbst es wahrscheinlich zu ihrer Tochter Regina sagen.

Sie merkte auf, als um 9.35 Uhr eine silberfarbene Limousine am Straßenrand hielt. Ein älteres Paar stieg aus und ging langsam Hand in Hand durch das Tor.

»Das sind bloß die Santoros«, erklärte Haas. »Ihre Tochter bringt sie jede Woche her, damit sie ihren Sohn besuchen können. Sein Grab ist an der Lilac Lane. Passen

Sie auf, die Tochter fährt den Wagen auf den Parkplatz, aber sie wird gleich mit den Blumen auftauchen.«

Wenige Augenblicke später trat, wie von Haas vorhergesagt, eine Frau ins Bild, die eine Vase mit Rosen trug und ihren Eltern durch das Tor folgte.

»Das sind die traurigsten Geschichten«, sagte Haas. »Ich meine, jeder Tod ist tragisch, aber ein Kind zu verlieren ...«

»Woran ist der Sohn gestorben?«, fragte Frost.

»Sie reden nie darüber, aber ich habe gehört, es sei eine Überdosis gewesen. Es ist schon Jahre her, da war er erst Anfang dreißig. Und jetzt, nach so vielen Jahren, kommen sie immer noch einmal die Woche zuverlässig wie ein Schweizer Uhrwerk. Wir warten immer schon mit dem Golfmobil, um sie zum Grab zu fahren.«

Um 9.40 Uhr tauchten zwei bekannte Gesichter auf: Jamal und seine Mutter. Und dann, wenige Minuten darauf, trafen mehrere Krankenschwestern vom Pilgrim Hospital zusammen ein.

»Es kommen auch etliche Touristen zu uns«, sagte Haas.

»Ist hier jemand Berühmtes begraben?«, fragte Frost.

»Nein, sie kommen wegen der Pflanzungen. Dieser Friedhof ist fast hundert Jahre alt, und es gibt hier einige alte Solitärbäume, wie man sie nirgendwo sonst in Boston findet. Hatten Sie schon eine Gelegenheit, sich unsere Anlagen anzuschauen?«

»Ein bisschen zu sehr aus der Nähe«, erwiderte Jane, die an ihre Schlacht mit dem Rhododendron und ihre ruinierte Hose dachte.

»Die Gartentouristen kommen in der Regel am Nachmittag, aber bei diesem regnerischen Wetter werden die meisten wohl eher verzichten. Gartenliebhaber sind zumeist sehr respektvoll, deshalb freue ich mich immer, sie zu sehen. Wir sind stolz darauf, dass bei uns jeder willkommen ist, solange er sich zu benehmen weiß.«

Auf dem Bildschirm hielt jetzt ein blauer Mercedes am Bordstein, und eine schlanke Frau mit kurzen schwarzen Haaren stieg vorsichtig auf der Beifahrerseite aus, in der Hand einen Krückstock. Amy Antrim. Während ihr Vater davonfuhr, um den Wagen zu parken, wartete sie vor dem Tor, den Blick zu einem Baum gehoben.

Und dann tauchte der Mann auf. Er steuerte so unvermittelt auf Amy zu, dass sie ihn nicht zu bemerken schien, bis er direkt neben ihr stand.

»Unser Mann mit dem Regenmantel«, sagte Frost.

Amy und der Mann unterhielten sich jetzt, und was immer er zu ihr sagte, schien sie nicht zu beunruhigen. Er stand mit dem Rücken zur Kamera, sodass sie nur Amys Gesicht sehen konnten, und sie lächelte. Offenbar störte es sie nicht, dass er so nahe bei ihr stand, leicht vorgebeugt, als ob er sich jeden Moment auf sie stürzen wollte. Dann wandte er sich plötzlich abrupt ab und ging davon, den Kopf gesenkt, während er durch das Tor trat. Sie konnten nur seinen Hinterkopf sehen, die schütteren braunen Haare – nichts, was geholfen hätte, ihn zu identifizieren.

Jetzt kam Dr. Antrim ins Bild mit einem Regenschirm in der Hand. War es sein Erscheinen, das den Mann verscheucht hatte? Wenn Antrim nicht gekommen wäre, was wäre dann als Nächstes passiert?

»Was ist da zwischen den beiden gelaufen?«, fragte Jane. »Was zum Teufel hat das zu bedeuten?«

»Es ist, als hätte er auf sie gewartet. Als hätte er gewusst, dass sie auftauchen würde«, sagte Frost.

In diesem Moment signalisierte sein Handy den Eingang einer Textnachricht. Während er es aus der Tasche zog, spulte Jane das Video an die Stelle zurück, wo der Mann zum ersten Mal auftauchte. Hatte er wirklich auf Amy gewartet, oder interpretierten sie zu viel in eine harmlose Zufallsbegegnung hinein? Und warum sollte er es ausgerechnet auf Amy Antrim abgesehen haben?

»Na, *das* ist ja interessant«, meinte Frost, den Blick auf sein Handy geheftet.

»Was?«

»Wir haben die Daten von diesem Wegwerfhandy.«

»Wissen wir schon, wem es gehört?«

»Nein. Aber was wir haben, sind die Verbindungsdaten. Es gab einen eingehenden Anruf von Sofia Suarez ...«

»Von dem wir bereits wissen.«

»Und es wurden zwei Anrufe von diesem Handy getätigt. Beide letzte Woche, und beide gingen an denselben Anschluss in Brookline.« Er hielt ihr das Handy hin. »Schau mal, wem er gehört.«

Sie starrte den Namen auf dem Display an. *Michael Antrim, MD.*

14

Amy Antrim saß im Arbeitszimmer ihres Vaters. Ihren Stock hatte sie an den Sessel gelehnt. Ihr schlichtes schwarzes Kleid bildete einen auffallenden Kontrast zu ihrer blassen Haut. Obwohl seit ihrem Unfall Monate vergangen waren, wirkte sie immer noch so zerbrechlich wie eine Porzellanpuppe. Der Wind wehte Regentropfen gegen die Fensterscheibe, und die wässrigen Schlieren auf dem Glas warfen verzerrte graue Schatten auf ihr Gesicht.

»Wir bekommen andauernd Werbeanrufe«, sagte sie. »Ständig versuchen Leute, uns irgendetwas zu verkaufen. Aber Dad will unbedingt, dass seine Nummer im Telefonbuch steht für den Fall, dass ein Patient ihn erreichen will. Da ist er einfach sehr gewissenhaft, auch wenn das bedeutet, dass wir diesen Telefonterror ertragen müssen.«

»Der erste Anruf dauerte zwei Minuten, der zweite ungefähr dreißig Sekunden«, sagte Frost. »Beide Male wurde am Abend angerufen, während Ihr Vater in der Klinik war. Ihre Mutter sagt, dass sie sich an keine ungewöhnlichen Anrufe erinnert, deswegen haben wir uns gefragt, ob Sie sie vielleicht entgegengenommen haben.«

»Meine Mutter geht normalerweise dran, weil ich dieser Tage nicht so schnell unterwegs bin. Vielleicht sind die Anrufe ja auf den AB gegangen?« Amy sah abwechselnd Jane und Frost an. »Haben die Anrufe etwas mit diesem Mann auf dem Friedhof zu tun?«

»Wir wissen es nicht genau«, antwortete Jane.

»Denn ich dachte, Sie wären gekommen, um mich danach zu fragen – nach diesem Mann. Er wirkte eigentlich ganz nett auf mich. Hätte ich mich denn vor ihm fürchten sollen?«

»Auch das wissen wir nicht.« Jane sah auf Amys schmale Hände hinunter, die Haut so durchscheinend, dass die Venen sich bläulich abzeichneten. Waren diese Hände stark genug, um einen Angreifer abzuwehren? Amy wirkte so zerbrechlich, als ob ein bloßer Windstoß sie umwerfen könnte, geschweige denn ein Mann, der ihr etwas antun wollte. Sie war wie die einsame Gazelle am Rand der Herde, das verletzliche Tier, das die Löwen als Erstes reißen würden.

»Reden wir über diesen Mann«, sagte Frost. »Erzählen Sie uns noch einmal, was er zu Ihnen gesagt hat.«

»Es war eigentlich nur Small Talk. Wir haben über den Rotkardinal gesprochen, der dort im Baum saß, und der Mann meinte, dass er wohl ein Nest zu verteidigen hätte. Ihm fiel auf, dass ich Schwarz trug, und er fragte mich, ob ich wegen einer Beerdigung dort sei. Ich fragte ihn, ob wir uns schon einmal begegnet seien, weil ich das Gefühl hatte, ihn von irgendwoher zu kennen.«

»Dann haben Sie ihn also erkannt?«

Amy dachte einen Moment lang darüber nach, die Stirn in feine Falten gelegt. »Ich bin mir nicht sicher.«

»Nicht sicher?«

Sie zuckte hilflos mit den Schultern. »Irgendetwas an ihm kam mir bekannt vor. Ich dachte, ich hätte ihn vielleicht an der Universität gesehen, aber es war nicht im Institut für Kunstgeschichte. Irgendwo anders auf dem Campus vielleicht. Zum Beispiel in der Bibliothek. Ich habe so viele Stunden in dieser Bibliothek verbracht und an meiner Abschlussarbeit gesessen. Das heißt, bevor *das hier* passiert ist.« Sie massierte ihr verheilendes Bein, es wirkte wie eine eingefahrene Gewohnheit. »Ich kann es kaum erwarten, diesen hässlichen Stock wegzuschmeißen und wieder ein normales Leben zu führen.«

»Dieser Unfall«, sagte Jane, »wie ist der passiert?«

»Es war einfach Pech. Zur falschen Zeit am falschen Ort.«

»Woran erinnern Sie sich noch?«

»Ich weiß noch, dass ich aus der Bibliothek gekommen bin, da hatte es gerade angefangen zu schneien. Ich war nicht entsprechend angezogen. Ich trug diese albernen Ballerinas, und die waren im Nu klatschnass, als ich über den Campus gegangen bin. Ich kam zur Fußgängerampel, und dann ...« Sie hielt inne und runzelte die Stirn.

»Und dann?«

»Ich erinnere mich, dass ich dort gestanden und auf Grün gewartet habe.«

»Das war an der Huntington Avenue?«

»Ja. Ich muss wohl auf die Fahrbahn getreten sein, und dann hat das Auto mich erwischt. Das Nächste, woran ich mich erinnere, ist, dass ich auf der Intensivstation aufgewacht bin. Sofia war da, sie hat auf mich heruntergeschaut. Die Polizei hat gesagt, das Auto hätte mich direkt auf dem Fußgängerüberweg erfasst und sei dann einfach weitergefahren. Den Fahrer haben sie bis heute nicht gefunden.«

Jane sah Frost an und fragte sich, ob er das Gleiche dachte wie sie. War es wirklich ein Unfall? Oder etwas anderes?

Die Tür ging auf, und Amys Mutter Julianne kam mit einem Tablett voll Teetassen und Gebäck herein. »Entschuldigen Sie, dass ich so hereinplatze, aber Amy hat beim Lunch kaum etwas gegessen. Und ich dachte mir, dass Sie vielleicht auch etwas vertragen könnten. Tee?«

Frosts Miene hellte sich auf, als er den Teller mit Zitronenschnitten auf dem Tablett erblickte. »Die sehen ja köstlich aus, Mrs. Antrim. Danke schön.«

»Alle anderen sind schon zum Krankenhaus aufgebrochen«, sagte Julianne. »Aber es ist noch reichlich von allem im Esszimmer, falls Sie noch etwas anderes möchten. Offenbar fahre ich immer viel mehr auf, als die Leute essen können.«

»Alte Gewohnheiten«, meinte Amy lächelnd. »Meine Mutter hat früher in der Gastronomie gearbeitet.«

»Und es ist der Albtraum einer jeden Köchin, dass das Essen nicht reichen könnte«, sagte Julianne, während sie den Tee einschenkte. »Ich werde einfach nie die Sorge los, ich könnte nicht genug für alle gemacht haben.« Julianne verteilte die Teetassen mit der Routine einer erfahrenen Gastgeberin und setzte sich dann in den Sessel neben Amy. Obwohl sie gut zwanzig Jahre auseinander waren, hatten Mutter und Tochter die gleiche schlanke Figur, und ihre schwarzen Haare waren zu identischen Bobs frisiert. »Also, was ist das nun für eine Geschichte? Wer war dieser Mann auf dem Friedhof?«

»Ein Mann, der sich ganz besonders für Amy zu interessieren schien«, sagte Jane. »Wir fragen uns, ob wir der Sache nachgehen müssen.«

Julianne sah ihre Tochter an. »Du hast ihn nicht erkannt?«

»Ich dachte, dass ich ihn vielleicht von irgendwoher kenne. Oder vielleicht wollte er einfach nur nett sein. Aber jetzt, wo mich alle nach ihm fragen ...«

»Wie hat er ausgesehen?«, unterbrach sie Julianne.

Amy dachte einen Moment nach. »Ich würde sagen, er war ungefähr in Dads Alter.«

Frost machte sich eine Notiz. »Also Ende fünfzig. Und seine Haare?«

»Ich würde sie als hellbraun bezeichnen, aber sie waren ziemlich spärlich. Er wurde obenrum schon etwas kahl.« Sie sah Julianne an und lächelte. »Auch wie Dad.«

»Und sein Gesicht?«, hakte Julianne nach.

»Es war … schmal. Ein Allerweltsgesicht. Ich weiß, das ist nicht sehr hilfreich, aber es ist alles, was ich über ihn sagen kann. Er schien traurig zu sein, weil er jemanden auf dem Friedhof besuchte. Einen Menschen, den er vor langer Zeit gekannt hatte, wie er sagte. Vielleicht hatte er deswegen das Bedürfnis, mit jemandem zu reden. Und ich war eben zufällig da.«

»Oder hatte er das Bedürfnis, speziell mit Ihnen zu sprechen?«, fragte Jane.

»Sie glauben, dass dieser Mann es auf meine Tochter abgesehen hatte?«, fragte Julianne.

»Ich weiß es nicht, Mrs. Antrim.«

Julianne setzte sich in ihrem Sessel auf – eine Mutter, die wild entschlossen war, ihr Kind zu verteidigen. »Mike hat mir gesagt, dass es Videoaufnahmen von dem Mann gibt. Die möchte ich sehen.«

Frost holte sein Handy hervor und öffnete die Videodatei. »Leider hat die Kamera sein Gesicht nicht richtig erfasst. Aber hier ist das, was wir haben.«

Julianne nahm das Handy und verfolgte gebannt das Video der Begegnung ihrer Tochter mit dem Unbekannten. Es war nur eine kurze Unterhaltung, kaum länger als zwei Minuten, aber es musste für Julianne genauso offensichtlich sein wie für Jane, wie intensiv, ja geradezu aggressiv er Amy fixierte. Das war mehr als nur ein beiläufiges Gespräch unter Fremden.

»Ihre Tochter glaubt, dass sie ihn vielleicht von irgendwoher kennt«, sagte Jane. »Was ist mit Ihnen, Mrs. Antrim? Kennen Sie den Mann?«

Julianne gab keine Antwort, sie starrte nur schweigend das Video an.

»Mrs. Antrim?«

Langsam hob Julianne den Kopf. »Nein. Ich habe ihn noch nie gesehen. Aber so zielstrebig, wie er da auf Amy zusteuert, hat es fast den Anschein, als hätte er auf sie *gewartet.*«

»So könnte man es interpretieren.«

»Und dann, kaum dass mein Mann auftaucht, macht er sich aus dem Staub. Als ob er nicht erwischt werden wollte. Als ob er wüsste, dass er nicht dort sein sollte.« Sie sah ihre Tochter an. »Er hat dir nicht seinen Namen genannt?«

»Nein, und ich habe ihm meinen auch nicht gesagt. Glaub mir, Mom, das war wirklich reiner Zufall. Wir waren einfach beide zur gleichen Zeit am Friedhofseingang.«

Reiner Zufall, dachte Jane. *Wie ihr Unfall.*

»Aber wenn man sich dieses Video anschaut«, beharrte Julianne, »dann sieht es aus, als hätte er auf dich *gewartet.*«

»Woher sollte er denn wissen, dass ich heute dort sein würde?«

»Der Termin von Sofias Beerdigung stand in der Zeitung«, sagte Jane. »Es ist eine öffentlich zugängliche Information.«

Es war lange still, während Julianne darüber nachdachte, was das bedeuten könnte. »Sie glauben, das könnte etwas mit dem *Mord* zu tun haben?«

»Jeder Mord erregt Aufmerksamkeit«, sagte Jane. »Und manchmal auch die Aufmerksamkeit von seltsamen Leuten. Menschen, die zur Beerdigung eines Mordopfers gehen, weil sie neugierig sind oder von Tragödien angezogen werden. Aber es kommt auch immer wieder vor, dass der Mörder selbst bei einer Beerdigung auftaucht. Um sich am Unglück der Hinterbliebenen zu weiden, oder um noch einmal mit eigenen Augen zu sehen, was er angerichtet hat.«

»Oh Gott. Und jetzt hat er Amy ins Auge gefasst?«

»Das wissen wir nicht. Es ist noch zu früh, um sich deswegen Sorgen zu machen.«

»Zu *früh?*« Juliannes Stimme überschlug sich fast vor Erregung. »Ich glaube nicht, dass es jemals zu früh ist, sich das Schlimmste vorzustellen, wenn es um die eigenen Kinder geht!«

Amy lehnte sich zu Julianne herüber und ergriff ihre Hand – das Kind, das die Mutter tröstete –, während sie Jane ein entschuldigendes Lächeln schenkte. »Meine Mutter macht sich bei jeder Kleinigkeit Sorgen.«

»Ich kann nichts dafür«, sagte Julianne. »Seit dem Tag ihrer Geburt ...«

»Oh nein – willst du etwa schon wieder die Geschichte erzählen?«

»Welche Geschichte?«, fragte Frost.

»Wie ich als Baby fast gestorben wäre.«

»Na ja, es ist doch wahr«, entgegnete Julianne. »Sie ist fast einen Monat zu früh zur Welt gekommen.« Julianne deutete auf das Bücherregal, auf das Foto von Amy als

Säugling mit schwarzen Haaren, so unglaublich winzig, dass sie wie eine Puppe wirkte, wie sie da in den Armen ihrer Mutter lag. »Es war ein kleines Krankenhaus in Vermont, und die Ärzte waren nicht sicher, ob sie durchkommen würde. Aber meine Tochter hat es geschafft. Mit knapper Not vielleicht, aber Amy hat es geschafft.« Sie sah Jane an. »Ich weiß, wie es ist, sein Baby fast zu verlieren. Und deshalb sage ich: Nein, es ist nicht zu früh, sich Sorgen zu machen.«

Das konnte Jane verstehen. Wenn man ein Kind hat, entwickelt man ein feineres Gespür selbst für die leisesten Anzeichen von Gefahr; man merkt sofort, wenn irgendetwas nicht stimmt. Das war es, was Julianne in diesem Moment wahrnahm, und Jane spürte es ebenfalls, auch wenn sie keine Anhaltspunkte für eine echte Bedrohung hatte. Nur einen Mann in einem Regenmantel, der ein bisschen zu freundlich gewesen war. Der genau zur richtigen Zeit an dem Ort gewartet hatte, an dem sich die Freunde einer ermordeten Frau einfinden würden.

Für eine Ermittlerin reichte das nicht aus, um zu sagen: *Das ist wichtig, das hat etwas zu bedeuten.* Aber eine Mutter braucht keine handfesten Beweise, um zu wissen, wenn etwas nicht in Ordnung ist.

»Sollten Sie diesen Mann wiedersehen, Amy, dann rufen Sie mich an. Jederzeit, auch nachts.« Jane zog eine Visitenkarte mit ihrer Mobilnummer aus der Tasche. Amy starrte die Karte an, als ob sie vergiftet wäre – als ob sie sich, indem sie sie annähme, eingestehen müsste, dass die Gefahr real war.

An ihrer Stelle nahm ihre Mutter die Karte entgegen. »Das werden wir tun«, sagte sie.

Es war Julianne, die sie aus dem Arbeitszimmer führte

und zur Haustür hinausgeleitete. Als sie auf der Veranda standen, zog Julianne die Tür hinter sich zu, damit ihre Tochter nicht hörte, was sie als Nächstes zu ihnen sagte.

»Ich weiß, sie wollen Amy keine Angst machen, aber Sie haben *mir* Angst gemacht.«

»Es gibt vielleicht gar keinen Grund zur Sorge«, entgegnete Jane. »Wir möchten nur, dass Sie und Dr. Antrim die Augen offen halten. Und wenn Sie noch weitere Anrufe von dieser Nummer bekommen, fragen Sie die Person nach ihrem Namen.«

»In Ordnung.«

Als Jane mit Frost die Verandastufen hinunterging, blieb sie plötzlich stehen und drehte sich zu Julianne um. »Dr. Antrim ist nicht Amys leiblicher Vater, nicht wahr?«

Julianne hielt inne, offenbar überrascht von der Frage. »Nein. Ich habe Mike geheiratet, als Amy zehn Jahre alt war.«

»Dürfte ich fragen, wer ihr Vater ist?«

»Warum wollen Sie das wissen?«

»Sie sagte, der Mann am Friedhof sei ihr irgendwie bekannt vorgekommen, und da habe ich mich gefragt ...«

»Ich habe ihn verlassen, als Amy acht war. Glauben Sie mir, der Mann auf dem Video war nicht er.«

»Nur so aus Neugier – wo ist Amys Vater jetzt?«

»Ich weiß es nicht.« Julianne verzog angewidert den Mund und wandte den Blick ab. »Und es interessiert mich auch nicht.«

15

Jane trank ab und zu einen Schluck von ihrem Bier, während sie am Küchentisch saß und den Bericht des Boston PD über Amys Unfall mit Fahrerflucht las. Es war ein wesentlich kürzeres Dokument als die seitenlangen Konvolute, die Mordfälle in der Regel erzeugten, und Jane hatte bald die wesentlichen Punkte erfasst. Vor zwei Monaten, gegen 20.40 Uhr an einem Freitagabend, hatte ein Zeuge gesehen, wie Amy Antrim an einem Fußgängerüberweg an der Huntington Avenue, direkt vor der Northeastern University, auf die Fahrbahn getreten war. Sie hatte erst einen oder zwei Schritte gemacht, als sie von einer in westlicher Richtung fahrenden schwarzen Limousine erfasst wurde. Der Zeuge sagte aus, dass das Auto mit überhöhter Geschwindigkeit gefahren sei, schätzungsweise achtzig Stundenkilometer. Nachdem er Amy angefahren hatte, bremste der Fahrer nicht einmal ab, sondern setzte die Fahrt mit unvermindertem Tempo in Richtung der Auffahrt zum Massachusetts Turnpike fort.

Tags darauf wurde ein schwarzer Mazda, auf den die Beschreibung des Zeugen passte und der von vier verschiedenen Überwachungskameras in der näheren Umgebung des Unfallorts erfasst worden war, fünfundvierzig Meilen entfernt am Stadtrand von Worcester verlassen aufgefunden. Die Schäden an der vorderen Stoßstange und die Blutspuren, die mit dem Blut des Unfallopfers übereinstimmten, lieferten die Bestätigung, dass es sich um das Fahrzeug handelte, das Amy angefahren hatte. Der Halter des Mazda hatte ihn zwei Tage vor dem Unfall als gestohlen gemeldet. Der Dieb konnte bisher nicht identifiziert werden.

Und wahrscheinlich würden sie ihn nie finden, dachte Jane. Sie nahm noch einen Schluck Bier und lehnte sich auf ihrem Stuhl zurück, um sich zu strecken und ihre verspannten Schultermuskeln zu lockern. Heute Abend war Gabriel damit an der Reihe, Regina zu baden, und nach den munteren Quietschern aus dem Bad zu urteilen, hatten sie einen solchen Riesenspaß bei ihrer Planscherei, dass Jane versucht war, den Laptop zuzuklappen und sich zu ihnen zu gesellen. Oder wenigstens ein paar zusätzliche Handtücher zu bringen, um das Wasser aufzuwischen, bevor es in den Bodendielen versickerte. War es Zeitverschwendung, sich mit einem Unfall zu befassen, der wahrscheinlich irrelevant für den Mord an Sofia Suarez war? Vielleicht war es wirklich nur Pech, dass Amy genau in diesem Moment die Straße hatte überqueren wollen. Vielleicht war Amys Begegnung mit dem Mann im Regenmantel vor dem Friedhofstor nur ein weiteres Zufallsereignis, das nichts mit dem Mord an Sofia Suarez zu tun hatte.

So viele verwirrende Details. So viele Möglichkeiten, den Mörder aus den Augen zu verlieren.

Die Badeaktion war beendet – sie konnte die Wanne ablaufen hören, und dann kam plötzlich die vierjährige Regina in die Küche geflitzt, splitternackt und mit rosig glänzender Haut. Gabriel kam gleich hinterher, sein Hemd klatschnass von Reginas wilden Wasserspielen.

»Nicht so schnell, Schätzchen!« Er lachte, während er ihre Tochter mit einem Handtuch einzufangen versuchte.

»Komm, wir machen uns fertig fürs Bett. Mommy muss arbeiten.«

»Mommy muss *immer* arbeiten.«

»Weil sie einen wichtigen Job hat.«

»Aber du bist noch viel wichtiger!«, sagte Jane und hob sich ihre triefende Tochter auf den Schoß. Regina zappelte und wand sich, glitschig wie eine kleine Robbe. Gabriel reichte ihr das Handtuch, und Jane wickelte ihre Tochter ein, bis sie wie eine flauschige Enchilada mit Regina-Füllung aussah,

»Irgendwelche Durchbrüche?«, fragte Gabriel, während er sich auch ein Bier aufmachte.

»Eher Sackgassen. Jede Menge Sackgassen.«

Er lehnte sich an den Küchentresen und nahm einen Schluck aus der Flasche. »Also ein ziemlich normaler Tag.«

»Irgendwie habe ich bei all diesen Dingen das *Gefühl*, dass sie etwas mit dem Fall zu tun haben könnten, aber mir ist nicht klar, was.«

»Vielleicht gibt es keine Verbindung. Es ist normal, dass wir Muster in zufälligen Ereignissen sehen. Das ist so, wie wenn wir die Oberfläche des Mars anschauen und in der zufälligen Verteilung von Bergen und Tälern ein Gesicht zu erkennen glauben.«

»Ich habe aber nun mal dieses *Bauchgefühl*.«

Er sah sie mit diesem coolen Lächeln an, das sie zum Wahnsinn treiben konnte. Wie üblich war er die Ruhe in Person, der logisch denkende Special Agent, der nicht an Bauchgefühle glaubte, sondern nur an Fakten. Der ihr einmal gesagt hatte, dass ein Polizist, der sich auf seinen Instinkt verlässt, allzu oft blind für die Wahrheit wird.

Nachdem Gabriel Regina mit viel Überredungskunst ins Bett gebracht hatte, wandte Jane sich wieder dem Unfallbericht zu, der ihr immer noch keine Ruhe ließ. Was hatte es mit Amys Unfall und der Begegnung mit dem Mann am Friedhof auf sich? Sie suchte die Kontaktdaten des Beamten heraus, der den Unfall aufgenommen hatte, und griff nach ihrem Handy.

»Officer Packard«, meldete er sich. Jane konnte Stimmengewirr im Hintergrund hören, und eine Frau rief: *Nummer zweiundachtzig? Wer hat Nummer zweiundachtzig?* Er war gerade in der Pause, und einem hungrigen Polizisten sind die Essenszeiten heilig. Sie würde es kurz machen.

»Hier ist Detective Rizzoli. Ich habe eine Frage zu einem Unfall mit Fahrerflucht, den Sie im März aufgenommen haben. Es ist auf der Huntington Avenue passiert, und der Name des Opfers ist Amy Antrim.«

»Ach ja«, antwortete er, mit vollem Mund kauend. »An die erinnere ich mich.«

»Haben Sie den Fahrer identifizieren können?«

»Nein. Der Dreckskerl hat sie über den Haufen gefahren und das arme Mädchen einfach blutend auf der Straße liegen lassen. Sie war ziemlich übel zugerichtet. Ich war mir nicht sicher, ob sie durchkommen würde.«

»Nun, ich habe Amy erst gestern gesehen, und es geht ihr gut. Sie braucht zwar noch einen Stock, aber wohl nicht mehr lange.«

»Freut mich zu hören, dass sie es gepackt hat. Soviel ich weiß, hatte sie einen Milzriss, und ihre Mutter ist schier ausgeflippt, weil das Mädchen eine Menge Transfusionen brauchte, und sie hat wohl eine ziemlich seltene Blutgruppe.«

»Ich sehe hier nicht sehr viele Details in Ihrem Vernehmungsprotokoll.«

»Das liegt daran, dass ich erst ein paar Tage nach ihrer OP mit ihr sprechen konnte, und da hatte sie keine Erinnerung mehr an den Unfall. Sie wusste nicht mal mehr, dass sie schon im Begriff war, die Straße zu überqueren. Retrograde Amnesie, hat der Arzt gesagt.«

»Und sie konnte auch nichts zu dem Fahrer sagen?«

»Nein. Aber es gab einen Zeugen, der alles mit angesehen hatte. Ein Obdachloser, der direkt hinter ihr auf dem Gehsteig stand. Er sagte, die Ampel sei auf Grün gesprungen, sie sei losgegangen und auf dem Eis ausgerutscht. Er wollte ihr gerade aufhelfen, als dieses Auto angerast kam.«

»Sie verlassen sich auf das Wort eines Obdachlosen?«

»Wir haben die Aufnahmen einer Überwachungskamera. Die bestätigen alles, was er gesagt hat.« Wieder waren Kaugeräusche zu hören, und im Hintergrund rief eine Stimme: *Nummer fünfundneunzig! Junior Whopper mit Pommes!*

»Haben Sie sie später noch einmal vernommen?«

»Das war nicht nötig. Und in der Zwischenzeit hatten wir auch das Fahrzeug gefunden, es war in Worcester abgestellt worden. Leider stellte sich heraus, dass es ein paar Tage zuvor gestohlen worden war, und wir haben den Dieb bis heute nicht identifizieren können.«

»Fingerabdrücke?«

»Jede Menge, aber kein Treffer in der Datenbank.«

»Und wo wurde dieses Auto gestohlen?«

»Es parkte auf der Straße vor dem Haus des Halters in Roxbury. Als wir es fanden, war es ziemlich demoliert, und nicht nur von dem Unfall. Der Unterboden sah aus, als hätte jemand damit eine Spritztour durch den Wald gemacht. Sagen Sie mal, wieso interessiert sich eigentlich die Mordkommission für die Geschichte?«

»Habe ich etwas von einem Mord gesagt?«

»Nein, aber Sie sind Detective Rizzoli. Sie kennt doch jeder.«

Ist das gut oder schlecht? Janes Handy piepte, und ein Blick aufs Display verriet ihr, dass ein Anruf aus Sacramento in Kalifornien wartete.

»... dieser Fall in Chinatown, den Sie geknackt haben, das war echt legendär«, sagte Packard. »Wie viele Cops können sich schon rühmen, einen Ninja gejagt zu haben?«

»Bei mir kommt gerade ein anderer Anruf rein«, unterbrach sie ihn. »Wenn Ihnen noch etwas einfällt, rufen Sie mich an.«

»Mach ich ganz bestimmt. War nett, mit Ihnen zu reden, Detective.«

Jane nahm den anderen Anruf an. »Detective Rizzoli.«

»Hier ist Katie Bouchard«, sagte eine Frauenstimme.

Es dauerte ein paar Sekunden, bis Jane sich an den Namen erinnerte. *Sofias Anrufliste. Die Nummer in Sacramento.* »Sie sind Sofias Bekannte in Kalifornien.«

»Mein Mann hat mir gesagt, dass Sie vor ein paar Tagen angerufen haben. Es tut mir leid, dass ich Sie nicht eher zurückrufen konnte, aber ich bin erst gestern aus Australien zurückgekommen.«

»Hat er Ihnen gesagt, warum ich angerufen habe?«

»Ja, und ich konnte es gar nicht glauben. Dann ist es also wahr? Sofia wurde ermordet?«

»So leid es mir tut, ja.«

»Haben Sie den Mörder schon gefasst?«

»Nein. Und das ist der Grund, weshalb ich mit Ihnen sprechen muss.«

»Ich wünschte, ich könnte Ihnen helfen, aber es ist Jahre her, dass ich sie zuletzt gesehen habe.«

»Wann war das letzte Mal?«

»Das war bei einer Krankenpflegetagung in Dallas, vor etwa fünf Jahren. Wir hatten uns seit ihrer Hochzeit mit Tony nicht mehr gesehen, also hatten wir uns ziemlich viel zu erzählen. Wir waren zusammen essen, nur wir beide, und sie machte so einen glücklichen Eindruck. Sie erzählte mir von der Kreuzfahrt nach Alaska, die sie mit Tony gemacht hatte, und dass sie vorhätten, irgendwann einen Campingbus zu kaufen und das Land zu bereisen. Und dann bekam ich letzten Dezember eine Karte von ihr mit der Nachricht, dass Tony gestorben war. Oh, das war so furchtbar. Und jetzt das.« Sie seufzte. »Es ist so ungerecht, dass ein einziger Mensch derart vom Unglück verfolgt wird. Und ausgerechnet Sofia – sie war so ein *guter* Mensch.«

In diesem Punkt waren sich alle einig: Sofia Suarez hatte dieses furchtbare Schicksal nicht verdient. Das konnte man nicht von jedem Opfer sagen – mehr als einmal in ihrer Laufbahn hatte Jane sich bei dem Gedanken ertappt: *Der hatte es eigentlich verdient.*

»Haben Sie eine Ahnung, warum sie Sie kontaktiert hat?«, fragte Jane.

»Nein. Ich arbeite als Reisekrankenschwester für ein Tourismusunternehmen, und in dem Monat war ich gerade mit einer Gruppe in Peru.«

»Hört sich nach einem ziemlich coolen Job an.«

»Ist es auch. Bis Sie es mit Achtzigjährigen zu tun kriegen, die höhenkrank werden und Ihnen den Bus vollkotzen.«

Oh. Na, egal.

»Als ich ein paar Wochen später nach Hause kam, sagte mein Mann mir, dass Sofia eine Nachricht hinterlassen hätte. Ich habe versucht, sie zurückzurufen, aber sie ist nicht ans Telefon gegangen. Ich nehme an, dass sie da schon ...« Sie musste den Satz nicht vollenden.

»Erinnern Sie sich noch an den Inhalt der Sprachnachricht?«

»Dummerweise habe ich sie schon gelöscht. Sie sagte, sie wollte mit mir über einen Fall reden, mit dem wir in Maine zu tun hatten.«

»Was für ein Fall?«

»Ich habe keine Ahnung. Wir haben jahrelang zusammengearbeitet, und wir haben in dieser Zeit vielleicht an die tausend Post-OP-Patienten versorgt. Ich weiß nicht, warum sie mich nach all den Jahren wegen einem dieser Fälle anrufen sollte.« Katie schwieg einen Moment. »Glauben Sie, es hat etwas mit dem zu tun, was passiert ist?«

»Ich weiß es nicht«, antwortete Jane. Ein Satz, den sie in letzter Zeit ziemlich oft ausgesprochen hatte.

Sie legte auf, frustriert angesichts eines weiteren losen Fadens. Bei diesem Fall gab es so viele davon, und sie konnte sich beim besten Willen nicht vorstellen, wie sie sie alle zusammenführen sollte, um sie zu einem Gesamtbild zu verweben. Vielleicht war dies das Gesicht auf der Oberfläche des Mars, von dem Gabriel gesprochen hatte – nur chaotisches Durcheinander von Hügeln und Schatten, das sie mit ihrem Wunschdenken zu einem Muster zusammengefügt hatte. Einem Muster, das nicht existierte.

Sie schaltete den Laptop aus und klappte ihn zu. Man sollte immer zuerst vom Naheliegenden ausgehen, und Einbruch war eines der häufigsten Verbrechen überhaupt. Es war nicht schwer, sich die wahrscheinlichste Abfolge der Ereignisse vorzustellen: Der Einbrecher steigt in das Haus ein. Die Bewohnerin kommt unvermutet nach Hause. Der Dieb attackiert sie in seiner Panik mit demselben Hammer, mit dem er die Scheibe eingeschlagen hat. Ja, es war alles vollkommen logisch – bis auf diese Glasscherbe, die sie am Gartenzaun gefunden hatte, eine Scherbe, die nach Auskunft des Labors definitiv von der eingeschlagenen Scheibe in der Küchentür stammte. War sie dort gelandet, als der Mörder in Panik flüchtete? Oder wurde sie dorthin geschleudert, weil die Scheibe von innen eingeschlagen worden war?

Zwei verschiedene Möglichkeiten. Zwei sehr unterschiedliche Schlussfolgerungen.

16

AMY

So sehr sie sich auch bemühte, sich an sein Gesicht zu erinnern, es entglitt ihr immer wieder, wie ein Spiegelbild im Wasser, das sich auflöst, sobald man die Hand eintaucht. Es war da – und dann war es verschwunden. Da – verschwunden. Sie wusste, dass sich dieses Gesicht irgendwo in den Tiefen ihres Gedächtnisses verbarg, aber sie bekam es einfach nicht zu fassen. Stattdessen sah sie, wenn sie die Augen schloss und an ihn dachte, Kornblumen. Verblasste blaue Kornblumen auf einer schimmelfleckigen Tapete, die vom Zigarettenrauch vieler Jahre einen hässlichen Gelbstich hatte.

Selbst nach so vielen Jahren sah sie dieses Schlafzimmer immer noch vor sich, kaum größer als ein Wandschrank und mit einem einzigen kleinen Fenster. Einem Fenster, auf das sie ebenso gut hätte verzichten können, weil das Haus so dicht an einen Hang gebaut war, dass nie die Sonne hereinschien. Ihr Zimmer war ein düsterer kleiner Käfig, den ihre Mutter nach Kräften zu verschönern versucht hatte. Julianne hatte Vorhänge aufgehängt, die sie selbst aus Spitzenresten von einem Flohmarkt genäht hatte. Dort hatte sie auch ein Bild mit Rosen gekauft, das sie über Amys Bettchen aufhängte. Es war ein dilettantisches Gemälde – mit ihren acht Jahren konnte Amy schon den Unterschied zwischen dem Werk eines wahren Künstlers und diesem Gekleckse erkennen, das laut Signatur von jemandem namens Eugene stammte. Aber Julianne ließ sich immer wieder etwas einfallen, womit sie etwas Licht in ihr Leben in diesem beengten Haus bringen konnte, wo die Wände die angesammelten Gerüche ausströmten, die zahllose frühere Bewohner hinterlassen hatten. Ihre Mutter versuchte immer, das Beste aus allem zu machen.

Aber es war nie gut genug für *ihn.*

Allzu lange hatte sie die Erinnerungen an jene Tage unterdrückt, und inzwischen gelang es ihr nicht mehr, das Bild seines Gesichts heraufzubeschwören, doch sie konnte sich immer noch an seine Stimme erinnern, sein heiseres, wütendes Gebrüll in der Küche. Immer wenn er eine seiner üblen Launen hatte, schickte ihre Mutter Amy in ihr Zimmer und sagte ihr, sie solle sich einschließen. Und dann musste Julianne sich allein seinem Jähzorn stellen, so, wie sie es immer tat. Was zumeist bedeutete, dass sie ruhig auf ihn einzureden versuchte und dafür mit einem blauen Auge belohnt wurde.

»Wenn ich verliere, verlierst du auch«, hatte er ihr immer ins Gesicht gebrüllt. Amy verstand nicht, warum diese Worte eine solche Macht über ihre Mutter hatten, doch damit hatte er stets unweigerlich Juliannes Widerstand gebrochen und sie zum Schweigen gebracht.

Wenn ich verliere, verlierst du auch.

Aber es war ihre Mutter, die die Blutergüsse davontrug, die seine Fäuste zu spüren bekam. Sie war es, die jeden Morgen um fünf zu ihrer Arbeit im Diner des kleinen Orts aufbrach, wo sie die Grillplatte einschaltete und Kaffee kochte, bevor die Farmer und die Fernfahrer zum Frühstück eintrafen. Sie war es, die sich jeden Nachmittag nach Hause schleppte, um Essen zu kochen und Amy bei ihren Hausaufgaben zu helfen, bevor er nach Hause kam. Dann sahen sie beide zu, wie er sich betrank. *Die Familie ist heilig*, das war sein Standardspruch, den er Julianne jedes Mal ins Gesicht schleuderte, wenn sie ihn verlassen wollte. *Die Familie ist heilig* war eine Drohung, die Keule, die er auspackte, um zu verhindern, dass sie sich aus dem ewigen Kampf mit ihm befreiten.

Dieser Kampf spielte sich zumeist in anderen Zimmern ab, vor Amys Blicken verborgen. Doch sie konnte ihn durch die Wand hören, wenn sie zusammengerollt im Bett lag und die Tapete mit den blauen Kornblumen anstarrte.

Auch jetzt, Hunderte Meilen von jenem Haus am Berghang entfernt, konnte sie diese Stimmen immer noch in ihrem Kopf hören, konnte hören, wie die seine lauter und lauter wurde, während die von Julianne irgendwann verstummte. *Die Familie ist heilig* bedeutete, den Kopf einzuziehen und nie laut zu werden. Es bedeutete, dass das Essen um sechs auf dem Tisch zu stehen hatte und dass sie jeden Freitag ihre Lohntüte bei ihm abzuliefern hatte.

Es bedeutete, Geheimnisse zu bewahren, die einem jederzeit um die Ohren fliegen könnten.

Stand diese elende Bruchbude immer noch? Schlief jetzt ein anderes Mädchen in ihrem alten Schlafzimmer? Oder war das Haus inzwischen abgerissen worden, die Geister, die darin spukten, von Bulldozern unter die Erde gestampft, wo sie hingehörten? Die Geister dieser Kornblumen würden nie verschwinden, sie waren hier in ihrem Kopf, immer noch so lebendig, dass Amy ihre nikotinverfärbten Blütenblätter sehen konnte. Aber warum konnte sie sich nicht an sein Gesicht erinnern? Wo war diese Erinnerung geblieben?

Das Einzige, woran sie sich erinnerte, war seine Stimme, sein Gebrüll in der Küche, wenn er schwor, dass er sie nie gehen lassen würde, dass er sie nie aufgeben würde. Ganz egal, wie weit und wie schnell sie davonliefen, er würde sie immer finden.

Ist es möglich? Hat er uns jetzt tatsächlich eingeholt?

17

ANGELA

Ich habe schon immer gerne für Essenseinladungen eingekauft. Während ich meinen Wagen an den Supermarktregalen vorbeischiebe, stelle ich mir vor, wie die Gäste um meinen Tisch sitzen und sich die Speisen schmecken lassen, die ich mit so viel Liebe zubereitet habe. Nicht dass es diesmal eine besonders große Runde wäre – bloß Jane mit Familie, der nette Barry Frost mit seiner nervigen Frau Alice, plus Maura und – wie ich hoffe – Mauras Freund Daniel Brophy. Früher hätte es mich wohl gestört, die beiden zusammen zu sehen, ich bin schließlich katholisch erzogen worden. Aber die Ansichten ändern sich. Wenn man mal so alt ist wie ich, sieht man die Dinge nicht mehr so eng – ganz bestimmt nicht, wenn es um die Liebe geht. Für den Fall, dass er tatsächlich mitkommt, plane ich ein Essen für sieben Personen. Siebeneinhalb, wenn wir die kleine Regina mitzählen. Das ist auch nicht viel mehr als die Mahlzeiten für fünf, die ich jeden Abend gekocht habe, als meine Kinder klein waren. Als das Kochen eine Pflicht war und es hauptsächlich darum ging, etwas Essbares auf den Tisch zu bringen.

Aber dieses Essen wird mehr sein. Es soll ein richtiges Festmahl werden.

An der Fleischtheke hole ich die prächtige Lammkeule ab, die mir mein Metzger liebevoll in Papier einschlägt.

Ich werde sie mit Knoblauchzehen spicken und sie rosa braten, damit sie schön saftig wird. Wirklich jammerschade, dass Alice Frost gerade irgendeine Diät macht und die Keule wahrscheinlich nicht anrühren wird. Sie weiß ja nicht, was ihr entgeht. In der Gemüseabteilung lade ich zarte Salate und gelbe Zwiebeln, Kartoffeln und grüne Bohnen in meinen Wagen. Und Spargel. Der ist für mich. Es ist Spargelsaison, und es macht mich glücklich, ihn zu sehen, weil das bedeutet, dass der Sommer nicht mehr weit ist.

Ich schiebe meinen Wagen durch die Gänge auf der Suche nach Olivenöl und Pasta, Kaffeebohnen und Wein. Sechs Flaschen mindestens. Wieder ist ein Teil davon nur für mich. Als der Wagen fast voll ist, steuere ich noch die Tiefkühlabteilung an. Es kann nie schaden, eine oder zwei Packungen Eis in Reserve zu haben. Ich biege um die Ecke in die Reihe mit den Kühltruhen und halte abrupt an, als ich sehe, wer da steht und das Angebot studiert.

Tricia Talley. Dann ist sie also gar nicht entführt und ermordet worden, sie ist im Gegenteil putzmunter und hat offenbar Lust auf Eis.

»Tricia!«

Sie sieht mich mit einem ausdruckslosen Teenager-Blick an. Entweder ist sie so in Gedanken, dass sie mich nicht erkennt, oder es ist ihr einfach egal.

»Ich bin's. Angela Rizzoli.«

»Ach ja, klar. Hi.«

»Dich habe ich aber lange nicht mehr gesehen.«

An diesem warmen Tag trägt sie eine abgeschnittene Bluejeans und ein übergroßes T-Shirt, das ihr von der Schulter gerutscht ist. Jetzt hebt sie diese magere Schulter leicht an, eine halbherzige Begrüßung, während ich meinen Wagen näher heranschiebe.

»Was ist los, Tricia? Ich habe mit deiner Mutter gesprochen, und sie macht sich furchtbare Sorgen um dich.«

Ihre Miene wird hart. Sie senkt den Blick auf die Kühltruhe, starrt die Regale an.

»Ruf sie doch wenigstens an, ja?«, schlage ich vor. »Sag ihr, dass es dir gut geht. Findest du nicht, dass sie zumindest das verdient hat?«

»Sie wissen gar nichts über sie.«

»Sie ist deine Mutter. Das ist Grund genug, sie anzurufen.«

»Nicht nach dem, was sie getan hat.«

»Was? Was hat Jackie getan?«

Tricia wendet sich von der Kühltruhe ab. »Ich glaub, ich mag doch nichts«, murmelt sie und geht davon.

Ich blicke ihr perplex nach. Ich kenne dieses Mädchen schon ihr ganzes Leben lang. Ich weiß noch, wie ich ihren Eltern einen rosa Strampelanzug und eine Packung Pampers gebracht habe, als sie auf die Welt kam. Als sie bei den Pfadfinderinnen war, habe ich ihr jedes Jahr Pfefferminzplätzchen abgekauft, und ich habe für ihre Klassenfahrt nach D.C. gespendet. Aber das ist nicht mehr das liebe Mädchen, das ich kenne. Diese Tricia ist ein wütender, trotziger Teenager, der Albtraum einer jeden Mutter.

Arme Jackie.

An diesem Nachmittag mache ich mich, nachdem ich meine Einkäufe eingeräumt habe, auf den Weg zu Jackie. Sie wird erleichtert sein zu hören, dass ihre Tochter gesund und munter ist. Als sie die Tür aufmacht, kann ich die Anspannung in ihrem Gesicht sehen, die tiefen Ringe unter ihren Augen, die wirren Haare. Sie hat geweint, und das macht mich nur noch wütender auf Tricia. Gott sei Dank habe ich mit meiner Janie nie so etwas durchmachen müssen.

»Oh, Schätzchen«, sage ich, als ich das Haus betrete. »Du siehst aus, als könntest du eine gute Nachricht gebrauchen.«

»Ich bin aber gerade gar nicht in der Stimmung für einen Besuch.«

»Aber wenn du das hörst, wird es dir besser gehen, das garantiere ich dir.«

Ich folge Jackie direkt in die Küche. Für Frauen ist das irgendwie ein ganz natürlicher Instinkt – man steuert automatisch die Küche an, den Ort für Tee und tröstende Worte. Ich bin mir nicht sicher, ob Jackie ihr Wohnzimmer dieser Tage überhaupt benutzt, weil dort alles wie eingefroren wirkt, wie in einem Museum – als ob jemand alles mit Wachs überzogen hätte, damit es ordentlich und sauber bleibt für den Fall, dass ein wichtiger Gast auftaucht. Ich bin nicht dieser Gast. Ich bin nur eine Freundin – dachte ich jedenfalls, aber sie scheint sich nicht zu freuen, mich zu sehen, und es wäre ihr offenbar am liebsten, wenn ich gleich wieder ginge. Irgendetwas hat sich verändert.

Ja, denke ich, als ich die Küche betrete. *Hier hat sich eindeutig etwas verändert.* Die Unordnung ist sogar noch größer als bei meinem letzten Besuch. Schmutziges Geschirr stapelt sich im Spülbecken, und nach den eingetrockneten Essensresten an den Tellern zu schließen, steht es da schon mindestens einen Tag. Auf dem Fußboden vor dem Kühlschrank sehe ich Glassplitter glitzern.

Wer lässt Glasscherben auf dem Boden liegen? Jackie bietet mir keinen Kaffee oder Tee an – auch das sieht ihr gar nicht ähnlich. Wir setzen uns an den Tisch, aber sie sieht mich nicht an, ganz so, als ob sie Angst hätte. Oder sich für ihr abgehärmtes Aussehen schämt.

»Sag mir, was los ist«, fordere ich sie auf.

Sie zuckt mit den Schultern. »Eheprobleme. Es ist kompliziert.«

»Ihr habt euch gestritten, hm?«

»Ja.«

»Und wer hat das Glas zerbrochen, du oder Rick?« Ich deute auf die Scherben am Boden.

»Ach, das war Rick. Er hat es geworfen und ...« Sie schnieft jetzt, kämpft mit den Tränen.

»Er hat dich doch nicht geschlagen, oder? Denn wenn er das getan hat, werde ich ...«

»Nein, er hat mich nicht geschlagen.«

»Aber er wirft mit Gläsern um sich.«

»Angie, mach nicht aus einer Mücke einen Elefanten.«

»Ich finde, das geht schon stark in Richtung Elefant.«

»Wir haben uns gestritten. Er ist weggefahren, um sich zu beruhigen. Das ist alles. Mehr sage ich dazu nicht.«

»Kommt er wieder?«

»Ich weiß es nicht.« Ihr Schluchzen klingt zunehmend verzweifelt. »Vielleicht nicht. Ich habe nur Angst, dass er was Dummes macht.«

»Dass er dir etwas antut?«

»Nein! Hör auf, so zu reden!« Unvermittelt steht sie auf. »Also, wenn du nichts dagegen hast – ich muss mich jetzt hinlegen.«

»Ich habe dir noch gar nicht erzählt, was heute passiert ist.«

»Angie, mir ist im Moment wirklich nicht nach reden zumute.« Sie macht Anstalten hinauszugehen.

»Es geht um Tricia. Ich habe sie vor ein paar Stunden im Supermarkt gesehen. Sie war gesund und munter und wollte sich anscheinend ein Eis kaufen.«

Jackie bleibt in der Tür stehen und blickt sich zu mir um. Was ich in ihrem Gesicht sehe, verwirrt mich. Obwohl ich ihr gerade eine sehr gute Nachricht überbracht habe, wirkt sie verängstigt. »Hast du ... hast du mit ihr gesprochen?«

»Ich habe es versucht, aber du kennst sie ja. Teenager ...«

»Was hat sie gesagt?«

»Sie scheint wirklich sauer auf dich zu sein.«

»Ich weiß.«

»Was ist zwischen euch beiden passiert? Sie hat gesagt, es wäre etwas, das du getan hast.«

»Sie hat es dir nicht gesagt, oder?«

»Nein.«

Jackie seufzt, es klingt erleichtert. »Ich kann nicht darüber reden. Bitte, kannst du mich jetzt einfach allein lassen? Das ist etwas, was wir unter uns klären müssen.«

Ich bin völlig perplex, als ich ihr Haus verlasse. Während ich davongehe, spüre ich, wie sie mich beobachtet, sehe ihr hageres Gesicht im Fenster. Ich weiß nicht, was diese Familie auseinandergerissen hat, und offensichtlich will es mir niemand von den dreien verraten. Immerhin weiß ich jetzt, dass es hier nicht um einen entführten Teenager geht. Sondern vielmehr um einen stinkwütenden Teenager und um eine Ehe, die kurz davor ist, in die Brüche zu gehen.

Nur ein ganz normaler Tag in der Nachbarschaft.

18

MAURA

Als Maura den Blick auf die Tasten senkte, spürte sie, wie ihr Herzschlag sich beschleunigte, im Rhythmus mit dem treibenden Allegro des Orchesters, das sie mit jeder Note, jedem Takt ihrem Solo näherbrachte. Sie kannte ihren Part so gut, dass sie ihn mit geschlossenen Augen spielen konnte, und dennoch zitterten ihre Hände, ihre Nerven spannten sich mehr und mehr an, während sich ein Dialog zwischen Streichern und Holzbläsern entspann. Jetzt stimmten die Fagotte ein, die Flöten trillerten, und dann war es so weit.

Sie stürzte sich in ihr Solo. Die Töne waren in ihr motorisches Gedächtnis eingebrannt, sie waren ihr inzwischen so vertraut wie das Atmen selbst, und ihre Finger bewegten sich mühelos durch die Kadenz, verlangsamten ihr Spiel für die Dolce-Passage und nahmen dann den Schlustriller in Angriff. Er war das Signal für die Streicher, ihre Bögen für den Tutti-Einsatz zu heben. Erst jetzt, als der Rest des Orchesters übernahm, konnte sie die Hände von den Tasten heben. Sie atmete tief durch und spürte, wie ihre Schultern sich entspannten. *Ich habe es geschafft. Alles ohne einen einzigen Patzer.*

Und dann ging die Probe doch noch gründlich in die Hose. Irgendwo bei den Streichern kollidierten Töne zu einem misstönenden Mischmasch, was wiederum die

Holzbläser aus dem Konzept brachte. Auf dem Höhepunkt dieses dissonanten Gerangels schlug der Dirigent mit dem Taktstock hektisch auf seinen Notenständer.

»Stopp! Stopp!«, rief er. Das Fagott gab noch ein letztes Quäken von sich, dann verstummte das Orchester. »Zweite Geigen? Was war da los?« Er sah die Streicher an und runzelte missbilligend die Stirn.

Widerstrebend hob Mike Antrim seinen Bogen hoch. »Mein Fehler, Claude. Ich habe den Faden verloren. Wusste nicht mehr, in welchem Takt wir waren.«

»Mike, wir haben nur noch zwei Wochen bis zum Konzert!«

»Ich weiß, ich weiß. Es kommt nicht wieder vor, versprochen.«

Der Dirigent deutete auf Maura. »Unsere Pianistin liefert hier eine Spitzenleistung ab, also sollten wir uns doch bemühen, mit ihr mitzuhalten, nicht wahr? Also, gehen wir noch mal fünf Takte vor das Tutti zurück. Das Klavier setzt bitte mit dem Triller ein.«

Während Maura die Hände auf die Tasten hob, sah sie, wie Mike Antrim mit rotem Gesicht in ihre Richtung schaute und mit den Lippen das Wort »*sorry*« formte.

Er wirkte immer noch verlegen, als die Probe eine halbe Stunde später endete. Während die anderen Musiker ihre Notenständer und Instrumente einpackten, trat er ans Klavier, wo Maura ihre Noten zusammenraffte. »Also, das war ja wirklich oberpeinlich«, sagte er. »Für mich jedenfalls. Bei dir klingt es so mühelos.«

»Wohl kaum.« Sie lachte. »Ich habe die letzten zwei Monate praktisch nur geübt.«

»Und das merkt man. Wie sich heute gezeigt hat, müsste ich auch viel mehr üben, aber ich war abgelenkt.«

Er hielt inne und sah auf den Geigenkasten in seiner Hand hinunter, als ob er überlegte, wie er das, was ihn beschäftigte, am besten ansprechen sollte. »Hast du es sehr eilig? Ich wollte dich nämlich fragen, ob wir uns mal über die Ermittlung unterhalten könnten.«

»Du meinst den Fall Suarez?«

»Ja. Das hat mich wirklich erschüttert, und zwar nicht nur, weil ich sie gekannt habe. Inzwischen hat Detective Rizzoli nämlich angedeutet, dass der Mörder es auf meine Tochter abgesehen haben könnte.«

»Das ist mir neu.«

»Es ist bei Sofias Beerdigung passiert. Da war dieser Mann auf dem Friedhof, der sich offenbar allzu sehr für Amy interessierte. Und das beschäftigt uns.«

Die anderen Musiker verließen bereits den Saal, doch Antrim machte keine Anstalten zu gehen. Die Tür fiel ins Schloss, das Geräusch hallte im leeren Auditorium wider. Nur Maura und Antrim standen noch zwischen den leeren Stühlen auf der Bühne.

»Detective Rizzoli hat uns seitdem nichts mehr erzählt«, sagte Antrim. »Julianne ist so außer sich vor Sorge, dass sie nicht mehr schlafen kann. Und Amy geht es genauso. Ich muss wissen, ob es irgendetwas gibt, was wir tun sollten. Ob es überhaupt etwas ist, worüber wir uns Sorgen machen müssen.«

»Ich bin mir sicher, dass Jane es euch sagen würde, wenn es so wäre.«

»Ich habe allmählich den Eindruck, dass sie sich nicht gerne in die Karten schauen lässt. Du kennst sie doch ziemlich gut, nicht wahr?«

»Gut genug, um zu wissen, dass man ihr vertrauen kann.«

»Dass sie uns die Wahrheit sagt?«

Maura steckte ihre Noten in die Mappe und sah Antrim an. »Sie ist der aufrichtigste Mensch, den ich kenne«, sagte sie, und das stimmte. Allzu oft vermieden es Menschen, offen zu sein, weil sie die Konsequenzen fürchteten, aber das hatte Jane noch nie daran gehindert, die Wahrheit auszusprechen, so schmerzhaft sie auch sein mochte.

»Meinst du, du könntest mal mit ihr reden? Ihr sagen, was wir uns für Sorgen machen?«

»Ich esse morgen mit ihr zu Abend. Da kann ich sie fragen, ob sie irgendwelche neuen Erkenntnisse hat, die sie mit euch zu teilen bereit ist.«

Sie verließen das Gebäude und traten hinaus in die Nachtluft, die so von Feuchtigkeit gesättigt war, dass es war, als ob man in eine warme Badewanne stieg. Maura atmete die siruppartige Luft ein und blickte zu einem Schwarm von Nachtfaltern auf, der die Straßenlaterne umschwirrte und immer wieder gegen das Glas stieß. Ihre Autos waren die einzigen, die noch auf dem Parkplatz standen; Mauras Lexus parkte ein halbes Dutzend Stellplätze von Antrims Mercedes entfernt. Sie schloss ihren Wagen auf und wollte soeben einsteigen, als er ihr noch etwas zurief.

»Was kannst du mir noch über Detective Rizzoli sagen?«

Sie wandte sich wieder zu ihm um. »In welcher Hinsicht?«

»Beruflich. Können wir uns darauf verlassen, dass sie jedem Hinweis gründlich nachgeht?«

Maura betrachtete ihn über das Dach ihres Autos hinweg, das mit einer glänzenden Schicht von Feuchtigkeit überzogen war. »Ich arbeite mit vielen Kriminalpolizisten zusammen, Mike, und ich habe noch nie eine bessere Ermittlerin kennengelernt. Jane ist intelligent, und sie ist gründlich. Man könnte sogar sagen: unnachgiebig.«

»Unnachgiebig klingt gut.«

»In ihrem Job auf jeden Fall.« Maura hielt inne und versuchte, seinen Gesichtsausdruck im Schein der Parkplatzbeleuchtung zu deuten. »Wieso fragst du nach ihr? Hast du Zweifel, ob sie der Aufgabe gewachsen ist?«

»Ich nicht, aber meine Frau. Julianne hat diese altmodische Vorstellung davon, wie ein Mordermittler aussehen *sollte*, und …«

»Lass mich raten. Jedenfalls nicht wie eine Frau.«

Antrim lachte verlegen. »Ja, es klingt verrückt, nicht wahr? Dass jemand heute noch so denkt. Aber Julianne hat Angst. Sie gibt es nicht zu, aber irgendwo tief drinnen ist sie überzeugt, dass es einen Mann braucht, um eine Familie zu beschützen. Letzte Nacht bin ich aufgewacht und habe festgestellt, dass sie nicht im Bett war. Sie stand am Fenster und hat die Straße beobachtet, als ob sie fürchtete, dass da draußen jemand lauert.«

»Also, du kannst Julianne ausrichten, dass du und deine Familie nicht in besseren Händen sein könntet. Das meine ich ernst.«

Er lächelte. »Danke. Ich werde es ihr sagen.«

Sie stieg in ihren Lexus und hatte gerade den Motor angelassen, als Antrim an ihr Fenster klopfte. Sie ließ es herunter.

»Hast du das mit der Party nach unserem Konzert mitbekommen?«, fragte er.

»Es gibt eine Party?«

»Ja. Ich dachte mir schon, dass du die Ankündigung

verpasst hast, weil du heute später zur Probe gekommen bist. Julianne und ich geben eine Party für alle Musiker und ihre Gäste. Eine richtige Cocktailparty mit genug Essen, um die Philharmoniker satt zu bekommen. Also, bring gerne einen Gast mit.«

»Das klingt gut. Nach diesem Konzert werde ich mit Sicherheit ein paar Cocktails brauchen, um runterzukommen.«

»Prima. Dann sehen wir uns nächste Woche bei der Probe. Vorausgesetzt, sie schmeißen mich bei den zweiten Geigen nicht raus. Ach, und Maura?«

»Ja?«

»Du warst großartig heute Abend. Es ist zu schade, dass du dich für Leichen anstatt für Liszt entschieden hast.«

Sie lachte. »Das hebe ich mir für mein nächstes Leben auf.«

Maura war als Erste eingetroffen, und nun stand sie in Angela Rizzolis Küche, nippte an einem Glas Wein und kam sich überflüssig vor, während ihre Gastgeberin mit der Routine einer erfahrenen Köchin umherwirbelte und vom Kühlschrank zum Spülbecken und vom Schneidbrett zum Herd flitzte, wo auf allen vier Platten etwas vor sich hin köchelte. Das war der Nachteil, wenn man so zwanghaft pünktlich war: Es bedeutete, dass man bei der Gastgeberin in der Küche stehen und Small Talk halten musste – etwas, worin Maura noch nie gut gewesen war. Zum Glück redete Angela genug für zwei.

»Seit Frankie nach D.C. gezogen ist und Vince drüben in Kalifornien festsitzt, habe ich niemanden mehr, für den ich kochen kann«, sagte Angela. »All die Jahre, die ich für die ganze Familie gekocht habe – Weihnachten und Ostern und Thanksgiving, und jetzt heißt es nur noch *Dinner for One*. Da fehlt mir etwas, verstehen Sie?«

Nach den ganzen Töpfen zu urteilen, die dampfend auf dem Herd standen, würde es an diesem Abend niemandem sonst an irgendetwas fehlen.

»Sind Sie sicher, dass ich Ihnen nicht helfen kann?«, fragte Maura. »Vielleicht den Salat waschen?«

»Oh nein, Maura, Sie müssen überhaupt nichts tun. Ich habe alles im Griff.«

»Aber Sie müssen hier so viel gleichzeitig im Blick haben. Geben Sie mir etwas zu tun.«

»Die Sauce. Sie können die Marinara-Sauce umrühren. Schürzen sind in der untersten Schublade. Wir wollen doch nicht, dass Sie sich Ihre hübsche Bluse bekleckern.«

Erleichtert, endlich eine Aufgabe zu haben, so stupide sie auch sein mochte, band sich Maura eine Schürze mit dem aufgestickten Schriftzug *Cucina Angela* um und begann die Sauce umzurühren.

»Also, ich hatte ja wirklich gehofft, dass er heute Abend mitkommt«, sagte Angela. »Ihr Freund.«

Freund. Ein Euphemismus für den Mann, mit dem Maura ihr Bett teilte.

»Daniel wäre gerne mitgekommen«, erwiderte Maura, »aber es gab einen Todesfall, und er muss heute Abend bei den Angehörigen sein.«

»Das gehört wohl zu seinem Job, nicht wahr? Man kann nie wissen, wann die Leute einen brauchen.«

Sein Job. Ein weiterer Euphemismus, um die unbequeme Realität von Daniels Beruf – seiner Berufung – zu umschreiben. Maura schwieg, während sie die Marinara-Sauce umrührte.

»Das Leben ist kompliziert, nicht wahr?«, fuhr Angela fort. »Mit all den unerwarteten Wendungen. Man kann nie wissen, in wen man sich eines Tages verlieben wird.«

Maura rührte weiter die Sauce, das Gesicht vom Dampf umhüllt.

»Ich wurde als braves katholisches Mädchen erzogen. Und jetzt schauen Sie mich an«, sagte Angela. »Ich habe die Scheidung eingereicht. Und ich lebe mit meinem Freund zusammen.« Sie seufzte. »Ich will damit nur sagen, dass ich es verstehe, Maura. Ich verstehe es vollkommen.«

Endlich blickte Maura sich zu ihr um. Sie hatten nie über sie und Daniel gesprochen, und sie war überrascht, dass Angela das Thema hier inmitten der brodelnden Kochtöpfe anschnitt. Angelas Gesicht war von der Hitze gerötet, und der Dampf kräuselte ihre Haare, doch ihr Blick war fest und unverwandt. Und freundlich.

»Wir lieben, wen wir lieben«, sagte Maura.

»Wie wahr, wie wahr! Und jetzt lassen Sie mich Ihnen Wein nachschenken.«

»Ma?«, rief eine laute Stimme von der Haustür. »Wir sind da!«

In der Diele waren trappelnde Schritte zu hören, und dann kam die vierjährige Regina in die Küche gestürmt. »Nonna!«, kreischte sie und warf sich Angela in die Arme.

»He, he, he!«, rief Barry Frost, als er mit einem Sixpack Bier in die Küche trat. »Sieht aus, als ob hier die Musik spielt!«

Und schon drängten sie alle in die kleine Küche. Gabriel kam mit zwei Flaschen Wein. Frosts Frau Alice brachte einen Strauß Rosen und fing sofort an, unter der

Spüle nach einer Vase zu suchen. Das war typisch Alice – sie kam immer gleich zur Sache. Die Küche war jetzt so überfüllt, dass Angela kaum noch Platz zum Arbeiten hatte, aber sie schien das Chaos zu genießen. Sie hatte drei Kinder in diesem Haus großgezogen, hatte Tausende von Mahlzeiten in dieser Küche gekocht, und sie strahlte, als die Weinkorken ploppten und Dampf von den Töpfen auf dem Herd aufwallte.

»Wow, Mrs. Rizzoli«, sagte Frost. »Sie fahren ja ein richtiges Festmahl auf!«

Und das war es in der Tat: Salate und Pasta, Lammkeule und grüne Bohnen mit Knoblauch. Als alle Schüsseln auf dem Tisch standen und jeder seinen Platz eingenommen hatte, betrachtete Angela ihre Gäste mit einem erschöpften, aber glücklichen Lächeln.

»Mein Gott, wie hat mir das gefehlt«, sagte sie.

»Was denn, Ma?«, fragte Jane. »Den ganzen Tag in der Küche zu schuften?«

»Meine Familie hier zu haben.«

Auch wenn sie nicht wirklich eine Familie waren, dachte Maura, fühlte es sich an diesem Abend doch so an. Sie sah sich am Tisch um und blickte in die Gesichter von Menschen, die sie seit Jahren kannte; Menschen, die auch sie gut kannten und alles über ihre Unzulänglichkeiten und ihre zuweilen unseligen Entscheidungen wussten, und die sie dennoch akzeptierten. In jeder wesentlichen Hinsicht *waren* sie ihre Familie.

Nun ja, mit einer Ausnahme.

»Wie ich höre, sind Sie die Solistin bei dem Konzert demnächst«, sagte Alice Frost, während sie Maura den Salat reichte. »Barry und ich freuen uns schon darauf.«

»Sie kommen auch?«

»Oh ja. Hat er Ihnen nicht gesagt, wie sehr ich klassische Musik liebe?«

»Ich hoffe, er hat Ihnen auch gesagt, dass wir ein reines Amateurorchester sind, also erwarten Sie hoffentlich kein Carnegie-Hall-Niveau. Wir sind bloß Ärztinnen und Ärzte, die gerne zusammen Musik machen.«

»Finden Sie nicht, dass diese zwei Fähigkeiten sich gegenseitig verstärken? Eine höhere Bildung und Musikalität? Ich glaube, worauf es ankommt, ist die Förderung der Gehirnentwicklung. Als ich Jura studiert habe, hatten wir unser eigenes Orchester. Ich habe Querflöte gespielt. Wir waren Amateure, aber wir waren wirklich verdammt gut.«

Die Schüssel Pasta mit Marinara-Sauce wurde herumgereicht. Als Alice an der Reihe war, runzelte sie nur die Stirn und schob die Schüssel gleich zu Maura weiter. Der Affront entging Angela natürlich nicht, wie das irritierte Zucken um ihre Mundwinkel verriet. Maura nahm sich ganz bewusst eine großzügige Portion.

»Dieses Essen ist *perfekt*, Mrs. Rizzoli«, sagte Frost.

»Ich freue mich immer, wenn meine Gäste einen gesunden Appetit mitbringen, Barry«, erwiderte Angela mit einem nicht allzu subtilen Seitenblick zu Alice, die penibel die Croûtons aus ihrem Salat herausfischte, als ob es Ungeziefer wäre.

Frost schnitt eine Scheibe rosa gebratenes Lammfleisch an. »Fantastisch wie immer! Ist lange her, dass ich zuletzt in den Genuss Ihrer Lammkeule gekommen bin.«

»Nein, ich kann mir vorstellen, dass Sie die zu Hause nicht allzu oft bekommen«, sagte Angela mit einem weiteren Seitenblick zu Alice.

»Was hören Sie von Vince aus Kalifornien?«, wechselte Maura eilig das Thema. »Kommt er bald nach Hause?«

Angela seufzte. »Oh, das steht noch in den Sternen. Bei seiner Schwester hat es nach ihrer Hüft-OP Komplikationen gegeben, und in ihrem Alter verheilen die Knochen nicht so schnell.«

»Sie kann froh sein, dass sie einen Bruder wie ihn hat.«

»Aber ich glaube nicht, dass sie das zu schätzen weiß. Sie beschwert sich über alles Mögliche – über seine Kochkünste, seinen Fahrstil, sein Schnarchen. Die zwei hatten immer schon eine schwierige Beziehung.«

Welche Beziehung ist das nicht?, dachte Maura, während sie sich am Tisch umsah. Angela, katholisch erzogen, stand jetzt kurz vor der Scheidung. Barry und Alice hatten erst vor Kurzem ihre Ehekrise überwunden, nachdem Alice eine Affäre mit einem Kommilitonen vom Jurastudium gehabt hatte. *Und dann sind da Daniel und ich. Vielleicht die komplizierteste Beziehung von allen.*

»Sagen Sie mal, Mrs. Rizzoli«, fragte Frost, »was ist denn aus dem Mädchen aus Ihrer Nachbarschaft geworden, das vermisst wurde?«

Angelas Miene hellte sich auf. »Ich bin ja so froh, dass Sie danach fragen.«

»Ich nicht«, bemerkte Jane.

»Um Ihre Frage zu beantworten, Barry: Dieses Rätsel ist inzwischen gelöst. Ich habe Tricia im Supermarkt gesehen, und sie ist wohlauf.«

»Das war mir von Anfang an klar«, sagte Jane. »Sie ist bloß von zu Hause weggelaufen. Wieder mal.«

»Aber sollte man der Sache nicht nachgehen?«, gab Alice ungefragt ihre Meinung zum Besten. »Was geht in diesem Haus vor sich? Ist es der Vater? Sie wissen ja, dass bei sexuellem Missbrauch in fünfundzwanzig Prozent der Fälle der Vater der Täter ist.« Alice blickte in die Runde, bereit, sich mit jedem anzulegen, der ihr zu widersprechen wagte.

Was niemand tat. Niemand wollte sich mit Alice Frost anlegen, egal bei welchem Thema.

»Aber jetzt haben wir hier ein anderes Rätsel, das gelöst werden muss«, sagte Angela. »Die Greens.«

»Wer sind die Greens?«, fragte Alice.

»Diese seltsamen Leute von gegenüber.«

»Warum sind sie seltsam?«

»Sie haben etwas zu verbergen«, sagte Angela. Sie senkte die Stimme, als ob das Geheimnis diese vier Wände nicht verlassen dürfte. »Und er hat eine *Pistole*.«

Gabriel, der gerade Reginas fettige Finger abgewischt hatte, blickte auf. »Hast du die Waffe mit eigenen Augen gesehen?«

»Hat Jane dir das nicht erzählt? Ich habe sie an seinem Gürtel gesehen, als er sich gebückt hat. Sie war unter seinem Hemd versteckt, was sie zu einer verdeckten Waffe macht, oder nicht? Und er sieht aus wie ein Mann, der genau weiß, wie er sie benutzen muss.«

»Wo hast du ihn denn mit der Waffe gesehen?«

»Er stand auf dem Balkon. Auf der Gartenseite.«

Es war still, während alle am Tisch dieses Detail verarbeiteten.

»Ma, du hast ihn *ausspioniert*«, sagte Jane.

»Nein, ich war zufällig in Jonas' Garten, als ich dieses Hämmern von nebenan gehört und nur einmal kurz über den Zaun geschaut habe, um zu sehen, was da los ist.«

»Man geht normalerweise davon aus, dass der eigene Garten zur Privatsphäre gehört«, sagte Alice. Womit sie natürlich recht hatte, aber niemand wollte es hören, wenn es von Alice, der Rechtsanwältin, kam.

»Was hast du denn bei Jonas im Garten gemacht?«, wollte Jane wissen.

»Ich wohne seit vierzig Jahren in dieser Straße, und ich versuche nur ein wenig nach dem Rechten zu sehen, das ist alles. Man kann doch nicht verhindern, dass schlimme Dinge passieren, wenn niemand solche Details überhaupt bemerkt.«

»Da ist was dran«, meinte Frost.

Angela sah Jane an. »Hast du mal überprüft, ob er berechtigt ist, eine verdeckte Waffe zu tragen?«

»Ich bin noch nicht dazu gekommen, Ma.«

»Die ganze Sache ist nämlich sehr verdächtig.«

»Verdächtig zu *scheinen* ist zum Glück kein Verbrechen«, sagte Alice, die es einfach nicht lassen konnte, die Dinge aus der Perspektive der Anwältin zu kommentieren.

»Jetzt kommt alle mal mit, ich zeig euch das Haus«, sagte Angela. Sie warf ihre Serviette auf den Tisch und hievte sich vom Stuhl hoch. »Dann versteht ihr vielleicht, wovon ich rede.«

Frost stand pflichtschuldig auf, um ihr zu folgen, und eine Sekunde später tat Alice es ihm gleich. Und das war das Signal für die ganze Gesellschaft, sich in Bewegung zu setzen. Maura stellte ihr Weinglas ab und folgte den anderen, wenn auch nur aus Höflichkeit.

Sie versammelten sich alle am Wohnzimmerfenster und blickten über die Straße. Es war ein reines Mittelschicht-Wohnviertel, mit bescheidenen Häusern auf bescheidenen Grundstücken. Ein Viertel, in dem ein Mann noch allein mit seinem Gehalt drei Kinder großziehen konnte. Jane war hier aufgewachsen, und Maura stellte sich vor, wie sie auf ihrem Fahrrad durch diese Straße fuhr und mit ihren Brüdern in der Einfahrt Basketball spielte. Sie schielte zu Jane hinüber und sah den grimmig entschlossenen Blick, den kantigen Kiefer, den Jane schon als kleines Mädchen gehabt haben musste. Angela hatte das gleiche trotzig vorgeschobene Kinn. In der Familie Rizzoli wurde die Entschlossenheit offensichtlich in der weiblichen Linie vererbt.

Jane raunte Maura zu: »Ich werde mich später noch entschuldigen.«

»Wofür?«

»Dafür, dass du für das Detektivbüro Angela Rizzoli zwangsrekrutiert wurdest.«

»Übrigens, was ich dir noch sagen wollte – ich habe gestern Abend bei der Probe Mike Antrim gesehen. Er macht sich Sorgen. Er und die ganze Familie.«

»Ja, das kann ich mir gut vorstellen.«

»Er will wissen, ob es irgendwelche Erkenntnisse über diesen Typen auf dem Friedhof gibt.«

Jane seufzte. »Ich wünschte, ich hätte etwas zu berichten, aber es gibt leider nichts.«

»Was ist mit diesem Wegwerfhandy? Ist damit in letzter Zeit noch einmal telefoniert worden?«

»Nein. Dieses Handy ist verstummt.«

»Okay, jetzt sagt mir alle, was ihr seht«, forderte Angela sie auf, den Blick immer noch auf das Haus gegenüber fixiert. Sie drückte Frost ein Fernglas in die Hand.

»Was soll ich denn sehen?«, fragte Frost.

»Sagen Sie uns, ob Ihnen irgendetwas an diesem Haus merkwürdig vorkommt.«

Frost spähte durch das Fernglas. »Ich kann nichts sehen. Alle Jalousien sind geschlossen.«

»Genau!«, rief Angela. »Weil sie etwas zu verbergen haben.«

»Was ihr gutes Recht ist«, bemerkte Alice, die nervige Stimme der Autorität. »Niemand ist verpflichtet, sich den Blicken der ganzen Welt auszusetzen. Wobei Mr. America dort drüben offenbar kein Problem damit hat.«

»Ach, das ist bloß Jonas«, sagte Angela. »Den können Sie ignorieren.«

Aber es war schwer, den weißhaarigen Mann zu ignorieren, der im Haus neben den Greens Gewichte stemmte, denn er hatte sich dazu wieder einmal genau vor seinem Wohnzimmerfenster aufgebaut, sodass die ganze Nachbarschaft ihm beim Krafttraining zuschauen konnte.

»Dieser Mann *will* nicht ignoriert werden«, meinte Jane.

»Na ja, für einen Mann in seinem Alter ist er ja auch verdammt gut in Form«, bemerkte Alice.

»Zweiundsechzig«, sagte Angela. »Er war bei den Navy SEALs.«

»Und das sieht man.«

»Vergesst Jonas! Ich will, dass ihr euch auf die Greens konzentriert.«

Nur dass dort absolut nichts zu sehen war. Alles, was Maura erkennen konnte, waren heruntergelassene Jalousien und ein geschlossenes Garagentor. Unkraut wuchs in den Ritzen der Einfahrt, und wenn sie nicht gewusst hätte, dass dort jemand wohnte, hätte sie angenommen, dass das Haus leer stand.

»Und seht mal, da ist er wieder«, sagte Angela, als ein weißer Lieferwagen langsam vorüberfuhr. »Das ist jetzt schon das zweite Mal diese Woche, dass der hier vorbeikommt. Das ist auch etwas, was ich im Auge behalten muss.«

»Dann machst du jetzt wohl die Fahrzeugüberwachung für die Nachbarschaft?«, meinte Jane.

»Ich weiß, dass er keinem der Anwohner hier gehört.« Angela drehte langsam den Kopf, um dem Lieferwagen nachzusehen, bis er um die Ecke verschwand. Maura fragte sich, wie viele Stunden am Tag Angela an diesem Fenster stand und hinausschaute. Nach vier Jahrzehnten in diesem Haus musste sie jedes Auto, jeden Baum und jeden Strauch da draußen kennen. War ihre Welt, nachdem ihre Kinder erwachsen waren und sie sich von ihrem Mann getrennt hatte, auf diesen Blick aus dem Fenster zusammengeschrumpft?

Ein paar Häuser weiter sprang ein Rasenmäher an, und ein dürrer Mann in Bermudashorts begann zu mähen. Im Gegensatz zu Jonas schien es diesem Mann völlig egal zu sein, was für ein Bild er abgab, während er in Kniestrümpfen und Sandalen seinen Mäher vor sich herschob.

»Das ist Larry Leopold. Er hält seinen Garten immer picobello in Schuss«, sagte Angela. »Er und Lorelei sind die netten Nachbarn, die sich jeder wünscht. Freundliche Leute, die ihr Eigentum in Ehren halten. Aber die Greens, die sind anders. Die reden nicht mal mit mir.«

Maura sah, wie sich bei den Greens eine Jalousie bewegte. Irgendjemand beobachtete sie, so wie sie das Haus beobachteten. Ja, das war allerdings merkwürdig.

Ein Handy klingelte.

»Das ist meins«, sagte Frost und ging zurück ins Esszimmer, wo er es hatte liegen lassen.

»Jetzt seht ihr, was das Problem ist«, sagte Angela.

»Ja – dass du zu viel Zeit hast«, sagte Jane. »Es wird höchste Zeit, dass Vince nach Hause kommt.«

»*Er* würde mir wenigstens zuhören.«

»Ich *habe* dir zugehört, Ma. Ich sehe bloß keinen Grund, weshalb die Polizei sich mit Leuten befassen sollte, deren einziges verdächtiges Verhalten darin besteht, dass sie *dir* aus dem Weg gehen. Wie wär's, wenn wir diese armen Leute jetzt einfach in Ruhe lassen und zurück ins Esszimmer gehen? Es gibt schließlich noch Dessert.«

»Tut mir leid, Mrs. Rizzoli, aber wir müssen leider auf das Dessert verzichten«, sagte Frost, als er ins Wohnzimmer zurückkam. »Ich habe gerade einen Anruf bekommen, und Jane und ich müssen sofort los.«

»Wohin fahren wir?«, fragte Jane.

»Jamaica Pond. Sie haben Sofia Suarez' Laptop gefunden.«

19

JANE

Sie parkten in der Perkins Street, direkt hinter einem Streifenwagen, und gingen die flache Böschung hinunter zum Ufer, wo Patrolman Libby sie bereits erwartete. Der Jamaica Pond war das größte Süßwasserreservoir in Boston, und der eine Meile lange Rundweg um den See war eine beliebte Joggingstrecke. Doch jetzt, da die Dämmerung schon hereinbrach, war nur ein einsamer Läufer unterwegs, und der war so damit beschäftigt, sein Tempo zu halten, dass er an ihnen vorbeirannte, ohne sie auch nur eines Blickes zu würdigen.

»Zwei neunjährige Jungen haben ihn heute Nachmittag gefunden«, erklärte der Streifenpolizist. »Sie haben hier gespielt und Steinchen springen lassen, und da hat einer von ihnen etwas Glänzendes im See liegen sehen. Er ist ins knietiefe Wasser gewatet und hat ihn rausgeholt.«

»Wie weit draußen hat er gelegen?«

»Der See ist in der Mitte fünfzehn Meter tief, aber vom Ufer weg ist er noch ein ganzes Stück weit recht flach. Er lag vielleicht vier, fünf Meter von dieser Stelle entfernt.«

»Also wäre es möglich, dass er von hier aus ins Wasser geworfen wurde.«

»Ja.«

»Haben die Jungen jemanden mit dem Laptop beobachtet? Hier oder in der näheren Umgebung?«

»Nein, aber wir wissen auch nicht, wie lange er schon im Wasser gelegen hat. Könnte schon vor Tagen reingeworfen worden sein. Die Jungs haben ihn ihrer Mutter gegeben, und die hat ihn in die Dienststelle Jamaica Plain gebracht. Unser IT-Mann hat festgestellt, dass die Seriennummer zu dem Laptop gehört, den Sie als gestohlen gemeldet hatten. Er sagt, die Festplatte wurde ausgebaut, was für einen Einbrecher ungewöhnlich ist. Ich meine, wer stiehlt denn einen Laptop und macht sich dann die Mühe, ihn zu zerstören?«

»Irgendwelche Fingerabdrücke?«

Libby schüttelte den Kopf. »Die hat das Wasser gründlich beseitigt.«

Jane blickte sich zur Perkins Street um, wo der Verkehr vorüberrauschte. »Eine Drive-by-Entsorgung. Zu dumm, dass wir uns die Festplatte nicht anschauen können.«

»Wer immer sie entfernt hat, hatte kein Interesse daran, irgendwelche Daten zu erhalten. Der Laptop sieht aus, als ob jemand mit einem Hammer darauf eingeschlagen hätte.«

Jane wandte sich wieder zum See um, wo die kleinen Wellen im letzten Tageslicht schimmerten. »Warum dieser Aufwand? Ich frage mich, was auf der Festplatte war.«

»Tja, das werden wir wohl nie erfahren«, meinte Frost. »Die Daten sind futsch.«

Jane sah auf die Schuhabdrücke im Schlamm hinunter, hinterlassen von den Jungen, die sich zufällig diese Stelle am Seeufer ausgesucht hatten, um Steine springen zu lassen. Bisher hatte sie angenommen, dass der Dieb den Laptop auf dem Schwarzmarkt verkaufen würde, um einen schnellen Dollar zu machen. Stattdessen war der Computer hier gelandet, demoliert und ins Wasser geworfen, nicht mehr zu gebrauchen. Das sah wirklich nicht nach einem gewöhnlichen Diebstahl aus. *Was war auf diesem Laptop, Sofia? Was hast du gewusst, das wichtig genug war, um dich deswegen umzubringen?*

Die Fußspuren der Jungen waren im Dämmerlicht kaum noch zu erkennen. Noch einmal kam der Jogger vorbei; er atmete jetzt schnell und keuchend, als er mit klatschenden Sohlen den Weg hinter ihnen entlanglief.

»Wenn Sie mit den Jungen reden wollen, die ihn gefunden haben – ich habe ihre Kontaktdaten«, sagte Officer Libby. »Aber ich glaube nicht, dass sie Ihnen noch irgendetwas Brauchbares verraten können.«

Jane schüttelte den Kopf. »Ich kann mir auch nicht vorstellen, dass ein Neunjähriger diesen Fall für uns knacken wird.«

»Wobei sie es bestimmt total aufregend finden würden, mit richtigen Detectives zu reden. Sie wissen doch, wie Jungs so sind.«

Jungs.

Jane blickte auf die Schuhabdrücke hinab, die kaum noch auszumachen waren, und sie erinnerte sich plötzlich an ein Paar blaue Nikes, die im unaufgeräumten Zimmer eines Teenagers herumlagen. Eines Teenagers, der vielleicht in der Lage wäre, Antworten auf manche ihrer Fragen zu finden.

Sie wandte sich zu Frost um. »Wegen dieser Daten auf der Festplatte ...«

»Ja?«

»Es gibt vielleicht doch eine Möglichkeit, an sie heranzukommen.«

Arielle, die kleine Meerjungfrau, ruhte immer noch auf ihrem Muschelbett, umringt von einer Verehrerschar aus Krabben und Fischen, doch das Wasser-Wunderland stand jetzt in Jamal Birds Zimmer. Jane bückte sich tief, um Henry, den Goldfisch, aus der Nähe zu betrachten, und der Fisch blickte mit seinen Glubschaugen so unverwandt zurück, dass es ihr vorkam, als wollte er ihre Gedanken lesen.

»Der Fisch sieht zufrieden aus«, sagte Frost zu Jamal. »Bestimmt sorgst du gut für ihn.«

»Ich musste 'ne Menge recherchieren, um sicherzugehen, dass ich nichts falsch mache«, antwortete Jamal. »Haben Sie gewusst, dass Goldfische Gesichter erkennen können? Und dass man ihnen Kunststücke beibringen kann?«

»Und hast du gewusst, dass sie bis zu vierzig Jahre alt werden können?«, fragte Jane. »Das habe ich erst neulich gelernt.« *Von einer gewissen oberschlauen Rechtsmedizinerin.*

Jamal zuckte mit den Schultern, sichtlich unbeeindruckt. »Ja, das hab ich schon gewusst.«

Anscheinend gehörte die Lebenserwartung von Goldfischen zu den Dingen, die man einfach wusste. Außer man hieß Jane Rizzoli.

»Ich kann keinen Hund haben, wegen meinem Asthma«, sagte Jamal. »Aber ein Fisch ist okay. Und er wird auch länger leben als ein Hund, solange ich mich nur gut um ihn kümmere.«

»Kommt schon, Leute, ihr seid doch nicht hier, um über Fische zu reden«, sagte Jamals Mutter. Mrs. Bird beobachtete sie von der Tür aus, ihr Gesicht eine Maske des Argwohns. Sie hatte ihr Handy hervorgeholt, kaum dass sie das Haus betreten hatten, und jetzt hielt sie es in der Hand, um beim ersten Anzeichen einer Drohung gegen ihren Sohn sofort losfilmen zu können.

»Wir sind hier, weil wir Jamals Hilfe brauchen«, sagte Jane.

»Schon wieder?«

»Sofias Laptop wurde gestern Nachmittag im Jamaica Pond gefunden. Die Festplatte fehlt, und sämtliche Daten, die darauf gespeichert waren, sind wahrscheinlich verloren.«

Mrs. Bird zog die Brauen in die Höhe. »Sie glauben, dass mein Sohn etwas damit zu tun hatte?«

»Nein. Ganz und gar nicht.«

»Und wie soll er Ihnen dann helfen?«

»Mom«, protestierte Jamal.

»Schatz, du musst vorsichtig sein. Frag dich doch mal, warum die Polizei extra herkommen sollte, um einen fünfzehnjährigen Jungen um Hilfe zu bitten.«

»Weil ich vielleicht Sachen weiß, die sie nicht wissen?«

»Sie sind die Polizei.«

»Aber sie haben wahrscheinlich null Ahnung von Computern.«

»Da hat er vollkommen recht«, gab Jane zu. »Auf dem Gebiet sind wir Banausen.«

Jamal schwenkte seinen Stuhl herum und sah Jane an. »Sagen Sie mir, was Sie wissen wollen.«

Er mochte erst fünfzehn sein, aber als Jane ihm in diesem Moment in die Augen sah, blickte ihr ein selbstbewusster junger Mann entgegen.

»Du hast gesagt, Sofia hätte den Laptop gekauft, um im Internet zu recherchieren«, begann Jane.

»Das hat sie mir jedenfalls gesagt.«

»Weißt du, was das für Recherchen waren?«

»Nein. Sie hat mich nur gebeten, den Laptop für sie einzurichten. Ich habe ihr Software installiert und einen neuen Gmail-Account für sie eröffnet.« Er lachte. »Die hat doch tatsächlich noch AOL für ihre E-Mails benutzt.«

»Dann hast du sie also bei Gmail angemeldet?«, fragte Frost.

»Ja.«

»Weißt du zufällig noch ihre Zugangsdaten?«

Jamal fixierte sie einen Moment, als wollte er herausfinden, ob es einen unausgesprochenen Grund für die Frage gab. Eine Frage, die ihn in Schwierigkeiten bringen könnte. »Ich habe ihren Account nicht gehackt, falls Sie das wissen wollen.«

»Das wollen wir damit überhaupt nicht sagen«, erwiderte Jane. »Aber wir hoffen, dass du es *jetzt* für uns tun kannst.«

»Sofias Account hacken?«

»Du scheinst ein gutes Gedächtnis für Details zu haben. Wie etwa Benutzernamen und Passwörter.«

»Kann schon sein. Na und?«

»Wenn wir ihre E-Mails lesen und herausfinden können, mit wem sie korrespondiert hat, können wir vielleicht ihren Mörder fassen.«

Jamal dachte darüber nach, versuchte abzuwägen, ob er es riskieren konnte, ihnen zu vertrauen. Ihnen zu helfen. Schließlich holte er tief Luft und schwenkte zu seiner Tastatur herum. »Ihr Passwort ist ›Henry‹ plus ihre Adresse. Ich habe ihr gesagt, dass das nicht sicher genug ist, aber sie meinte, das wäre die einzige Möglichkeit, wie sie es sich merken könnte.«

»Sie hat den Namen ihres Fischs als Passwort genommen?«

»Warum nicht?« Er tippte drauflos – so schnell, dass Jane mit den Augen nicht folgen konnte. »Bitte sehr. Sie sind drin.«

Einfach so. Jane und Frost wechselten einen Blick, beide völlig baff, wie schnell ihr Problem durch einen Fünfzehnjährigen gelöst worden war.

»Und da ist ihr Posteingang«, sagte Jamal. »Es ist nicht viel drin, weil sie den Account erst ein paar Wochen hatte.«

Aber es waren die entscheidenden Wochen, kurz vor ihrem Tod.

Jamal rollte seinen Stuhl zur Seite, um Jane und Frost den Bildschirm sehen zu lassen. Jane griff nach der Maus und begann, sich durch die Nachrichten zu klicken.

In den drei Wochen vor ihrem Tod hatte Sofia Suarez E-Mails vom Pilgrim Hospital erhalten, in denen es um ihren Dienstplan ging; eine Terminbestätigung von ihrem Friseursalon; eine Erinnerung an die anstehende Verlängerung ihres Abos für eine Pflegefachzeitschrift; zwei Meldungen von Amazon über Neuerscheinungen von Liebesromanen sowie weitere Nachrichten, bei denen es sich offensichtlich um Spam handelte. Jede Menge Spam. Aber keine Drohungen oder Ähnliches; nichts, was aus dem Rahmen fiel.

Dann klickte Jane eine E-Mail an, die von einem Hotmail-Account gesendet worden war. Sie war nur zwei Zeilen lang.

Ihr Brief wurde mir von meiner alten Wohnung nachgesendet. Ich würde gerne mehr wissen. Rufen Sie mich an.

Jane starrte die Telefonnummer unter der Nachricht an – eine Nummer, die sie schon einmal gesehen hatte. »Frost«, sagte sie.

»Das ist die Nummer von ihrer Anrufliste«, meinte Frost. »Das Gespräch, das sie mit diesem Wegwerfhandy geführt hat.«

Jane sah Jamal an. »Hat Sofia dir irgendetwas über diese E-Mail gesagt?«

Er schüttelte den Kopf. »Ich war bloß ihr Computerfuzzi. Ich weiß nichts über irgendein Telefongespräch. Warum rufen Sie nicht einfach die Nummer an und finden es raus?«

»Das haben wir versucht. Es geht niemand ran.«

»Na ja, aber Sie haben doch die Mailadresse. Mal sehen, was im Header steht.« Er drückte ein paar Tasten, machte ein paar Mausklicks.

Frost beugte sich vor, um zu lesen, was jetzt auf dem Bildschirm erschien. »Die IP-Adresse.«

Jamal nickte. »Vielleicht gibt die uns einen Hinweis darauf, wo der Absender sitzt.« Er ging auf eine neue Website, kopierte die Daten in das Suchfeld – und seufzte. »Tut mir leid. Da kommt man bloß zu Hotmail in Virginia. Warum schicken Sie ihm nicht einfach eine E-Mail?«

»Und wenn er nicht antwortet?«, fragte Frost.

Jane fixierte den Computer und überlegte eine Weile. »Er sagt, er hätte einen Brief von ihr bekommen, der von seiner alten Adresse nachgesendet wurde. Was bedeutet, dass *sie* versucht hat, *ihn* zu finden. Sie hat wahrscheinlich im Internet nach ihm gesucht.«

»Dann schauen wir uns doch mal ihren Suchverlauf an«, schlug Jamal vor.

»Wir haben ihren Laptop nicht.«

»Den brauchen Sie auch nicht. Sie sind ja schon in ihren Gmail-Account eingeloggt.« Er griff nach der Maus, dann hielt er inne und sah Jane an. »Nur weil ich das kann, heißt das noch lange nicht, dass ich ein Hacker bin oder so, okay? Ich kenne bloß ein paar Tricks. Und ich schwöre, dass das hier das erste und einzige Mal ist, dass ich auf ihren Account zugegriffen habe.«

»Okay, wir glauben dir«, sagte Jane.

»Und nur damit Sie's wissen«, schaltete sich seine Mutter ein, »ich filme das mit meinem Handy. Um klarzustellen, dass Sie ihn dazu *auffordern*, das zu machen. Also legen Sie ihm hinterher ja nicht irgendwas in den Mund.«

»Das würde uns nicht im Traum einfallen«, versicherte Frost.

Jamals Hand war wieder an der Maus. »Da wir schon eingeloggt sind, müssen wir nur noch in ihren Google-Account gehen.« *Klick.* »Gehe zu ›Aktivitäten und Verlauf‹.« *Klick.* »Und jetzt ›Meine Aktivitäten‹ öffnen.« *Klick.* »Und da haben wir eine Liste ihrer Online-Suchen, nach Datum geordnet.« Er schwenkte herum und lächelte Jane und Frost an. »Bitte sehr.«

Jane starrte den Bildschirm an. »Wow. Das Boston PD muss dich unbedingt engagieren.«

»Das hab ich auch auf Video!«, rief Mrs Bird von der Tür.

Jane und Frost drängten sich dicht an den Bildschirm, als Jamal durch die Websites scrollte, die Sofia in den letzten Wochen ihres Lebens besucht hatte. Weather. com. *USA Today.* Eine Online-Pflegefachzeitschrift. Ein Artikel über die Genetik von Blutgruppen.

»Stopp!«, sagte Jane und deutete auf den Bildschirm.

»Da. Am zehnten April hat sie eine Google-Suche nach jemandem namens James Creighton durchgeführt. Was hat es damit auf sich?«

»Klingt nach einem ziemlich häufigen Namen«, sagte Jamal. »Da werden Sie eine Menge Treffer kriegen.«

»Mach's trotzdem. Mal sehen, was dabei rauskommt.«

Jamal klickte den Suchbegriff an und schnaubte. »Siebzehn Millionen Treffer. Da gibt es einen berühmten Eishockeyspieler. Einen Psychologen. Einen Schauspieler. Und noch tausend andere Typen auf Facebook mit diesem Namen. Welcher soll es sein?«

»Der, nach dem sie gesucht hat.«

»Wie viele Jahre wollen Sie darauf verwenden?«

»Scroll einfach weiter durch ihre Suchaktivitäten. Welche anderen Websites hat sie besucht?«

Jamals Hand war wieder an der Maus. Er scrollte zurück durch die Suchanfragen von Anfang April, mit Links zum *Portland Press Herald* und der *Bangor Daily News*.

»Und wir sind wieder in Maine«, sagte Jane.

»Sie hat ja früher dort gewohnt«, meinte Frost.

»Aber das ist fünfzehn Jahre her. Warum durchsucht sie plötzlich die dortigen Zeitungen?« Jane deutete auf den Link zur *Bangor Daily*. »Klick den mal an. Mal sehen, wohin er führt.«

Jamal klickt auf den Link, und der Bildschirm füllte sich mit einem alten Zeitungsartikel: POLIZEI FAHNDET NACH EXMANN IM ZUSAMMENHANG MIT MORD AN COLBY-COLLEGE-PROFESSORIN.

»Was hat das denn zu bedeuten?«, fragte Frost. »Diese Geschichte ist neunzehn Jahre alt. Was hat das mit irgendetwas zu tun?«

»Da hast du die Antwort«, sagte Jane und deutete auf

den Bildschirm, auf einen Satz, der in der Mitte des Artikels versteckt war.

...wurde ein Haftbefehl auf den Exmann des Opfers, James T. Creighton, ausgestellt.

»Das ist der Mann, nach dem sie gesucht hat«, sagte Frost. »Vielleicht hat sie ihn gefunden.«

Jane sah Frost an. »Oder er hat sie gefunden.«

20

Über Nacht waren weitere Gewitter aufgezogen, und Regen peitschte gegen die Windschutzscheibe, während sie gen Norden fuhren. Jane hatte darauf bestanden zu fahren, denn bei so ungemütlichem Wetter und glatten Straßen verließ sie sich lieber auf ihre eigenen Fahrkünste. Es war nicht das erste Mal, dass sie und Frost im Rahmen einer Ermittlung diesen Weg nahmen und den Schildern in Richtung Norden über die Kittery Bridge und die Staatsgrenze nach Maine folgten. Sie arbeiteten schon so lange Seite an Seite, dass sie inzwischen wie ein altes Ehepaar waren, das auch mal längere Zeit in einträchtigem Schweigen verbringen konnte, und die erste Stunde redeten sie kaum ein Wort, während die Scheibenwischer hin und her schwangen und Windböen das Auto schüttelten.

Die Grenze lag schon fünfzig Meilen hinter ihnen, als Frost schließlich sagte: »Es tut mir leid wegen Samstagabend.«

»Was meinst du?«

»Wegen dem Essen bei deiner Mutter. Weißt du, Alice macht gerade so eine komische Diät. Ich hatte Sorge, dass deine Mutter vielleicht gekränkt sein könnte, weil sie so wenig gegessen hat.«

»Was ist das überhaupt für eine komische Diät?«

»Die hat sie aus einem Buch von so einem Gesundheitspapst, und es wechselt von Woche zu Woche. Eine

Woche stopft sie sich mit Proteinen voll, und die nächste isst sie nur Salate. Und jetzt ist gerade ihre Salatwoche. Ich hatte gehofft, deine Mutter würde es nicht merken.«

»Glaub mir, sie registriert jeden Bissen, den ihre Gäste sich auf die Gabel laden. Sie hat so eine Art innere Zähluhr, mit der sie es auf die Kalorie genau berechnen kann.« Jane sah Frost an. »Wie läuft es denn so mit dir und Alice?«

Er zuckte mit den Schultern. »Es gibt gute und schlechte Tage. Aber mehr gute.«

»Redet sie manchmal über ... du weißt schon? Über ihn.«

»Das haben wir hinter uns. In jeder Beziehung muss man lernen, nach vorne zu schauen, verstehst du? Was zählt, ist, dass sie zu mir zurückgekommen ist.« Er starrte die regenüberströmte Windschutzscheibe an. »Das Single-Dasein war einfach nichts für mich. Ich habe das Alleinsein gehasst und mich die ganze Zeit auf diesen blöden Dating-Websites rumgetrieben. Du erinnerst dich.«

Oh ja, Jane erinnerte sich nur zu gut, weil er sich nach jedem Korb, den er bekommen hatte, nach jedem desaströsen Date bei ihr ausgeweint hatte. Er hatte ihr von allen erzählt, und auch wenn sie Alice nicht besonders mochte, war es nicht zu übersehen, dass Frost sie liebte und ohne sie unglücklich war.

»Also, wenn du das nächste Mal mit deiner Mutter redest, sag ihr, dass es nichts mit ihren Kochkünsten zu tun hatte. Sondern nur mit Alices Diät.«

»Ich werd's ihr ausrichten«, sagte Jane, obwohl sie wusste, dass man schon im Koma liegen musste, um eine akzeptable Ausrede dafür zu haben, dass man Angelas liebevoll zubereitete Gerichte verschmähte.

»Ich glaube, das Gewitter verzieht sich«, sagte Frost.

Der Regen hatte tatsächlich nachgelassen, doch als sie zum Himmel aufschaute, sah sie im Norden schwarze Wolken dräuen. »Aber es kommt wieder.«

Zwei Stunden später bogen sie in eine unbefestigte Straße ein. Der Sturm hatte sie in einen Hindernisparcours aus abgebrochenen Ästen und Zweigen verwandelt, die Jane umkurven musste, um zu dem Haus zu gelangen, in dem die Colby-Dozentin Eloise Creighton gewohnt hatte. Ein Auto mit offiziellem Kennzeichen des Staates Maine parkte bereits in der Einfahrt, und als sie daneben anhielten, ging die Tür auf, und ein Bär von einem Mann stieg aus. Er war in den Vierzigern und dem Wetter entsprechend in Ölzeug gekleidet, doch sein Kopf mit dem militärischen Kurzhaarschnitt war unbedeckt. Barhäuptig stand er im Nieselregen und wartete geduldig, bis sie ausgestiegen waren.

»Detective Rizzoli? Ich bin Joe Thibodeau.«

»Und das ist mein Partner, Detective Frost«, sagte Jane und wandte sich zum Haus um. Es war ein stattliches Blockhaus mit großen Fenstern und steilem Dach, das perfekt in diese dicht bewaldete Gegend passte. »Wow. Nicht schlecht, die Hütte.«

»Ja, es ist eigentlich ein Traumhaus, wenn da nicht die Vorgeschichte wäre.« Er blickte skeptisch zum Himmel auf. »Gehen wir lieber rein, bevor es wieder anfängt zu schütten.«

»Sie sagten, dass es wieder bewohnt ist?«, fragte Jane, als sie die Stufen zur Veranda hinaufstiegen.

»Noah und Annie Lutz. Annie erwartet uns. Sie ist nicht gerade begeistert vom Grund unseres Besuchs. Ist bestimmt verstörend, daran erinnert zu werden, was hier passiert ist.«

Bevor sie klopfen konnten, ging die Haustür auf, und eine junge Frau stand vor ihnen, die ein kleines blondes Kind auf der Hüfte trug.

»Hallo, Annie«, begrüßte Thibodeau sie. »Danke, dass wir uns in Ihrem Haus umsehen dürfen.«

»Ich muss zugeben, dass mir das schon ein bisschen Angst macht. Dass diese Sache jetzt wieder hochkommt.« Annie sah Jane und Frost an. »Sie sind also vom Boston PD?«

»Ja, Ma'am«, antwortete Jane.

»Ich hoffe, dass Ihr Besuch hier bedeutet, dass Sie ihn endlich schnappen werden. Allein bei dem Gedanken, dass er immer noch frei herumläuft, wird mir ganz anders. Um ehrlich zu sein, wenn ich gewusst hätte, was hier passiert ist, hätte ich meinen Mann niemals den Mietvertrag unterschreiben lassen.«

Sie betraten das Haus, und Jane blickte zu den frei liegenden Dachbalken in sechs Meter Höhe auf. Die raumhohen Fenster gingen auf einen Garten, der ganz von Wald umschlossen war. Obwohl das Haus selbst sehr geräumig war, verlieh das dichte Spalier aus Bäumen zusammen mit den dunklen Wolken am Himmel der Aussicht etwas Beengendes.

»Wie lange wohnen Sie schon hier, Mrs. Lutz?«, fragte Jane.

»Acht Monate. Mein Mann lehrt am Colby College, am Institut für Chemie. Wir sind von L. A. hiergezogen, und als wir das Haus gesehen haben, konnte ich gar nicht glauben, wie günstig die Miete war. Und dann hat meine Babysitterin mir erzählt, was ...« Annie setzte ihren zappelnden Sohn ab, der sofort davonlief, um einen Stoffkoala vom Boden aufzuheben. »Ich war schockiert, als ich hörte, dass hier ein Mord geschehen ist.«

»Sie hatten keine Ahnung, als sie hier eingezogen sind?«, fragte Frost.

»Nein, und ich bin der Meinung, die Maklerin hätte es meinem Mann sagen müssen, finden Sie nicht? Noah stört es nicht so sehr, aber er muss ja auch nicht den ganzen Tag mit dem Kind im Haus allein sein. Ich weiß ja, dass es lange her ist, aber dennoch ...« Sie schlang die Arme um sich, als ob sie plötzlich einen kalten Luftzug gespürt hätte. »So etwas wird ein Haus nie wieder ganz los.«

»Ich mache jetzt einen Rundgang mit den beiden, Annie«, sagte Thibodeau. »Ist es okay, wenn ich ihnen die Schlafzimmer zeige?«

»Ja, machen Sie nur.« Sie sah ihren Sohn an, der fröhlich brabbelnd inmitten seines Zoos aus Stofftieren saß. »Ich bleibe hier unten bei Nolan. Sie können gerne überall herumstöbern.«

»Danke, Ma'am«, sagte Frost, doch Annie hatte sich schon zu ihrem Sohn auf den Boden gehockt und sah in die andere Richtung. Vielleicht wollte sie nicht daran erinnert werden, warum sie hier in ihrem Haus waren.

Thibodeau führte sie die Treppe hinauf zu einer Galerie im ersten Stock. Jane blickte über das Geländer zu Annie hinunter, die in dem großen Wohnzimmer bei ihrem Sohn kauerte. Von dieser hohen Warte aus konnte man durch die Panoramafenster über die Bäume hinweg bis zu den nebelverhangenen Bergen am Horizont sehen. Der Himmel war noch dunkler geworden, die Wolken zogen sich zusammen wie ein schwarzer Vorhang. In der Ferne grollte Donner.

»Zum Schlafzimmer des Opfers geht es hier entlang«, sagte Thibodeau.

Sie folgten ihm über die offene Galerie ins Elternschlafzimmer, wo der nahe Waldrand und das sich zusammenballende Gewitter für eine düstere Atmosphäre sorgten. Sobald sie den Raum betreten hatten, schloss Thibodeau die Tür, und Jane war klar, warum. Annie war ohnehin schon verstört durch ihren Besuch, und was er ihnen nun zu sagen hatte, würde sie noch mehr aus der Fassung bringen.

»Vor neunzehn Jahren war der leitende Ermittler in diesem Fall Dan Tremblay«, sagte Thibodeau. »Ein heller Kopf, sehr gründlich. Ist leider letztes Jahr an Lungenkrebs gestorben. Ich habe die relevanten Unterlagen für Sie kopiert – sie sind draußen im Auto –, aber ich kann Ihnen kurz alles Wichtige zu dem Fall zusammenfassen. Ich war damals noch ein einfacher Streifenbeamter, aber ich war als Erster am Tatort. Und ich erinnere mich noch an jedes furchtbare Detail.«

Er sah sich mit einem abwesenden Blick im Schlafzimmer um, als ob er sich zu dem Tag zurückversetzt fühlte, an dem er dieses Haus zum ersten Mal betreten hatte, obwohl der Raum sich seither mit Sicherheit verändert hatte. Die neuen Mieter hatten ihn im modernen skandinavischen Stil eingerichtet, mit einem Bett aus hellem Ahornholz und einem Bettvorleger mit abstraktem geometrischem Muster. Auf der Kommode, ebenfalls aus hellem Holz, stand ein Foto der lächelnden Familie Lutz: Annie, ihr Mann Noah und ihr rotwangiger kleiner Sohn. Mit seinem sorgfältig gestutzten Bart und der Brille sah Noah ganz wie der Chemieprofessor aus, der er war – ein Mann der Wissenschaft, der sicherlich nicht an Spukhäuser glaubte. Verspürte er, wenn er in diesem Zimmer stand, nie auch nur das leiseste Frösteln beim Gedanken an das, was hier passiert war? Blickte er manchmal aus dem Fenster auf den bedrohlich nahen Waldrand und fragte sich, welche Gefahren sich darin verbergen mochten? Jane glaubte nicht an Geister, aber selbst sie spürte die Dunkelheit, die auf diesem Ort lastete, und vernahm die Echos, die nie ganz verhallen würden.

Oder vielleicht war es auch nur das aufziehende Gewitter.

»Es war ein Dienstagmorgen«, sagte Thibodeau. »Eloise Creighton war am Tag zuvor nicht zu zwei ihrer Veranstaltungen erschienen, und sie ging nicht an ihr Telefon. Ich bekam den Auftrag, zu ihrem Haus zu fahren, um nach dem Rechten zu sehen.«

»Was hat sie am College unterrichtet?«, fragte Frost.

»Englische Literatur. Sie war außerordentliche Professorin, sechsunddreißig Jahre alt, kürzlich geschieden. An dem Tag, als ich herfuhr, um nach ihr zu sehen, dachte ich mir, dass sie vielleicht nur krank war und vergessen hatte, im College Bescheid zu sagen, dass sie nicht kommen konnte. Hier bei uns ist Mord nicht das Erste, was einem in den Sinn kommt. Das hier ist eine sichere Gegend. Familien, Collegestudenten. Solche Verbrechen, mit denen Sie in Boston wahrscheinlich regelmäßig zu tun haben, kennen wir nicht. Da rechnet man einfach nicht damit…« Er atmete hörbar aus. »Jedenfalls war ich nicht vorbereitet auf das, was ich hier vorfand.

Ich traf gegen elf Uhr ein. Es war Mitte Oktober, ein herrlicher Tag, das Herbstlaub in voller Pracht. Anfangs fiel mir nichts Verdächtiges auf. Die Haustür war abgeschlossen. Ich klingelte, aber niemand machte auf. Ihr

Auto stand im Carport, deshalb dachte ich, sie müsste dennoch zu Hause sein. Da beschlich mich allmählich dieses Gefühl – dieses Kribbeln in der Magengrube, wenn man weiß, da stimmt etwas nicht. Vielleicht war sie ja wirklich sehr krank, oder sie war auf der Treppe gestürzt. Oder es gab ein Problem mit dem Ofen, und sie war an einer Kohlenmonoxidvergiftung gestorben. Ich ging ums Haus herum, wo diese hohen Fenster auf den Wald hinausgehen, und da sah ich, dass die Terrassentür offen stand. Es sah nicht so aus, als wäre sie aufgebrochen worden, also hatte Eloise entweder vergessen, sie abzuschließen, oder jemand hatte einen Schlüssel benutzt.«

»Wer hatte außer ihr noch einen Schlüssel?«, fragte Jane.

»Wir wissen, dass der Exmann einen besaß, aber hier bei uns schließen die Leute nachts nicht immer ihre Türen ab. Wie das so ist in ländlichen Gegenden. Und sie hatte immer einen Ersatzschlüssel unter einem Stein auf der hinteren Terrasse liegen. Dort haben wir ihn auch gefunden.«

»Wer wusste von diesem Schlüssel?«

»Eine Menge Leute. Die Babysitterin. Die Putzfrau. Die Handwerker, die ihre Küche renoviert haben.«

»Mit anderen Worten, die halbe Stadt.«

»So ungefähr.« Er trat ans Fenster und blickte auf den dunkler werdenden Himmel hinaus. »Es war ein sonniger, frischer Tag. Seit Wochen kein Regen, also auch kein Matsch, den jemand an den Schuhen ins Haus hätte tragen können. Nur eine Menge Laub, das durch die offene Hintertür hineingeweht war. Als ich das Haus betrat und die Treppe raufging, fielen mir schon die Fliegen auf. Und dann stieg mir dieser Geruch in die Nase ... Sie werden sicher wissen, wovon ich rede. Das ist etwas, was man nie wieder vergisst. Ich kam also oben an, und da habe ich sie gefunden. Sie lag auf dem Treppenabsatz, unmittelbar vor der Schlafzimmertür. Sie trug ein Nachthemd, und die Schlafzimmertür stand sperrangelweit offen. Es sah aus, als wäre sie aus dem Bett aufgestanden und auf den Flur hinausgetreten, wo sie ihrem Mörder quasi in die Arme lief.« Er sah Jane und Frost an. »An ihrem Hals waren Würgemale, Blutergüsse, die eindeutig von Fingern stammten. Der Täter war auf jeden Fall kräftig genug, um eine Frau mit bloßen Händen zu erdrosseln. Und nach dem Geruch und den Fliegen zu schließen, war es schon vor ein paar Tagen passiert. Ich habe nichts angerührt, nichts bewegt. Habe sie genau so liegen lassen, wie ich sie gefunden hatte. Ich wollte es gerade melden, als ich das Kaninchen sah.«

»Welches Kaninchen?«, fragte Jane.

»Dieses rosa Stoffkaninchen. Es lag auf der Galerie am Boden. Und da bekam ich allmählich ein ganz ungutes Gefühl. Niemand hatte mir gesagt, dass in dem Haus ein Kind wohnte. Ich ging den Flur entlang in das andere Schlafzimmer, und das gehörte eindeutig einem Kind. Rosa Vorhänge, Prinzessinnen-Bettdecke. Ich habe überall nachgeschaut. In den Schlafzimmern, im Keller, auf dem Grundstück – aber ich konnte sie nicht finden. Und auch der Suchtrupp, der den ganzen Wald durchkämmt hat, konnte sie nicht finden.« Er schüttelte den Kopf. »Das kleine Mädchen war spurlos verschwunden.«

21

Sie saßen in einem Café im Zentrum von Waterville, zwanzig Autominuten von dem Haus entfernt, in dem Eloise Creighton ermordet worden war. Bei den sintflutartigen Regenfällen waren die meisten Leute zu Hause geblieben, und nur einer der anderen Tische war besetzt – von einem Pärchen, das so in seine Smartphones vertieft war, dass sie einander kaum beachteten, und schon gar nicht die Menschen um sie herum. Während es draußen donnerte und der Regen auf den Asphalt prasselte, waren drinnen nur gedämpfte Stimmen und das Zischen der Espressomaschine zu hören.

»Ich habe nie aufgehört, über diesen Fall nachzudenken, auch so viele Jahre danach nicht«, sagte Thibodeau. »Ich war nicht mit der Ermittlung betraut, aber damals hat es mich schwer getroffen. Wegen des kleinen Mädchens, das verschwunden war. Lily hieß sie. Sie war erst drei Jahre alt, als sie entführt wurde, und ich musste einfach unentwegt darüber nachdenken, was sie wohl in dieser Nacht durchgemacht hatte. Hatte sie gesehen, was mit ihrer Mutter passiert war? War der Mörder jemand, den sie kannte, dem sie vielleicht gar vertraute? Meine Tochter war damals ein Jahr alt, und ich habe mir vorgestellt, wie es wäre, wenn sie mir weggenommen würde. Wie es wäre, nicht zu wissen, ob sie überhaupt noch am Leben ist. Vor vier Jahren, als ich zur Major Crime Unit wechselte, war Dan Tremblay gerade in Ruhestand gegangen, und da habe ich seine Akten mit den ungelösten Fällen aus dem Schrank gezogen und mir den Mordfall Eloise Creighton noch einmal vorgenommen. Dieser Ordner, den ich Ihnen gegeben habe, enthält Kopien seiner Fallnotizen und Vernehmungsprotokolle, und ich maile Ihnen noch den Obduktionsbericht. Ich bin den Fall wieder und wieder durchgegangen, und ich komme jedes Mal zum selben Schluss wie Tremblay: Der Täter war der Exmann. Er *muss* es getan haben.«

Jane blätterte den Stapel Vernehmungsprotokolle durch. »Und es gab keine anderen Verdächtigen, die infrage kamen?«

»Tremblay hat so gut wie jeden in Betracht gezogen, der mit dem Opfer in Kontakt stand. Am Ende war er überzeugt, dass es der Exmann war, James Creighton. Sie hatten einen sehr schmutzigen Scheidungskrieg hinter sich. Eigentlich war ihre Ehe von Anfang an zum Scheitern verurteilt. Sie war Hochschullehrerin, er Musiker – und kein besonders erfolgreicher. Er spielte abends in Bars Gitarre und arbeitete in Teilzeit als Musiklehrer an der Highschool in Bangor. War wohl ein Fall von Gegensätzen, die sich anziehen. Irgendwas finden Frauen anscheinend an diesen gammligen Musikern.«

»Meinen Sie?«, sagte Jane.

»Sagen Sie's mir.«

»Ich war noch nie vom Musiker-Virus infiziert.«

»Tja, aber anscheinend fangen sich viele Frauen den ein. Vielleicht ist es dieser Nimbus des Bürgerschrecks, der sie umgibt. Bei den Creightons war es jedenfalls schnell vorbei mit der Romanze. Sie waren vier Jahre verheiratet, dann hat sie die Scheidung eingereicht. Sie haben sich um alles gestritten – die Möbel, das Bankkonto, das Kind.

Schließlich haben sie sich auf geteiltes Sorgerecht für ihre dreijährige Tochter geeinigt, aber auch dann haben sie kaum noch miteinander gesprochen. Sie werden also verstehen, warum er für Tremblay der Hauptverdächtige war. Zumal derjenige, der die Mutter ermordete, auch das Kind entführte.«

»Welche anderen Verdächtigen hat Tremblay überprüft?«

»Eloise Creighton hatte in Colby vier Kurse pro Semester geleitet, also kamen auch ihre Studenten infrage. Vielleicht hatte sich einer über eine schlechte Note geärgert. Oder sie war zum Objekt der Begierde eines Studenten geworden. Sie war eine gutaussehende Frau, und soweit man wusste, gab es zu der Zeit keinen Mann in ihrem Leben. Eine Woche vor dem Mord hatte sie ein paar Dutzend ihrer älteren Studentinnen und Studenten zu Wein und Käse zu sich nach Hause eingeladen, also wussten alle, wo sie wohnte, und kannten die Raumaufteilung ihres Hauses.« Er hielt einen Moment inne. »Und sie dürften an diesem Abend auch ihre kleine Tochter gesehen haben.«

»Sie sagten, das Mädchen hieß Lily?«, fragte Frost.

»Ja, richtig.«

»Haben Sie je die Möglichkeit erwogen, dass der Täter es gar nicht auf die Mutter abgesehen hatte? Sondern dass es ihm um das Kind ging?«

Thibodeau nickte. »Ja, und dieses Mädchen war wirklich goldig. Lange blonde Haare, genau wie ihre Mutter. Tremblay hat spekuliert, dass jemand Lily in der Stadt gesehen und beschlossen haben könnte, dass er sie für sich haben wollte. Dass vielleicht der Mord an der Mutter gar nicht beabsichtigt, es in Wirklichkeit eine aus dem Ruder gelaufene Kindesentführung war.«

»Wer hat auf Lily aufgepasst, während ihre Mutter am College unterrichtete?«, fragte Jane.

»Sie ging in eine private Kindertagesstätte. Die Leiterin war eine Frau aus dem Ort, und ihre Überprüfung ergab absolut nichts Verdächtiges. Fünfundvierzig Jahre alt, hatte ihr ganzes Leben in Waterville verbracht.«

»Sie sagen das so, als ob es ein Ausweis der Unbescholtenheit sei, wenn man aus dem Ort stammt«, meinte Jane.

»In gewisser Weise ist es das auch. Wenn Sie in einer Kleinstadt aufwachsen, stehen Sie permanent unter Beobachtung. Alle wissen, wer Sie sind – und was Sie sind. Also, die Kindergärtnerin war es jedenfalls nicht. Tremblay hatte auch die Möglichkeit in Betracht gezogen, dass es jemand aus der Großstadt gewesen sein könnte, der sich zufällig in der Gegend aufhielt. Er sah das Mädchen, beschloss, es zu entführen, und als die Mutter ihn daran hindern wollte, brachte er sie um.«

»Würde ein Fremder hier nicht auffallen?«, fragte Frost.

»Im Moment ist es sehr ruhig hier im Ort, aber kommen Sie mal im September her, wenn am Colby und an dem anderen College am Ort das Semester beginnt. Dann fallen zweitausend Studenten hier ein, plus die ganzen Touristen, die wegen des Indian Summers herkommen und das Herbstlaub bewundern wollen. Bei diesen Menschenmassen kann man nie wissen, ob da nicht irgendwelche kranken Spinner darunter sind. Also ja, es ist denkbar, dass es jemand von außerhalb war. Jemand, dem es um das Mädchen ging. Sicher hat die Kleine sich heftig gewehrt. Die Mutter hört das Kind schreien und versucht dazwischenzugehen. Also muss er sie umbringen.«

»Hat die Forensik irgendetwas Brauchbares ergeben?«, fragte Jane.

»Haufenweise Fingerabdrücke, aber Eloise hatte ja auch wenige Tage, bevor sie ermordet wurde, diesen Empfang für ihre Studenten gegeben. Und ein paar Wochen zuvor hatte sie Handwerker im Haus, die ihre Küche renoviert haben. Einen Schreiner, einen Klempner und einen Elektriker. Und die Fingerabdrücke ihres Exmanns waren auch überall.«

»Damit sind wir dann wieder bei James Creighton.«

»Er hatte immer noch einen Schlüssel und damit Zugang zum Haus, und er hatte ein Motiv. Dafür absolut kein Alibi für den Abend des Mordes an seiner Exfrau.«

»Wo war er nach seiner Aussage an dem Abend?«

»Draußen auf der Penobscot Bay. Er besaß so ein popeliges kleines Segelboot, und er behauptete, das ganze Wochenende an Bord geschlafen zu haben. Zeugen gab es natürlich keine.«

»Natürlich nicht.«

»Und dann war da das Blut.«

Jane horchte auf. »Welches Blut?«

»Es wurden Spuren auf dem Fußboden des oberen Flurs sichergestellt. Nur wenige Schritte vom Fundort des Opfers entfernt.«

»Und es stammte vom Exmann?«

»A Rhesus negativ, die Blutgruppe von James Creighton. Er behauptete, es stamme vom vorigen Jahr, da hätte er sich beim Rasieren geschnitten.«

»Hatte er irgendwelche frischen Wunden?«

»Er hatte einen fast verheilten Schnitt am Finger, von dem er behauptete, er hätte ihn sich auf dem Boot zugezogen. Und im Boot wurde tatsächlich Blut gefunden, das half uns also nicht weiter. Sie haben ihn achtundvierzig Stunden lang festgehalten, während sein gemietetes Haus und sein Kahn nach dem Mädchen abgesucht wurden. Ihre Haare und Fingerabdrücke waren natürlich überall, aber Lily selbst wurde nicht gefunden. Da das Mädchen ihn regelmäßig besucht hatte, waren diese ganzen Spuren letztlich ohne Bedeutung. Sie mussten ihn laufen lassen, aber für mich ist er immer noch der Hauptverdächtige.« Thibodeau sah Jane unverwandt an. »Und jetzt erklären Sie mir bitte, was Creighton mit *Ihrem* Mordfall zu tun hat.«

»Wir hatten gehofft, dass Sie uns das sagen könnten«, erwiderte Jane.

Thibodeau schüttelte den Kopf. »Ich habe keine Ahnung. Ich weiß nicht mal, wo er sich zurzeit aufhält.«

»Sie haben ihn nicht im Auge behalten?«

»Es ist neunzehn Jahre her. Tremblay hat bis zuletzt gehofft, dass er Creighton eines Tages der Tat überführen könnte. Vielleicht würde ein Zeuge zu reden anfangen, oder der Mann würde gestehen. Oder, Gott bewahre, sie würden die Leiche des kleinen Mädchens finden. Vor ein paar Jahren glaubten wir tatsächlich, sie gefunden zu haben, als im State Park zwanzig Meilen von hier ein Skelett auftauchte.«

»Von einem Kind?«, fragte Jane.

»Ja. Nach ihrem Zustand zu urteilen, hatten die Knochen schon eine ganze Weile dort gelegen, vielleicht zehn Jahre oder länger, und sie stammten von einem kleinen Mädchen von ungefähr drei Jahren.«

»Also so alt wie Lily.«

»Gleich nach diesem Knochenfund habe ich James Creighton zur Vernehmung einbestellt. Ich habe ihn richtig durch die Mangel gedreht. Ich wollte ihn unbedingt des Mordes an dem Kind überführen, aber dann bekamen wir das Ergebnis der DNA-Analyse dieser Knochen, und sie stimmten weder mit seiner noch mit der der Mutter überein.«

»Aber wessen Knochen waren es dann?«

»Sie sind bis heute nicht identifiziert. Sie ist immer noch das unbekannte kleine Mädchen aus dem Wald.« Er schüttelte den Kopf. »Verdammt, ich dachte wirklich, ich hätte ihn endlich.«

»Was ist aus Creighton geworden?«

»Die Highschool wollte ihn nicht länger als Musiklehrer behalten, also war er diesen Job los. Er ist dann auf der Suche nach Arbeit von hier nach da gezogen, hat in einer Gas-and-Go-Tankstelle in Augusta gejobbt und in einem Restaurant unten in Portland.«

Das erklärte die ganzen Telefonnummern mit Maine-Vorwahl in Sofia Suarez' Verbindungsnachweis. Sie hatte James Creighton ausfindig zu machen versucht, war ihm von Job zu Job gefolgt. Die Tankstelle. Das Buffalo-Wings-Restaurant. Hatte sie ihn je erreicht? Gehörte das Wegwerfhandy, das sie angerufen hatte, Creighton?

»Wir möchten Ihnen gerne ein Video zeigen«, sagte Frost und reichte Thibodeau sein Handy. »Es sind Aufnahmen einer Überwachungskamera an einem Friedhof in Boston. Das ist jetzt natürlich nicht die beste Wiedergabequalität, aber ich schicke Ihnen nachher noch die Datei, dann können Sie es sich auf Ihrem Computer anschauen.«

»Worauf soll ich achten?«

»Wir hoffen einfach nur, dass Sie den Mann darin wiedererkennen.«

Thibodeau sah sich das Video aufmerksam an, dann ließ er es noch einmal laufen, während im Hintergrund wieder die Espressomaschine zischte.

»Ist dieser Mann James Creighton?«, fragte Frost.

Thibodeau stieß einen Seufzer aus. »Ich weiß es nicht.«

»*Könnte* er es sein?«

»Ich denke schon. Die Größe scheint zu passen und auch die Haarfarbe. Aber wenn er es ist, hat er sich sehr verändert, seit ich ihn das letzte Mal gesehen habe. Er hat stark abgenommen. Und auch einige Haare verloren.« Thibodeau gab Frost das Handy zurück. »Ich wünschte, ich könnte mir sicherer sein, aber die Auflösung ist einfach zu schlecht.«

»Haben Sie irgendeine Ahnung, wo er jetzt sein könnte?«, fragte Jane.

»Nein. Nachdem ich den Fall übernommen hatte, ist er von der Bildfläche verschwunden. Wahrscheinlich, weil er wusste, dass ich ihn auf dem Kieker hatte und nur auf irgendeinen Anlass wartete, ihn hinter Gitter zu bringen. Okay, kann schon sein, dass ich ihn ein bisschen hart angefasst habe, er hatte also allen Grund, mir aus dem Weg zu gehen. Nach allem, was ich weiß, könnte er immer noch in Maine sein. Er könnte aber genauso gut in einen anderen Bundesstaat gezogen sein.«

»Und dort weiter morden.«

»Möglicherweise. Aber ich bin mir nicht sicher, ob ich die Verbindung zwischen dem Mord an Eloise Creighton und ihrem Fall unten in Boston sehe.«

»Sofia Suarez *ist* die Verbindung.«

»Nur weil sie bei Google nach Creighton gesucht hat?«

»*Warum* hat sie nach ihm gesucht? Und hat sie ihn gefunden? Musste sie deswegen sterben?«

Thibodeau lachte sarkastisch. »Tod durch Google. Das ist ja mal was Neues.«

Sie saßen eine Weile schweigend da und grübelten über

die offenen Fragen nach. Das Pärchen am anderen Tisch starrte immer noch auf seine Smartphones und schien weder die Unterhaltung der Detectives noch einander wahrzunehmen. Die Cafétür ging auf, zwei Frauen flüchteten sich vor dem Sturm ins Trockene und schüttelten Regentropfen von ihren Jacken. Der Barista begrüßte sie freundlich mit Namen. In diesem Ort, wo anscheinend jeder jeden kannte, musste ein Mord zwangsläufig wie das Werk eines Fremden erscheinen.

Bis zum Beweis des Gegenteils.

»Was ist mit den anderen Verdächtigen?«, fragte Jane.

»Da gab es einen Studenten, der Professor Creighton bedroht hatte, nachdem sie ihn hatte durchfallen lassen. Und einen Trinker, der in ihrer Nachbarschaft wohnte. Aber keiner der beiden kam infrage.«

»Sie haben die Liste der Studenten, die bei diesem Empfang von Professor Creighton waren?«

»Die ist in den Unterlagen, die ich Ihnen gegeben habe. Manche der Studenten hatten Alibis für den Abend des Mordes, andere nicht.«

»Und die Handwerker, die die Küche renoviert haben?«, fragte Frost.

»Drei Männer. Ihre Namen sind auch in dem Ordner. Sie wussten, wo der Hausschlüssel lag, und ihre Fingerabdrücke waren an der Hintertür und in der ganzen Küche. Sie müssen auch das kleine Mädchen gesehen haben, während sie dort arbeiteten, also hat Tremblay sie natürlich ebenfalls vernommen.«

Jane blätterte die Akte durch, bis sie die Vernehmungsprotokolle der Handwerker gefunden hatte. *Scott Constantine. Bruce Flagler. Byron Barber.* Noch mehr Namen, die sie ihrer stetig wachsenden Liste von Verdächtigen hinzufügen konnten. »War einer von den dreien vorbestraft?«

»Nur Bagatellsachen. Alkohol am Steuer, häusliche Gewalt. Aber alle drei Männer erklärten, am Abend des Mordes zu Hause gewesen zu sein, und ihre Ehefrauen beziehungsweise Freundinnen haben ihre Alibis bestätigt. Zwei von ihnen haben Maine verlassen, und ich weiß nicht, wo sie jetzt sind. Byron Barber wohnt noch in der Stadt und baut immer noch Küchen.«

Jane stieß auf ein Foto von Eloise und Lily Creighton. Unter einer mächtigen Eiche strahlten Mutter und Tochter in die Kamera. Beide waren hellhäutig und flachsblond, und sie trugen identische Sommerkleider mit rosa Schärpen. Es schmerzte zu sehen, wie glücklich sie zusammen waren. Jane dachte an ihre eigene Tochter und an das Foto, das sie an Ostern gemacht hatten. Sie hatten zwar keine hübschen Frühlingskleider getragen, weil Regina schon mit ihren vier Jahren eindeutig der Latzhosen-Typ war, aber wie die Creightons hatten auch sie sich unter einem Baum fotografiert, und sie hatten genauso strahlend in die Kamera gelächelt. Jane drehte das Foto um und sah, dass es am fünfzehnten Juni aufgenommen worden war.

Vier Monate später war Eloise Creighton tot.

»Sie können sehen, warum dieser Fall mir keine Ruhe gelassen hat«, sagte Thibodeau. »Diese lächelnden Gesichter. Ich muss da immer an meine eigene Tochter denken.«

»Das würde ich auch«, sagte Jane leise.

Thibodeau sah auf seine Uhr. »Tut mir leid, aber ich muss Sie jetzt allein lassen – ich habe noch eine Besprechung. Das meiste von dem, was Sie brauchen, müsste in diesen Unterlagen sein, und ich maile Ihnen alles, was ich sonst noch habe. Wenn Sie Ihren Fall knacken, rufen Sie mich an. Ich bin wirklich verdammt neugierig, was die Verbindung zwischen diesen Morden ist.« Er stand auf. »Falls es überhaupt eine gibt.«

22

»Nach dem, was ich im Obduktionsbericht von Eloise Creighton gelesen habe«, sagte Maura, »fällt es mir schwer, allzu viele Parallelen zwischen diesen beiden Morden zu erkennen. Was mich vermuten lässt, dass wir es nicht mit ein und demselben Täter zu tun haben.«

Jane sah zu, wie Maura sich die Hände im Waschbecken des Sektionssaals wusch, scheinbar unbeeindruckt vom Gestank der Obduktion, die sie gerade beendet hatte. Jane stand an der Tür und hielt sich den Unterarm vor die Nase, um sich vor dem Geruch zu schützen, doch er war bereits in ihre Nase gestiegen und in ihre Lunge eingedrungen. Auch wenn sie sich alle Kleider vom Leib reißen und stundenlang duschen würde, die Erinnerung an diesen Geruch würde sie nicht loswerden.

»Wen hast du da eigentlich gerade aufgeschnitten? Das stinkt ja zum Gotterbarmen.«

»Eine achtundachtzigjährige Frau, die allein gelebt hat. Sie lag bereits acht Tage lang tot in einem warmen Haus, als sie gefunden wurde.« Maura drehte das Wasser ab und griff nach einem Papierhandtuch, um sich die Hände abzutrocknen. »Ein sehr trauriger, aber letztlich ein natürlicher Tod.«

»Können wir bitte rausgehen? Ich brauche dringend frische Luft.«

»Gerne.« Maura warf das Papiertuch in den Abfalleimer. »Gehen wir.«

Über Nacht war eine neue Gewitterfront aufgezogen, und dunkle Wolken hingen tief über der Stadt. Es war schwül, und Jane konnte neuen Regen in der feuchten Luft schmecken. Sie setzten sich auf die Bank hinter dem Gebäude, mit Blick auf den Straßentunnel, dessen Betonwände den Verkehrslärm noch verstärkten. Es war alles andere als eine schöne Aussicht, und die Luft war von Autoabgasen geschwängert, aber wenigstens roch es hier nicht nach Tod und Verwesung. Davon hatten sie beide für heute mehr als genug.

»Ich *will* aber, dass es derselbe Täter ist«, sagte Jane. »Das würde alles so viel einfacher machen. Und dazu muss ich nur James Creighton finden.«

»Die Polizei von Maine hat nie zweifelsfrei beweisen können, dass er seine Exfrau getötet hat.«

»Detective Thibodeau ist sich ziemlich sicher, dass er es war. Und wenn Creighton eine Frau getötet hat …«

»Bedeutet das noch nicht, dass er auch die zweite getötet hat.«

»Aber es gibt Ähnlichkeiten. Beide Male ist der Täter in das Haus des Opfers eingedrungen. Und in beiden Fällen scheint das Opfer überrascht worden zu sein.«

»Wenn es derselbe Täter ist, dann hat er seinen Modus operandi geändert. Sofia wurde mit einem Hammer erschlagen, eine effiziente und direkte Tötungsmethode. Eloise Creighton wurde im oberen Flur ihres Hauses erdrosselt. Das ist eine sehr persönliche, intime Art und Weise, jemanden umzubringen. Es braucht Kraft und es erfordert unmittelbaren Hautkontakt – der Mörder kommt dem Opfer so nahe, dass er dessen Todeskampf, die letzten Zuckungen des Körpers spüren kann.«

»Du meinst, es war jemand, der sie gekannt hat.«

»Es ist nicht ausgeschlossen, dass es ein Fremder war. Vielleicht war er ja gezwungen, seine Hände zu benutzen, weil er in dem Moment nichts anderes zur Verfügung hatte.«

»James Creighton hatte ein Motiv. Er hatte sich mit seiner Exfrau um das Sorgerecht gestritten.«

»Wenn er es getan hat, wo ist dann das Kind? Warum sollte er seine Tochter töten?«

»Du weißt doch, wie manche von diesen Expartnern ticken. *Wenn ich sie nicht haben kann, dann soll niemand sie haben.* Sie haben bloß Lilys Leiche noch nicht gefunden. Und das Blut im oberen Flur stammte von ihm.«

Maura nickte. »Ja, so steht es im Bericht: Blutgruppe A Rhesus negativ.«

»*Seine* Blutgruppe. Und er hatte eine frische Schnittwunde am Finger.«

»Für die es eine Erklärung gab. Und man hat Blut auf seinem Segelboot gefunden, wo er sich seiner Aussage nach geschnitten hatte.«

»Praktischerweise.«

»Trotzdem – du konstruierst da etwas, Jane. Denk doch nur an die ganzen Unterschiede zwischen den Fällen. Ein Opfer war in den Dreißigern, das andere in den Fünfzigern. Sie lebten in verschiedenen Städten, in verschiedenen Bundesstaaten. Und der erste Mord war vor neunzehn Jahren.«

»Vor neunzehn Jahren arbeitete Sofia als Krankenschwester in Maine. In der Lokalpresse wurde groß und breit über den Mord an Eloise Creighton berichtet, also wird Sofia damals davon gehört haben.«

»Warum hat sie jetzt danach gesucht? Fast zwei Jahrzehnte später?«, fragte Maura.

»Genau das muss ich herausfinden.« Jane blickte zu einem Streifen grauen Himmels auf und atmete tief durch, um die verpestete Luft aus ihrer Lunge zu spülen. Sie saßen eine Weile schweigend da und lauschten dem Rattern eines Kanaldeckels, über den die Autos hinwegfuhren.

»Vielleicht war sie rein zufällig wieder damit konfrontiert worden. Sie könnte ein Gespräch mitgehört oder eine Zeitungsmeldung gelesen haben«, sagte Maura. »Es erinnerte sie an den Mord, und aus Neugier ist sie ins Internet gegangen.«

»Da wäre auch noch die Abfolge der Ereignisse, Maura. Anfang April beginnt sie ihre Internetsuche nach Creighton. Sie findet seine alte Adresse heraus und schickt ihm einen Brief. Einen Monat später bekommt sie eine E-Mail von jemandem, der sie auffordert, sie auf seinem Wegwerfhandy anzurufen. Das muss *er* gewesen sein. James Creighton.«

»Es ist genauso gut möglich, dass das Handy nicht ihm gehörte und dass Sofias Tod nichts mit dem Creighton-Mord zu tun hat.«

»Aber warum hat sie dann im Internet nach ihm gesucht?«, fragte Jane.

»Die Leute durchsuchen das Netz nach den unmöglichsten Begriffen. Wenn ich dir meinen letzten Browserverlauf zeigen würde, wärst du überrascht.«

»Lass mich raten – irgendwas mit Leichen.«

»Glaubst du wirklich, dass ich mich mit nichts anderem beschäftige?«

»Es kommt mir manchmal so vor, als wäre das unser einziges Gesprächsthema.«

»Pinguine.«

»Was?«

»Bei meiner letzte Google-Suche ging es um Pinguine.«

Jane lachte. »Ja, okay, das *ist* eine Überraschung. Und wieso Pinguine, wenn ich fragen darf?«

»Ich plane eine Reise nach Antarktika.«

»Während alle Welt sich zu irgendwelchen sonnigen Stränden aufmacht, entscheidest du dich für Eisberge. Typisch.«

»Pinguine sind faszinierend, Jane.«

»Ja, klar. Genau wie Goldfische.«

Ein Regentropfen landete auf Janes Nase. Sie sah auf die Spritzer hinunter, die den Boden vor ihr sprenkelten, und atmete den Geruch von nassem Asphalt ein, den Geruch eines Gewitterregens in der Stadt.

»Es wird Zeit, dass ich mich wieder an die Arbeit mache«, sagte Maura.

»Du glaubst, ich vergeude meine Zeit, wenn ich nach Verbindungen zwischen den zwei Morden suche, nicht wahr?«

»Ich weiß es nicht, Jane. Aber wenn ich eines gelernt habe in all den Jahren, die ich schon mit dir zusammenarbeite, dann, dass ich nie deinen Instinkt anzweifeln sollte.«

Doch als Jane an diesem Nachmittag wieder an ihrem Schreibtisch saß und die Dokumente in der Mordakte Eloise Creighton noch einmal durchging, fragte sie sich, ob dies vielleicht das eine Mal war, wo ihr Instinkt sie in die Irre führte. Maura hatte recht. Nicht nur die beiden Opfer waren sehr verschieden, sondern auch die Art und Weise, wie sie umgebracht worden waren. Eloise Creighton war eine attraktive junge Hochschuldozentin gewesen, die mit ihrer kleinen Tochter in einer ländlichen

Gegend wohnte; Sofia Suarez eine Witwe in mittleren Jahren, die allein mit ihrem Goldfisch in der Metropole Boston lebte. Bis auf ihr Geschlecht und ihr grausames Ende hatten die beiden Frauen wenig gemeinsam.

Jane schlug den Obduktionsbericht auf und betrachtete die Fotos von Eloise Creighton aus dem Sektionssaal. Bis auf die Blutergüsse am Hals war ihre Haut makellos, ihr Haar im kalten künstlichen Licht beinahe silberfarben. Es hatte keinerlei Hinweise auf eine Vergewaltigung gegeben. Sie hatte ein Nachthemd getragen, und ihr Bett war zerwühlt gewesen, also hatte etwas sie in der Nacht geweckt. War es das Knarren der Treppenstufen? Ihre Tochter, die nach ihr rief? Etwas hatte sie veranlasst, aus dem Bett aufzustehen und auf den Flur hinauszutreten. Und dort war sie auf den Eindringling gestoßen. War er von ihrem plötzlichen Auftauchen überrascht gewesen und hatte sie in einem Anfall von Panik umgebracht?

Jane blätterte zurück zu dem Foto von Mutter und Tochter, beide so blond, beide so glücklich. Sie dachte an Regina und stellte sich vor, dass ihre eigene Tochter ihr mitten in der Nacht entrissen würde. *Was würde ich tun, um sie zu finden? Alles.*

Alles und noch mehr.

Um fünf Uhr nachmittags saß Jane noch immer an ihrem Schreibtisch und brütete über der Akte Eloise Creighton. Detective Tremblay, der ursprünglich mit dem Fall betraute Ermittler, hatte Hunderte von Dokumenten angelegt, die inzwischen fast zwei Jahrzehnte alt waren. Auf den ersten Blick hatte das alles nichts mit dem Suarez-Mord zu tun, und doch war Jane überzeugt, dass es eine Verbindung geben musste – warum sonst hätte Sofia diese

Nummern in Maine angerufen und im Internet nach Informationen über James Creighton gesucht? Frost war vor einer halben Stunde gegangen, und sie selbst würde bald Regina aus dem Kindergarten abholen müssen, aber sie durchforstete weiter Tremblays Notizen und Vernehmungsprotokolle auf der Suche nach dem alles entscheidenden Detail, das sie beim ersten Mal übersehen hatte. Einem Detail, das Creighton mit *beiden* Morden in Verbindung bringen würde.

Sie blätterte weiter zum nächsten Dokument in dem Konvolut. Es war die Vernehmung von Tim Hillier, einem Studenten aus Madison, Wisconsin, der an dem Wein- und-Käse-Empfang bei Eloise Creighton in der Woche vor dem Mord teilgenommen hatte. Er war damals einundzwanzig, im dritten Jahr am College und wollte nach seinem Abschluss Medizin studieren. Es gab kein Foto, aber die State Police hatte seine Fingerabdrücke zu Ausschlusszwecken abgenommen. Er war nicht vorbestraft und sagte aus, er sei in der Nacht des Mordes mit seiner Freundin zusammen gewesen. Tremblay hielt ihn nicht für verdächtig. Dem Vernehmungsprotokoll beigefügt war ein Nachtrag, geschrieben kurz nachdem Detective Thibodeau den Fall übernommen hatte.

Tim Hillier, MD, praktiziert derzeit als Dermatologe in Madison, WI. Am Telefon erklärte er, keine weiteren Erinnerungen oder sonstige Informationen zum Tod von Prof. Creighton beisteuern zu können. Er ist inzwischen mit seiner früheren Mitstudentin von Colby, Rebecca (geb. Ackley) verheiratet, die ebenfalls an Prof. Creightons Empfang teilgenommen hatte. (Vgl. Vernehmung Ackley.)

Detective Thibodeau hatte Janes Aufgabe zweifellos sehr viel leichter gemacht. Er hatte von den meisten der Studentinnen und Studenten die aktuellen Adressen, Berufe und Telefonnummern ermittelt. Eine schnelle Internetsuche verriet Jane, dass Dr. Tim Hillier seine Praxis in Wisconsin immer noch betrieb. Weder für seine Fingerabdrücke noch für die seiner Frau Rebecca, die bei der Ermittlung vor neunzehn Jahren zu Ausschlusszwecken sichergestellt worden waren, gab es einen Treffer in der AIS-Datenbank. Ein absolut unbescholtenes Paar.

Jane legte die Akten von Tim Hillier und Rebecca Ackley beiseite und wandte sich der nächsten Vernehmung zu.

Neunzehn Studentinnen und Studenten hatten die Cocktailparty besucht, und Thibodeau hatte bei jeder einzelnen Vernehmung nachgefasst. Gute Ermittler haben immer etwas leicht Zwanghaftes an sich, und bei ihm war dieser Zug mehr als nur leicht ausgeprägt. Hartnäckig hatte er nach dem Verbleib sämtlicher Personen geforscht, die in der Woche vor dem Mord in Professor Creightons Haus gewesen waren. Er hatte herausgefunden, dass zwei der Studenten inzwischen verstorben waren, der eine an einer Hirnblutung, der andere bei einem Kletterunfall in der Schweiz. Die meisten hatten nach ihrem Abschluss Maine verlassen und waren nun in der ganzen Welt verstreut. Nur einer wohnte derzeit im Raum Boston: Anthony Yilmaz, ein Finanzberater bei Tang and Viceroy Investments. Es würde sich bestimmt lohnen, mit ihm zu sprechen. Die meisten der Absolventen hatten beeindruckende Karrieren hingelegt, als Ärztinnen, Anwälte, Finanzberater. Keiner war bisher mit dem Gesetz in Konflikt geraten, und von keinem waren

Fingerabdrücke an Tatorten irgendwelcher anderen Straftaten aufgetaucht.

Zum Schluss nahm sich Jane noch einmal die Akte von James Creighton vor. Bis auf einen Fall von Trunkenheit am Steuer mit neunzehn und einer Anklage wegen Vandalismus als Jugendlicher besaß der Mann keine Vorstrafen, und er war auch noch nie als gewalttätig aufgefallen, doch er und seine Exfrau hatten einen erbitterten Sorgerechtsstreit um ihre dreijährige Tochter Lily geführt. Eloise hatte kurz zuvor ein Stellenangebot von einer Universität in Oregon bekommen, was bedeutet hätte, dreitausend Meilen zwischen das Kind und seinen Vater zu bringen. Der Ton im Schriftverkehr zwischen den Anwälten der beiden Parteien wurde mit der Zeit immer giftiger.

Er sagte, es würde mir noch leidtun, wenn ich sie ihm wegnähme, sagte Eloise in ihrer eidesstattlichen Erklärung. *Ich betrachte das als Drohung und bin deshalb der Meinung, dass sein Besuchsrecht nicht verlängert werden sollte.*

Und deswegen hatte Tremblay sich auf James als Mörder eingeschossen. Der Mann hatte ein Motiv, er hatte Zugang zum Haus, und er hatte kein Alibi. Spuren seines Bluts waren auf dem Fußboden nahe der Leiche seiner Exfrau gefunden worden. Er war eindeutig der Hauptverdächtige, doch er hatte nie versucht, aus dem Staat Maine zu fliehen. Obwohl der Mord seinen Ruf ruiniert hatte, obwohl die Nachbarn ihn mieden und die Polizei auf der Suche nach Lilys Leiche mehr als einmal sein Grundstück auf den Kopf stellte, blieb er, wo er war – zu Anfang jedenfalls. Dann beklagten sich die Eltern an der Highschool darüber, dass der Musiklehrer ihrer Kinder ein Mörder sein könnte. Er verlor seine Stellung und war gezwungen, sich mit verschiedenen Gelegenheitsjobs durchzuschlagen, wobei er nie sehr lange irgendwo blieb. Wer stellte schon gerne jemanden an, bei dem immer wieder die Polizei vor der Tür stand, um ihn in die Mangel zu nehmen und in seiner Vergangenheit zu wühlen?

Ihr Handy klingelte. Sie warf einen Blick aufs Display und las: *Revere Police Dept.*

»Detective Rizzoli«, meldete sie sich.

»Hier ist Detective Saldana vom Revere PD.«

»Hallo. Was kann ich für Sie tun?«

»Fürs Erste könnten Sie mal mit Ihrer Mutter reden.«

Jane seufzte. »Was hat sie denn jetzt schon wieder angestellt?«

»Also, wissen Sie, anfangs konnte ich ja noch die gute Absicht dahinter erkennen, als sie uns immer wieder wegen Tricia Talley angerufen hat. Die übrigens gesund und munter wieder aufgetaucht ist. Sie hatte einfach nur einen heftigen Krach mit ihren Eltern, typisch Teenager.«

»Tut mir leid, dass sie Sie mit diesen Anrufen belästigt hat. Wenn meine Mutter sich mal etwas in den Kopf gesetzt hat, lässt sie einfach nicht mehr locker.« *Davon kann ich ein Lied singen.*

»Das war schon in Ordnung. Das ging so in Richtung Nachbarschaftswache, und wir wissen es zu schätzen, dass sie uns auf dem Laufenden gehalten hat. Aber das hier geht zu weit. Sie muss aufhören, uns wegen ihrer Nachbarn anzurufen.«

»Geht es um das Paar im Haus gegenüber?«, fragte Jane.

»Ja.«

»Sie hat mir erzählt, dass der Mann eine verdeckte Waffe trägt. Ich bin noch nicht dazu gekommen, seine Lizenz zu überprüfen, aber …«

»Sparen Sie sich die Mühe«, unterbrach er sie. »Sagen Sie ihr einfach nur, dass sie nicht mehr deswegen anrufen soll.«

»Haben die Leute sich beschwert?«

»Sie haben sehr wohl mitbekommen, dass Ihre Mutter sich für sie interessiert.«

»Heißt das, sie muss mit einer einstweiligen Verfügung rechnen?«

»Sie muss aufhören, die Aufmerksamkeit auf diese Leute zu lenken. Es ist wichtig, deswegen wäre ich Ihnen sehr dankbar, wenn Sie mit ihr reden könnten.«

Jane schwieg einen Moment, während sie rätselte, was hier ungesagt geblieben war. Leise fragte sie: »Wollen Sie mir vielleicht sagen, was es mit diesen Nachbarn auf sich hat?«

»Im Moment nicht, nein.«

»Und wann dann?«

»Sie hören von mir«, sagte Detective Saldana und legte auf.

23

ANGELA

Meine Tochter hat ein Machtwort gesprochen: *Halt dich von den Greens fern.* Es ist ja nicht so, als hätte ich etwas Verbotenes getan oder diese Leute in irgendeiner Weise belästigt, aber offenbar haben sie sich bei Detective Saldana vom Revere PD beschwert, der sich daraufhin an Jane gewandt hat. Und sie wiederum hat mich gewarnt, dass ich eventuell mit einer einstweiligen Verfügung rechnen müsste, aber da übertreibt sie ein bisschen, glaube ich. Irgendwie bin ich jetzt plötzlich die Böse, und alles nur, weil ich versuche, für Sicherheit in meiner Nachbarschaft zu sorgen. Weil ich etwas gesehen und etwas gesagt habe.

Aber niemanden interessiert, was eine ältere Frau zu sagen hat, und so wird meine Meinung ignoriert, wie Frauen meines Alters stets ignoriert werden. Selbst wenn wir recht haben.

Das erzähle ich auch meiner Scrabblerunde, als wir am Donnerstagabend wieder in meinem Wohnzimmer sitzen, und Lorelei nickt eifrig, als ich darüber rede, wie schwierig es für uns Frauen ist, uns Gehör zu verschaffen. In diesem Moment hört ihr Mann mit Sicherheit nicht zu, weil er zu sehr damit beschäftigt ist, seine Scrabblesteine zu studieren. Larry war sowieso noch nie ein guter Zuhörer. Wahrscheinlich glaubt er einfach nicht, dass ich etwas Wichtiges zu sagen haben könnte. Ich beobachte ihn, wie er seine Buchstaben anstarrt, die Augen zusammengekniffen, die blutleeren Lippen gespitzt, als wollte er eine Zitrone küssen. Er weiß, dass er gescheit ist, aber dass er mich regelmäßig beim Scrabble schlägt, heißt noch lange nicht, dass es sich nicht lohnt, mir zuzuhören. Er mag einen Master in Englisch haben, aber ich habe einen Master in Mutterschaft, und dazu gehört, dass ich Augen im Hinterkopf habe. Etwas, das ein Wörterbuch-Snob wie Larry Leopold einfach nicht zu schätzen weiß.

Wenigstens hört Jonas mir und Lorelei zu. Er ist gerade an der Reihe und hat das Wort LEVEL gelegt, was eine ziemlich clevere Idee ist, um ein V loszuwerden, und nun kann er sich ganz auf mich konzentrieren. Vielleicht sogar ein bisschen zu sehr – er kommt mir so nahe, dass ich den Ecco Domani in seinem Atem riechen kann.

»Ich glaube, dass uns Männern etwas entgeht, wenn wir die Frauen ignorieren«, sagt Jonas. »Ich höre mir *immer* an, was die Damen zu sagen haben.«

Larry schnaubt. »Ich frage mich, wieso.«

»Überleg doch nur, wie viele Weisheiten ungehört verhallen, wenn wir nicht zuhören.«

»Sexyer.«

Ich sehe Larry an und runzle die Stirn. »Was?«

»Sechs Buchstaben. Und ich bin mein X los.«

Ich sehe auf das Scrabblebrett hinunter, wo Larry gerade seine Steine gelegt hat. Es wird also wieder mal einer dieser Abende.

»Was Weisheiten betrifft«, sagt Larry, während er sich neue Steine nimmt, »ziehe ich es vor, mir anzuhören, was gut informierte Quellen zu sagen haben.«

»Soll das heißen, dass ich nicht gut informiert bin?«

»Das soll heißen, dass die Leute zu viel auf Instinkt geben. Auf Bauchgefühl. Genau das bringt uns in Schwierigkeiten – wenn wir uns auf die primitivsten Teile unserer Gehirne verlassen.«

»Da bin ich anderer Meinung, und ich sage dir auch, warum«, entgegnet Jonas. »Das geht auf meine aktive Zeit bei den Navy SEALs zurück.«

»Was sonst?«

»Da hat mir nämlich mein wacher Instinkt das Leben gerettet. Es war während der Operation Desert Shield, unser SEAL-Team lag vor der Küste von Kuwait, wo wir Minen verlegt haben. Ich habe instinktiv gespürt, dass dieses kleine Fischerboot, das auf uns zukam, nicht das war, was es zu sein schien.«

»Jonas«, sagte Larry, »die Geschichte haben wir alle schon x-mal gehört.«

»Also, ich kann sie nicht oft genug hören«, sagt Lorelei. »Nur weil du nie gedient hast, Larry, solltest du nicht der Leistung eines anderen den Respekt verweigern.«

»*Danke vielmals*«, sagt Jonas und tippt sich galant an die Schläfe. Sie wechseln einen Blick, und einen Moment lang bin ich ganz verwirrt. Jonas und Lorelei? Nein, unmöglich. Er hat nur Augen für mich – das dachte ich jedenfalls, und auch wenn ich mich nicht für ihn interessiere, ist der Gedanke, dass ich das Zeug dazu habe, dennoch aufregend. Was hat Lorelei denn zu bieten, was auf einen Mann wie Jonas anziehend wirken könnte? Sie mag dünner sein als ich, ein Haut-und-Knochen-Look, der vielleicht als schick gilt, aber in mir eher die Vorstellung eines nackten Vogelbabys erweckt.

»Willst du jetzt ein Wort legen oder nicht, Angela?«, fragt Larry.

Ich reiße mich vom Anblick von Jonas und Lorelei los

und betrachte meine sieben Steine. Ich habe eine bunte Mischung von Buchstaben gezogen, aber mein Gehirn schafft es anscheinend nicht, sie in irgendeine brauchbare Ordnung zu bringen. Alles, was ich sehe, ist RAT oder TAT oder HAT. Wörter, die Larry in seiner schlechten Meinung von meinen geistigen Fähigkeiten nur bestärken werden. Aber mir fällt einfach nichts Besseres ein, also bleibt es bei RAT. Ich funkle Larry an und rechne damit, dass er irgendeinen abfälligen Kommentar abgibt, doch er schüttelt nur den Kopf und seufzt.

Lorelei legt ROCK, was nicht schlecht ist, wenn auch nicht auf Larrys Niveau, und sie sagt zu mir: »Also, was hat es denn nun mit den Greens auf sich? Hat Jane dir irgendwas gesagt?«

»Sie sagt nur, dass ich mich von diesen Leuten fernhalten soll, weil ich sonst das Revere PD am Hals habe.«

»Das klingt mir nach einer Übertreibung«, meint Larry.

»Ist es aber nicht. Es ist genau das, was meine Tochter gesagt hat. Die Greens sind tabu für mich, obwohl dieser Mann eine Waffe besitzt. Obwohl ganz offensichtlich etwas mit ihnen nicht stimmt.« Ich sehe Jonas an. »Findest du nicht? Du wohnst doch direkt neben ihnen.«

Jonas zuckt mit den Schultern. »Ich sehe sie kaum. Sie haben ja immer die Jalousien unten.«

»Genau. Was mir verrät, dass sie etwas zu verbergen haben. Offenbar weiß das Revere PD mehr über sie, als sie zugeben wollen. Ich habe so eine Ahnung, dass die Greens etwas mit dem weißen Lieferwagen zu tun haben, der hier immer wieder vorbeikommt.«

»Welcher weiße Lieferwagen?«, fragt Lorelei.

»Ist der dir noch nicht aufgefallen? Er fährt immer ganz langsam vorbei, wie um die Häuser auszukundschaften oder so. Ich habe ihn jetzt schon viermal gesehen. Er bremst jedes Mal ab, wenn er sich eurem Haus nähert.«

Larry blickt von seinen Scrabblesteinen auf. »Was erzählst du da von einem weißen Lieferwagen?«

»Siehst du, Larry«, sagt seine Frau. »Wenn du uns Frauen nicht zuhörst, entgehen dir wichtige Informationen.«

»Vielleicht ist es ja bloß ein Klempner oder so«, meinte Jonas. »Die fahren anscheinend alle weiße Lieferwagen.«

»Es steht kein Firmenname drauf«, erkläre ich. »Ich konnte das Kennzeichen nicht richtig sehen, aber wenn er das nächste Mal vorbeikommt …«

»… rufst du mich an«, unterbricht mich Lorelei. »Dann schaue ich gleich aus dem Fenster.«

»Ich hab noch eine bessere Idee«, sagt Larry. »Warum schnappt ihr beiden euch nicht eure Besen und verjagt ihn? Denn das wäre ja noch schöner, wenn irgendwelche Klempner hier die Nachbarschaft unsicher machen.«

Lorelei wirft ihm einen säuerlichen Blick zu. »Also wirklich, Larry!«

Aber Larry hört schon nicht mehr zu, weil er wieder seine Buchstaben studiert und einen Plan ausheckt, wie er uns alle ein weiteres Mal demütigen kann.

»Was ist mit Tricia Talley?«, fragt Lorelei. »Hast du inzwischen rausgefunden, was mit dem Mädchen los ist?«

»Ja, was ist mit Tricia passiert?«, fragt Jonas.

Ich seufze. »Nichts. Da habe ich mich getäuscht.«

»Eilmeldung!«, ruft Larry. »Angela Rizzoli hat sich tatsächlich einmal getäuscht!«

»Ich geb's ja zu, oder? Aber nur, weil ich Tricia im Supermarkt gesehen habe, und danach habe ich mit Jackie gesprochen, und sie hat mir erzählt, dass sie einen Streit hatten. Tricia ist wohlauf, aber sie ist immer noch nicht nach Hause zurückgekehrt. Dieses Mädchen hat offenbar große Probleme.«

»Gibt es einen Freund?« Lorelei lehnt sich zu mir herüber und murmelt: »Wenn Mädchen verrücktspielen, steckt meistens ein Junge dahinter.«

»Ich weiß es nicht. Jackie wollte es mir nicht sagen. Sie ist in letzter Zeit so verschlossen, was seltsam ist, weil *sie* diejenige war, die mich gebeten hat, Jane einzuschalten. Jetzt will sie anscheinend, dass ich mich raushalte.«

»Können wir jetzt einfach weiter Scrabble spielen?«, fragt Larry. »Ich bin nicht hergekommen, um über die Nachbarn zu tratschen.«

Seine Frau ignoriert ihn. »Ich habe Jackie letzte Woche an der Tankstelle getroffen, und da habe ich sie nach Tricia gefragt. Ich habe gleich gemerkt, dass sie nicht darüber reden wollte. Wir kennen diese Familie, seit Jackie an Larrys Schule angefangen hat, und ich muss sagen, ich bin nie richtig warm geworden mit ihr. Es ist, als ob sie einen Eispanzer trägt, wenn ich in ihrer Nähe bin. Findest du nicht auch, Larry?«

»Nein.«

»Mir ist das auch nie aufgefallen«, sagt Jonas.

Lorelei sieht mich an. »Also wirklich, Männer merken einfach gar nichts.«

»Ich merke, dass niemand daran interessiert ist, Scrabble zu spielen«, sagte Larry. Er nimmt sein Bänkchen und kippt kurzerhand seine Steine in die Schachtel. »Deswegen gehe ich jetzt nach Hause.«

Wir sind alle so verblüfft, dass wir nicht wissen, was wir sagen sollen. Lorelei springt auf und folgt ihrem Mann zur Haustür.

»Larry? Larry!« Sie blickte sich zu uns um und schüttelt den Kopf. »Tut mir leid, ich weiß nicht, was in ihr gefahren ist! Ich ruf dich später an, Angela.«

Jonas und ich hören, wie die Haustür ins Schloss fällt, und wir sehen uns betroffen an. Dann greift er nach der Weinflasche. »Wäre doch zu schade, den verkommen zu lassen«, sagte er und füllt mein Glas bis zum Rand.

»Was war das denn gerade?«

»Larry entwickelt sich immer mehr zu einem mürrischen alten Mann, wenn du mich fragst.«

»Nein, heute Abend war irgendwas anders. Er war noch mürrischer als sonst.« Die Scrabblepartie ist jetzt ruiniert, und ich will gerade meine Steine in die Schachtel kippen, als ich plötzlich sehe, was ich damit hätte legen können: EXTRAS – und das auch noch mit dreifachem Wortwert. *Das* wäre ein Schlag in Larrys hochnäsiges Gesicht gewesen, und es ärgert mich, dass er nicht hier ist und zusehen muss, wie ich diese Punkte einstreiche. Aber immer, wenn er hier ist, bin ich so eingeschüchtert, dass mein Gehirn einfach den Dienst verweigert. »Ich verstehe nicht, wie Lorelei es mit diesem Mann aushält.«

»Das weiß sie auch nicht.«

»Was?«

»Das hat sie mir gesagt.«

»Wann hat sie dir das gesagt?«

Jonas zuckt mit den Schultern und nimmt einen Schluck Wein. »Dürfte ein paar Jahre her sein, da haben wir uns mal auf einen Kaffee getroffen.«

»Ihr beide habt euch auf einen Kaffee getroffen?«

»Ich hätte mich ja lieber mit *dir* getroffen, aber du warst damals noch verheiratet.«

»Das war sie auch. Und ist es immer noch.«

»Was soll ich sagen? Die Frauen erzählen mir von ihren Problemen, und ich höre zu. Ich bin ein sehr guter Zuhörer.«

»Was ist sonst noch zwischen euch gelaufen?«

Er lächelt – wie die Katze, die den Kanarienvogel gefressen hat. »Bist du eifersüchtig?«

»Nein! Ich bin nur ...«

»Entspann dich, Angie. Da war nichts zwischen uns. Sie ist nicht mein Typ. Viel zu dürr, da ist nichts dran zum Festhalten. Ich mag Frauen, die ein bisschen was auf den Hüften haben, verstehst du?«

Das soll wohl heißen, dass *ich* in puncto Hüftpolster seinen Anforderungen entspreche, und ich bin mir nicht sicher, ob ich das so gerne höre, aber ich lasse es durchgehen. Mich interessiert mehr, was er über Lorelei und Larry zu sagen hat.

»Misshandelt er sie?«, frage ich.

»Wer, *Larry*?« Jonas lacht. »Mit seinen dünnen Hühnerbeinchen? Nein, das ist nicht das Problem.«

»Was ist es dann?«

»Darüber kann ich nicht reden. Ich habe es ihr versprochen.«

»Jetzt hast du schon angefangen, da musst du mir auch den Rest erzählen.«

Er legt die Hand auf sein Herz. »Es gibt gewisse Dinge, die ein Gentleman niemals tut. Und dazu gehört, die Geheimnisse einer Dame auszuplaudern. In dem Punkt kannst du mir vertrauen, Angie. Denn ich würde auch deine Geheimnisse niemals ausplaudern.« Er blickt mir in die Augen, und es kommt mir fast so vor, als würde er in meinem Kopf herumkriechen und in den Windungen meines Gehirns stöbern.

»Ich habe keine Geheimnisse.«

»Jeder Mensch hat Geheimnisse.« Er lächelt durchtrieben. »Vielleicht wird es Zeit, dass du dir noch ein paar zulegst.«

»Lässt du denn nie locker, Jonas?«

»Kannst du es mir verübeln, dass ich mein Glück versuche? Du bist eine attraktive Frau, und du wohnst direkt gegenüber von mir. Das ist, als ob man vor dem Schaufenster einer Konditorei steht, aber nie die Chance bekommt, sich etwas zu kaufen.« Er leert sein Weinglas und stellt es ab. »Na ja, ich weiß ja, dass du dein Herz an Vince verschenkt hast, aber solltest du es dir je anders überlegen, dann weißt du, wo du mich findest.«

Ich begleite ihn zur Haustür, weil sich das für eine höfliche Gastgeberin nun mal gehört. Und weil er wirklich enttäuscht aussieht. Mir sollte das schmeicheln, aber stattdessen tut er mir einfach nur leid. Ich sehe zu, wie er über die Straße zu seinem eigenen Haus marschiert, und stelle mir vor, wie er allein ins Bett geht, allein aufwacht, allein frühstückt. Ich kann mich wenigstens darauf freuen, dass Vince zu mir zurückkehrt, sobald seine Schwester wieder allein zurechtkommt, aber Jonas hat keine solchen Aussichten. Im Moment jedenfalls nicht. Das Licht in seinem Haus geht an, und jetzt erscheint er im Wohnzimmerfenster. Wieder beginnt er, Gewichte zu stemmen, um seinen durchtrainierten, muskulösen Körper in Form zu halten für seine nächste Eroberung.

Da registriere ich eine andere Bewegung. Diesmal sind es nicht die Greens, die meine Aufmerksamkeit auf sich ziehen – es ist Larry Leopold, der aus seiner Einfahrt zurücksetzt. Ich glaube nicht, dass er mich bemerkt, als er an meinem Haus vorbeifährt – gut so, denn er soll nicht denken, dass ich nichts Besseres zu tun habe, als meinen Nachbarn nachzuspionieren. Aber es ist nach zehn Uhr abends, und ich frage mich, wo er um diese Zeit hinwill. In den letzten Wochen war ich so mit Tricia und den Greens beschäftigt, dass ich nicht darauf geachtet habe, was sonst noch so in der Nachbarschaft vor sich geht. Es stimmt, was Jonas gesagt hat: Jeder Mensch hat Geheimnisse.

Jetzt frage ich mich, was Larrys Geheimnis ist.

Ich will gerade die Tür schließen, da sehe ich etwas Weißes zu meinen Füßen liegen – ein Blatt Papier. Es muss in der Tür gesteckt haben und herausgefallen sein, als meine Gäste gegangen sind. Ich hebe es auf und gehe damit ins Haus, um es im Flurlicht zu lesen.

Die Nachricht besteht nur aus fünf Wörtern, und nach der geschwungenen Handschrift zu schließen, stammt sie von einer Frau.

Lassen Sie uns in Ruhe.

Ich trete ans Fenster und blicke zum Haus der Greens hinüber. Carrie Green hat den Zettel geschrieben – er muss von ihr sein. Was ich nicht weiß, ist, ob die Nachricht eine Bitte oder eine Drohung ist.

Lassen Sie uns in Ruhe.

In dem Haus auf der anderen Straßenseite bewegt sich die Jalousie, und ich erhasche einen Blick auf eine Silhouette. Das ist sie – sie hat Angst, gesehen zu werden.

Oder *darf* sie sich nicht sehen lassen?

Ich denke an die Gitter an ihren Fenstern und an die Pistole am Gürtel ihres Mannes. Ich denke an den Tag, an dem ich sie kennengelernt habe, und daran, wie er die Hand so besitzergreifend um ihre Schultern gelegt hat. Und da wird mir klar, dass sie sich nicht vor mir fürchtet – sie fürchtet sich vor *ihm*.

Frag mich einfach, Carrie, denke ich. *Gib mir ein Zeichen, und ich helfe dir, von diesem Mann loszukommen.*

Aber sie tritt vom Fenster zurück und schaltet das Licht aus.

24

JANE

Die Nachmittagshitze lastete schwer auf dem Garten, und der betörende Duft des Flieders würzte die Luft. Anthony Yilmaz bückte sich, um mit dem Unkrautstecher einen Löwenzahn auszugraben. Er hob die Pflanze hoch und schüttelte die Erde von den Wurzeln.

»Ich weiß, es sieht nach Arbeit aus, aber für mich ist es keine«, sagte er. »Nach einem Tag im Büro, wo wir die ganze Zeit nur über Investments und Steuern reden, ist das hier meine Entspannung. Unkraut jäten. Welke Blüten abzupfen. Ich komme nach Hause, ziehe Anzug und Krawatte aus und gehe sofort raus in den Garten. Das hilft mir, nicht durchzudrehen.« Er lächelte Jane und Frost an. Selbst mit seinen weißen Haaren und den tief eingegrabenen Lachfalten wirkte sein verschmitztes Lächeln immer noch jungenhaft. »Und so bin ich meiner Frau nicht im Weg.«

Jane holte tief Luft, und während sie die herrlichen Düfte einsog, fragte sie sich, ob sie jemals einen eigenen Garten haben würde. Und ob sie es dann fertigbringen würde, die Pflanzen darin nicht eingehen zu lassen, wie sie es noch mit fast jeder Zimmerpflanze geschafft hatte, die je das Pech gehabt hatte, in ihren Besitz zu gelangen. Hier blühten Rhododendron und Mohnblumen in voller Pracht, und Pfingstrosensträucher säumten den Plattenweg, wo ein riesiger roter Kater sich in der Sonne aalte. Clematis und Kletterrosen hatten den Stamm eines toten Baums überwuchert und wuchsen schon über den Zaun hinweg, als ob sie in die Wildnis flüchten wollten. Nichts in diesem Garten war ordentlich, und doch war alles perfekt.

Beim Geräusch der sich öffnenden Terrassentür blickte Anthony sich zum Haus um. »Ah, danke schön, Liebling«, sagte er, als seine Frau Elif aus dem Haus trat, in der Hand einen Krug mit einer leuchtend roten Flüssigkeit, in der Eiswürfel klirrten. Sie stellte ihn auf den Gartentisch und sah ihren Mann fragend an.

»Die Polizei hat noch Fragen zu dem Mord, von dem ich dir erzählt habe. Die Professorin am Colby College.«

»Aber das ist doch viele Jahre her.« Sie sah Jane an. »Mein Mann war da noch Student.«

»Der Fall ist nie aufgeklärt worden«, erwiderte Jane. »Wir haben die Ermittlungen wieder aufgenommen.«

»Aber warum befragen Sie Anthony dazu? Sie glauben doch nicht ...«

»Kein Grund zur Sorge«, sagte Anthony und tätschelte die Hand seiner Frau. »Aber vielleicht kann ich der Polizei ja wirklich helfen. Jedenfalls hoffe ich das.« Er nahm den Krug und füllte die Gläser. »Bitte, setzen Sie sich doch. Das ist Hibiskustee, kommt direkt aus der Türkei. Erfrischend und voll mit Vitaminen.«

An diesem heißen und schwülen Nachmittag war so ein eiskalter Tee in der Tat eine willkommene Erfrischung, und Jane leerte ihr halbes Glas mit wenigen Schlucken. Als sie es abstellte, sah sie, dass Elif sie beobachtete, offensichtlich verstört durch diesen Besuch von der Polizei. Doch Anthony wirkte ganz und gar nicht beunruhigt, während er seinen Tee trank und die Eiswürfel klirren ließ.

»Auch nach all den Jahren«, sagte er, »erinnere ich mich noch sehr gut daran, weil es damals ein solcher Schock war. Solche schrecklichen Ereignisse verfolgen einen zeitlebens. Es ist wie eine Narbe im Gehirn, die nie mehr verschwindet. Ich weiß sogar noch ganz genau, wo ich war, als ich es hörte. Ich saß in der Cafeteria auf dem Campus mit einer Studienkollegin, an der ich damals interessiert war.« Er sah seine Frau an und zuckte entschuldigend mit den Schultern. »Es brauchte nur zwei Dates, um mir klar darüber zu werden, dass sie mich nicht wirklich interessierte. Aber die Nachricht von dem Mord – das ist eine äußerst lebhafte Erinnerung.« Er sah auf sein Glas hinunter. »Weil ich Professor Creighton so viel zu verdanken hatte.«

»Wie meinen Sie das?«, fragte Frost.

»Mir ist erst in späteren Jahren so richtig aufgegangen, wie viel Mühe sie sich gegeben hat, einem ausländischen Studenten wie mir zu helfen. Ich war bloß ein magerer Junge aus Istanbul und ganz und gar nicht sicher, ob ich mich in diesem Land je zurechtfinden könnte. Und dann diese schrecklichen Winter. In Istanbul hatten wir auch Schnee, aber auf die Kälte in Maine war ich nicht vorbereitet. Eines Morgens saß ich zitternd und mit blauen Lippen in Professor Creightons Englisch-Proseminar, und da hat sie mir ihren Wollschal gegeben, einfach so.« Er lächelte, und sein Blick schweifte zu den Blüten der Glyzinie, die an der Hauswand emporrankte. »Solche Gesten vergisst man nicht. Simple Akte der Nächstenliebe. Sie wurde meine Fachberaterin. Lud mich zum Weihnachtsessen ein, weil ich es mir nicht leisten konnte, über die

Feiertage in die Heimat zu fliegen. Sie hat mich ermutigt, mich für das Graduiertenprogramm zu bewerben. Meine eigene Mutter war so weit weg, und Professor Creighton war fast so etwas wie eine Ersatzmutter für mich. Und deswegen war der Mord an ihr ...« Er schüttelte den Kopf. »Es war schlimm, ganz besonders für mich.«

»Wann haben Sie sie das letzte Mal lebend gesehen?«, fragte Jane.

»Das war bei der Cocktailparty bei ihr zu Hause. Ich war damals im letzten Studienjahr, und sie hatte rund zwanzig weitere Examenskandidaten eingeladen, die sie betreute. Es war kurz vor Halloween, glaube ich. Ich weiß noch, dass es sehr früh dunkel wurde und die Blätter sich schon verfärbt hatten. Es war so eine festliche Stimmung, wir haben Wein getrunken und uns darüber unterhalten, was wir nach unserem Collegeabschluss machen wollten. Graduiertenprogramm, jobben, reisen. Wir gingen alle davon aus, dass wir eine Zukunft hatten, aber man kann es nie wissen, nicht wahr? Wer von uns in ein paar Tagen vielleicht tot sein wird.«

»An diesem Abend – wie hat Professor Creighton da auf Sie gewirkt?«, fragte Jane. »Hatten Sie den Eindruck, dass irgendetwas sie bedrückte oder beunruhigte?«

Anthony dachte über die Frage nach. »Nein. Ich glaube nicht.«

»Wussten Sie von dem Sorgerechtsstreit mit ihrem Exmann?«

»Ich wusste, dass sie ein Stellenangebot von einer Universität an der Westküste bekommen hatte und dass er nicht wollte, dass sie ihre Tochter mitnahm. Was ich, ehrlich gesagt, sehr gut verstehen kann. Ich würde mich mit Zähnen und Klauen wehren, wenn jemand versuchen würde, uns unsere Töchter wegzunehmen.« Er ergriff die Hand seiner Frau. »Was Gott sei Dank noch nie vorgekommen ist.«

»Haben Sie Professor Creightons Tochter kennengelernt?«

»Oh ja. Sie war auch da am Abend der Party. Ich erinnere mich nicht an ihren Namen.«

»Lily.«

»Ja, richtig, Lily. Ein wunderhübsches Mädchen mit langen blonden Haaren wie eine kleine Prinzessin. Aber sehr still. Sie hatte gerade erst eine Herzoperation hinter sich, und ich glaube, sie hatte noch ein wenig Scheu vor fremden Menschen. Wir haben ihr natürlich alle zu Füßen gelegen. Wer kann schon einem kleinen Mädchen widerstehen?«

Jane und Frost wechselten einen Blick. *Irgendjemand konnte das offenbar nicht.*

»Ich habe das Protokoll Ihrer Vernehmung durch Detective Tremblay gelesen«, sagte Jane. »Ich weiß, es ist seitdem sehr viel Zeit vergangen, aber vielleicht hatten Sie ja Gelegenheit, noch weiter über diesen Abend nachzudenken. Sich an andere Details zu erinnern.«

Anthony runzelte die Stirn. »Ich habe ihm alles gesagt, was ich wusste. Vielleicht können meine Studienkollegen Ihnen da eher behilflich sein?«

»Ja, was Ihre Studienkollegen betrifft – haben Sie sich je gefragt, ob einer von ihnen etwas damit zu tun haben könnte?«

»Mit dem Mord? Nein, ganz bestimmt nicht. Es ist kein sehr großes College, und wenn man dreieinhalb Jahre dort studiert, lernt man die Leute gründlich kennen. Da ist keiner darunter gewesen, dem ich eine solche

Tat zutrauen würde. Und ist nicht der Exmann wegen der Tat verhaftet worden?«

»Er wurde später wieder auf freien Fuß gesetzt.«

»Trotzdem hatte es ja wohl einen Grund, dass er verhaftet wurde. Und wer hätte ein besseres Motiv gehabt, das kleine Mädchen zu entführen, als ihr eigener Vater?«

»Was ist mit den anderen Studenten, die bei dem Empfang waren?«, fragte Elif. »Haben Sie mit denen gesprochen?«

»Nein.«

Elif blickte abwechselnd Jane und Frost an. »Warum greifen Sie sich ausgerechnet meinen Mann heraus? Glauben Sie etwa, dass er es getan hat?«

»Elif, bitte«, sagte Anthony. »Ich bin mir sicher, dass das reine Routine ist.«

»Das glaube ich nicht.« Elif sah Jane an. »Es gibt da etwas, was Sie uns noch nicht gesagt haben.«

»Der Grund, weshalb wir mit Ihrem Mann sprechen«, erklärte Jane, »ist, dass er der einzige Teilnehmer dieser Party ist, der heute in der Region Boston lebt.«

»Was spielt das für eine Rolle? Professor Creighton wurde in Maine getötet.«

»Vor zwei Wochen wurde eine Frau in Boston ermordet. Ihr Tod könnte in Zusammenhang mit dem Mord an Professor Creighton stehen.«

Einen Moment lang waren die einzigen Geräusche das Zwitschern der Spatzen und das ferne Brummen eines Motorrads, während Anthony und seiner Frau die Bedeutung dessen, was Jane gesagt hatte, allmählich klar wurde.

»Ein *weiterer* Mord«, sagte Elif, »und nur weil mein Mann der einzige der Studenten von damals ist, der in Boston lebt, unterstellen Sie ...«

»Wir unterstellen gar nichts. Wir versuchen lediglich herauszufinden, ob es tatsächlich eine Verbindung gibt.«

»Wer war diese andere Frau?«, fragte Anthony.

»Ihr Name ist Sofia Suarez. Sie arbeitete als Intensivkrankenschwester im Pilgrim Hospital.«

»Suarez?« Er schüttelte den Kopf. »Ich kenne niemanden mit diesem Namen. Und ich glaube nicht, dass ich je einen Fuß ins Pilgrim Hospital gesetzt habe.«

»Ich auch nicht«, sagt Elif. »Unsere Töchter sind beide im Brigham and Women's Hospital zur Welt gekommen.«

»Der Name des Opfers sagt Ihnen beiden gar nichts?«

Sowohl Elif als auch Anthony schüttelten den Kopf.

»Warum glauben Sie, dass es eine Verbindung zwischen diesen Morden gibt?«, wollte Anthony wissen. »Wurde diese Krankenschwester bei einem Einbruch getötet so wie Professor Creighton?«

»Es ist im Haus des Opfers passiert, ja.« Und jetzt musste sie die Frage stellen, die die beiden mit Sicherheit aus der Fassung bringen würde. »Wo waren Sie am Abend des zwanzigsten Mai, Mr. Yilmaz?«

Seine Frau machte den Mund auf, um etwas zu sagen, doch er hob rasch die Hand, um ihr Einhalt zu gebieten. Ganz ruhig griff er in die Tasche, zog sein Handy hervor und warf einen Blick auf den Kalender. »Zwanzigster Mai. Das war ein Freitag«, stellte er fest.

»Ja.«

»Freitag?«, sagte Elif und sah Jane mit einem triumphierenden Leuchten in den Augen an. »Das war der Abend, als Rabia nach Hause kam.«

»Rabia ist unsere Tochter«, erklärte Anthony. »An dem Tag ist sie von London hergeflogen, wo sie aufs Internat geht. Elif und ich haben sie am Logan Airport abgeholt und sind mit ihr essen gegangen. Und danach sind wir zusammen nach Hause gefahren und dort geblieben.«

»Und Sie waren die ganze Nacht über zu Hause, Sir?«

Er sah sie unverwandt an. »An diesem Abend war meine geliebte Tochter zum ersten Mal seit Monaten daheim. Warum sollte ich da mein Haus verlassen, um eine Frau zu ermorden, die ich nicht einmal kenne?«

»Tja, das war wohl eine Sackgasse«, meinte Frost, als sie ins Auto stiegen.

Jane schnallte sich an, ließ aber noch nicht den Motor an. Stattdessen saß sie eine Weile nur da und blickte auf die ruhige Straße hinaus, in der die Yilmaz' wohnten. Es war ein grünes Viertel, wo die Menschen genug Platz hatten, um in ihren Gärten Rosen zu ziehen, und wo der Verkehrslärm kaum mehr als ein fernes Rauschen war. Ein Akademikerviertel, in dem sich ein Immigrant aus der Türkei mit seiner Familie niederlassen und das Gefühl haben konnte dazuzugehören.

Anthony Yilmaz war nicht der, den sie suchten. Ja, sie würden bei British Airways nachfragen, ob seine Tochter Rabia tatsächlich an dem besagten Abend am Logan Airport angekommen war, doch Jane wusste jetzt schon, dass die Fluglinie nur bestätigen würde, was die Yilmaz' ihnen gesagt hatten. Dieser Mann hatte Sofia Suarez nicht ermordet. Aber er hatte ein Detail erwähnt, das ihr neu war und das sich vielleicht als relevant erweisen könnte.

Sie zog ihr Handy hervor und rief Detective Thibodeau in Maine an. »Ich habe noch eine Frage«, sagte sie.

»Ja?«

»Lily Creighton – hatte sie irgendwann eine Herzoperation?«

»Wieso fragen Sie danach?«

»Ich habe gerade mit einem von Professor Creightons Studenten gesprochen, und er erinnerte sich daran, dass das kleine Mädchen nicht allzu lange vor dem Abend der Party eine Operation gehabt hatte. Es würde mich interessieren, ob das vielleicht am Eastern Maine Medical Center war.«

»Also, ich bin mir nicht sicher, inwiefern das relevant sein könnte, aber warten Sie, ich schaue schnell in Tremblays Aufzeichnungen nach.« Eine Weile hörte sie nur das Klappern seiner Tastatur. »Ja, da haben wir's. Bei ihr war ein atrioventrikulärer Defekt diagnostiziert worden, was immer das ist, und zwei Monate vor ihrer Entführung wurde sie im EMMC am offenen Herzen operiert. Wieso?«

»Sofia Suarez arbeitete damals als Intensivkrankenschwester am EMMC. Das könnte die Verbindung sein.«

»Möglich. Aber ich verstehe nicht, wie das alles zusammenhängt.«

»Da bin ich mir auch nicht sicher«, gab Jane zu. »Aber es *ist* eine Verbindung zwischen den zwei Fällen. Da muss irgendetwas dran sein.«

Thibodeau schnaubte. »Rufen Sie mich an, wenn Sie es rausgefunden haben.«

25

AMY

Sie war schon immer gerne Schuhe kaufen gegangen. Sie liebte die eleganten Formen, ihren Glanz, wenn sie wie kleine Kunstwerke auf ihren Plexiglas-Sockeln standen. Sie betrat das Geschäft, atmete tief ein und lächelte, als ihr der Geruch von poliertem Leder in die Nase stieg. Es war Monate her, dass sie zuletzt in einem Schuhgeschäft gewesen war oder überhaupt in irgendeinem Geschäft. Diese Woche war die erste, in der sie wieder ohne Stock unterwegs war, und auch wenn es noch eine Weile dauern würde, bis sie wieder High Heels tragen konnte, würde es doch nicht schaden, ein wenig die neuen Modelle zu bewundern, oder?

Langsam schlenderte sie an der Auslage vorbei und blieb immer wieder stehen, um eines der hochhackigen Meisterwerke in die Hand zu nehmen, seine Formen zu bewundern und die Konturen mit dem Finger nachzufahren. Der Laden war in der Newbury Street, und die Preise waren entsprechend astronomisch – so überteuert, dass ihre Mutter ihr bestimmt *Stell ihn zurück!* zugezischt hätte, wenn sie dabei gewesen wäre. Aber an diesem Abend war Amy allein. Endlich war sie nicht mehr gehbehindert, und sie genoss ihre neu gewonnene Freiheit. Sie hielt einen Schuh ins Licht, um die leuchtende, satte Farbe zu bewundern, und malte sich aus, wie schön es wäre, mit dem Fuß in diesen schlanken Schaft zu schlüpfen. Wie er ihre Wade betonen, ihr Bein länger machen und ihrem unteren Rücken eine reizvolle Rundung verleihen würde, wie es nur High Heels konnten. Beide Verkäuferinnen bedienten gerade andere Kundinnen, sodass Amy sich in Ruhe umsehen konnte, ohne dass ihr jemand auf Schritt und Tritt folgte. Sie wollte ohnehin nur schauen und hatte nicht vor, irgendetwas zu kaufen. Nicht bei diesen Preisen.

Sie schlenderte zu der Auslage im Schaufenster hinüber, wo ihr Blick sofort von einem silberfarbenen Abendschuh mit Zehn-Zentimeter-Absatz angezogen wurde. Es war ein Schuh, mit dem man sich in einem Ballsaal oder in der Oper sehen lassen konnte, und sie brauchte ihn ganz bestimmt nicht, aber sie nahm ihn dennoch in die Hand und betrachtete die schmale Zehenbox. So ein hübscher Schuh, aber wäre er die Schmerzen beim Tragen wert? Vielleicht. Aber nicht heute.

Sie wollte den Schuh gerade wieder auf den Sockel zurückstellen, als sie durch das Fenster einen Mann in einem Regenmantel erblickte, der auf der anderen Straßenseite stand. Er sah genau in ihre Richtung. Sie erstarrte, den Schuh immer noch umklammert, den Blick auf sein Gesicht geheftet – ein Gesicht, das sie schon einmal gesehen hatte. Sie erinnerte sich an einen stürmischen Morgen, die Luft vom aufziehenden Gewitter statisch aufgeladen, und an einen Rotkardinal, der in einem Baum sang. Und an einen Mann, der sie anlächelte, einen Mann mit hängenden Schultern und grauen Augen in einem grauen Gesicht.

»Möchten Sie den Schuh anprobieren?«

Amy zuckte zusammen und blickte sich zu der Verkäuferin um, die sich just diesen Moment ausgesucht hatte, um endlich ihre Hilfe anzubieten.

»Ich ... Ich schaue nur.« Sie wandte sich wieder zum Fenster um und blickte über die Straße. Sah Menschen vorbeispazieren, ein Pärchen, das sich an den Händen hielt. Wo war der Mann?

»Oder vielleicht einen anderen Abendschuh? Wir haben gerade neue Manolos reinbekommen, die sind *wirklich* entzückend.«

»Nein. Danke.« Amy war so durcheinander, dass sie das Podest verfehlte, als sie den Schuh zurückstellen wollte, worauf er polternd zu Boden fiel. »Oh. Tut mir leid.«

»Kein Problem«, sagte die Verkäuferin und hob den Schuh auf. »Wenn ich Ihnen helfen kann, etwas Bestimmtes zu finden, sagen Sie einfach Bescheid.«

Aber Amy war bereits auf dem Weg nach draußen.

Sobald sie auf dem belebten Gehsteig stand, blickte sie sich suchend um, doch nirgendwo in der abendlichen Menschenmenge konnte sie den Mann entdecken. War er um die Ecke gebogen? Oder in einem der Läden verschwunden?

Oder war er gar nicht wirklich da gewesen, sondern nur in ihrer Einbildung? Vielleicht war es auch jemand anders gewesen, jemand, der dem Mann vom Friedhof nur ähnlich sah? Ja, das musste es sein, denn woher hätte er wissen sollen, dass sie genau an *diesem* Abend ausgerechnet *dieses* Schuhgeschäft betreten würde? Nein, es musste ein Irrtum sein. Die vergangenen zwei Monate waren einfach so belastend gewesen. Der Unfall, der Krankenhausaufenthalt. Die Wochen voller Schmerzen in der Reha, wo ihr fixierter Oberschenkelknochen allmählich verheilte und sie wieder gehen gelernt hatte. Und dann die Sorge darum, wie sie den versäumten Stoff nachholen sollte, nachdem sie die letzten Wochen des Semesters verpasst hatte. Ihre Abschlussarbeit über Artemisia Gentileschi war immer noch nicht fertig – etwas, das sie aufgeschoben hatte, weil es ihr angesichts all der anderen Ereignisse unwichtig erschienen war. Anstatt shoppen zu gehen, sollte sie jetzt eigentlich zu Hause sitzen und das Geschriebene überarbeiten.

Sie holte tief Luft. Nachdem sie sich wieder beruhigt hatte, begann sie die Newbury Street entlangzugehen, auf das Parkhaus zu, in dem sie ihr Auto abgestellt hatte. Heute war sie zum ersten Mal seit Monaten wieder gefahren, und zum ersten Mal fühlte sie sich sicher, wenn sie ohne Stock ging, doch sie war immer noch langsam, und ihr Bein schmerzte von der ungewohnten Anstrengung. Alle anderen liefen viel schneller, die Leute strömten an ihr vorbei wie flinkere Fische in einem Fluss, und sicher wunderten sie sich, dass eine so junge und offensichtlich gesunde Frau dahinschlich wie eine Greisin.

Nur noch zwei Blocks.

Und da sah sie ihn. Eine Querstraße weiter, wo er fast in der Menge unterging. Selbst an diesem warmen Abend trug er den Regenmantel, den er auf dem Friedhof angehabt hatte. Sie blieb stehen, während sie überlegte, wie sie es vermeiden könnte, ihm zu begegnen, und hoffte, dass er sie nicht gesehen hatte.

Zu spät. Er drehte sich um, und ihre Blicke trafen sich für einige Sekunden. Und da waren ihre letzten Zweifel ausgeräumt. Das hier war keine zufällige Begegnung – er war ihr hierher gefolgt.

Und jetzt kam er direkt auf sie zu.

26

JANE

Jane und Frost fanden Amy im hinteren Teil der Bar, wo sie allein an einem Tisch saß, so geduckt und zusammengekauert, dass sie im schummrigen Licht fast unsichtbar war. Es war acht Uhr am Freitagabend, und das Lokal war gepackt voll mit jungen Leuten, die nach einer langen Arbeitswoche endlich freihatten und nur noch trinken und tanzen oder vielleicht eine Eroberung machen wollten. In diesem Raum mit dröhnender Musik und lauten Stimmen war Amy Antrim wie ein stummer Geist, der sich im Schatten verbarg.

»Danke, dass Sie so schnell gekommen sind«, sagte Amy. »Mein Vater arbeitet, und meine Mutter kann ich nicht erreichen. Ich wusste nicht, was ich sonst machen sollte, und Sie haben ja gesagt, ich soll Sie jederzeit anrufen.«

»Das haben Sie völlig richtig gemacht«, sagte Jane.

»Ich habe mich nicht getraut, zu meinem Auto zu gehen.« Amy ließ den Blick über die Menge schweifen. »Ich dachte mir, hier wäre ich sicher unter den ganzen Leuten.«

Jane und Frost setzten sich zu ihr an den Tisch. »Sagen Sie uns genau, was passiert ist«, forderte Jane sie auf.

Amy holte tief Luft, um sich zu beruhigen. »Ich bin in die Stadt gefahren, um ein bisschen zu shoppen. Na ja, eigentlich war es eher ein Schaufensterbummel. Ich bin in ein Schuhgeschäft hier in der Nähe gegangen, um mich ein wenig umzuschauen, und da habe ich ihn plötzlich durchs Fenster gesehen. Er stand auf der anderen Straßenseite und hat mich angeschaut – nein, regelrecht angestarrt mit so einem ... *ausgehungerten* Gesichtsausdruck.«

»Sind Sie sicher, dass es derselbe Mann war?«

»Anfangs hatte ich noch Zweifel. Ich habe ihn nur kurz gesehen, bevor er davongegangen ist. Und da habe ich mir gedacht, okay, vielleicht war es jemand anders. Es *musste* jemand anders sein, denn woher sollte er wissen, wo er mich finden würde?«

»Sie sagen, Sie haben Ihr Auto hier in der Nähe geparkt?«, sagte Frost.

»Ja. Im Parkhaus ein Stück die Straße runter.«

»Sind Sie allein hergefahren?«

Sie nickte. »Es ist das erste Mal seit dem Unfall, dass ich mich wieder ans Steuer gesetzt habe. Ich war auch die ganze Zeit nicht in der Stadt, weil mein Bein wehtut, wenn ich zu lange gehe.«

»Sie sind direkt von ihrem Elternhaus hergefahren?«

»Ja.«

»Haben Sie irgendjemandem erzählt, dass Sie in die Stadt fahren wollten?«

»Nein. Meine Mutter war in ihrem Yogakurs, und ich musste einfach raus vor die Tür. Nach so vielen Wochen wird es langsam Zeit, dass ich wieder unter die Leute komme. Und ein bisschen Spaß habe. Meine Mutter war beunruhigt wegen diesem Mann, aber ich nicht. Ich habe einfach nicht geglaubt ...« Amy blickte sich in der überfüllten Bar um und musterte argwöhnisch die Gesichter.

Obwohl sie mit zwei Polizisten am Tisch saß, verhielt sie sich wie ein Beutetier, das nach Jägern Ausschau hält.

»Was ist dann passiert?«, fragte Jane. »Nachdem Sie das Schuhgeschäft verlassen haben?«

»Ich bin auf die Straße raus, um zu sehen, ob der Mann noch in der Nähe ist. Als ich ihn nicht gleich entdecken konnte, dachte ich mir, okay, vielleicht habe ich mich geirrt. Vielleicht war es wirklich jemand anders.« Wieder sah sie sich im Lokal um, immer noch misstrauisch, immer noch in Alarmbereitschaft. »Und dann habe ich ihn gesehen, wie er die Straße entlangging. Er war es, da bin ich mir ganz sicher. Er ist auf mich zugekommen, und da habe ich die Panik gekriegt. Ich habe mich in das erstbeste belebte Lokal geflüchtet und mich so lange wie möglich in der Damentoilette versteckt. Ich dachte mir, hier drinnen würde er mich bestimmt nicht angreifen. Nicht vor all den Leuten.«

Aber würde irgendjemand in diesem Raum überhaupt darauf achten, fragte sich Jane. Die Leute waren doch alle zu sehr damit beschäftigt, sich volllaufen zu lassen, als dass sie von dieser verängstigten jungen Frau in der dunklen Ecke Notiz nehmen würden. In diesem Gedränge, bei der lauten Musik, wer würde da eine Pistole oder ein Messer bemerken, ehe es zu spät war?

»Amy«, sagte Frost, »was glauben Sie, warum dieser Mann Sie verfolgt?«

»Das wüsste ich auch gern. Ich versuche mich die ganze Zeit zu erinnern, wo wir uns schon einmal gesehen haben, aber es will mir einfach nicht einfallen. Ich weiß nur, dass mir sein Gesicht irgendwie *bekannt* vorkommt.«

Die Bässe wummerten, und eine Kellnerin glitt mit

einem Tablett voller Martinis vorbei, während Jane Amys Gesicht im Halbdunkel studierte. Sie ließ einen Moment verstreichen, ehe sie fragte: »Sagt Ihnen der Name James Creighton etwas?«

»Nein. Sollte ich den kennen?«

»Denken Sie gründlich nach, Amy. Haben Sie den Namen wirklich noch nie gehört?«

»Es tut mir leid, aber seit dem Unfall ist mein Gedächtnis ...« Sie schüttelte den Kopf.

»Was ist mit Ihrem Vater? Welche Erinnerungen haben Sie an ihn?«

»Sie kennen doch meinen Vater.«

»Ich meine nicht Dr. Antrim. Ich meine Ihren leiblichen Vater.«

Selbst in dem schlechten Licht konnte Jane sehen, wie die junge Frau sich plötzlich anspannte. »Warum fragen Sie nach ihm?«

»Wie gut erinnern Sie sich an ihn?«

»Ich will mich gar nicht an ihn erinnern.«

»Ihre Mutter sagte, Sie seien acht Jahre alt gewesen, als Sie ihn das letzte Mal gesehen haben. Ist es möglich, dass der Mann, der Sie verfolgt ...«

»Nennen Sie diesen Mann *nicht* meinen Vater!«

Erstaunt über die Heftigkeit ihrer Reaktion, betrachtete Jane Amy schweigend. Die junge Frau starrte sie unverwandt an, wie um Jane davor zu warnen, eine unsichtbare rote Linie zu überschreiten.

»War er so furchtbar, Amy?«, fragte Jane schließlich.

»Die Frage sollten Sie meiner Mutter stellen. Sie ist diejenige, die seine ganzen Misshandlungen über sich ergehen lassen musste. Sie war es, die er regelmäßig grün und blau geschlagen hat.«

»Wissen Sie, wo er jetzt lebt?«

»Ich habe keine Ahnung. Und es interessiert mich auch nicht.« Abrupt stand Amy auf, ein deutliches Signal, dass das Gespräch beendet war. »Ich würde jetzt gerne nach Hause fahren.«

»Wir begleiten Sie zu Ihrem Auto«, sagte Jane, während sie sich ebenfalls erhob. »Aber lassen Sie mich zuerst nachsehen, ob er nicht noch irgendwo in der Nähe ist.«

Jane bahnte sich einen Weg durch die dicht gedrängten Leiber am Tresen, durch das Geruchs-Potpourri aus Parfums, Aftershaves und Alkoholfahnen, und trat ins Freie. Es war eine Erleichterung, wieder frische Luft zu atmen, während sie den Blick über die belebte Straße schweifen ließ. An diesem Freitagabend wimmelte es von Menschen auf dem Weg zum Essen oder zu einem Feierabend-Drink – Frauen in kurzen Röcken und High Heels, Geschäftsleute mit Krawatte, streunende Wolfsrudel von jungen Männern.

Und dann entdeckte sie ihn, ein Stück die Straße hinunter: einen Mann in einem grauen Regenmantel, der sich von ihr entfernte und in Richtung Boston Common ging.

Sie machte sich an die Verfolgung.

Auf diese Entfernung konnte sie nicht mit Sicherheit sagen, ob es der Mann vom Friedhof war, aber er hatte die gleiche hagere, hoch aufgeschossene Statur. Jane versuchte, ihn im Auge zu behalten, während er sich durch das Meer von Passanten schlängelte, doch er schritt sehr zügig voran, direkt auf den Park zu, in dem es bereits dunkelte. Dort würde sie ihn mit Sicherheit verlieren.

Sie begann zu laufen, schob sich an Fußgängern vorbei, die zu sehr mit sich selbst beschäftigt waren, um ihr auszuweichen. Sie versuchte, sich durch eine dicht gedrängte Gruppe hindurchzumogeln, und stieß mit voller Wucht gegen die Schulter eines Mannes.

»He«, fuhr er sie an. »Haben Sie keine Augen im Kopf?«

Der Zusammenstoß lenkte sie nur für einen Augenblick ab, doch es war ein Augenblick zu viel. Als sie wieder nach dem Mann Ausschau hielt, war er verschwunden.

Sie lief zur Ecke Newbury und Arlington und rannte über die Straße zum Parkeingang. Wo war er, wo war er? Ein Pärchen schlenderte vorbei, Arm in Arm. Ein paar Teenager saßen im Kreis auf dem Rasen und sangen zur Gitarre. Sie blickte sich um, und plötzlich erspähte sie ihn erneut – er stand an der Straßenecke gegenüber. Als sie über die Fahrbahn auf ihn zuging, blickte er auf und lächelte, doch sein Lächeln galt nicht Jane. Es war für eine andere Frau bestimmt, eine Frau, die direkt auf ihn zusteuerte und ihm ein Küsschen auf die Wange gab. Dann fassten der Mann und die Frau sich an den Händen und gingen zusammen los, direkt an Jane vorbei.

Es war der falsche Mann.

Rasch spähte Jane die Straße auf und ab, doch der Mann vom Friedhof war nirgendwo zu sehen. Falls er je da gewesen war.

»Vielleicht hat Amy sich ja geirrt«, sagte Frost. »Es könnte sein, dass sie denselben Mann gesehen hat wie du und geglaubt hat, es wäre der vom Friedhof.«

»Sie behauptet aber, sie sei sich absolut sicher.« Jane seufzte. »Und wenn sie recht hat, dann haben wir wirklich ein Problem.«

Sie saß mit Frost in ihrem Wagen vor dem Haus der

Antrims, wohin sie Amy begleitet hatten, um sie der Obhut ihrer Eltern zu übergeben. Es war eine gehobene Wohngegend, mit ansehnlichen Einfamilienhäusern und altem Baumbestand, mit akkurat gepflegten Gärten und Hecken. Eine Nachbarschaft, in der das Verbrechen meilenweit entfernt schien. Doch in Wahrheit gab es keine solchen Inseln der Glückseligkeit. Selbst hier in dieser ruhigen Straße konnte Jane die Bedrohung spüren, die über diesem Haus schwebte. Über Amy Antrim.

»Wenn er es wirklich war, den sie in der Newbury Street gesehen hat, dann war das kein Zufall«, sagte sie. »Er hat sie nicht *zufällig* in diesem Schuhgeschäft entdeckt.«

»Sie sagte, sie sei von zu Hause direkt dorthin gefahren. Und wenn er ihr dorthin gefolgt ist ...«

»Bedeutet das, dass er weiß, wo sie wohnt.«

Sie schwiegen beide, während sie zu dem Haus blickten, in dem Amy mit ihren Eltern im Wohnzimmer saß. Die Antrims waren natürlich erschüttert, aber vielleicht machten sie sich nicht wirklich klar, wie gefährlich die Situation für Amy womöglich war.

»Es muss *sein* Wegwerfhandy sein«, sagte Jane. »Diese Anrufe bei den Antrims kamen von ihm. Und wenn Julianne ans Telefon ging, hat er aufgelegt. Weil er eigentlich mit Amy sprechen wollte.«

»Immerhin haben sie eine Alarmanlage«, sagte Frost. »Damit dürfte sie hier relativ sicher sein.«

»Aber was ist, wenn Amy das Haus verlässt so wie heute? Sie können nicht rund um die Uhr auf sie aufpassen.«

Eine Gestalt bewegte sich durch das Wohnzimmer und blieb am Fenster stehen. Es war Amys Mutter, die auf die Straße hinausblickte. Die Tigermutter, die nach Gefahren

Ausschau hielt. An Juliannes Stelle wäre Jane genauso wachsam gewesen.

»Ich rufe mal die Kollegen vom Brookline PD an«, sagte Frost. »Vielleicht können die regelmäßig eine Streife hier vorbeischauen lassen.«

Sie beobachteten angespannt, wie sich ein Scheinwerferpaar näherte. Der Wagen fuhr so verdächtig langsam, dass Janes Puls zu rasen begann. Eine dunkle Limousine rollte am Haus der Antrims vorbei und bog zwei Häuser weiter in eine Einfahrt ein, wo sich bereits das Garagentor öffnete.

Jane und Frost entspannten sich wieder.

Sie wandte ihre Aufmerksamkeit abermals dem Haus zu, wo Amy jetzt neben ihrer Mutter am Fenster stand. »Kam dir das, was Amy vorhin in der Bar gesagt hat, nicht auch merkwürdig vor?«

»Was meinst du genau?«

»Wie sie sich geweigert hat, über ihren leiblichen Vater zu sprechen. Wie sie sich aufgeregt hat, als ich das Thema angesprochen habe.«

»Klingt nach einer ziemlich traumatischen Kindheit. Sie musste zusehen, wie ihre Mutter verprügelt wurde.«

»Ich frage mich, wo er jetzt ist. Ob es möglich ist, dass er derjenige ist, der ...«

»Ich weiß, worauf du hinauswillst, aber das ist doch Unsinn. Sie würde doch ihren eigenen Vater erkennen, auch noch nach dreizehn Jahren.«

»Du hast recht.« Jane lehnte sich in ihrem Sitz zurück und ließ einen erschöpften Seufzer entweichen. Sie wollte nach Hause. Sie wollte mit ihrer Familie zu Abend essen, Regina eine Gutenachtgeschichte vorlesen und sich mit Gabriel ins Bett kuscheln, aber die Ereignisse dieses Abends ließen ihr einfach keine Ruhe. Und die Frage, was sie noch tun könnten, um Amys Sicherheit zu garantieren.

»Was ist, wenn dieser Mann ihr schon länger nachstellt? Nicht bloß Wochen, sondern Monate?«, sagte Frost. »Wir haben angenommen, dass er sie am Friedhof zum ersten Mal gesehen hat, aber er könnte sich schon früher an sie drangehängt haben. Und wo könnte sie am ehesten einem Stalker aufgefallen sein?«

»An der Universität.«

Frost nickte. »Ein hübsches Mädchen, das vier Jahre lang fast jeden Tag über den Campus geht. Irgendein Kerl bemerkt sie und fängt an, ihr zu folgen. Sie wird zu einer Obsession für ihn. Und vielleicht versucht er sogar, sie zu töten.«

»Okay. Aber was hat das alles mit Sofia Suarez zu tun?«

»Vielleicht gar nichts.«

Sie sah wieder zum Haus. Mutter und Tochter waren verschwunden, am Fenster war niemand mehr zu sehen. Sie dachte an andere Stalking-Opfer – Frauen, die sie zum ersten Mal erblickte, wenn sie bereits tot vor ihr lagen. Das war das Belastende an der Arbeit in der Mordkommission: Man kam stets zu spät, um das Opfer vor seinem Schicksal zu bewahren.

Diesmal ist es anders, dachte sie. *Diesmal ist das Opfer noch am Leben, und wir werden verdammt noch mal dafür sorgen, dass es so bleibt.*

27

»Wünschst du dir auch manchmal, du könntest noch mal aufs College gehen?«, fragte Frost, als er und Jane die Stufen im Campus-Parkhaus hinunterstiegen. Ihre Schritte hallten von den Betonwänden des Treppenhauses wider, die das Geräusch zum Getrampel einer marschierenden Armee verstärkten.

»Ich? Niemals«, erwiderte Jane. »Ich konnte es gar nicht erwarten, das College endlich hinter mir zu lassen und mich ins wahre Leben zu stürzen.«

»Also, ich vermisse es«, meinte Frost. »Ich vermisse es, in einer Vorlesung zu sitzen und dieses ganze Wissen aufzusaugen. Und mir die Möglichkeiten auszumalen, die mir offenstehen.«

»Tja, und was ist daraus geworden?«

»Ja.« Frost seufzte. »Was ist daraus geworden?«

Im Erdgeschoss angekommen, traten sie hinaus auf den Campus der Northeastern University. Das Sommersemester hatte vor drei Wochen begonnen, und an diesem warmen Spätfrühlingstag waren überall schockierend knappe Outfits zu sehen. Seit wann waren schulterfreie Tops und Hotpants angemessene Kleidung auf dem Campus? Jane stellte sich vor, wie ihre Tochter Regina in fünfzehn Jahren hier entlangschlenderte, halb nackt wie manche von diesen jungen Frauen. Nein – nicht solange Jane ein Wort mitzureden hatte.

Oh je. Ich klinge schon ganz wie meine Mutter.

»Wenn ich noch einmal von vorne anfangen könnte«, sinnierte Frost und betrachtete die Studenten, die in Scharen an ihnen vorbeiströmten, »wenn ich noch mal aufs College gehen könnte ...«

»... würdest du trotzdem Polizist werden«, sagte Jane.

»Vielleicht. Oder vielleicht würde ich auch in eine ganz andere Richtung gehen. Ich hätte Jura studieren können so wie Alice.«

»Das würde dir bestimmt keinen Spaß machen.«

»Woher willst du das wissen?«

»Den ganzen Tag im Gerichtssaal hocken, wo du doch mit mir auf Verbrecherjagd gehen könntest?«

»Ich würde aber bessere Anzüge tragen.«

»Das klingt, als ob es von Alice käme.«

»Sie findet, dass ich unter meinen Möglichkeiten bleibe.«

»Was glaubst du, wie viele Anwälte in diesem Land praktizieren?«

»Keine Ahnung. Eine Million? Zwei?«

»Und wie viele Detectives gibt es bei der Mordkommission?«

»Nicht so viele.«

»*Viel* weniger. Weil nicht so viele Leute das können, was wir tun. Sag *das* mal Alice.« Sie blieb stehen und warf einen Blick auf den Lageplan auf ihrem Handy. »Wir müssen da lang.«

»Was?«

»Zu Harthoorns Büro. Und wir sind spät dran.«

Zwanzig Minuten, um genau zu sein – doch Professor Aaron Harthoorn schien ihre Verspätung gar nicht zu registrieren. Als sie sein Büro betraten, war er so in die Papiere auf seinem Schreibtisch vertieft, dass er nur kurz aufblickte und sie mit einer Handbewegung aufforderte, Platz zu nehmen.

»Ich bin Detective Rizzoli«, stellte Jane sich vor. »Und das ist ...«

»Ja, ja, ich habe Ihre Namen in meinem Kalender. Ich stehe Ihnen gleich zur Verfügung. Lassen Sie mich nur erst noch dieses Machwerk fertig korrigieren.« Er blätterte um. Harthoorn war Ende siebzig und hätte somit schon vor gut zehn Jahren in den Ruhestand gehen können, aber er war immer noch da, harrte immer noch in diesem mit Büchern vollgestopften Büro aus. Hohe Stapel ragten links und rechts von ihm auf wie Wachtürme, die seinen Schreibtisch sicherten.

Jetzt schnaubte er verächtlich, kritzelte eine Sechs unter die Arbeit und warf sie in seinen Ausgangskorb.

»War sie so schlecht?«, fragte Frost.

»Ich sollte diesen Studenten eigentlich wegen geistigen Diebstahls anzeigen. Hat er wirklich geglaubt, ich würde einen Absatz aus einem Buch, das ich selbst herausgegeben habe, nicht wiedererkennen? Wenn jemand so etwas zum ersten Mal macht, bekommt er eine Sechs. Aber das zweite Mal?« Er lachte hämisch. »Es hat noch nie ein zweites Mal gegeben. Nicht, wenn ich mit jemandem fertig bin.«

Und deswegen ist er noch nicht in Pension gegangen, dachte Jane. *Ohne seine Studenten hätte er ja niemanden mehr, den er terrorisieren kann.*

»Nun«, sagte er und schenkte ihnen endlich seine volle Aufmerksamkeit, »Sie sagten, Sie hätten Fragen zu Amy Antrim?«

»Sie hat uns gesagt, dass Sie ihr Fachbetreuer sind«, meinte Jane.

»Richtig. Schlimme Sache, das mit ihrem Unfall. Sie konnte nicht zusammen mit den anderen ihres Jahrgangs graduieren, aber sie kann ihre Abschlussarbeit im Herbst nachreichen, wenn sie möchte. Haben Sie den Fahrer gefasst, der sie angefahren hat?«

»Soviel ich weiß, hat es da keine Fortschritte gegeben.«

»Aber ermitteln *Sie* denn nicht in dem Fall?« Er sah zuerst Frost an und dann Jane. Wenn er so den Kopf auf seinem dürren Hals drehte, erinnerte er an einen Geier, der nach Beute Ausschau hielt.

»Nein, wir sind wegen einer anderen Angelegenheit hier. Anscheinend wird Amy von einem Stalker verfolgt, und möglicherweise hat es hier auf dem Campus angefangen.«

»Das hat sie mir gegenüber nie erwähnt.«

»Sie hat es erst in den letzten paar Wochen bemerkt, nachdem er sie auf einem Friedhof angesprochen hat. Und jetzt ist er wieder aufgetaucht, in der Newbury Street. Es handelt sich um einen älteren Mann, Ende fünfzig oder vielleicht Anfang sechzig.«

Harthoorn blickte finster. »Das würde ich kaum als *älter* bezeichnen.«

»Sehen Sie sich doch bitte mal dieses Video an«, sagte Frost. Er klickte die Datei auf seinem Tablet an und schob Harthoorn das Gerät hin. »Es stammt von einer Überwachungskamera auf dem Friedhof. Vielleicht erkennen Sie den Mann ja wieder.«

»Wie denn? Auf diesem Video kann man ja sein Gesicht kaum sehen.«

»Aber vielleicht kommt Ihnen etwas an ihm trotzdem bekannt vor. Seine Kleidung, sein Gang. Gleicht er irgendjemandem, den Sie vom Campus kennen?«

Harthoorn startete das Video noch einmal. »Tut mir leid, ich kenne den Mann nicht. Es ist ganz bestimmt niemand aus meiner Fakultät.« Er gab Frost das Tablet zurück. »Als Sie sagten, dass jemand sie stalkt, nahm ich an, dass Sie von einem jüngeren Mann reden, vielleicht einem ihrer Mitstudenten. Ich kann mir schon vorstellen, dass Amy die Aufmerksamkeit von Männern auf sich zieht, ob gewollt oder nicht.«

»Und hat sie das getan? Ungewollte Aufmerksamkeit auf sich gezogen?«

»Ich habe keine Ahnung.«

»Sie sind doch ihr Fachbetreuer. Hat sie jemals irgendetwas erwähnt, das ...«

»Ihr *Fach*betreuer, wohlgemerkt. Es ist ja nicht so, als ob die Studenten zu mir kommen und mir ihr Herz über ihre privaten Probleme ausschütteten.«

Nein, das kann ich mir auch nicht vorstellen, dachte Jane. *Wer würde sich schon einem mürrischen alten Sack wie dir anvertrauen?*

»Amy hat sicherlich den einen oder anderen Bewunderer. So eine attraktive junge Frau wie sie.« Sein Blick wanderte zu einer Keramikfigur, die oben auf dem Bücherregal stand, die Büste einer üppigen Frauengestalt in einer Toga, die eine Brust freiließ. »Nicht dass ich allzu sehr auf solche Dinge achte. Bei meinen Gesprächen mit Amy ging es immer nur um studienbezogene Themen. Ihre Aussichten auf ein Graduiertenstipendium. Die Berufschancen in ihrem Fachgebiet.«

»Wie sieht da der Arbeitsmarkt aus?«, fragte Frost.

»In Kunstgeschichte?« Er schüttelte den Kopf. »Düster. Das war entmutigend für sie, weil ihr finanzielle Sicherheit sehr wichtig ist. Sie sagte, ihre Mutter habe es als Alleinerziehende schwer gehabt, über die Runden zu kommen. Auch wenn es nur ein paar Jahre waren, aber Armut und Missbrauch hinterlassen ihre Spuren bei einem Kind.«

»Hat sie von Missbrauch gesprochen?«

»Sie ist nicht ins Detail gegangen, aber sie hat erwähnt, dass die frühere Beziehung ihrer Mutter von Gewalt geprägt war. Wahrscheinlich hat sich Amy deswegen dieses Thema für ihre Abschlussarbeit ausgesucht.« Er wühlte in den Papieren auf seinem Schreibtisch. »Ich habe sie hier irgendwo. Als Sie anriefen und sagten, dass Sie mit mir über Amy sprechen wollen, dachte ich mir, Sie würden sie vielleicht sehen wollen.« Er zog eine Mappe hervor und schob sie Jane zu.

»Amy hat das geschrieben?«, fragte Jane.

»Es ist der erste Entwurf ihrer Abschlussarbeit über Artemisia Gentileschi, eine italienische Malerin des Barock. Amy muss sie noch einmal überarbeiten, weil sie es versäumt hat, einen wichtigen Aspekt von Artemisias Biografie anzusprechen, wahrscheinlich weil es ihr unangenehm war, darüber zu schreiben. Aber was sie bisher zu Papier gebracht hat, ist sehr gut.«

»Was kann denn an Kunstgeschichte so unangenehm sein?«

»Ich will Ihnen ein Bild zeigen, dann werden Sie besser verstehen, worum es geht.« Er tippte etwas in seinen Laptop ein und drehte dann den Bildschirm zu ihnen herum. »Das ist eines von Artemisias Gemälden. Es hängt in den Uffizien in Florenz. Viele Menschen empfinden es als verstörend.«

Und das aus gutem Grund. Jane betrachtete stirnrunzelnd die groteske Darstellung von zwei grimmig dreinschauenden Frauen, die einen Mann mit angstgeweiteten Augen auf ein Bett niederdrückten, während eine der beiden ihm mit einem Schwert brutal die Kehle durchschnitt. Jedes Detail, von dem Blut, das aus seiner Wunde spritzte, bis hin zum Faltenwurf des kostbaren Gewands, das der Mann trug, war mit schockierender Präzision wiedergegeben.

»Das Motiv ist ›Judith und Holofernes‹«, erklärte Harthoorn.

»Das Bild würde ich mir nicht unbedingt übers Bett hängen«, bemerkte Jane.

»Aber beachten Sie doch die Detailtreue, die Kraft des Realismus. Den kalten Zorn in Judiths Gesicht! Das ist ein Porträt weiblicher Rache. Es war ein sehr persönliches Thema für Artemisia.«

»Wieso?«

»Als junge Frau wurde sie von ihrem Lehrer vergewaltigt. In diesem Bild kann man ihren Zorn sehen, man kann ihre Befriedigung darüber spüren, dass sie das Recht selbst in die Hand genommen hat. Das Bild verherrlicht Gewalt, doch es ist Gewalt im Namen der Gerechtigkeit. Deswegen sind so viele meiner Studentinnen von Artemisia fasziniert. Sie verkörpert weibliche Fantasien von der Bestrafung der Männer, die sie misshandelt haben. Es geht um die Macht der Machtlosen.« Er klappte den Laptop zu und sah Jane an, als ob gerade sie gut verstehen müsste, wovon er sprach. »Es ist also nur verständlich, dass das Thema Amy ansprach.«

»Die Macht der Machtlosen.«

»Ein universelles Thema. Opfer, die sich zu Wehr setzen und gewinnen.«

»Sie glauben, dass Amy sich als Opfer gesehen hat?«

»Sie sagte mir, einer der Gründe, warum Artemisias Werk sie so faszinierte, sei der Missbrauch, den ihre Mutter durch ihren früheren Partner erlitten habe. Soviel ich weiß, ist das viele Jahre her, aber solche Traumata verfolgen einen Menschen für den Rest seines Lebens. Und wenn sie jetzt gestalkt wird ...« Er hielt inne, als ihm plötzlich ein Gedanke kam. »Dieser Unfall mit Fahrerflucht im März – hatte der etwas mit ihrem Stalker zu tun?«

»Das wissen wir nicht.«

»Denn wenn es kein Unfall war ...« Er sah Jane an. »... dann trachtet ihr dieser Mann nach dem Leben.«

28

ANGELA

Drüben auf der anderen Straßenseite passiert gerade etwas.

Trotz all meiner Bemühungen, meine Neugier zu zügeln, trotz der Warnungen meiner Tochter und des Revere Police Departments, kann ich einfach nicht ignorieren, was ich mit meinen eigenen Augen von meinem Wohnzimmerfenster aus sehe: Der weiße Lieferwagen ist wieder da. Der Lieferwagen, der schon seit Längerem ohne ersichtlichen Grund immer wieder hier auftaucht. Diesmal parkt er ein kleines Stück die Straße runter, fast direkt vor dem Grundstück der Leopolds. Erst gestern habe ich ihn erneut vorbeifahren sehen, so langsam, dass ich einen Blick auf den Fahrer erhaschen konnte, einen Mann mit kurzen Haaren, den Kopf zum Haus der Greens gedreht.

Jetzt parkt er am Straßenrand mit der Front zu mir.

Ich weiß nicht, wann er gekommen ist. Um fünf, als ich zuletzt aus dem Fenster geschaut habe, war er noch nicht da, aber jetzt, um Viertel nach acht, steht er da am Bordstein, Motor und Licht ausgeschaltet. Ein geparktes Auto ist noch nicht unbedingt beunruhigend, aber wenn der Fahrer einfach nur dasitzt und nichts tut, dann stimmt irgendwas nicht. Es ist zu dunkel, um sein Gesicht zu erkennen; aus dieser Entfernung ist er nur eine Silhouette hinter der Windschutzscheibe.

Ich rufe die Leopolds an. Lorelei hebt ab.

»Der Lieferwagen steht vor eurem Haus«, sage ich zu ihr.

»Der Lieferwagen?«

»Du weißt schon – der weiße, der in letzter Zeit dauernd hier auftaucht. Pass auf, dass er dich nicht sieht! Schalt das Licht aus, bevor du aus dem Fenster schaust!«

»Worauf soll ich denn achten?«

»Sieh dir sein Profil an, vielleicht erkennst du ihn ja. Ich will wissen, warum er immer wieder hier aufkreuzt.«

Ich warte, während Lorelei das Licht ausschaltet und ans Fenster tritt.

»Ich habe keine Ahnung, wer das ist«, sagt sie. »Ich frag mal Larry. He, Larry!«, ruft sie.

Am anderen Ende höre ich ihren Mann grummeln, als er ins Zimmer kommt. »Wieso ist hier das Licht aus? Was tust du denn da?«

»Angela hat angerufen, um zu sagen, dass der weiße Lieferwagen draußen parkt. Weißt du, wer das ist?«

Es ist einen Moment lang still, dann sagt er: »Nein. Warum sollte mich das interessieren?«

»Weil er diese Woche schon das dritte Mal hier ist«, sage ich zu Lorelei.

»Angela sagt, es ist schon das dritte Mal diese Woche. Das ist doch merkwürdig, oder? Meinst du, er spioniert jemanden in der Nachbarschaft aus? Vielleicht ist er ja Privatdetektiv oder so was.«

Wieder ist es eine Weile still. Larry denkt über die Sache nach, und ich rechne schon fest damit, dass er irgendeine abfällige Bemerkung über uns alberne Weiber mit unserer blühenden Fantasie macht. Ich bin mir sicher, dass er so über mich denkt, denn er ist felsenfest davon überzeugt, dass er viel intelligenter ist als ich. Wenn es um Scrabble geht, hat er auch recht. Aber das ist nur Scrabble.

Das heißt noch nicht, dass ich in diesem speziellen Fall falschliege.

Zu meiner Überraschung höre ich ihn nur sagen: »Ich werde verdammt noch mal rausfinden, wer das ist, der mich da bespitzelt.«

»Was? Larry!«, ruft Lorelei. »Was ist, wenn er gefährlich ist?«

»Das muss auf der Stelle aufhören!«, ist das Letzte, was ich ihn sagen höre.

Durch mein Fenster sehe ich, wie die Außenbeleuchtung angeht und Larry aus seiner Haustür gestürzt kommt.

»He!«, brüllt er. »Wer zum Teufel hat Sie engagiert?«

Die Scheinwerfer des Lieferwagens leuchten auf, der Motor heult auf, er gibt Gas und schießt davon in die Nacht.

»Lassen Sie mich verdammt noch mal in Ruhe!«, brüllt Larry ihm nach.

Also, damit habe ich jetzt nicht gerechnet. Ich hatte angenommen, der Lieferwagen wäre hier, um die Greens zu beobachten. Schließlich sind sie es, die sich die ganze Zeit so verdächtig verhalten, als ob sie etwas zu verbergen hätten. Jetzt frage ich mich, ob ich nicht völlig falschgelegen habe. Vielleicht geht es gar nicht um die Greens.

Vielleicht geht es in Wirklichkeit um Larry Leopold.

Ich traue mich nicht, Lorelei darauf anzusprechen. Nachdem Larry wieder ins Haus gegangen ist, überquere ich die Straße und klopfe an Jonas' Tür. Ich weiß, dass er zu Hause ist, weil ich durchs Fenster gesehen habe, wie er wieder mal Gewichte gestemmt hat, wie immer nach dem Abendessen. Er öffnet auf mein Klopfen in seinen üblichen knappen Trainingsklamotten; das Unterhemd ist feucht von Schweiß und klebt an seiner Haut.

»Angie-Baby! Trinkst du jetzt endlich einen Martini mit mir?«

Ich ignoriere das Angebot und marschiere schnurstracks in sein Haus. »Ich muss dich etwas fragen.«

»Schieß los.«

»Es geht um Larry Leopold. Was weißt du über ihn?«

»Du wohnst schon länger in dieser Straße als ich. Da müsstest du eigentlich mehr wissen.«

»Ja, aber du bist ein Mann.«

»Wie schön, dass dir das aufgefallen ist.«

»Männer vertrauen einander Dinge an, über die sie mit Frauen nicht reden.«

»Das ist wahr.«

»Also, warum könnte jemand in einem weißen Lieferwagen Larry bespitzeln?«

Jonas lässt einen tiefen Seufzer entweichen. »Oh Mann.«

»Du weißt etwas.«

»Ich weiß gar nichts. Nichts, was ich beschwören könnte.«

»Oh, ich bitte dich!«

Er deutet auf die Couch. »Setz dich doch, Angie. Mach's dir bequem, ich hole uns derweil was gegen den Durst.«

Er verschwindet in der Küche, und ich nehme auf der Couch Platz. Durch das Fenster zur Straße erspähe ich eine Bewegung im Haus meiner Nachbarin. Es ist meine Erzfeindin, Agnes Kaminsky, sie steht an ihrem Wohnzimmerfenster, raucht eine Zigarette und starrt mich unverwandt an. Obwohl viele Leute glauben, dass ich die

Schnüffelnase der Nachbarschaft bin, trifft das eigentlich viel eher auf Agnes zu, und jetzt denkt sie wahrscheinlich, dass Jonas und ich etwas miteinander haben. Ich kann es ihr nicht mal verdenken, dass sie gleich das Schlimmste annimmt, weil ich genau das Gleiche getan habe. Ich winke ihr einfach nur zu, damit sie weiß, dass ich sie sehe und dass es mir egal ist, was sie denkt. Offenheit ist immer weniger verdächtig als Heimlichtuerei.

Sie wirft mir einen bösen Blick zu und verschwindet vom Fenster, und ich glaube fast, ihr typisches missbilligendes Schnauben zu hören.

Aus der Küche kommt das muntere Klimpern von Eiswürfeln im Cocktailshaker. Oh nein – er will seinen Durst mit Alkohol löschen, und ich fürchte, dass ich auch einen Schluck mittrinken muss, wenn ich ihm irgendwelche Informationen entlocken will. Jonas kommt mit zwei sehr vollen Martini-Gläsern ins Wohnzimmer zurück, in denen je eine Olive schwimmt. Er trägt sie zur Couch, ohne einen Tropfen zu verschütten, und drückt mir ein Glas in die Hand.

»Auf dein Spezielles, Angie!«

Ein Drink. Nur ein Drink. Ich nehme einen winzigen Schluck und denke: *Mensch, ist der gut. Er weiß wirklich, wie man einen Martini macht.*

»Du willst also etwas über Larry wissen«, sagt er.

»Du erzählst es mir doch, oder?«

»Ich habe keine Beweise. Nur Vermutungen. Nicht gerade *justiziabel*, wie wir bei den Navy SEALs zu sagen pflegten.«

»Ja, ja, schon klar.«

»Die Sache ist die: Alle Männer sind gleich. Also, jedenfalls wir echten Männer. Wir sichten permanent das ...

ähm ... Angebot. Und manchmal tun wir auch mehr als nur schauen.«

»Larry hat eine Geliebte?«

Jonas steckt sich seine Olive in den Mund und lächelt. »Siehst du? Ich musste es dir nicht einmal sagen.«

»Aber ... aber was ist mit Lorelei?«

Er seufzt. »Traurig, nicht wahr? Was manche Ehefrauen sich so gefallen lassen?«

Ich sinke in die Sofakissen, die Enthüllung hat mir für einen Moment den Atem geraubt.

»Warum bist du so überrascht, Angie?«

»Ich hätte einfach nie ... Ich meine, Larry *Leopold*?«

Er zuckt mit den Schultern. »Wie gesagt, das liegt in der Natur von uns Männern.«

Etwas, das gerade ich eigentlich wissen sollte. Das war schließlich der Grund, warum meine Ehe in die Brüche gegangen ist – weil Frank mich wegen einer anderen Frau verlassen hat. Was im Nachhinein betrachtet das Beste war, was mir passieren konnte, denn sonst wäre ich jetzt nicht mit meinem geliebten Vince zusammen.

Vince. Er würde mir so etwas doch nicht antun, oder? Die Männer sind nicht *alle* gleich, oder doch?

Einen Moment lang verspüre ich den panischen Drang, Vince sofort anzurufen und mir von ihm versichern zu lassen, dass er wirklich in Kalifornien ist und sich um seine Schwester kümmert. Dann denke ich an all die guten Männer, die ich kenne, wie meinen Schwiegersohn Gabriel und Barry Frost – liebenswürdige, verlässliche Männer, die so ganz anders sind als Frank oder Larry Leopold.

Falls Larry wirklich so ein mieses Schwein ist, wie Jonas es andeutet.

Ich betrachte Jonas, der schon seinen halben Martini gekippt hat und sehr entspannt und selbstzufrieden aussieht. »Woher weißt du, dass Larry eine andere hat?«

»Lorelei selbst hatte den Verdacht.«

»Das hat sie dir erzählt?«

»Es ist ihr vielleicht bei einem unserer Nachmittagskaffees rausgerutscht.«

»Wie kann es sein, dass ich *davon* nichts mitbekommen habe?«

»Weil wir uns im Starbucks treffen, unten am Strand. Nur zu einem harmlosen Plausch unter Nachbarn, wohlgemerkt.«

Zu dem sie die Nachbarschaft verlassen – wahrscheinlich damit niemand sie sieht. Und vor allem, damit *ich* sie nicht sehe. Kein Wunder, dass es meiner Aufmerksamkeit entgangen ist. Ich frage mich, wie viel ich im Lauf der Jahre noch übersehen habe, von wie vielen Affären und Verbrechen ich nicht die leiseste Ahnung habe, weil ich blind für das bin, was wirklich um mich herum passiert. So blind, wie ich für Franks Affäre war.

Anscheinend bin ich eine miserable Detektivin. Es ist deprimierend, sich so etwas eingestehen zu müssen, aber ich habe es jetzt erkannt, und so sitze ich wie ein Häufchen Elend auf Jonas' Couch, vollkommen demoralisiert.

»Möchtest du nicht deinen Martini trinken, Schätzchen?«, fragt Jonas.

»Nein.« Ich schiebe ihm das Glas über den Couchtisch zu. »Trink du ihn.«

»Wenn du meinst.« Er steckt sich meine Olive in den Mund. »Ich verstehe nicht, warum dich diese Sache mit Larry und Lorelei so runterzieht. So was passiert nun mal.«

»Wer ist die Geliebte? Mit wem hat Larry die Affäre?«

»Keine Ahnung.«

»Weiß Lorelei es?«

»Nein. Ich schätze mal, dass der Lieferwagen deswegen da draußen vor ihrem Haus gestanden hat. Ich wette sie hat jemanden engagiert, der ihn beschatten soll. Und um ein bisschen Munition gegen ihn zu sammeln für die Scheidung.«

Ich denke kurz darüber nach und stelle fest, dass es keinen Sinn ergibt. Als ich Lorelei wegen des Lieferwagens vor ihrem Haus anrief, klang sie ehrlich verblüfft. Sie hat nicht versucht, mich abzuwimmeln, oder mir gesagt, ich solle es ignorieren. Dann hat sie Larry ans Fenster gerufen, um ihm den Wagen zu zeigen. Sie ist nicht diejenige, die diese Beschattung bestellt hat.

Aber wer dann?

Ich stehe von der Couch auf. Obwohl ich nur ein paar Schlückchen von dem Martini getrunken habe, ist mir der Gin zu Kopf gestiegen. Jonas macht einen sehr starken Martini, und nachdem er seinen ausgetrunken hat, kippt er jetzt auch noch den Rest von meinem.

»Ach Mensch, Angie. Willst du schon wieder gehen?«

»Du bist betrunken.«

»Ich fange gerade erst an.«

»Genau das ist meine Befürchtung. Ich gehe jetzt nach Hause.«

Jonas ist keineswegs so trinkfest, wie ich es von einem Navy SEAL erwartet hätte. Seine Augen sind schon glasig, und als ich gehe, ist er zu beschwipst, um von der Couch aufzustehen und mich zur Tür zu begleiten. Ich schreite über die Straße zurück zu meinem Haus, und von meinem Wohnzimmerfenster blicke ich auf meine Nachbarschaft hinaus. Jedes erleuchtete Fenster ist wie ein Schaukasten, hinter dem sich das Leben von Menschen abspielt, die ich zu kennen glaubte. Nun aber wird mir klar, wie wenig ich eigentlich gesehen habe. Ich hätte nie gedacht, dass Larry mit den Hühnerbeinchen ein Schürzenjäger ist. Dass Lorelei und Jonas bei Starbucks Geheimnisse austauschen. Wie sich jetzt herausstellt, bin ich nur eine ahnungslose Hausfrau, so ahnungslos, dass ich nicht einmal wusste, dass mein eigener Mann mich betrog.

Ich gehe in die Küche und schenke mir ein Glas Merlot ein. Ich bin nicht so dumm, mich bei Jonas zu betrinken; nein, wenn ich mich schon volllaufen lasse, dann in meinen eigenen vier Wänden, wo niemand es mitbekommt. Es ist erst halb zehn, zu früh, um ins Bett zu gehen, aber für mich ist dieser Tag gelaufen.

Ich trinke meinen Wein aus und gieße mir noch mal nach.

Was geht noch in meiner Nachbarschaft vor sich, wovon ich nichts weiß? Die Greens sind mir immer noch ein Rätsel mit ihren ständig geschlossenen Jalousien, ihren Geheimnissen, die auf Anordnung meiner Tochter und des Revere PDs für mich tabu sind. Dann ist da Tricia Talley, die immer noch nicht nach Hause gekommen ist, mit ihren Eltern Jackie und Rick, die mir neuerdings aus dem Weg gehen. Erst vor ein paar Wochen hat Jackie mich gebeten, ihr bei der Suche nach ihrer Tochter zu helfen. Jetzt will sie nichts mehr mit mir zu tun haben. Auch in diesem Haus geht irgendetwas vor sich, etwas, das diese Familie auseinandergerissen hat. Und ich habe keine Ahnung, was es ist.

Vielleicht sollte ich auf Jane hören und mich um meine eigenen Angelegenheiten kümmern. Ja, heute Abend klingt das nach einem guten Rat. Aufhören, die Nachbarn zu beobachten, aufhören, zu spekulieren und Fragen zu stellen. Ja, denke ich, genau das werde ich tun.

Und in diesem Moment höre ich den Schuss.

29

JANE

Es war fünf nach halb acht, und der Saal war fast bis auf den letzten Platz besetzt. Jane sah voller Verwunderung zu, wie die letzten Nachzügler nach freien Plätzen in der Aula der Highschool Ausschau hielten. Wer hätte gedacht, dass ein Klassikkonzert, gespielt von einem Amateurorchester, so gut besucht sein würde? Sie hatte jedenfalls nicht damit gerechnet, Schulter an Schulter mit achthundert Menschen zu sitzen, die anscheinend alle eifrig das Programm studierten. Leider saß die Person, die Jane sich zuallerletzt als Sitznachbarin gewünscht hätte, direkt neben ihr.

»Das war immer schon eines meiner Lieblingskonzerte, seit ich es mit dreizehn Jahren vom Boston Symphony Orchestra gehört habe«, sagte Alice Frost. »Nicht jeder kann ein Yo-Yo Ma sein, aber es ist doch schön, dass Amateure sich so viel Mühe geben, nicht wahr?«

»Ja. Sicher«, erwiderte Jane.

»Es verdient allen Respekt, dass sie es wenigstens *versuchen*. So wenige Menschen wollen sich anstrengen, über sich hinauszuwachsen. Deswegen mussten Barry und ich heute Abend einfach kommen, um ihnen den Rücken zu stärken – Amateure hin oder her.«

»He, es ist immerhin Maura, die heute Abend spielt«, sagte Frost, der auf der anderen Seite neben seiner Frau saß. »Ich kann mir nicht vorstellen, dass sie irgendetwas anderes als spitzenmäßig sein wird.«

»Hast du sie schon mal Klavier spielen hören?«, fragte Alice.

»Nein.«

»Woher willst du das dann wissen?«

»Weil sie bei allem, was sie macht, spitzenmäßig ist.«

»Oh.« Alice schniefte. »Na, das wollen wir erst mal abwarten, oder?«

Das wird ein sehr langer Abend. Jane ergriff Gabriels Hand und flüsterte ihm zu: »Willst du nicht mit mir den Platz tauschen?«

»Und dich um den Genuss dieser fachkundigen Kommentare bringen?«

»Du hast auch was gut bei mir.«

»Warte bis zur Pause. Dann tausch ich mit dir.«

So lange halte ich das nicht aus.

»Was glaubst du, warum sie uns nichts von diesem Konzert gesagt hat?«, fragte Alice.

Widerwillig wandte Jane sich ihr wieder zu. »Redest du von Maura?«

»Barry sagte, ihr hättet es von jemand anderem erfahren. Da hat sie wochenlang geprobt und nie ein Wort darüber verloren.«

Die Bemerkung fuchste Jane, nicht nur, weil sie sich wieder einmal fragte, wie tief ihre Freundschaft mit Maura eigentlich ging, sondern auch, weil sie von Alice kam. Sie fragte sich, welche anderen Geheimnisse Maura vor ihr hatte.

»Vielleicht fürchtet sie ja, dass es heute Abend nicht gut laufen wird«, sagte Alice, »und es wäre ihr lieber, wenn ihr es nicht mitbekommen würdet.« Alice wandte ihre Aufmerksamkeit der Bühne zu. »Da kommen sie«, sagte sie, als die Musiker eintraten und ihre Plätze einnahmen. Von Maura war noch nichts zu sehen, aber Jane erkannte Dr. Antrim, der sich auf seinen Stuhl in der Streichergruppe niederließ.

»Hast du gewusst, dass die Geigen nicht immer auf vierhundertvierzig gestimmt worden sind?«, fragte Alice.

Jane sah sie fragend an. »Vierhundertvierzig was?«

»Hertz. Das ist ein spannendes kleines Detail, das ich vor ein paar Jahren irgendwo gelesen habe. Im neunzehnten Jahrhundert haben die Geiger ihre A-Saiten auf vierhundertfünfunddreißig Hertz gestimmt. Ist es nicht interessant, dass sogar die klassische Musik alles andere als statisch ist? Sie passt sich dem modernen Ohr an. Ah, da kommt der Dirigent.«

Ein weißhaariger Mann im Frack betrat die Bühne, und das Publikum applaudierte.

»Das ist Claude Ellison, er ist ein richtiger Dirigent, kein Arzt«, erklärte Alice. »Ich habe gerade seinen Namen im Internet recherchiert. Ich nehme an, dass es einen richtigen Profi braucht, um ein Amateurorchester auf Zack zu bringen.«

Wieder brandete Applaus auf, und Jane wandte den Blick abermals zur Bühne, wo Maura nun ihren Auftritt hatte. Heute Abend sah sie ganz besonders elegant aus, in einem schwarzen Kleid aus schimmernder Seide, und als sie neben dem Flügel stand, blickte sie lächelnd auf die erste Reihe hinunter, wo Daniel Brophy saß. Dann raffte sie mit einer graziösen Geste ihr Kleid und setzte sich ans Klavier.

Mach uns stolz, Maura. Und wisch dabei gleich noch Alice eins aus.

Der Dirigent hob seinen Stab. Die Geiger setzten ihre Bögen an und begannen zu spielen.

Janes Handy vibrierte – Gott sei Dank hatte sie daran gedacht, es stummzustellen. Sie warf einen Blick auf die Anruferkennung, sah, dass es ihre Mutter war, und ließ das Handy wieder in ihrer Handtasche verschwinden. *Nicht jetzt, Mom.*

»Ich muss zugeben, sie sind gar nicht so schlecht«, kommentierte Alice. »Für Amateure.«

Als das ganze Orchester einstimmte und die Musik zum Klaviersolo hin anschwoll, hob Maura die Hände über die Tasten. Jane verkrampfte sich, fürchtete jeden Moment, einen Fehler zu hören – fürchtete es um Mauras willen, aber auch, weil sie Alice bei der nächsten abfälligen Bemerkung wohl leider würde erwürgen müssen. Doch von den ersten Takten an hatte Maura ganz offensichtlich alles im Griff, und ihre Finger flogen scheinbar mühelos über die Tasten.

»Wirklich gar nicht übel«, gab Alice zu.

Nicht übel! Meine Freundin ist verdammt gut, Punkt.

Janes Handy vibrierte wieder, diesmal mit einer Textnachricht. Sie ignorierte es – nichts sollte sie ablenken – und lehnte sich auf ihrem Sitz vor, ganz im Bann von Mauras faszinierendem Spiel. *Was hast du noch für Superkräfte, von denen du mir nichts erzählt hast?* Ihre ganze Aufmerksamkeit war auf die Bühne gerichtet, auf die Frau, die dem Klavier diese Zauberklänge entlockte.

Das Vibrieren der nächsten Textnachricht nahm sie schon nicht mehr wahr.

30

ANGELA

Meine Tochter antwortet mir immer noch nicht. Ich habe ihr schon drei Textnachrichten geschickt und zweimal versucht, sie anzurufen, aber beide Male bin ich gleich auf der Mailbox gelandet. Sie ignoriert mich, weil sie meine ganzen Anrufe satthat, meine Lageberichte aus der Nachbarschaft. Ich habe einmal zu oft falschen Alarm geschlagen, und das habe ich jetzt davon. Jetzt, wo wirklich Gefahr im Verzug ist, ignoriert sie mich.

Also rufe ich stattdessen das Revere Police Department an.

»Hier ist Angela Rizzoli, in der Mill Street. Ich habe gerade …«

»Hallo, Mrs. Rizzoli.« Die Frau von der Leitstelle seufzt, und ich höre den resignierten Ton in ihrer Stimme.

»Ich habe gerade einen Schuss gehört. Vor meinem Haus.«

»Sind Sie ganz sicher, dass es ein Schuss war, Mrs. Rizzoli? Und nicht vielleicht ein Auto mit einer Fehlzündung oder so etwas?«

»Ich weiß, wie sich ein Schuss anhört! Und ich weiß auch, dass die Leute von gegenüber eine Pistole besitzen!«

»Ich nehme an, es geht wieder um die Greens.«

»Ich weiß nicht, ob *sie* es waren, die geschossen haben. Ich stelle lediglich fest, dass sie eine Pistole haben und dass *irgendjemand* in der Nachbarschaft eine abgefeuert hat.«

»Können Sie mir Näheres über diesen Schuss sagen?«

»Warten Sie, ich mach schnell das Licht aus. Ich will nicht, dass mich jemand am Fenster sieht.«

Rasch laufe ich durchs Wohnzimmer und drücke alle Lichtschalter. Erst als es stockdunkel ist, trete ich ans Fenster und spähe hinaus. Das Erste, was mir auffällt, ist, dass auch bei den Greens kein Licht brennt. Sind sie nicht zu Hause? Oder stehen sie an einem dieser verdunkelten Fenster, weil sie auch wissen wollen, was da draußen los ist? Bei Jonas ist das Licht im Wohnzimmer an, er steht am Fenster, wo ihn jeder sehen kann, und schaut hinaus. Man sollte meinen, dass er als Navy SEAL darauf achten würde, kein so leichtes Ziel für einen Heckenschützen abzugeben. Auch bei den Leopolds brennt Licht, aber dort steht niemand am Fenster.

»Mrs. Rizzoli?«, sagt die Frau von der Leitstelle. Ich hatte fast vergessen, dass ich sie noch am Apparat habe. »Wissen Sie, woher der Schuss gekommen ist?«

»Das ist schwer zu sagen. Ich weiß nur, dass ich ihn gehört habe.« Ich halte inne, als mein Blick auf den Wagen fällt, der in der Einfahrt der Leopolds steht. Es ist nicht ihr Auto, es ist Rick Talleys Camaro, wenn mich nicht alles täuscht. Warum sollte Rick die Leopolds um diese späte Stunde besuchen? Genauso ungewöhnlich ist, dass die Haustür der Leopolds weit offen steht. Ein heller Lichtschein fällt aus ihrem Hausflur auf die Veranda. Larry ist ein Sicherheitsfanatiker. Er würde niemals seine Haustür unverschlossen lassen, und schon gar nicht würde er sie an einem Freitagabend weit offen stehen lassen, sodass jeder von der Straße hineinspazieren kann.

»Da stimmt etwas nicht«, sage ich zu der Polizistin. »Sie müssen jemanden schicken.«

»Okay«, seufzt sie. »Ich schicke eine Streife los, um die Situation zu checken, okay? Bleiben Sie in Ihrem Haus.«

Ich lege auf und drücke mir die Nase am Fenster platt, um zu sehen, was als Nächstes passiert. Auf der anderen Straßenseite tritt Jonas aus seinem Haus, geht zur Straße und blickt sich nach beiden Seiten um. Jetzt kommt auch Agnes Kaminsky heraus, und sie besitzt die Frechheit, sich rauchend direkt vor mein Fenster zu pflanzen, wahrscheinlich damit sie gleich auch noch mich ausspionieren kann.

Ich halte es nicht aus, nur Zaungast bei dem Geschehen zu sein. Die Frau von der Leitstelle hat gesagt, ich soll im Haus bleiben, und genau das würde Jane mir auch sagen, aber wenn selbst meine achtundsiebzigjährige Nachbarin mutig genug ist, sich vor die Tür zu wagen, würde ich mir wie ein Feigling vorkommen, wenn ich im Haus bliebe.

Ich trete vor die Tür.

Agnes begrüßt mich mit einem finsteren Blick. »Angela«, sagt sie kühl.

»Was ist da los?«

»Warum fragst du nicht unseren Mr. Universum da drüben?«

Ich blicke über die Straße zu Jonas, der mir zuwinkt und ruft: »Möchtest du noch einen Martini?«

»Wir sind nur befreundet«, sage ich zu Agnes.

»Weiß *er* das?«

Jonas überquert die Straße und stellt sich zu uns. »Guten Abend, die Damen«, sagt er. »Endlich mal was los in der Nachbarschaft, was?«

»Hast du auch den Schuss gehört?«, frage ich ihn.

»Ich hatte meine Workout-Musik voll aufgedreht, deswegen kann ich nicht genau sagen, was ich gehört habe.«

»Ich glaube, das ist Rick Talleys Camaro da drüben«, sage ich. »Was will der denn bei den Leopolds?«

Jonas seufzt. »Jetzt erleben wir die Konsequenzen.«

»Wovon?« Stirnrunzelnd sehe ich Jonas an, der vorhin noch so zugeknöpft war, als es um die Leopolds und ihre Ehe ging. »Du meine Güte. Willst du mir etwa sagen, dass Jackie *Talley* diejenige ist?«

»Diejenige was?«, fragt Agnes.

»Diejenige, mit der Larry gevögelt hat!«

»Das kann ich weder bestätigen noch dementieren«, sagt Jonas.

»Das musst du gar nicht! Die Situation ist auch so sonnen...«

Das Geräusch eines weiteren Schusses lässt uns alle erstarren. Wir stehen wie angewurzelt da, auch dann noch, als wir Lorelei schreien hören: »Hör auf! Oh mein Gott, bitte hör *auf*!« Es ist ein Schrei des blanken Entsetzens, der Schrei einer Frau, die verzweifelt hofft, dass irgendjemand sie rettet.

Ich denke keine Sekunde lang nach, sondern renne sofort los zum Haus der Leopolds. Es ist ja nicht so, als ob ich völlig allein wäre – ich habe Verstärkung bei diesem Kampf. *Irgendjemand* muss Lorelei retten, und in diesem Moment sind wir die Einzigen, die es können.

Ich haste die Verandastufen hinauf, und das Erste, was ich durch die offene Tür sehe, sind die Glasscherben im Hausflur. Ich gehe hinein, und nach ein paar Schritten erkenne ich, woher die Scherben kommen – von einem zerbrochenen Bilderrahmen, der schief an der Flurwand hängt.

Das Glas knirscht unter meinen Sohlen, als ich weiter ins Wohnzimmer gehe, doch der Anblick des Bluts lässt mich erstarren. Es sind nur ein paar Spritzer, aber es ist ein schockierendes Bild – die grellroten Flecken auf Loreleis weißem Ledersofa. Dem Sofa, von dem sie mir einmal stolz erzählt hat, dass es zweitausend Dollar gekostet hat. Langsam schwenkt mein Blick zur Quelle des Bluts: Larry, der am Boden liegt und sich die linke Schulter hält. Er ist eindeutig am Leben und erstaunlich gut bei Stimme.

»Du Dreckskerl, du hast auf mich geschossen! Du hast auf mich *geschossen*!«

Rick Talley steht vor ihm, seine Waffe mit beiden Händen umklammert. Seine Arme zittern, der Lauf der Pistole tanzt in seinem unsicheren Griff.

»Warum?«, schreit Lorelei, die hinter ihrem blutbespritzten Sofa kauert. »Warum tust du das, Rick?«

»Sag's ihr, Larry«, herrscht Rick den Liegenden an. »Na los, sag's ihr.«

»Verschwinde aus meinem Haus«, keucht Larry.

»*Sag's ihr!*« Ricks Arm strafft sich, plötzlich schwankt und zittert er nicht mehr, und der Lauf zielt genau auf Larrys Kopf.

In meiner Panik drehe ich mich Hilfe suchend zu Jonas um.

Aber er ist nicht da. Hinter mir ist nur Agnes, die vornübergebeugt im Hausflur steht und Schleim abhustet. Ich bin die Einzige, die dem ein Ende setzen kann.

»Rick«, sage ich ruhig. »Das macht doch nichts besser.«

Er dreht sich um, offenbar überrascht, mich zu sehen. Er war so auf Larry fixiert, dass er gar nicht mitbekommen hat, wie ich hereinkam. »Geh weg, Angie«, sagt er.

»Erst, wenn du die Pistole weglegst.«

»Herrgott, hörst du denn *nie* auf, deine Nase in anderer Leute Angelegenheiten zu stecken?«

»Das hier ist meine Nachbarschaft. Es *ist* meine Angelegenheit. Leg die Pistole weg.«

»Hör auf sie, Rick«, fleht Lorelei. »Bitte!«

»Ich habe jedes Recht dazu«, sagt er, während seine Hand mit der Waffe wieder zu Larry schwenkt.

»Niemand hat das Recht, irgendjemanden zu töten«, sage ich.

»Er hat mein Leben ruiniert! Er hat sich genommen, was ihm nicht gehörte.«

Larry schnaubt. »Jackie hatte jedenfalls nichts dagegen.«

Das ist nicht hilfreich, Larry. Überhaupt nicht hilfreich.

»Was redest du da, Larry?«, fragt Lorelei, während ihr Kopf hinter dem Sofa auftaucht. »Soll das heißen, es ist *wahr*?«

Larry stöhnt und versucht sich aufzusetzen, fällt aber wieder zurück, die Hand auf seine verletzte Schulter gepresst. »Ruft jetzt vielleicht mal jemand einen Krankenwagen?«

»Du und Jackie Talley? Ihr hattet eine *Affäre*?«, stößt Lorelei ungläubig hervor.

»Es war ein kurzes Abenteuer. Und es ist lange her.«

»Wie lange?«

»Eine Ewigkeit. Als sie an meiner Schule angefangen hat.«

»Und wann war es vorbei?« Lorelei steht auf, in ihrem Zorn scheint es sie nicht mehr zu kümmern, dass sich ein Mann mit einer Pistole in ihrem Haus befindet und sie ohne Deckung dasteht. »Sag's mir!«

»Wieso ist das so wichtig?«

»Es *ist* wichtig!«

»Vor Jahren schon. Fünfzehn, sechzehn, ich weiß es nicht mehr. Keine Ahnung, warum das nach so langer Zeit jetzt plötzlich wieder hochkommt.«

»Wer noch, Larry? Ich muss wissen, mit wem du sonst noch geschlafen hast!«

»Ich nicht«, sagt Rick. »Ich weiß alles, was ich wissen muss.« Wieder hebt er die Waffe.

Und wieder schalte ich mich ein. »Was bringt es, wenn du ihn erschießt, Rick?«, frage ich und bin überrascht vom Klang meiner eigenen Stimme. Ich höre mich so ruhig, so gefasst an. Es wundert mich, dass ich überhaupt hier stehe, vor einem Mann mit einer geladenen Pistole in der Hand. Es ist eine außerkörperliche Erfahrung, als ob ich über allem schwebe und mir selbst zusehe – einer mutigeren, verrückteren Version von Angela Rizzoli –, wie ich diesem wütenden Mann entgegentrete. »Das löst doch kein Problem.«

»Aber *mir* geht's dann besser.«

»Bist du dir da so sicher?«

Rick schweigt, während er darüber nachdenkt.

»Ja, sie haben dich betrogen, und das ist scheiße. Aber Rick, glaub mir, du wirst darüber hinwegkommen. Ich weiß das, weil es mir genauso gegangen ist. Du kannst dir vorstellen, wie angefressen ich war, als ich dahintergekommen bin, dass mein Frank diese Tussi vögelt. Ich dachte, mein Leben wäre vorbei. Wenn ich eine Pistole gehabt hätte, dann hätte ich vielleicht mit dem Gedanken gespielt, sie zu benutzen, genau wie du. Aber stattdessen habe ich mich zusammengenommen, ich habe mich aufgerappelt, und dann habe ich Vince gefunden.

Und jetzt schau mich an! Ich bin glücklicher als je zuvor. Und das wirst du auch sein.«

»Nein, das werde ich nicht.« Ricks Stimme versagt, und er lässt die Schultern sacken. Er scheint vor meinen Augen dahinzuschmelzen, als wäre er aus Kerzenwachs. »Es gibt niemanden sonst für mich.«

»Sag das nicht.«

»Woher willst *du* das wissen, Angie? Du hattest natürlich keine Probleme, darüber hinwegzukommen. *Du* siehst ja auch immer noch gut aus.«

Selbst mitten in dieser Krise, mit einer geladenen Waffe, die jederzeit losgehen kann, bin ich oberflächlich genug, um mich über das Kompliment zu freuen, aber ich habe keine Zeit, es zu genießen. Schließlich ist Larrys Leben in Gefahr.

In der Ferne heult eine Sirene. Die Polizei ist unterwegs. Ich muss Rick nur am Reden halten.

»Was ist mit Tricia?«, frage ich. »Willst du, dass deine Tochter leidet, dass sie mit dem leben muss, was ihr Vater getan hat?«

»Ihr Vater?« Anstatt ihn zu beruhigen, scheinen meine Worte ihn noch mehr in Rage zu bringen. Er funkelt mich mit irren Augen an und schwenkte seine Pistole wild hin und her, vorbei an Lorelei und mir und der Wand und wieder zurück zu Larry. »Ich *dachte*, ich wäre ihr Vater!«

Ich sehe Larry an, der vor uns am Boden liegt, und dann wieder Rick. Oh nein, das ist ja noch komplizierter, als ich dachte. Mit einem Mal wird mir klar, warum Tricia so wütend auf ihre Mutter ist. Warum sie davongelaufen ist und jetzt nicht mehr mit Jackie reden will. Tricia weiß, dass ihre Mutter Rick betrogen hat. Natürlich weiß sie es.

Die Sirene kommt näher. *Halt ihn nur noch ein bisschen länger hin.*

»Du liebst Tricia doch, oder nicht?«, sage ich zu Rick.

»Natürlich liebe ich sie.«

»Du hast sie großgezogen. In jeder Hinsicht, die wirklich zählt, *ist* sie deine Tochter.«

»Und nicht *seine*.« Rick sieht Larry verbittert an. »Sie wird *nie* seine Tochter sein.«

»Moment mal«, sagt Lorelei. »*Larry* ist ihr Vater?«

Wir alle ignorieren sie. Ich richte meine Aufmerksamkeit weiter dorthin, wo sie hingehört, auf den Mann mit der Pistole. »Denk an ihre Zukunft, Rick«, sage ich. »Du musst für Tricia da sein. Du willst doch miterleben, wie sie ihren Abschluss macht. Wie sie heiratet. Ein Kind bekommt …«

Er schluchzt. »Es ist bereits zu spät. Für das hier werde ich ins Gefängnis wandern.«

»Darauf kannst du Gift nehmen«, knurrt Larry.

»Halt den Mund, Larry«, faucht Lorelei.

»Es ist nur Körperverletzung!«, sage ich. »Du sitzt deine Strafe ab, und dann bist du wieder draußen. Du wirst für sie da sein. Aber du musst Larry am Leben lassen.«

Rick beugt sich vor, sein ganzer Körper wird von Schluchzern geschüttelt.

Langsam gehe ich auf ihn zu. Er hat die Hand mit der Pistole sinken lassen, der Lauf zeigt auf den Boden. Ich lege ihm einen Arm um die Schultern, um ihn an mich zu drücken, mit der freien Hand nehme ich ihm vorsichtig die Waffe ab. Er lässt sie widerstandslos gehen und sinkt weinend auf die Knie. Es bricht mir das Herz, ihn so schluchzen zu hören. Ich kann ihn nur im Arm halten, sein Gesicht an meine Schulter gepresst, während seine Tränen meine Bluse tränken. Ich vergesse, dass ich immer noch die Pistole in der Hand halte. Ich kann nur an diesen gebrochenen Mann denken, und daran, was ihm bevorsteht. Er hat zwar auf Larry geschossen, aber immerhin hat er ihn nicht getötet. Ich nehme an, dass er für eine Weile ins Gefängnis kommen wird. Er wird seinen Job verlieren, und Jackie wird sich wahrscheinlich von ihm scheiden lassen. Aber irgendwann wird er das Gefängnis als freier Mann verlassen, und wenn seine Tochter Tricia nicht das arrogante Luder ist, das sie bisweilen zu sein scheint, dann wird sie auf ihn warten und ihm helfen, sein Leben wieder in den Griff zu bekommen.

Und ich werde auch versuchen, für ihn da zu sein. Ich weiß alles über Enttäuschungen und wie man sie überlebt. Er wird eine Freundin brauchen, und ich kann ihm eine sein.

Plötzlich sind hinter uns trampelnde Schritte zu hören. Eine Stimme brüllt: »Fallen lassen, Lady! Lassen Sie die Waffe fallen!«

Ich drehe mich um und sehe zwei Polizisten vom Revere PD, die Waffen auf mich gerichtet. Sie sind jung und nervös. Gefährlich.

Ich hatte vergessen, dass ich immer noch die Pistole in der Hand halte. Langsam lege ich sie auf den Boden.

»Und jetzt weg von der Waffe! Hinlegen, Gesicht auf den Boden!«, schreit der Cop.

Im Ernst?, denke ich. *Willst du wirklich diese Großmutter zwingen, sich auf den Boden zu legen?*

Aber in diesem Moment schreitet Agnes ein. Sie kommt in ihren Gesundheitsschuhen ins Zimmer gestampft und baut sich mit ihren ganzen fünfzig Kilo Lebendgewicht zwischen den Polizisten und mir auf. »Was fällt euch Jungchen ein, mit euren Knarren auf sie zu zielen?«, krächzt sie mit ihrer verrauchten Stimme. »Seht ihr nicht, dass sie eine verdammte Heldin ist?«

31

Bis vor Kurzem haben Agnes Kaminsky und ich überhaupt nicht mehr miteinander geredet. Jetzt steht sie neben mir vor dem Haus der Leopolds und streichelt mir den Rücken, während wir zusehen, wie Larry im Krankenwagen abtransportiert wird. So, wie er geflucht hat, als die Sanitäter ihn für die Infusion piksten, muss man sich um ihn wirklich keine Sorgen machen. Was ich von seiner Ehe nicht behaupten kann.

Lorelei setzt mit ihrem Wagen aus der Garage zurück und sagt durchs Fenster zu uns: »Der Mistkerl wird seine Brieftasche und seine Brille brauchen, deshalb fahre ich jetzt auch ins Krankenhaus. Obwohl ich nicht weiß, warum ich mir eigentlich die Mühe mache.«

Wir sehen zu, wie Lorelei dem Krankenwagen hinterherfährt. Agnes schnaubt verächtlich. »Wir hätten einfach zuschauen sollen, wie Rick das Arschloch erledigt.«

Aber ich bin froh, dass wir so und nicht anders gehandelt haben. Als die Polizei Rick in Handschellen aus dem Haus führt, nickt er mir zu. Es ist eine Geste des Danks dafür, dass ich ihn daran gehindert habe, einen noch größeren Fehler zu begehen. Menschen sind nun mal unvollkommene Wesen und neigen zu unüberlegten Handlungen, und manchmal ist es nur die Gnade Gottes, die uns rettet – oder das Eingreifen einer Nachbarin. Ich hebe die Hand zum Abschiedsgruß, bevor Rick im grellen Blaulichtgeflacker verschwindet.

Es ist vorbei. Und wir sind alle noch am Leben.

Doch dann holen mich die Ereignisse dieses Abends schlagartig ein. Meine Knie zittern, ich wanke zur Veranda der Leopolds und lasse mich auf die Stufen sinken. Ich kann gar nicht fassen, was passiert ist. Ich kann nicht glauben, dass ich in dieses Haus gerannt bin, ohne eine Sekunde darüber nachzudenken. Aber da habe ich auch noch gedacht, ich hätte meine Nachbarn als Verstärkung, und meine Mitstreiter würden gleich hinter mir ins Haus stürmen. Jetzt steht meine einzige Verstärkung neben mir und hustet rasselnd.

»Dieser Jonas«, murmle ich.

»Was ist mit ihm?«

»Was ist das für ein Navy SEAL, der eine Frau ganz allein in die Schlacht ziehen lässt?«

»Ein mieser Feigling.« Agnes setzt sich zu mir auf die Treppe. »Hast du wirklich diesen ganzen Navy-SEAL-Quatsch geglaubt?«

»Du meinst, es stimmt gar nicht?«

»Oh, ich hatte immer schon meine Zweifel. Heute Abend hat er sie bestätigt.« Ihr Lachen klingt wie das Bellen eines Seehunds. »Dieses ganze Krafttraining, das ständige Prahlen mit seinen gefährlichen Missionen. Wer wirklich etwas geleistet hat, hat es doch gar nicht nötig, das Maul so weit aufzureißen.«

Sie hat recht. Natürlich hat sie recht, und ich komme mir ziemlich blöd vor, weil ich ihm seine Geschichten vom Krieg geglaubt habe. Aber das war immer schon mein Problem – ich nehme die Leute beim Wort, und heute Abend hätte ich dafür fast mit meinem Leben bezahlt.

Im Haus der Greens geht eine Lampe an, das Licht fällt durch die Ritzen der heruntergelassenen Jalousien. Sie waren also doch zu Hause und hatten alle Lichter ausgeschaltet, während sich das Drama im Nachbarhaus abspielte. Sie müssen die Schüsse und Loreleis Schreie gehört haben. Sie müssen gewusst haben, dass ich mich unbewaffnet in Gefahr begab. Obwohl Matthew Green eine Pistole besitzt, hat er es nicht für nötig gehalten, aus seinem Haus zu kommen, um mir zu helfen. Auch jetzt, wo die ganzen Polizeifahrzeuge auf der Straße parken, wagt er sich nicht heraus.

Noch so ein Feigling. Offenbar ist die Nachbarschaft voll davon.

Eine Stimme ruft mir von jenseits der flackernden Blaulichter zu. »Ma?«

Ich blicke blinzelnd auf, doch ich kann kaum die Silhouette meiner Tochter ausmachen, als sie aus der Dunkelheit ins grelle Licht tritt.

»Ich hab versucht, dich anzurufen, aber du bist nicht drangegangen«, meint sie.

Ich zucke mit den Schultern, während ich zu den Polizeifahrzeugen hinüberschaue. »Na ja, hier war auch ziemlich die Hölle los.«

»Detective Saldana hat mir erzählt, was passiert ist. Mein Gott, Ma, es tut mir so leid, aber ich hatte ja keine Ahnung. Ich war bei Mauras Konzert und ...«

»Du hättest sie sehen sollen, Janie!«, fällt ihr Agnes ins Wort. »Deine Ma ist eine richtige Superheldin!«

Jane weiß, dass Agnes und ich seit Monaten zerstritten sind, und jetzt schaut sie uns beide abwechselnd an, während sie diesen plötzlichen Umschwung in meinem Verhältnis zu meiner Nachbarin zu verarbeiten versucht.

»Sie hat diesen Mann mit bloßen Händen entwaffnet!«, sagt Agnes und fuchtelt mit den Händen, um ihre Worte zu unterstreichen. »Und dazu hat sie keine Knarre gebraucht, oh nein. Ist einfach da reinmarschiert und hat ihm gesagt, dass er sie rausrücken soll. Jetzt wissen wir, wo *du* deinen Schneid herhast, Jane.«

»Oh, Ma«, seufzt Jane. »Was hast du dir dabei gedacht?«

»*Irgendjemand* musste es ja machen.«

»Aber wieso ausgerechnet du?«

»Na ja, unser Mr. Navy SEAL hat sich ja fein rausgehalten. Genau wie Mr. Green mit seiner Knarre. Da blieb nur noch ich übrig.«

Sie setzt sich auch, und jetzt hocken wir da zu dritt auf der Treppe wie die Hühner auf der Stange. »Es tut mir so leid.«

Ich zucke mit den Schultern. »Du warst ja im Konzert. War es gut?«

»Ich bin früher gegangen, nachdem ich endlich deine Nachricht gelesen hatte. Es tut mir leid, dass ich dich nicht ernst genommen habe. Die ganzen Geschichten, die du mir über die Nachbarschaft erzählen wolltest.«

»Aber wie sich herausgestellt hat, war nichts davon das eigentliche Problem. Die Greens, Tricia … Die Wurzel des Übels war nämlich etwas ganz anderes – etwas, das vor langer Zeit passiert ist.«

»Was denn?«

»Jackie hat mit Larry Leopold gevögelt«, sagt Agnes.

»Danke für diese Zusammenfassung, Mrs. Kaminsky«, sagt Jane.

»Na ja, das hat deine Mutter mir erzählt.«

»Und das Seltsame ist, dass es Rick völlig neu war«, sage ich zu Jane. »Er hat überhaupt nichts davon gewusst. Nach so vielen Jahren sollte man doch denken, es wäre längst begraben und vergessen.«

»Und wie ist es jetzt rausgekommen?«, will Jane wissen.

»Keine Ahnung. Aber ich glaube, dass Rick diesen Typen in dem weißen Lieferwagen angeheuert hat, um Larry auszuspionieren. So muss er die Wahrheit herausgefunden haben.«

»Welcher Typ?«

»Habe ich dir nicht von ihm erzählt? Ein weißer Lieferwagen; er beschattet das Haus der Leopolds. Ich vermute, dass es ein Privatdetektiv ist. Er muss wohl Ricks Verdacht bestätigt haben, und deshalb ist Rick heute Abend hier aufgekreuzt, um Larry damit zu konfrontieren.«

»Was ist mit Jackie? Hat schon jemand mit ihr gesprochen und sie gefragt, ob alles in Ordnung ist?«

»Ja, ja. Ich habe sie angerufen, und es geht ihr gut. Aber sie sagt, dass Tricia sich immer noch weigert, nach Hause zu kommen.« Ich schüttle den Kopf. »Was für ein Schlamassel.«

»Komm jetzt, Ma. Ich bring dich nach Hause. Soll ich die Nacht über bei dir bleiben?«

»Wieso?«

»Um dir Gesellschaft zu leisten? Das muss doch eine ganz schön traumatische Erfahrung gewesen sein.«

Agnes lacht. »Sieht deine Ma vielleicht traumatisiert aus?«

Jane hält inne, und zum ersten Mal seit langer Zeit sieht meine Tochter mich so richtig an. Ihr ganzes Leben lang bin ich für sie nur die Mama gewesen, die Frau, die gekocht und geputzt hat, die ihre Schrammen verarztet und sie beim Baseball angefeuert hat. Nimmt irgendjemand seine eigene Mutter *wirklich* wahr? Wir sind ganz einfach da, so zuverlässig wie die Schwerkraft. Aber heute

Abend scheint Jane etwas anderes zu sehen, eine andere Angela, und jetzt reicht sie mir die Hand, um mir aufzuhelfen.

»Nein, du siehst nicht traumatisiert aus«, sagt sie. »Aber du siehst schon so aus, als ob du einen Drink gebrauchen könntest.«

»Ich trinke einen mit ihr«, sagt Agnes. »Ich habe Scotch zu Hause. Einen richtig guten Tropfen.«

»Jane, ich komm schon klar«, sage ich. »Ich geh jetzt einfach nach Hause.«

»Bist du sicher?«

»Du hast doch gehört, was Agnes gesagt hat. Ich bin jetzt eine Superheldin.« Ich sehe meine Nachbarin an. »Einen richtig guten Tropfen, hast du gesagt?«

»Den allerbesten.«

»Na schön«, sage ich.

Wir gehen auf ihr Haus zu, und da sagt Agnes zu mir: »Weißt du was, Angie?«

»Was?«

»Es ist gut, dass wir wieder miteinander reden.«

32

MAURA

»Ein Toast, Leute! Auf unsere geniale Pianistin!«, rief Mike Antrim.

Maura lächelte tapfer, als ihre Mitmusiker die Champagnerflöten erhoben. Es war ihr immer schon unangenehm gewesen, im Mittelpunkt zu stehen, aber heute war nun wirklich kein Abend, an dem sie sich bescheiden in einer Ecke verstecken konnte – nicht nach diesem fehlerlosen Auftritt.

»Auf unsere geniale Pianistin!«, wiederholten alle im Chor.

Daniel beugte sich zu ihr herüber und flüsterte: »Den Applaus hast du dir verdient. Genieß es einfach.«

Sie hob ihr Glas und blickte in die Runde. »Und ich danke *euch*. Wir sind vielleicht Amateure, aber ich finde, wir haben heute Abend alle verdammt gut geklungen.«

»He, ich überleg schon, mein Stethoskop an den Nagel zu hängen!«, rief jemand. »Wann gehen wir mit diesem Konzert auf Tournee?«

»Eins nach dem anderen«, sagte Antrim. »Zuerst bedient ihr euch bitte tüchtig am Buffet nebenan. Wenn ihr uns nicht helft, alles aufzuessen, müssen wir uns den nächsten Monat von Resten ernähren.«

Vor dem Konzert war Maura zu nervös gewesen, um etwas zu essen, also hatte sie jetzt einen Bärenhunger.

Sie ging hinüber ins Esszimmer, wo sie sich Crab Cakes, Lendenbraten und frischen Spargel auf den Teller lud. Dazu nahm sie sich noch ein Glas Wein, diesmal einen schweren, gehaltvollen Roten, an dem sie genüsslich nippte, während sie in das geräumige Wohnzimmer der Antrims ging, um sich zu den anderen Gästen zu gesellen.

Antrim winkte sie zu sich. »Maura, komm zu uns! Wir reden gerade darüber, was wir für das nächste Programm aussuchen sollten.«

»Das *nächste* Programm? Ich muss mich ja erst mal von diesem erholen.«

»Ich finde, ihr solltet etwas Dramatisches nehmen. Oder etwas Wildromantisches«, meinte Julianne. »Ich habe neulich im Radio ein Klavierkonzert von Rachmaninow gehört. Was haltet ihr davon?«

Die anwesenden Musiker stöhnten unisono auf.

»Julianne, mein Schatz«, sagte ihr Mann, »wir sind nur Hobbymusiker.«

»Aber ich denke, das würde beim Publikum richtig gut ankommen.«

Einer der Geiger wandte sich an Maura. »Rachmaninow? Traust du dir das zu?«

»Nie im Leben«, erwiderte sie. »Allein schon bei dem Gedanken, so etwas zu spielen, bekomme ich schwitzige Hände.«

Antrim lachte. »Ich hätte nicht gedacht, dass irgendetwas unsere coole Rechtsmedizinerin zum Schwitzen bringen könnte.«

Wenn du nur wüsstest, dachte Maura. Die eiskalte Dr. Isles, die Königin der Toten, war lediglich eine Fassade. Die Frau, die sich durch nichts aus der Fassung bringen ließ und sich ihrer Sache immer sicher war. Es war die Maske, die sie an Tatorten und im Gerichtssaal trug, und sie spielte die Rolle schon so lange, dass die meisten Menschen glaubten, sie sei wirklich so.

Die meisten.

Sie sah sich suchend nach Daniel um, doch er stand am anderen Ende des Zimmers mit Amy, der Tochter der Antrims, wo sie ein Gemälde an der Wand betrachteten.

»Hat Ihren Freunden das Konzert gefallen?«, fragte Julianne.

»Ich hatte noch keine Gelegenheit, mit ihnen zu sprechen. Es waren so viele Leute dort, das war ein richtiges Chaos.«

»Ein volles Haus!«, sagte Antrim stolz. »Ich habe gehört, dass es bis auf den letzten Platz ausverkauft war.«

»Mir ist aufgefallen, dass Detective Rizzoli mitten während der Aufführung gegangen ist«, bemerkte Julianne. »Wie schade, dass sie nicht bis zum Schluss geblieben ist.«

»Den Detectives geht es da wohl wie uns Ärzten«, meinte Antrim. »Müssen immer auf Abruf bereitstehen.«

»Das kennen wir alle zur Genüge«, sagte die Cellistin. »Du verpasst mal einen Geburtstag, mal das Vorspiel der Kinder in der Schule. Wenigstens ist unsere Starpianistin nicht zu irgendeinem Tatort abkommandiert worden.«

»Meine Einsätze sind zum Glück nie Notfälle«, sagte Maura.

»Apropos Notfall«, sagte Antrim, »dein Glas ist ja leer!« Er griff nach der Rotweinflasche, um ihr nachzuschenken, hielt dann aber inne. »Darf ich?«

»Ja, gerne. Daniel fährt heute.«

Antrim füllte ihr Glas, dann blickte er sich zu Daniel

und Amy um, die immer noch das Bild studierten. »Wie ich sehe, interessiert er sich für Kunst.«

»Ja. Besonders für sakrale Kunst.«

»Dann sollte er sich mal das Triptychon in meinem Arbeitszimmer anschauen. Ich habe es vor ein paar Jahren in Griechenland gekauft. Der Händler hat geschworen, dass es antik ist, aber Julianne hat ihre Zweifel.«

»Ist Daniel auch im medizinischen Bereich tätig?«, fragte Julianne.

»Nein«, antwortete Maura.

Es trat eine Gesprächspause ein, und normalerweise wäre es an ihr gewesen, die Lücke zu füllen und Juliannes unausgesprochene Frage zu beantworten – die eine Frage, die Maura stets fürchtete: *Was macht Daniel eigentlich beruflich?* Die Wahrheit war zu kompliziert, und sie sorgte unweigerlich für skeptische Blicke, weshalb sie sich in einem geschickten Ablenkungsmanöver zu der Vitrine mit den Geigen umdrehte.

»Erzähl mir doch mal, was es mit diesen Instrumenten auf sich hat, Mike«, sagte sie. »Wie kommt es, dass du fünf Geigen besitzt?«

»Willst du die ehrliche Antwort?« Antrim lachte. »Ich kaufe mir immer mal wieder eine neue, weil ich hoffe, irgendwann *endlich* die eine zu finden, mit der ich wie Heifetz klinge. Aber stattdessen klinge ich auf allen gleich schlecht.«

»Immerhin kannst du ein Instrument spielen«, sagte Julianne. »Ich kann nicht mal Noten lesen.« Sie blickte in die Runde. »All diese talentierten Ärztinnen und Ärzte! Da bekomme ich direkt Minderwertigkeitsgefühle.«

Antrim schlang den Arm um die Hüfte seiner Frau. »Ah, aber dafür kochst du wie ein Engel.«

»Wenn Engel kochen könnten.«

»So haben wir uns kennengelernt, habt ihr das gewusst? Julianne führte das kleine Café gegenüber vom Krankenhaus. Ich bin jeden Tag hingegangen, um mir was zum Lunch zu bestellen und dieses hübsche Mädchen anzuquatschen.«

»Turkey-Bacon-Sandwich und ein doppelter Cappuccino«, sagte Julianne. »Er hat jeden Tag das Gleiche bestellt.«

»Seht ihr?« Antrim lachte. »Wie hätte ich dieser Frau widerstehen können, wo doch Liebe bekanntlich durch den Magen geht?«

»Apropos – wir sollten das Buffet mal wieder auffüllen. Ich habe noch eine Ladung Crab Cakes im Ofen.«

Während die Antrims in der Küche verschwanden, sah sich Maura nach Daniel um, und als sie ihn nicht entdecken konnte, ging sie hinüber zu dem Bild, vor dem er mit Amy gestanden hatte. Es war eine kubistische Darstellung der Madonna mit Kind, zusammengesetzt aus monochromen Blöcken in Orange und Rot. Ein krasser Kontrast zu den sakralen Gemälden, die Daniel so mochte, auch wenn es eines seiner Lieblingsmotive war.

Jetzt glaubte sie seine Stimme zu vernehmen, und sie folgte ihrem Klang in die Diele, wo er mit Amy vor einem Schwarz-Weiß-Foto stand.

»Maura, komm her und schau dir das an«, sagte Daniel. »Das ist die Piazza San Marco, wie sie die meisten Leute noch nie gesehen haben. Menschenleer!«

»Ich bin um vier Uhr morgens aufgestanden, um dieses Foto zu schießen«, sagte Amy. »Es war die einzige Zeit, zu der es nicht von Touristen wimmelte.«

»Sie haben das fotografiert, Amy?«, fragte Maura.

»Wir waren zu meinem sechzehnten Geburtstag in Venedig.« Sie betrachtete lächelnd das Bild. »Bei dieser Reise habe ich meine Liebe zur Kunstgeschichte entdeckt. Ich kann es kaum erwarten, wieder nach Italien zu kommen. Dad sagt, dass wir das nächste Mal die Uffizien besuchen. Ich habe meine Abschlussarbeit über ein Bild geschrieben, das dort hängt, und ich habe es noch nie im Original gesehen.«

»Ihr Vater sagte mir, dass er in seinem Arbeitszimmer ein Triptychon hat, das Daniel interessieren könnte.«

»Oh, das ist eine gute Idee. Mom glaubt, dass es eine Fälschung ist. Vielleicht kann Daniel uns ja sagen, ob es echt ist oder nicht.«

Amy führte sie den Flur entlang und schaltete das Licht im Arbeitszimmer ein. Es war auf den ersten Blick zu sehen, dass es einem Arzt gehörte. Das Bücherregal war voll mit Fachliteratur, zum Teil die gleichen Standardwerke, die Maura selbst zu Hause hatte. Dazwischen stand ein gerahmtes Foto von Mike und Julianne als Hochzeitspaar, mit der kleinen Amy zwischen ihnen. Sie schien um die zehn Jahre alt zu sein, eine Feenprinzessin mit einem Kranz aus Rosen in den kurzen schwarzen Haaren.

»Da ist das berühmt-berüchtigte Triptychon«, sagte Amy und zeigte auf das Gemälde an der Wand. »Mom glaubt, dass Dad übers Ohr gehauen wurde, aber der Antiquitätenhändler in Athen hat geschworen, dass es hundert Jahre alt ist. Was meinen Sie, Daniel?«

»Ich bin nicht Experte genug, um ein Urteil über seine Echtheit zu wagen«, sagte Daniel, während er sich vorbeugte, um es aus der Nähe zu inspizieren. »Aber ich kann diese Heiligen identifizieren. Es sind ikonische Gestalten der griechisch-orthodoxen Kirche. Die Frau in der Mitte ist Theotokos, die wir als die Mutter Gottes kennen. Der linke Flügel zeigt eindeutig Johannes den Täufer. Und nach dem Muster seines Gewands und Kragens zu schließen, müsste es sich bei der Figur rechts um den heiligen Nikolaus handeln.«

»Den Bischof von Myra«, sagte Amy.

Daniel lächelte. »Nicht jeder weiß, dass der echte Santa Claus ein Türke war.« Er deutete auf die untere Ecke. »Da ist ein Textfragment. Maura, schau mal her! Du kannst doch ein wenig Griechisch, vielleicht kannst du es ja entziffern.«

Maura trat näher und kniff die Augen zusammen. »Die Schrift ist zu klein. Ich bräuchte eine Lupe.«

»Dad hat hier irgendwo eine«, sagte Amy und drehte sich zum Schreibtisch um. »Ich glaube, er bewahrt sie in der obersten ...«

Maura hörte Amy nach Luft schnappen und wandte sich zu ihr. Die junge Frau stand wie erstarrt da, die Hand vor den Mund geschlagen, und blickte aus dem Fenster.

»Was ist?«, fragte Maura.

»Er ist hier.« Amy wich vom Fenster zurück. »Er hat mich gefunden.«

»Was?«

Amy sah Maura an, Panik in den Augen. »Der Mann vom Friedhof!«

Daniel trat ans Fenster und spähte in den Garten hinaus. »Ich kann da draußen niemanden sehen.«

»Er hat da unter dem Baum gestanden und mich angeschaut!«

Daniel eilte zur Tür. »Ich gehe mal nachsehen.«

»Warte!«, rief Maura. »Daniel?«

Sie war gleich hinter ihm, als er zur Hintertür hinauslief in die Abendluft, die so von Feuchtigkeit gesättigt war, dass es einem vorkam, als liefe man in eine Wand aus Dampf. Zusammen standen sie auf dem Rasen und suchten die Dunkelheit ab. Aus dem Haus kamen Jazzklänge und die gedämpften Stimmen von Antrims Gästen, doch hier draußen war nur das Zirpen der Grillen zu hören. Maura blickte sich um und sah, dass Amy am Fenster des Arbeitszimmers stand und sie mit ängstlicher Miene beobachtete.

»Hier ist niemand«, sagte Daniel.

»Er hatte genug Zeit, um zu flüchten.«

»Falls überhaupt jemand hier war.«

Sie sah ihn an und fragte leise: »Du glaubst, sie hat es sich nur eingebildet?«

»Vielleicht hat sie ihr eigenes Spiegelbild gesehen und geglaubt, dass hier draußen jemand steht.«

Maura ging über den feuchten Rasen zu dem Baum und ließ sich in die Hocke fallen. »Daniel«, flüsterte sie. »Sie hat es sich nicht eingebildet. Es *war* jemand hier.«

Er kauert sich neben sie, und jetzt sah auch er, was sich da deutlich im Gras abzeichnete: Schuhabdrücke.

Sie nahm ihr Handy heraus und rief Jane an.

»Ein passender Abschluss für einen irren Abend«, sagte Jane. »Zuerst entwaffnet meine Mom einen Mann mit Pistole. Und jetzt scheint Amys Stalker zurück zu sein.«

»Du hast noch mein triumphales Debut als Solistin vergessen«, entgegnete Maura.

»Oh. Ja.« Jane seufzte. »Es tut mir leid, dass ich nicht bis zum Schluss geblieben bin, Maura. Aber als ich diese Nachricht von meiner Mom gelesen habe ...«

»Das war doch ein Witz. Notfälle gehen immer vor, besonders wenn Mom ruft.«

Sie kauerten Seite an Seite im Halbdunkel des Antrimschen Gartens. Inzwischen war es Mitternacht. Bis auf sie und Daniel waren alle Gäste gegangen, und es herrschte Stille in der Straße. Maura sah auf den Saum ihres Seidenkleids hinunter, der jetzt feucht und wahrscheinlich vom nassen Gras beschmutzt war. Jede Ermittlung hatte ihren Preis, aber diese hier drohte eine der teureren zu werden.

Maura richtete sich wieder auf, ihre Oberschenkel schmerzten vom langen Ausharren in der Hocke. »Er weiß, wo sie wohnt. Er könnte jederzeit wiederkommen.«

Jane stand ebenfalls auf. »Ihre Eltern haben Angst. Und sie sind verdammt sauer.«

»Sie geben doch hoffentlich nicht dir die Schuld.«

»Wem sonst? Ihre Tochter wird von einem Stalker verfolgt, und mir gelingt es offenbar nicht, ihn zu schnappen.« Jane blickte sich zum flackernden Blaulicht des Streifenwagens um, der am Straßenrand parkte. »Und ihr habt wirklich gar nichts gesehen, du und Daniel?«

»Nein. Amy ist diejenige, die ihn gesehen hat. Bis wir draußen waren, hatte er sich schon wieder aus dem Staub gemacht. Bei den vielen Gästen dürften mindestens ein Dutzend Autos auf der Straße geparkt haben, sein Wagen wird also nicht weiter aufgefallen sein. Von hier hatte er einen ungehinderten Blick in das Arbeitszimmer.« Maura wandte sich zu dem Fenster um, das immer noch erleuchtet war. »Während wir dort gestanden und das Gemälde betrachtet haben, war er hier draußen im Garten und hat sie beobachtet.«

»Detective Rizzoli?«

Als sie sich umdrehten, sahen sie Julianne aus der Hintertür treten und über den Rasen auf sie zukommen. Es war ein warmer Abend, doch sie hatte die Arme um sich geschlungen, als ob ihr kalt wäre, während sie im Halbdunkel stand, ihr Gesicht beschattet von einem Fliederbusch.

»Was sollen wir jetzt tun?«, fragte sie.

»Sie haben doch eine Alarmanlage. Lassen Sie sie immer scharfgeschaltet.«

»Aber ich habe das Gefühl, dass Amy hier bei uns nicht sicher ist. Wo wir doch wissen, dass er jederzeit wieder auftauchen kann. Mike muss arbeiten, er kann nicht die ganze Zeit hier sein, um uns zu beschützen.«

»Die Polizei ist innerhalb von zehn Minuten hier, wenn Sie sie rufen, Mrs. Antrim.«

»Was ist, wenn sie länger brauchen? Bis sie hier sind, könnte er längst im Haus sein und uns angreifen. *Sie* angreifen.« Sie schlang die Arme noch fester um sich und blickte sich zur Straße um, als ob jemand sie in diesem Moment beobachtete. »Solange Sie diesen Mann nicht gefasst haben, möchte ich Amy von hier wegbringen. Ich weiß auch schon, wohin.«

»Woran denken Sie?«

»Wir besitzen eine Blockhütte am See, in der Nähe des Douglas State Forest. Sie ist ganz abgelegen, da wird er uns niemals finden. Mike findet auch, dass wir dort am besten aufgehoben sind. Er muss wegen der Arbeit in der Stadt bleiben, aber er wird am Samstag nachkommen. Im Moment möchte ich einfach nicht, dass Amy hierbleibt.«

Maura blickte zum Haus. In allen Zimmern brannte Licht, man konnte ungehindert von draußen hineinsehen. Wie leicht es doch ist, nachts in die Häuser von anderen Menschen zu schauen – zuzusehen, wie sie Abendessen kochen, wie sie am Esstisch sitzen. Zu sehen, was in ihrem Fernseher läuft, um welche Zeit sie nach oben gehen und das Licht ausschalten. In der Nacht zieht jedes Haus die Blicke von Fremden an, deren Absichten harmlos sein können oder auch nicht.

»Wenn Sie sie unbedingt wegbringen wollen«, sagte Jane, »dann gehen Sie in ein Hotel oder zu Freunden. Aber in Ihrem Haus am See kann ich sie nicht beschützen.«

»Können Sie sie denn *hier* beschützen?«

»Ich versuche doch nur, für ihre Sicherheit zu sorgen, Mrs. Antrim.«

»Das tue ich auch«, erwiderte Julianne. Ihr Gesicht lag im Schatten, doch der harte, kalte Ton ihrer Stimme war nicht zu überhören. »Machen Sie Ihren Job, Detective. Und lassen Sie mich meinen machen.«

33

AMY

Sie wusste nicht, warum der See »Lantern Lake« hieß, aber der Name ließ sie stets an magische Nächte denken, an Glühwürmchen und golden schimmernde Wellen auf dem Wasser. Seit sie zehn war, hatte ihre Familie sich jeden Sommer hierhergeflüchtet, wenn die Hitze in der Stadt unerträglich wurde. Hier hatten sie die Wochenenden verbracht, waren Kanu gefahren oder hatten im Schilf herumgeplanscht. Der See war angeblich ein Anglerparadies, und manchmal hatte ihr Vater seine Angelrute an den See mitgenommen, aber Amy hatte nie verstanden, was am Hantieren mit Schnüren, Haken und Ködern so faszinierend sein sollte. Nein, dies war ein Ort, an dem sie ganz einfach *sein* konnte, wo sie dem Nichtstun frönte. Ein Ort, an dem sie und ihre Mutter sich sicher fühlten. Sie hatten darauf verzichtet, Detective Rizzoli um Erlaubnis zu bitten. Stattdessen hatten sie einfach ihre Sachen gepackt und waren losgefahren. Und jetzt, nachdem sie hier angekommen waren, wusste Amy, dass es die richtige Entscheidung gewesen war.

Sie wünschte nur, sie hätten sich besser überlegt, was sie mitnehmen wollten. Heute Morgen hatten sie es so eilig gehabt, die Stadt zu verlassen, dass ihre Mutter nur wahllos ein paar Sachen aus der Küche in Einkaufstüten gepackt hatte. Aber sie würden schon irgendwie zurechtkommen. Sie beide waren noch immer zurechtgekommen.

Ein fernes Grollen lenkte Amys Blick auf ein Motorboot, das über das Wasser glitt und mit seinem Lärm die Stille über dem See zerriss, aber an einem warmen, sonnigen Nachmittag musste man mit so etwas rechnen. Am Abend würden alle Boote verschwunden sein, sodass die Enten und die Eistaucher ihr Reich wieder für sich hatten.

»Amy, hast du noch keinen Hunger?«, rief ihre Mutter von der hinteren Veranda.

»Eigentlich nicht.«

»Wann willst du zu Abend essen?«

»Ich richte mich nach dir.«

Julianne kam herunter ans Ufer, um sich zu ihr zu gesellen. Eine Weile standen sie nur schweigend Seite an Seite und lauschten dem Rauschen des Winds in den Bäumen.

»Wir sollten morgen das Kanu zu Wasser lassen«, sagte Julianne. »Lass uns gleich in der Früh rausfahren, bevor die Motorboote aufkreuzen.«

»Okay.«

Ihre Mutter sah sie an. »Hast du Angst, Schatz?«

»Du nicht?«

Julianne blickte auf den See hinaus. »Wir haben schon Schlimmeres durchgemacht. Das hier stehen wir auch durch. Jetzt wollen wir erst einmal von Tag zu Tag schauen.« Sie wandte sich wieder zum Haus um. »Ich packe jetzt fertig aus, und dann machen wir eine Flasche Wein auf, okay?«

»Bist du sicher, dass das eine gute Idee ist?«

»Ich glaube, wir könnten jetzt beide ein Glas vertragen.«

Es war fast neun Uhr, als sie sich an diesem Abend endlich zum Abendessen hinsetzten. Die Mahlzeit war untypisch für Julianne, die so stolz auf ihre Kochkünste war und normalerweise in der Küche keine Mühen scheute. Heute Abend gab es Spaghetti mit Marinara-Sauce aus dem Glas und einen Salat, nur mit Olivenöl und Salz angemacht. Ein Anzeichen dafür, dass Julianne sich mehr Sorgen machte, als sie zugeben mochte. Der Lärm der Motorboote war für heute verstummt, und bis auf den gespenstischen Ruf eines Eistauchers war der Abend still. Die jüngsten Ereignisse saßen ihnen beiden immer noch in den Knochen, sie aßen schweigend und nippten nur gelegentlich an ihren Weingläsern. Diese Blockhütte mochte ihr Zufluchtsort sein, doch die heranrückende Dunkelheit ließ sie beide wieder nervös werden, und unwillkürlich lauschten sie auf verdächtige Geräusche. Das Knacken eines Zweigs, ein Rascheln im Gebüsch.

Das Läuten des Handys erschreckte sie so, dass Amy ihr Glas umstieß und der Cabernet sich über den Tisch ergoss. Mit pochendem Herzen schmiss sie eine Serviette auf die Pfütze, um den Wein aufzuwischen, während Julianne den Anruf annahm.

»Ja, uns geht es gut. Hier ist alles in Ordnung.«

Amy warf ihrer Mutter einen fragenden Blick zu, worauf Julianne mit den Lippen das Wort *Daddy* formte. Bestimmt hatte er ein schlechtes Gewissen, weil er nicht bei ihnen war, aber Julianne hatte darauf bestanden, dass er ganz normal zur Arbeit ins Krankenhaus ging. Jemand musste im Haus sein, damit man sah, dass es bewohnt war, und der Stalker annehmen musste, dass Amy immer noch dort wäre. So könnten sie ihre Tochter am besten schützen, erklärte Julianne ihm – indem sie die Aufmerksamkeit des Stalkers von Amy ablenkten.

»Ja, ich habe Detective Rizzoli angerufen«, fuhr Julianne fort. »Sie ist nicht begeistert, dass wir hier sind, aber immerhin weiß sie, wo wir uns aufhalten. Sie hat sich mit dem Douglas Police Department in Verbindung gesetzt, dort ist man also auch im Bilde über die Situation. Es gibt keinen Grund zur Sorge, Mike. Glaub mir.«

Sie sprach mit ihrer *Mommy-macht-das-schon*-Stimme, die Amy so gut kannte, eine Stimme, die auch bei Daddy wirkte. Er mochte Arzt sein, mochte es gewohnt sein, auf der Intensivstation Anweisungen zu erteilen, aber zu Hause überließ er das Kommando gerne seiner Frau, weil sie tatsächlich alles im Griff hatte, ganz gleich ob es um das Scheckbuch oder um die Küche ging.

Als Julianne schließlich auflegte, schien sie erschöpft von der Mühe, die es sie gekostet hatte, ihren Mann zu beruhigen, und sie schenkte Amy ein müdes Lächeln. »Er wünscht, er wäre hier bei uns.«

»Hat er immer noch vor, am Samstag zu kommen?«

»Ja. Er fährt direkt vom Krankenhaus los.«

»Sag ihm, er soll noch ein paar Flaschen Wein mitbringen.«

Julianne lachte. »Du Arme. Sitzt hier in der Pampa fest und hast nur deine langweiligen Eltern zur Gesellschaft.«

»Nichts gegen Langeweile. Das ist genau das, was wir beide jetzt brauchen.« Amy trug die Teller zum Spülbecken und blickte sich zu ihrer Mutter um, die ins Leere starrte und mit den Fingern auf die Tischplatte trommelte. Julianne gab niemals zu, dass sie Angst hatte. Sie gab niemals irgendetwas zu, wenn sie glaubte, es würde ihre Tochter beunruhigen, aber Amy wusste auch ohne

Worte, was in ihrer Mutter vorging. Sie konnte es an deren Fingern sehen, die unablässig einen Morsecode der Angst tippten.

Julianne stand auf. »Ich geh noch mal zum Auto. Ich kann meine Flip-Flops nirgendwo finden, dabei weiß ich *genau*, dass ich sie eingepackt habe.«

»Vielleicht im hinteren Fußraum?«

»Oder im Kofferraum. Kann sein, dass sie unter den ganzen Einkaufstüten liegen.« Julianne nahm sich eine Taschenlampe aus der Küchenschublade und ging hinaus. Die Fliegengittertür schloss sich quietschend hinter ihr, dann hörte Amy die Schritte ihrer Mutter auf den Verandastufen, und als sie aus dem Fenster schaute, sah sie Juliannes Silhouette zwischen den Bäumen hindurch in Richtung Auffahrt verschwinden.

Amy ging zur Spüle zurück und machte sich an den Abwasch. Sie hatten beide heute Abend nicht viel gegessen, und sie wischte die kalten Spaghettireste in den Müll, spülte die Teller, trocknete sie ab und stellte sie in den Schrank zurück.

Julianne war noch nicht wieder zurück.

Amy spähte aus dem Fenster, doch sie konnte weder Julianne noch das Flackern der Taschenlampe sehen. Wo blieb ihre Mutter nur so lange? Sie überlegte hin und her, ob sie hinausgehen und nach Julianne suchen oder lieber hier in der hell erleuchteten Küche bleiben sollte. Die Sekunden verstrichen. Sie hörte keine Schreie, nichts, was sie beunruhigt hätte, nur das Zirpen der Grillen. Und doch – irgendetwas stimmte da nicht.

Sie trat hinaus auf die Veranda. »Mom?«, rief sie.

Keine Antwort.

Nirgendwo sonst am See sah sie Licht in den Häusern.

Ihres war das einzige, das an diesem Abend bewohnt war. Sie waren allein hier, versteckt im Wald, weitab von der Hauptstraße. Es war genau das, was sie gewollt hatten, aber jetzt kamen Amy Zweifel. Sie fragte sich, ob es ein Fehler gewesen war hierherzukommen.

»Mom?«

Vom See kam ein platschendes Geräusch, und sie sah, wie kleine Wellen die Spiegelung des Mondlichts auf der Wasserfläche kräuselten. Bloß eine Ente oder ein Eistaucher. Kein Grund zur Beunruhigung. Sie ging zurück ins Haus, doch im gleichen Moment, als die Tür hinter ihr zufiel, hörte sie ein anderes Geräusch. Es kam nicht vom See, es war viel näher. Ein Rascheln. Das Knacken eines Zweigs.

Schritte.

Sie starrte durch das Fliegengitter, versuchte auszumachen, wer oder was sich da näherte. War es Julianne, die vom Auto zurückkam?

Dann sah sie die Gestalt aus dem Schatten der Bäume treten. Sie blieb auf dem Weg stehen, ihre Umrisse hoben sich vom schwachen Lichtschein des Sees ab. Nicht Julianne. Es war ein Mann, und er kam auf sie zu.

Und da fing sie an zu schreien.

34

JANE

Jane konnte es schon sehen, ehe sie die Blockhütte betrat. Spritzer von arteriellem Blut zogen sich über den Fußboden und an der gegenüberliegenden Wand hinauf, wie Einschläge einer Maschinengewehrsalve. Wortlos blieb sie auf der Schwelle stehen und bückte sich, um Papierüberschuhe anzuziehen. Als sie sich wieder aufrichtete, atmete sie tief durch und wappnete sich für das, was sie in der Hütte erwartete. Draußen duftete die Luft nach feuchter Erde und Kiefernnadeln, aber drinnen würde sie ein anderer Geruch erwarten. Ein Geruch, der ihr nur allzu vertraut war.

»Wie Sie sehen können, begann der Angriff in der Küche«, sagte Detective Sergeant Goode. Er war als erster Ermittler am Tatort eingetroffen, und seine Augen waren von einer schlaflosen Nacht verquollen und blutunterlaufen. In dieser ländlichen Gegend waren Mordermittlungen eine Seltenheit, und letzte Nacht war er mit einem Fall konfrontiert worden, der ihn sichtlich erschüttert hatte. Als ob es ihm widerstrebte, den Ort des Schreckens noch einmal zu betreten, verharrte er noch einen Moment auf der Veranda, bevor er schließlich die Insektenschutztür aufzog und in die Hütte trat.

»Es ist ziemlich offensichtlich, was passiert ist«, sagte er.

Das Blut erzählte die Geschichte. Es war in langen Bahnen an der Wand und auf den Küchenschränken getrocknet, in Stößen hervorgepumpt von einem verzweifelt schlagenden Herzen. Ein Stuhl lag auf der Seite, Glasscherben und verschmierte Schuhabdrücke am Boden zeugten vom Kampf zwischen Angreifer und Opfer.

»Im Flur geht es weiter«, sagte Goode.

Er führte sie aus der Küche hinaus, wo die Blutspur sich fortsetzte. Erst vor ein paar Wochen war Jane im Haus von Sofia Suarez einer solchen Spur gefolgt. Es kam ihr vor wie ein Albtraum in Endlosschleife. Sie hielt inne, als ihr Blick auf einen einzelnen verschmierten Handabdruck an der Wand fiel, hinterlassen vom Opfer, das sich hier abgestützt hatte, bereits benommen und geschwächt, bevor es weitergewankt war.

Im Schlafzimmer schließlich endete die Spur.

Hier waren keine Spritzer von arteriellem Blut an den Wänden zu sehen. Der Blutverlust war schon zu groß gewesen, das Herz hatte kaum noch etwas, das es pumpen konnte, und was noch im Körper des sterbenden Opfers verblieben war, war in einem immer schwächer werdenden Rinnsal aus der Wunde geflossen und hatte sich in der geronnenen Lache gesammelt, die sich vor Janes Füßen ausbreitete. Die Leiche war bereits von der Rechtsmedizin abtransportiert worden, doch ihre Umrisse waren immer noch zu erkennen, markiert durch den Abdruck der blutgetränkten Kleidung.

»Wir haben die Leiche wie gewünscht nach Boston bringen lassen«, sagte Goode, »da es einen Zusammenhang mit dem Fall zu geben scheint, in dem Sie ermitteln.«

Jane nickte. »Ich möchte, dass unsere Rechtsmedizinerin die Obduktion durchführt.«

»Nun, das macht es natürlich einfacher für uns. Eigentlich für alle, da Sie ja die Hintergründe schon kennen. Die Zeugenaussagen lassen wenig Zweifel am Ablauf des Geschehens.« Er sah Jane an. »Gibt es sonst noch etwas, das Sie sehen müssen?«

»Das Fahrzeug.«

»Es steht ein Stück weit die Hauptstraße runter. Entweder hat er sich auf dem Weg hierher verfahren oder ...«

»Er wollte sie nicht vorwarnen.«

Goode nickte. »Ich tippe auf die zweite Erklärung.«

Sie verließen die Hütte und stapften den unbefestigten Zufahrtsweg hinauf zu der Asphaltstraße, die das Südufer des Lantern Lakes säumte. Dort angekommen, sagte Goode: »Da drüben, das ist das Fahrzeug.«

Das Auto, auf das er zeigte, stand nur rund zehn Meter hinter der Abzweigung zur Blockhütte der Antrims. Es war ein dunkelgrüner Honda Civic mit Kennzeichen aus Maine und abgelaufener Prüfplakette. Das Auto hatte offensichtlich schon etliche Jahre auf dem Buckel, nach dem rostigen Fahrgestell und den zahlreichen Dellen in der Fahrertür zu schließen.

»Wir haben das Kennzeichen überprüft und bestätigt, dass der Wagen auf einen James Creighton aus Portland, Maine, registriert ist, aber die Adresse ist nicht mehr aktuell. Der Vermieter sagt, Creighton sei mit der Miete im Rückstand gewesen, und er habe ihn vor etwa vier Monaten vor die Tür setzen müssen. Die Fingerabdrücke stimmen überein, wir wissen also, dass es sich tatsächlich um ihn handelt. Wir haben das Auto durchsucht und einen Schlafsack und ein Kopfkissen auf der Rückbank gefunden, dazu ein halbes Dutzend leere Kaffeelikörflaschen. Wie es aussieht, hat er eine ganze Weile im Auto gewohnt.«

»Wo ist sein Handy?«

»Wir haben keins gefunden.«

Jane runzelte die Stirn. »Wir sind uns ziemlich sicher, dass er ein Wegwerfhandy besaß.«

»Keine Ahnung, wo das abgeblieben ist. Aber es wird Sie interessieren, was wir stattdessen gefunden haben.« Er zog sein Handy hervor und wählte ein Bild aus. »Er ist jetzt im Labor, aber ich habe ein Foto gemacht, weil ich mir dachte, Sie würden ihn sicher sehen wollen.«

Jane starrte das Bild auf dem Display an. Es war ein Hammer.

»Wir haben ihn unter dem Teppichboden im Kofferraum gefunden, neben dem Ersatzrad. Es ist zwar nicht gerade ungewöhnlich, dass jemand einen Hammer besitzt, aber sie hatten ja ausdrücklich nach einem gefragt.«

»War Blut dran?«

»Mit bloßen Augen habe ich keines sehen können, aber ich habe gerade eine Nachricht vom Labor bekommen. Sie haben Blutspuren am Hammerkopf gefunden.« Die Nachmittagssonne schien ihm jetzt voll ins Gesicht, und er kniff die Augen zusammen. Im grellen Licht trat jedes Fältchen, jeder Schönheitsfehler in seinem Gesicht deutlich zutage. »Wenn es zu dem Ihres Opfers in Boston passt, könnte das alle Ihre Probleme lösen.«

»Sieht ganz danach aus.«

Er betrachtete sie für einen Moment. »Der Stalker ist tot, die beiden Damen sind in Sicherheit. Und trotzdem sehen Sie nicht ganz zufrieden aus.«

Sie seufzte und blickte zu den Bäumen hinauf. »Ich würde mich gerne noch mal in der Hütte umsehen.«

»Ja, klar. Die Spurensicherung ist schon durch, also tun Sie sich keinen Zwang an. Ich muss jetzt zurück in die Stadt. Wenn Sie noch Fragen haben, rufen Sie mich an.«

Jane ging allein die Zufahrt hinunter zur Hütte zurück. Sie blieb noch einen Moment vor den Verandastufen stehen und lauschte auf das Zwitschern der Vögel, das Rauschen des Winds in den Bäumen. Zusammen mit Frost hatte sie am frühen Morgen Amy und Julianne zu dem Geschehen am Vorabend befragt, und ihre Aussagen gingen Jane durch den Kopf, als sie wieder die Stufen zur Haustür emporstieg.

Amy: *Er kam aus dem Wald – kam direkt auf mich zu. Ich wollte die Tür schließen, um ihn auszusperren, aber er verschaffte sich gewaltsam Zutritt. Ich wusste, dass er mich töten würde ...*

Julianne: *Ich war unten am See und habe aufs Wasser geschaut, und da habe ich sie schreien hören. Ich habe meinen Engel schreien hören und bin sofort zur Hütte gerannt ...*

Jane trat über die Schwelle und blieb in der Küche stehen, ließ den Blick noch einmal über die blutbespritzten Schränke schweifen, die Glasscherben, den umgekippten Stuhl. Sie wandte sich zur Arbeitsplatte um und starrte den Messerblock an, der dort stand. Einer der Schlitze war leer. Es war ein breiter Schlitz, groß genug für ein Kochmesser.

Julianne: *Ich bin in die Küche gerannt. Da stand er bei Amy, er hatte sie an die Wand gedrückt und ihr die Hände um den Hals gelegt. Ich habe keine Sekunde lang nachgedacht. Ich habe getan, was jede Mutter tun würde. Ich habe mir ein Messer von der Arbeitsfläche geschnappt ...*

Was dann passiert war, davon zeugte das Blut an den

Schränken und auf dem Boden. Jane sah es vor ihrem inneren Auge ablaufen, als ob es hier und jetzt passierte. Julianne stößt dem Angreifer das Messer in den Rücken. Der Verletzte heult auf und fährt herum, um sich auf sie zu stürzen. In ihrer Panik schlägt sie wild um sich, und die Klinge schlitzt ihm die Kehle auf. Diesmal ist die Wunde tödlich, allerdings nicht sofort. Er hat noch genug Kraft, um zu versuchen, ihr das Messer zu entwinden, und bei dem Kampf schneidet sie sich in die Hand. Aber schon verschwimmt alles vor seinen Augen ...

Halb blind taumelt er in den Hausflur, wo er den Arm ausstreckt, um sich abzustützen, und den verschmierten Handabdruck an der Wand hinterlässt. Inzwischen hat er so viel Blut verloren, dass ihm schwarz vor Augen wird. Er wankt ins Schafzimmer – eine Sackgasse. Und hier können ihn seine Beine nicht mehr tragen.

Jane blieb stehen und sah auf die Stelle hinunter, wo James Creighton schließlich zusammengebrochen war. Hier hatte er seine letzten Atemzüge getan, während die Blutung sich zu einem Rinnsal abschwächte, während sein Herz ins Stottern geriet und schließlich stillstand.

Julianne: *Als ich den Notruf wählte, war er noch am Leben, da bin ich mir sicher. Er hat die ganze Zeit kein Wort gesagt. Er hat uns nie gesagt, warum er Amy angegriffen hat. Als die Polizei eintraf, war er schon tot, wir werden also nie erfahren, warum er es auf Amy abgesehen hatte. Warum er sie nicht in Ruhe gelassen hat ...*

Amy. Jane sah sich im Schlafzimmer um, blickte von den Spitzengardinen zu den Stofftieren, die auf dem Regal aufgereiht waren. Das musste Amys Schlafzimmer sein. Nach ihrem Horrorerlebnis waren sie beide nach Boston zurückgebracht worden. Sie hatten alles in der

Blockhütte zurückgelassen. Amys leerer Koffer stand noch im Schrank, und in den Schubladen der Kommode lagen Unterwäsche, Socken und T-Shirts. Die Zahnbürsten der beiden standen noch im Badezimmerschrank, zusammen mit einer Packung von Juliannes Tabletten gegen Bluthochdruck und einer Packung Haarfarbe von Clairol.

Jane ging hinaus auf die Veranda und rief Frost an. »Bist du noch bei den Antrims?«, fragte sie. »Wie geht es ihnen?«

»Sie sind ziemlich durch den Wind, aber es geht ihnen den Umständen entsprechend gut«, sagte er. »Dr. Antrim ist jetzt bei ihnen, und Julianne ist nach oben gegangen, um sich ein wenig hinzulegen. Irgendwelche Überraschungen bei dir am See?«

»Vielleicht. Die Spurensicherer haben in Creightons Auto einen Hammer gefunden. Das Labor sagt, es seien Blutspuren daran. Wenn es von Sofia Suarez stammt ...«

»Dann wäre der Fall wirklich in trockenen Tüchern.«

»Bis auf die Frage nach dem *Warum*. Wir kennen immer noch nicht sein Motiv. Warum hat er Sofia getötet? Warum hat er Amy nachgestellt?«

»Ja, warum? Ich weiß, du magst es nicht, wenn ich das sage, aber, na ja, es ist ... ein Rätsel.«

»Stimmt, ich mag es nicht, wenn du das sagst.« Sie blickte auf den See hinaus, wo ein Pärchen in einem roten Kanu paddelte. Der Nachmittag war windstill, das Wasser glatt wie ein Spiegel. »Es ist wirklich schön hier. Ich würde mir am liebsten auch so ein Häuschen am See kaufen.«

»Also, dieser Erfolg muss doch gefeiert werden, nicht wahr? Alice hat gesagt, dass sie mal dieses neue Restaurant draußen hinter Newton ausprobieren will. In ihrer Kanzlei schwärmen alle davon. Was meinst du?«

»Vielleicht. Aber etwas fehlt noch, bevor wir einen Strich unter die Sache machen können.«

»Was meinst du?«

»Die Obduktion.«

Obwohl sie volle Schutzkleidung trug und ihre Haare unter einer Papierhaube versteckt waren, gab es keinen Zweifel, dass es Maura war, die da am Seziertisch stand. Als Jane sie durch das Fenster vom Vorraum aus beobachtete, fragte sie sich, was es war, das Maura so unverwechselbar machte. Ihre vornehme Haltung, als sie nach dem Skalpell griff? Der konzentrierte Blick, mit dem sie die Leiche vor sich auf dem Tisch fixierte? Maura sah auch nicht auf, als Jane die Tür aufstieß und den Sektionssaal betrat, sondern führte unbeirrt den Y-Schnitt aus und begann die Rippen zu durchtrennen.

»Kannst du mir einen Todeszeitpunkt sagen?«, fragte Jane, als sie zu Maura an den Tisch trat.

»Meine Schätzung ist mit den Aussagen der Zeuginnen vereinbar.« Maura hob das Brustbein heraus und legte die Organe der Brusthöhle frei. »Der Tod ist zwischen zehn und elf Uhr abends eingetreten. Ich habe die Stichwunde im Rücken bereits untersucht. Die Klinge ist zwischen der fünften und sechsten Rippe eingedrungen, und die Verletzung ist vereinbar mit den Abmessungen des Kochmessers, das am Tatort sichergestellt wurde.« Maura deutete auf den Hals des Toten, wo die mittlerweile vom Blut gereinigte Wunde klaffte wie ein zweiter Mund, rosig und lächelnd. »Und wie du sehen kannst, wurde bei dem Kehlschnitt die linke Kopfschlagader durchtrennt.

Ich habe mit meinem Kollegen von der Rechtsmedizin in Worcester gesprochen. Er war gestern Abend am Tatort und sagte, es sei eine ›blutige Schweinerei‹ gewesen.«

»Das stimmt«, gab Jane zu.

»Die Obduktion hätte genauso gut in Worcester durchgeführt werden können. Es war nicht nötig, die Leiche nach Boston zu transportieren.«

»Aber ich weiß, dass *du* nichts übersehen wirst. Und du warst von Anfang an in die Ermittlung eingebunden. Ich dachte, es würde dich freuen, an der Sache dranzubleiben.«

»Danke.«

War das Sarkasmus? Bei Maura war das manchmal schwer zu sagen, und Mauras Miene gab auch keine Hinweise, als sie Herz und Lunge resezierte und die Herzkranzgefäße freilegte. Keine überflüssige Bewegung, jeder Schnitt effizient und präzise.

»Die Koronargefäße sind sauber«, sagte Maura. Sie sah auf das hagere Gesicht. »Auch wenn er ansonsten alles andere als gesund wirkt.«

»Ja, das kommt vor, wenn man tot ist.«

»Ich meine seine Kachexie. Seine Kleidung war mehrere Nummern zu groß, und siehst du, wie eingefallen seine Schläfen sind? Er hat sehr viel Gewicht verloren.«

Jane dachte an die leeren Kaffeelikörflaschen im Auto. »Ein Alkoholiker?«

»Das könnte es zum Teil erklären.« Maura schob die Dünndarmschlingen zur Seite. »Aber ich denke, der wahre Grund war das hier.« Sie deutete auf eine angeschwollene Masse. »Pankreaskarzinom. Es hatte schon in die Leber gestreut.«

»Er hatte Krebs?«

»Im Endstadium. Er war todkrank.«

Jane sah auf James Creightons eingesunkene Augen hinab. »Glaubst du, dass er es gewusst hat?«

»Er musste doch nur in einen Spiegel schauen.«

Jane schüttelte den Kopf. »Das ergibt keinen Sinn. Der Mann hatte Krebs und muss gewusst haben, dass er sterben würde. Warum sollte er da einer Frau nachstellen? Ihr bis zum See folgen und sie dort überfallen?«

Maura blickte auf. »Hast du die Würgemale an Amys Hals mit eigenen Augen gesehen?«

»Ja.«

»Waren sie deutlich ausgeprägt?«

»Du glaubst dem Opfer nicht?«

»Es ist nun mal meine Art, Fragen zu stellen.«

»Es waren nur leichte Blutergüsse«, sagte Jane. »Aber sie *waren* da. Und vergiss nicht: Seine Exfrau wurde auch erdrosselt.«

»Es wurde nie bewiesen, dass es Creighton war.«

»Nach diesem Mordversuch ist es allerdings noch wahrscheinlicher.«

»*Wahrscheinlich* ist nicht gleich bewiesen.« Ein typischer Maura-Satz. Die Art von Bemerkung, die Jane ärgerte, obwohl sie genau wusste, dass sie stimmte.

Maura legte das Skalpell nieder. »Was ich dir liefern kann, sind ein Todeszeitpunkt, die Todesursache und die Identifizierung. Die Fingerabdrücke dieses Mannes und seine Blutgruppe belegen, dass es sich um James Creighton, sechsundfünfzig, handelt.«

Janes Handy klingelte. Sie griff unter ihren OP-Kittel und fischte es aus der Tasche. »Detective Rizzoli.«

»Ich habe eine Neuigkeit, die Sie freuen wird«, sagte Detective Sergeant Goode.

»Dann erfreuen Sie mich mal.«

»Es geht um den Hammer, den wir in James Creightons Auto gefunden haben. Das Labor hat gerade bestätigt, dass das Blut darauf von einem Menschen stammt, und es passt zu Sofia Suarez. Gratuliere. Sie haben Ihren Täter.«

Jane sah auf den ausgehöhlten Leichnam hinab. Sie sollte froh sein, dass das letzte Puzzleteil endlich an seinem Platz war; erleichtert, dass sie die Mordakte Sofia Suarez jetzt schließen konnte. Aber stattdessen dachte sie, als sie in James Creightons Gesicht sah: *Wieso habe ich das Gefühl, dass ich etwas übersehe?*

35

ANGELA

Heute Abend werde ich wie eine Heldin gefeiert. Jedenfalls nennen mich alle hier am Tisch so, und ich bin verdammt noch mal entschlossen, es auszukosten, denn es kommt nicht allzu oft vor, dass die gute alte Mom der Star des Abends ist und zum Essen eingeladen wird. Und das Essen ist auch wirklich hervorragend, obwohl ich es nicht selbst gekocht habe, denn wir befinden uns in einem der teuersten Restaurants, die ich je betreten habe. Alice Frost hat es ausgesucht, und das muss ich ihr wohl zugutehalten, obwohl ich halbwegs bis Framingham rausfahren musste, um hierherzugelangen. Alice weiß, wo man am besten essen kann, und wenn man wie sie als Anwältin in einer erfolgreichen Kanzlei arbeitet, bekommt man natürlich mit, wer gerade der neueste Geheimtipp unter den Spitzenköchen ist.

Ich denke, ich könnte noch lernen, sie zu mögen. Irgendwann mal.

Sie hat heute Abend auch den Wein für den ganzen Tisch bestellt, und das ist noch etwas, worin sie verdammt gut ist. Ich hatte schon zwei Gläser, und jetzt eilt der Ober wieder herbei, um mir nachzuschenken. Mit der Flasche in der Hand hält er inne und legt fragend den Kopf schief.

»Nur zu, Ma«, sagt Jane. »Ich fahr dich nach Hause, also trink ruhig noch was.«

Ich strahle den Ober an, und er füllt mein Glas. Während ich trinke, sehe ich mich am Tisch um und wünsche mir nur, dass Vince heute Abend hier wäre. Für eine gute Party ist er immer zu haben. Wenn er aus Kalifornien zurück ist, will ich zur Feier des Tages mit ihm hier essen gehen.

Heute Abend haben wir alle etwas zu feiern. Jane und Barry haben ihren Fall abgeschlossen, Alice ist zur Partnerin in ihrer Kanzlei befördert worden, und meine kleine Regina hat gerade ihr erstes Jahr im Kindergarten hinter sich. Ich blicke in die Runde, sehe in die Gesichter von Alice und Barry, von Gabriel, Jane und Regina, und ich denke: Du kannst dich wirklich glücklich schätzen, Angela.

Wenn Vince erst nach Hause kommt, wird mein Leben perfekt sein.

»Auf Angela Rizzoli, die Superheldin!«, sagt Gabriel und hebt sein Glas mit Tonic Water. »Die ganz allein einen Mann mit einer Pistole entwaffnet hat.«

»Na ja, nicht ganz allein«, gebe ich zu. »Ich hatte Agnes Kaminsky als Verstärkung. Also sollten wir auch auf sie anstoßen, selbst wenn sie nicht hier ist.«

»Auf Agnes!«, rufen alle, und es tut mir ein bisschen leid, dass ich sie nicht ebenfalls eingeladen habe. Andererseits weiß ich, dass sie dann nur herumgemäkelt hätte – dass das Essen zu salzig und die Musik zu laut wäre, und welcher Idiot bezahlt denn dreißig Dollar für ein Hauptgericht?

Jetzt hebe ich selbst mein Glas, um einen Trinkspruch auszubringen. »Und herzlichen Glückwunsch, Jane und Barry! Nach Wochen harter Ermittlungsarbeit habt ihr endlich den Täter gefasst!«

»Gefasst haben wir ihn in dem Sinne nicht, Ma«, wendet Jane ein.

»Aber ihr habt den Fall gelöst, und der Kerl wird nie wieder irgendwem etwas zuleide tun. Also, auf die zwei besten Detectives in Boston!«

Jane scheint ein wenig zögerlich, die Ehrung anzunehmen, während alle anderen einen kräftigen Schluck auf ihr Wohl trinken. Ich kenne meine Tochter nur zu gut, und ich merke, dass ihr irgendetwas keine Ruhe lässt. Und das wiederum lässt mir keine Ruhe. Das ist das Los einer Mutter: Ganz gleich, wie alt deine Kinder sind, ihre Probleme sind immer auch deine Probleme.

Ich beuge mich zu meiner Tochter hinüber und frage leise: »Was hast du, Jane?«

»Es war einfach eine lange und frustrierende Ermittlung.«

»Möchtest du darüber reden?«

»Nein, es ist nichts weiter. Bloß diese nervigen Details.«

Ich stelle mein Weinglas ab. »Ich habe die gewiefteste Ermittlerin der Welt großgezogen ...« Dann halte ich inne, als ich merke, dass ihr Partner Barry auch zuhört, doch er nimmt es mir nicht krumm und salutiert nur grinsend.

»Dem würde ich niemals widersprechen, Mrs. Rizzoli.«

»Okay, ich habe die weibliche Hälfte des gewieftesten Ermittlerteams der Welt großgezogen«, korrigiere ich mich. »Du hast dieses Talent von irgendwem geerbt, und ich glaube nicht, dass es dein Vater war.«

Jane schnaubt. »Das glaube ich auch nicht.«

»Also hast du es vielleicht von mir. Vielleicht kann

315

ich ein bisschen Licht in deinen Fall bringen. Die Sache aus einem neuen Blickwinkel betrachten, was meinst du?«

»Ich bin mir nicht so sicher, Ma.«

»Ich bin vielleicht keine Polizistin, und ich weiß, dass ich gerne unterschätzt werde, weil ich eine ältere Frau bin, aber …«

»*Das*«, wirft Alice ein und schwenkt ihr Weinglas, »ist die Schuld der Gesellschaft. Wir Frauen büßen alle an Wertschätzung ein, wenn wir über das gebärfähige Alter hinaus sind.«

»Ja, mag sein. Aber gebärfähig hin oder her, ich will einfach nur, dass man mir zuhört.« Ich sehe Jane an. »Wenn es irgendwas gibt, das dich stört, kann ich dir vielleicht helfen.«

Jane seufzt. »Ich weiß ja gar nicht genau, *was* es ist, das mich stört.«

»Aber du weißt, dass irgendwas nicht stimmt, ist es das? Ja, das verstehe ich. Ich habe damals auch gewusst, dass irgendwas nicht stimmt, als dein Bruder Frankie mir erzählt hat, er würde bei Mike Popovich übernachten, während er in Wirklichkeit unten am Steinbruch war und Gras geraucht hat. Ich wusste es, weil ich einen guten Instinkt habe.«

»Ich muss nur noch mal darüber nachdenken«, sagt Jane.

Und ich sehe, dass sie genau das tut, während wir uns das Tiramisu zum Dessert schmecken lassen und ich ein viertes Glas Wein leere. Sie hat den ganzen Abend nur ein einziges Glas getrunken, weil sie mich noch fahren muss. Das ist die Beamtin in ihr. Sie ist mit Leib und Seele Gesetzeshüterin, und das bedeutet, dass sie sich den ganzen

Abend über nicht richtig entspannt hat. Und sie ist ganz offensichtlich mit den Gedanken woanders.

Sie wirkt immer noch abwesend, als wir in ihr Auto steigen und uns anschnallen. Sie und Gabriel sind getrennt hergefahren, und er bringt Regina direkt nach Hause ins Bett, sodass ich mit Jane allein bin. Ich wünschte, ich hätte mehr Zeit allein mit meiner Tochter. Das Leben vergeht so schnell, sie hat immer so viel zu tun, und wenn ich Jane dann mal für mich habe, scheint sie immer schon auf dem Sprung anderswohin zu sein.

»Das war vielleicht ein Festmahl, was, Ma?«, sagt sie.

»Ja, das hat Alice gut ausgesucht.« Ich klopfe auf die kostbare Dose mit Resten auf meinem Schoß. »Diese Frau hat vielleicht doch mehr drauf als nur schlaue Sprüche.«

»Das hört sich ja verdächtig nach einem Kompliment an.«

»So weit würde ich nun auch wieder nicht gehen.« Ich sehe aus dem Fenster zu Alice und Barry, die gerade in ihren Wagen steigen. Ein feiner Mann wie Barry hätte eine nettere Frau verdient, aber über Geschmack lässt sich nicht streiten – am wenigsten, wenn es um die Liebe geht.

Jane startet den Wagen, und wir biegen vom Restaurantparkplatz auf die Straße ein.

Vor uns am Straßenrand steht mit flackerndem Blaulicht ein Streifenwagen, der gerade einen Pick-up angehalten hat. Jane bremst natürlich ab, um sich ein Bild von der Situation zu machen und zu entscheiden, ob ihr Eingreifen erforderlich ist. Das ist meine Tochter – überall wittert sie Probleme, die es zu lösen gilt.

Da ist sie genau wie ich.

»Ich glaube, die Greens müssen wohl ausgezogen sein«, sage ich.

»Ach ja?« Sie hört mir nicht richtig zu, weil ihre Aufmerksamkeit immer noch auf den Streifenwagen am Straßenrand gerichtet ist.

»Ich habe sie beide schon ein paar Tage nicht mehr gesehen. Aber ich habe im Haus Licht brennen sehen, also haben sie wohl eine von diesen Zeitschaltuhren, die das Licht einschalten, sobald es dunkel wird, um Einbrecher abzuschrecken.«

»Ma, so wie du das Haus die ganze Zeit im Blick hast, dürfte ein Einbrecher keine Chance haben.«

Darüber muss ich lachen. »Ja, da hast du wohl recht.«

»*Siehst du etwas, dann sag etwas.* Das hast du voll und ganz verinnerlicht.« Nachdem sie sich vergewissert hat, dass die Streife die Situation unter Kontrolle hat, fährt sie weiter. »Die Greens hatten es wahrscheinlich satt, von dir ausspioniert zu werden.«

»Ich habe einfach nur ein Auge auf meine Nachbarschaft. Und das ist auch gut so, denn sonst wäre Larry Leopold jetzt tot, und Rick Talley würde sich wegen Mordes vor Gericht verantworten müssen.«

»Hast du schon mit Jackie gesprochen?«

»Ich glaube, es ist ihr peinlich, mit mir zu reden.«

»Wegen ihrer Affäre, meinst du.«

»Nein, ich glaube, das Problem ist eher, mit *wem* sie die Affäre hatte. Ich meine, Larry *Leopold*? Also wirklich.« Ich schnaube.

»Man kann nie wissen, Ma. Vielleicht ist er ja ein Tiger im Bett.«

Einen kurzen Augenblick lang muss ich an Jonas und seine wohlgeformten Brustmuskeln denken. Ich gebe zu, er ist mir ins Auge gefallen. Ich gebe auch zu, dass ich in einem schwachen Moment, wenn ich schon ein paar Martinis intus gehabt hätte, durchaus auf sündige Gedanken hätte kommen können. Zum Glück hat Agnes mir die Augen geöffnet. Sie hat ihn von Anfang an durchschaut.

Jetzt habe ich wirklich ein schlechtes Gewissen, weil ich sie heute Abend nicht zum Essen eingeladen habe. So sehr Agnes einem auf die Nerven gehen kann, sie hat zu mir gestanden, als es darauf ankam. Hustend und nach Luft ringend, gewiss, aber sie *hat* zu mir gestanden.

Als Jane mich zu Hause absetzt, sehe ich, dass bei Agnes noch Licht brennt. Ich weiß, dass sie eine Nachteule ist, und im Moment sitzt sie wahrscheinlich gerade vor dem Fernseher und raucht ihre geliebten Virginia Slims. Sie würde sich bestimmt über ein bisschen Gesellschaft freuen. Und über die Reste von unserem Festmahl.

Ich gehe nach nebenan und klingle.

»Angie!«, krächzt sie, als sie mich vor der Tür stehen sieht. Ich weiche einen Schritt zurück, überwältigt von der Wolke aus Zigarettenrauch, die aus ihrem Haus quillt, als ob es in Flammen stünde. »Ich hab mir gerade ein Glas eingeschenkt. Komm rein und trink einen mit.«

»Ich hab einen Imbiss mitgebracht«, sage ich und halte meine Box hoch.

»Eine Unterlage ist nie verkehrt.« Sie greift nach der Whiskeyflasche auf ihrem Couchtisch. »Darf ich dir einen doppelten einschenken?«

»Warum nicht?«

Am nächsten Morgen bekomme ich die Quittung.

Ich wache mit einem gewaltigen Brummschädel auf, und mit einer verschwommenen Erinnerung daran, dass wir Agnes' Jameson bis auf den letzten Tropfen geleert haben. Die Sonne ist aufgegangen, es ist taghell in meinem Schlafzimmer, und das Licht blendet so, dass ich kaum die Augen aufmachen kann. Ich schiele nach dem Wecker und stöhne, als ich sehe, dass es schon Mittag ist. Nie wieder werde ich versuchen, mit Agnes mitzuhalten. Eine schöne Superheldin bin ich, wenn mich eine Achtundsiebzigjährige unter den Tisch trinken kann.

Ich setze mich auf und reibe mir die Schläfen. Durch das Hämmern in meinem Schädel höre ich das Läuten der Türklingel.

Besuch ist das Letzte, wonach mir im Moment zumute ist, aber ich erwarte ein Päckchen von Vince, also schlüpfe ich in meine Pantoffeln und schlurfe in die Diele. Und bin verblüfft, als ich die Haustür öffne und statt des UPS-Boten Tricia Talley erblicke. In den letzten Wochen hat sie ihren Eltern das Leben zur Hölle gemacht, und jetzt steht sie auf meiner Veranda mit gesenktem Blick und hängenden Schultern.

»Ich hab gesehen, dass das hier in Ihrer Tür gesteckt hat«, sagt sie und reicht mir einen Flyer von der Pizzeria um die Ecke.

»Tricia.« Ich seufze. »Ich weiß, dass du nicht bloß gekommen bist, um mir Gutscheine für Pizza zu überreichen.«

»Nein.«

»Möchtest du reinkommen?«

»Ja. Glaub schon.«

»Pass auf, kannst du ein paar Minuten im Wohnzimmer warten? Ich bin gestern Abend sehr spät ins Bett gekommen, also lass mir ein bisschen Zeit zum Anziehen, dann bin ich gleich bei dir.«

Ich gehe zurück in mein Schlafzimmer, um mir Wasser ins Gesicht zu spritzen und mir die Haare zu kämmen. Während ich Jeans und eine frische Bluse anziehe, grüble ich, warum in aller Welt dieses Mädchen plötzlich hier aufkreuzt, um mit mir zu reden. *Ist* sie überhaupt zum Reden hier? Oder werde ich gleich feststellen, dass sie sich mit meinem Tafelsilber aus dem Staub gemacht hat? Bei Teenagern kann man nie wissen.

Als ich zurückkomme, ist das Wohnzimmer leer. Kaffeeduft steigt mir in die Nase, und ich folge ihm in die Küche, wo Tricia an der Arbeitsplatte steht und Kaffee für uns beide einschenkt. Sie stellt die Tassen auf den Tisch, setzt sich hin und sieht mich erwartungsvoll an. Ich kann mich nicht entsinnen, dass meine Kinder mit sechzehn Kaffee getrunken hätten, aber offensichtlich trinkt sie ihn nicht nur, sie weiß auch, wie man ihn zubereitet.

Punkt für Tricia.

Als ich mich zu ihr setze, sehe ich, wie sie abwechselnd die Fäuste ballt und wieder öffnet, als ob sie sich nicht entscheiden könnte, ob sie sie für dieses Gespräch brauchen wird.

»Was da passiert ist, daran bin ich schuld«, beginnt sie. »Ich meine, ich bin zwar nicht diejenige, die es ursprünglich verbockt hat, aber ich habe alles nur noch schlimmer gemacht.«

»Ich fürchte, ich kann dir nicht ganz folgen.«

»Es ist alles nur wegen Bio.«

»Also, jetzt kann ich *wirklich* nicht mehr folgen.«

»Na ja, wir haben doch kurz vor Ende des Schuljahrs so eine Laborübung zur Genetik gemacht. Da mussten wir uns in den Finger stechen und uns selber Blut abnehmen.« Bei der Erinnerung daran verzieht sie das Gesicht. »Ich habe es gehasst. Mir selber wehzutun.«

Ich nicke mitfühlend. »Ich habe das auch nie gekonnt. Damals musste mich meine Laborpartnerin piksen.«

Sie runzelt die Stirn. »*Sie* haben Bio gehabt?«

»Ja, Tricia. Ob du's glaubst oder nicht, aber ich war auch auf der Highschool. Und ich hatte auch Krach mit meinen Eltern. Und übrigens war ich ein sehr beliebtes Mädchen. Aber warum erzählst du mir das alles?«

»Na ja, wir haben die Blutgruppen durchgenommen. A, B, Null, Sie wissen schon. Und nachdem wir uns gepikst hatten, sollte jeder seine eigene Blutgruppe bestimmen. Ich habe rausgefunden, dass ich B Rhesus positiv habe. Das sind so neun Prozent der Bevölkerung. Nicht allzu ungewöhnlich.«

»Okay.«

»Und dann, weil es um die Grundlagen der Genetik ging und darum, wie Blutgruppen vererbt werden, wollte ich noch rausfinden, welche Blutgruppen meine Eltern haben, um meine Note zu verbessern.«

Mir schwant Übles. An diesem Punkt lässt unser Bildungssystem uns im Stich. Katastrophen dieser Art sieht es nicht voraus. Es berücksichtigt nicht die möglichen Konsequenzen von zu viel Wissen.

»Meine Mom bewahrt ihren Blutspenderausweis in ihrer Brieftasche auf, deshalb wusste ich schon, dass sie A Rhesus positiv hat. Dann habe ich meinen Dad gefragt, und er hat mir gesagt, dass er Null Rhesus positiv hat. Und da wusste ich Bescheid.« Sie holte tief Luft. »Es ist absolut unmöglich, dass eine Mutter mit A Rhesus positiv und ein Vater mit Null Rhesus positiv ein Kind mit B Rhesus positiv bekommen, okay?« Mit einer ungehaltenen Handbewegung wischte sie sich die Tränen weg. »Meine Mom hat es geleugnet, aber ich habe gewusst, dass sie lügt. Ich habe es nicht mehr ertragen, sie und meinen Dad zusammen zu sehen, wie sie so getan haben, als ob alles in Ordnung wäre, wo ich doch genau wusste, dass es nicht so ist.« Sie sieht mich unverwandt an. »Und da bin ich abgehauen. Ich musste eine Zeit lang weg von ihnen. Aber ich hab trotzdem meinen Dad angerufen, um ihm zu sagen, dass es mir gut geht. Er hat mich dann bei meiner Freundin aufgespürt und mich angebrüllt, dass ich undankbar wäre, und mich ein kleines Miststück geschimpft, und da ist es einfach aus mir rausgeplatzt, und ich hab ihm gesagt, dass er gar nicht mein Vater ist. Ich hab ihm gesagt, dass alles eine einzige große Lüge ist.«

»*Du* hast es ihm gesagt?«

Sie ließ den Kopf sinken. »Das war ein Fehler.«

»Dann hat er es also nicht von einem Privatdetektiv erfahren.«

»Was für ein Privatdetektiv?«

»Der Mann in dem weißen Lieferwagen.«

»Ich weiß nichts von einem weißen Lieferwagen. Ich weiß nur, dass ich es ihm nicht hätte sagen dürfen. Ich hätte das Geheimnis für mich behalten und ihn weiter in dem Glauben lassen sollen, dass alles in Ordnung ist. Dass wir eine ganz normale, glückliche Familie sind – nach außen hin jedenfalls. Aber ich konnte einfach nicht den Mund halten.«

»Hast du ihm auch gesagt, dass Larry dein Vater ist?«

»Nein, ich wusste doch nicht, dass *er* es war!« Sie verzieht das Gesicht zu einer Miene des Abscheus, was ich nur zu gut nachvollziehen kann. Wie sollte man sonst schauen, wenn man gerade erfahren hat, dass man die gleichen Gene wie Larry Leopold hat? »Ich kann nicht glauben, dass meine Mom und er ...« Sie schaudert.

»Aber wie hat Rick es denn herausgefunden?«

»Meine Mom hat es dann letztlich gebeichtet. An diesem Abend hat sie ihm gesagt, wer der Mann war. Und deswegen ist das alles passiert. Deswegen ist mein Dad zu Larry gefahren.«

»Oh, Tricia. Was für ein Schlamassel.«

»Ich weiß, ich weiß.« Sie seufzt. »Und es hätte noch schlimmer kommen können, viel, viel schlimmer, wenn Sie nicht da gewesen wären und ihn aufgehalten hätten, Mrs. Rizzoli. Er hätte Larry *töten* können. Dann wäre er für den Rest seines Lebens ins Gefängnis gekommen. Und alles wegen mir.«

»Nein, Kindchen. Du bist nicht schuld. Mach dir bitte deswegen keine Vorwürfe. Es sind die Erwachsenen, die es vermasselt haben.« Ich mache eine Pause. »Es sind gewöhnlich die Erwachsenen.«

Sie lässt den Kopf in die Hände sinken und weint stumme Tränen. Sie ist so ganz anders als meine eigene Tochter, als die ein Teenager war. Meine Janie hat keine stummen Tränen geweint. Wenn sie geschlagen wurde, hat sie nicht geweint – sie hat zurückgeschlagen. Aber Tricia ist ein viel sensibleres Mädchen, und sie wird die Hilfe ihrer Mutter brauchen, um über diese Sache hinwegzukommen.

Ich muss Jackie anrufen. Es wird ein unangenehmes Gespräch werden, weil sie nicht ahnt, wie viel ich über ihre Familie weiß, aber sie und Tricia brauchen einander jetzt. Und vielleicht ist es meine Aufgabe, den beiden einen Schubs zu geben, damit sie sich wieder in die Arme fallen.

Ich begleite Tricia zur Haustür, und während sie die Straße hinuntergeht, überlege ich, was ich am Telefon zu Jackie sagen soll. Ich darf sie nicht zu sehr kritisieren – sie weiß selbst, dass sie Mist gebaut hat (und auch noch mit *Larry Leopold*!). Sie braucht jetzt eine Freundin. Ich bleibe für einen Moment auf der Veranda stehen und blicke mich in der Nachbarschaft um, während ich mich innerlich auf den gefürchteten Anruf vorbereite. Obwohl alles so aussieht wie immer, wirkt die Straße irgendwie verändert. Der Vorgarten der Leopolds ist so gepflegt wie eh und je, aber in diesem Haus spitzt sich gerade eine Ehekrise zu. Jonas, der Mann, den wir als den Navy SEAL der Nachbarschaft kannten, steht nicht an seiner gewohnten Stelle am Wohnzimmerfenster und stemmt Gewichte. Er traut sich wahrscheinlich nicht, sein Gesicht zu zeigen, nachdem er als der Hochstapler entlarvt wurde, der er tatsächlich ist. Und die Greens? Selbst an diesem wunderbar sonnigen Sonntag sind ihre Jalousien heruntergelassen, ihre Geheimnisse unter Verschluss.

Ich will gerade ins Haus zurückgehen, als ich einen wohlbekannten weißen Lieferwagen herannahen sehe. Es ist derselbe Lieferwagen, der schon so oft durch meine Straße gefahren ist und den ich vor ein paar Tagen abends vor dem Haus der Leopolds gesehen habe. Ich hatte angenommen, dass er einem Privatdetektiv gehört, den Rick engagiert hatte, aber jetzt weiß ich, dass das nicht stimmt. Wer fährt also diesen Lieferwagen? Und warum ist er schon wieder hier?

Langsam rollt er an meinem Haus vorbei und hält ein paar Häuser weiter am Bordstein. Der Fahrer stellt den Motor ab und bleibt einfach stehen. Warum steigt er nicht aus? Worauf wartet er?

Ich halte die Unsicherheit nicht länger aus. Ich bin die Frau, die sich einem bewaffneten Mann in den Weg gestellt hat. Die Larry Leopold das Leben gerettet hat. Da werde ich doch dieses kleine Rätsel lösen können.

Ich zücke mein Handy und trete auf die Straße. Es ist das erste Mal, dass der Lieferwagen lange genug bei Tageslicht hält, sodass ich ihn mir aus der Nähe anschauen kann. Ich mache ein Foto vom hinteren Nummernschild, dann gehe ich zur Fahrertür und klopfe ans Fenster.

»Hallo?«, rufe ich. »Hallo?«

Der Fahrer blickt von seinem Handy auf und starrt mich an. Es ist ein blonder Mann in den Dreißigern mit massigen Schultern und einem mürrischen Gesicht. Keine Spur von einem Lächeln.

»Für wen arbeiten Sie?«, frage ich.

Er starrt mich nur schweigend an, als redete ich in einer Fremdsprache.

»Es ist nämlich mein Job, ein Auge auf diese Nachbarschaft zu haben. Ich habe Sie jetzt schon mehrmals in dieser Straße gesehen, und ich wüsste gerne, was Sie hier zu suchen haben.«

Ich glaube nicht, dass ich zu ihm durchdringe, denn er antwortet mir immer noch nicht. Vielleicht liegt es daran, dass er in mir nur eine ältere Hausfrau sieht, die er einfach ignorieren kann. Ich bin lange genug ignoriert worden, und ich habe es satt. Ich richte mich zu meiner vollen Größe auf. Es wird Zeit, dass ich mit der Stimme meiner Tochter spreche, mit ihrer Autorität. Was würde eine Polizistin sagen?

»Ich werde das melden müssen«, sage ich.

Es funktioniert. »Ich habe eine Lieferung«, sagt er schließlich. »Blumen.«

»Für wen?«

»Da müsste ich noch mal nachsehen. Es steht auf dem Klemmbrett hinten im Auto.«

Er steigt aus. Er ist sogar noch größer, als er auf dem Fahrersitz wirkte, und als ich ihm zum Heck des Lieferwagens folge, komme ich mir vor, als ginge ich hinter Herkules her.

»Vielleicht können Sie sich mal den Namen auf der Karte anschauen«, sagt er, »und mir sagen, ob ich an der richtigen Adresse bin.«

»Zeigen Sie mal her.«

Er öffnet die Hecktür und tritt zur Seite, sodass ich zu den Blumen hineinschauen kann.

Aber da sind keine Blumen. Nur ein leerer Laderaum.

Eine Hand legt sich über meinen Mund. Ich versuche, mich loszuwinden, versuche, mich zu wehren, aber ich kämpfe gegen eine Wand aus Muskeln an. Mein Handy fällt scheppernd zu Boden, als er mich hochhebt und in den Laderaum wuchtet. Er steigt hinein und knallt die Tür zu, und jetzt bin ich mit ihm eingesperrt. Nach dem grellen Sonnenschein ist es hier drinnen so dunkel, dass ich kaum sehen kann, wie er sich über mich beugt. Ich höre nur das ratschende Geräusch von Klebeband.

Ich hole gerade Luft, um zu schreien, da klatscht er mir das Klebeband über den Mund, wälzt mich auf den Bauch und reißt mir brutal die Hände hinter den Rücken. Binnen Sekunden hat er meine Hand- und Fußgelenke gefesselt, mit geübten Bewegungen und brutaler Effizienz.

Ein Profi. Was bedeutet, dass ich sterben werde.

36

JANE

»Ich habe sofort gewusst, dass etwas nicht stimmt, als ich dieses Handy draußen auf der Straße liegen sah«, sagte Agnes Kaminsky. »Ich habe an ihre Tür geklopft, und sie hat nicht aufgemacht, aber die Tür war nicht abgeschlossen. Deine Mutter schließt *immer* ihre Haustür ab, wegen der ganzen Horrorgeschichten, die du ihr erzählst. Deswegen habe ich dich angerufen.«

Mit wachsender Beunruhigung untersuchte Jane das Mobiltelefon ihrer Mutter. Auf der Hülle war ein Foto von Regina, was jeden Zweifel ausräumte, dass es sich um Angelas Handy handelte. Sie wollte gerne glauben, dass es einen vollkommen harmlosen Grund dafür gab, dass es auf der Straße gelegen hatte – dass ihre Mutter vielleicht spazieren gegangen war und es einfach verloren hatte, aber das erklärte nicht, warum sie die Haustür nicht abgeschlossen hatte. Wenn man eine Mordermittlerin zur Tochter hat und mit einem Expolizisten liiert ist, und wenn man alle ihre Geschichten von Räubern und Mördern kennt, die in der Großstadt ihr Unwesen treiben, dann versäumt man es ganz bestimmt nie, die Haustür abzuschließen.

»Bei ihr drinnen ist alles in Ordnung«, sagte Agnes. »Sie wurde nicht ausgeraubt.«

»Sie waren schon im Haus?«

»Na ja, ich musste doch nach dem Rechten sehen. Wir alleinstehende Damen müssen schließlich aufeinander aufpassen.«

Noch vor ein paar Wochen hatten Agnes und Angela nicht einmal miteinander geredet. Jetzt schienen sie plötzlich wieder dicke Freundinnen zu sein. So schnell kann es gehen.

»Ihr Bett ist nicht gemacht, aber sie hat schon Kaffee gekocht, und die Kanne war noch warm«, fuhr Agnes fort. »Und es stehen zwei Tassen auf dem Küchentisch, sie hatte also Besuch. Falls das irgendwas bedeutet.«

Jane betrat das Haus, und Agnes zockelte hinterher, wie üblich von einer Wolke aus Zigarettenrauch umgeben. Dort auf dem Tischchen im Flur, an ihrem angestammten Platz, lagen Angelas Handtasche und ihre Hausschlüssel. Noch ein schlechtes Zeichen. Sie gingen weiter in die Küche, wo auf dem Tisch tatsächlich zwei leere Kaffeebecher standen, wie Agnes es geschildert hatte.

Jemand war am Morgen hier gewesen. Jemand, der oder die an diesem Tisch gesessen und mit Angela Kaffee getrunken hatte.

»Siehst du?«, sagte Agnes. »Es ist genau so, wie ich es dir gesagt habe.«

Jane wandte sich zu ihr um. »Haben Sie gesehen, wer bei ihr war?«

»Nein. Ich habe gerade QVC geschaut. Die verkaufen da diese neumodischen Staubsauger, und ich überlege, mir einen zuzulegen.« Sie deutete auf das Handy. »Weißt du, wie man das Ding entsperrt? Vielleicht hat sie ja jemanden angerufen, oder sie selbst wurde angerufen. Könnte doch der entscheidende Hinweis sein.«

Jane betrachtete nachdenklich das Handy ihrer Mutter. Zum Entsperren musste man eine sechsstellige PIN eingeben. *Sie ist meine Mutter. Ich müsste das eigentlich wissen.* Sie tippte das Geburtsdatum ihrer Mutter ein. Falsche PIN. Sie versuchte es mit ihrem eigenen Geburtsdatum. Falsche PIN.

»Das ist deine kleine Tochter, nicht wahr?«, sagte Agnes.

»Was?«

»Auf der Handyhülle. Das ist sie auf dem Foto. Bevor sie in den Kindergarten gekommen ist, war sie fast jeden Tag hier bei deiner Mutter. Angie vermisst sie ganz fürchterlich.«

Aber natürlich, dachte Jane und gab Reginas Geburtsdatum ein.

Bingo – das Handy entsperrte sich, und das Display zeigte die zuletzt verwendete Funktion an: die Kamera. Jane klickte das neueste Foto an. Es zeigte das Heck eines weißen Lieferwagens, und es war vor zwei Stunden aufgenommen worden, um 13.12 Uhr.

»Das ist unsere Straße«, sagte Agnes, die den Hals reckte, um auf das Display schielen zu können. »Es ist direkt vor dem Haus.«

Jane ging hinaus auf den Gehsteig und blieb an derselben Stelle stehen, wo ihre Mutter gestanden hatte, als das Foto entstanden war. Jetzt stand da kein Lieferwagen mehr am Bordstein. Sie zoomte das Bild heran, und das Kennzeichen füllte den Bildschirm aus. Das Fahrzeug war in Massachusetts zugelassen. *Warum hast du dieses Foto gemacht, Mom? Ist das der Grund für dein Verschwinden?*

»Auweia«, sagte Agnes und starrte über die Straße hinweg. »Das ist er.«

Der mysteriöse Matthew Green war gerade aus seinem Haus getreten. Er kam direkt auf sie zu, mit festem Schritt, die Schultern gestrafft, wie ein Mann, der in den Kampf zieht. Eine verspiegelte Sonnenbrille verdeckte seine Augen, und Jane konnte seine Miene nicht lesen, aber sie hatte keine Mühe, die verräterischen Umrisse der verdeckten Waffe unter seinem Hemd zu erkennen. Als er näher kam, widerstand Jane dem Impuls, nach ihrer eigenen Waffe zu greifen. Es war schließlich helllichter Tag, und direkt neben ihr stand eine Zeugin, auch wenn es nur Agnes Kaminsky war.

»Detective Jane Rizzoli?«, sagte er.

»Ja.«

»Ich nehme an, Sie suchen Ihre Mutter.«

»Ja, das stimmt. Wissen Sie, wo sie ist, Mr. Green?«

»Ich bin mir nicht ganz sicher.« Er nahm seine Sonnenbrille ab und starrte sie unverwandt an, sein Gesicht ausdruckslos wie das eines Cyborgs. »Aber ich denke, ich kann Ihnen helfen, sie zu finden.«

37

ANGELA

Wann immer ich in der Vergangenheit über meinen eigenen Tod nachgedacht habe, bin ich davon ausgegangen, dass bis dahin noch viele Jahre vergehen würden. Ich stellte mir vor, wie ich zu Hause in meinem eigenen Bett liege, umgeben von meinen Lieben. Oder vielleicht in einem Zimmer im Krankenhaus, umsorgt von Schwestern und Pflegern. Oder, was das Beste überhaupt wäre, ich würde ganz plötzlich und schmerzlos abtreten, vom Schlag getroffen, irgendwo an einem sonnigen Strand mit einem Mai Tai in der Hand. Aber in keinem der Szenarien, die ich mir ausgemalt habe, hat je Klebeband eine Rolle gespielt.

Und doch wird es so enden – im Laderaum dieses Lieferwagens, geknebelt und an Händen und Füßen gefesselt. Oder vielleicht wird mein Entführer mich an irgendeinem abgelegenen Ort rauszerren und mir eine Kugel durch den Kopf jagen. So machen es die Profis, und ich bin überzeugt, dass der Mann, der vorne am Steuer sitzt und mich in Kürze ins Grab bringen wird, genau das ist: ein Profi.

Wie habe ich mich so irren können? Während ich mich auf Tricia und die Leopolds und die mysteriösen Greens konzentriert habe, spielte sich direkt vor meinen Augen etwas völlig anderes ab – etwas, das diesen Lieferwagen wieder und wieder in unsere Nachbarschaft geführt hat. Er war nicht hier, um Larry Leopold auszuspionieren, sondern aus einem anderen Grund, den ich immer noch nicht kenne. Nicht dass es jetzt noch irgendetwas ändern würde, wenn ich es wüsste.

Ich kämpfe verzweifelt gegen meine Fesseln an, doch das Duct Tape – das stärkste Material der Welt – gibt keinen Millimeter nach. Erschöpft gebe ich mich der Verzweiflung hin. Das habe ich jetzt davon, dass ich meine Nase in anderer Leute Angelegenheiten gesteckt habe. Bei den Leopolds hatte ich großes Glück, dass ich nicht erschossen wurde. Das hat mich übermütig werden lassen, und jetzt muss ich dafür bezahlen.

Der Lieferwagen biegt um eine Kurve, ich rolle seitlich weg und knalle mit dem Kopf gegen die Wand. Ein jäher Schmerz durchzuckt meinen Nacken wie von einem starken Stromschlag. Ich bleibe wimmernd liegen, schwach und hilflos. Wie soll ich mich wehren, wenn ich nicht mal meine Arme bewegen kann?

Der Lieferwagen wird langsamer und bleibt stehen.

Mein Herz pocht wild, als ich höre, wie die Fahrertür geöffnet und wieder zugeschlagen wird. Der Widerhall verrät mir, dass wir nicht im Freien sind, sondern im Inneren eines Gebäudes. Vielleicht ein Lagerhaus? Der Fahrer öffnet nicht die Hecktür, er geht einfach davon und lässt mich gefesselt im Wagen zurück. Seine Schritte hallen auf dem Betonboden, dann höre ich ihn reden, aber da ist keine andere Stimme. Offenbar telefoniert er, und er klingt erregt, verärgert. Diskutieren sie darüber, was sie mit mir machen sollen?

Dann verstummt er, und Stille kehrt ein. Es scheint, als hätten sie mich vergessen.

Jetzt, wo ich nicht mehr im Verkehr hin- und hergeworfen werde, kann ich mich endlich aufsetzen, aber mit meinen steifen Gelenken, die ja auch nicht mehr die jüngsten sind, bereitet mir allein das schon größte Mühe. Mehr als aufrecht sitzen ist nicht drin. Ich kann nicht schreien, ich kann meine Hände und Füße nicht von den Fesseln befreien, und ich bin in einem verschlossenen Metallkasten gefangen.

Irgendwann wird bestimmt *irgendjemand* merken, dass ich verschwunden bin, aber wie lange wird das dauern? Wird Vince sich fragen, warum ich nicht ans Telefon gehe? Wird Agnes vorbeischauen, um sich für das mitgebrachte Essen gestern Abend zu bedanken? Ich spiele alle möglichen Szenarien durch, die damit enden, dass ich am Leben bleibe, aber jedes Mal stoße ich gegen das eine unüberwindliche Hindernis: Selbst *wenn* sie sich auf die Suche nach mir machen – es weiß doch niemand, wo ich bin.

Oh, Angie, du bist wirklich geliefert.

In meiner Panik beginne ich wieder an dem Klebeband zu zerren. Schluchzend und schwitzend drehe und winde ich mich mit aller Kraft der Verzweiflung, so lange, bis meine Finger taub werden. Ich weiß nicht, wie viel Zeit vergangen ist, aber es erscheint mir wie Stunden. Vielleicht kommt der Kerl gar nicht mehr zurück. Vielleicht endet es ja *so* – mit mir als mumifizierte Leiche in einem verlassenen Lieferwagen.

Und ich bin noch nicht mal zum Frühstücken gekommen.

Erschöpft lasse ich mich zurücksinken. *Janie, ich weiß, du hast mehr von mir erwartet, aber ich schaffe es nicht. Ich kann mich nicht retten.*

Die Luft ist inzwischen so warm und abgestanden, dass ich Atemnot bekomme. Oder vielleicht ist es nur die Panik. *Beruhige dich, beruhige dich.* Ich schließe die Augen und versuche, langsam und gleichmäßig zu atmen.

Dann höre ich, wie sich ein zweites Fahrzeug nähert, und richte mich ruckartig auf.

Ich höre das Brummen des Motors, das Quietschen von Reifen, die auf Beton bremsen, als das Auto in die Halle einbiegt. Der Motor wird abgestellt, Türen schlagen.

Die Hecktüren des Lieferwagens werden aufgerissen, und ein Mann schaut zu mir herein. Ich kann sein Gesicht nicht erkennen, weil er das Licht im Rücken hat, aber ich sehe eine Silhouette mit breiten Hüften und einem kurzen, dicken Hals.

»Holt sie da raus. Ich will mit ihr reden«, sagt er.

Ein zweiter Mann kommt herbei und durchtrennt mit einem Messer das Klebeband an meinen Hand- und Fußgelenken, dann zerrt er mich mit den Füßen voran aus dem Wagen. Ich war so lange gefesselt, dass meine Beine ganz steif sind, und ich schwanke, als ich vor den drei Männern stehe. Der eine ist der Fahrer des Lieferwagens, der mich von der Straße weg entführt hat. Die beiden anderen sind eben erst mit einem schwarzen Cadillac Escalade gekommen, der jetzt neben dem Lieferwagen parkt. Niemand lächelt. Es ist offensichtlich, dass der ältere, dickere Mann das Sagen hat. Flankiert von den beiden jüngeren, tritt der Boss auf mich zu, bis wir fast Nase an Nase sind. Er ist in den Fünfzigern, mit hellblauen Augen und kurz geschorenen blonden Haaren, und er stinkt nach Aftershave. Das Zeug war bestimmt teuer, aber er hat es sich anscheinend wahllos ins Gesicht geklatscht.

»Also, wo ist sie?«, fragt er.

Ich murmle etwas hinter dem Klebeband, das immer noch meinen Mund verschließt. Ohne Vorwarnung reißt er es ab, und ich bin so erschrocken, dass ich zurückpralle und mit den Kniekehlen gegen die hintere Stoßstange des Lieferwagens stoße. Ich kann nicht weiter zurückweichen und bin eingeklemmt zwischen dem Wagen und diesem in Aftershave gebadeten Mann.

»Wo ist sie?«, wiederholt er.

»Wer?«, frage ich.

»Nina.«

»Ich kenne keine Nina.«

Zu meiner Überraschung lacht er und sieht die beiden anderen Männer an. »Das muss eine neue Taktik sein, die sie ihnen jetzt beibringen. Wie man sich dumm stellt.«

»Ich stelle mich nicht dumm.« *Ich bin es wirklich.*

Er wendet sich dem Fahrer des Lieferwagens zu. »Hast du ihren Ausweis?«

Der Fahrer schüttelt den Kopf. »Sie hatte keinen bei sich.«

»Dann wird sie es uns selbst sagen müssen.« Der dicke Mann dreht sich wieder zu mir um. »Für wen arbeiten Sie?«

»Was? Für niemanden. Ich bin nur eine ...«

»Welche Behörde?«

Behörde? Langsam fange ich an zu begreifen. Sie halten mich für jemand anders. Oder für etwas anderes als das, was ich bin – eine Hausfrau.

»Wo habt ihr sie versteckt?«

Wenn ich ihnen die Wahrheit sage, nämlich, dass ich keine Ahnung habe, dann bin ich für sie nutzlos. Aber solange sie glauben, dass ich wertvolle Informationen habe, werden sie mich am Leben lassen. Sie brechen mir vielleicht die Knochen und reißen mir die Fingernägel aus, aber sie werden mich nicht umbringen. Das ist doch immerhin etwas.

Ich sehe den Schlag nicht kommen. Die Bewegung ist so schnell, so unerwartet, dass ich keine Chance habe, mich zu wappnen. Seine Faust kracht in meine Wange, und ich kippe zur Seite weg, während in meinem Kopf Feuerwerke explodieren. Als sich der Nebel vor meinen Augen verzieht, sehe ich, wie er sich über mich beugt, den Mund zu einem höhnischen Grinsen verzogen.

»Sind Sie nicht ein bisschen zu alt für dieses Geschäft, Lady?«

»Sie vielleicht nicht?« Die Worte sind draußen, bevor ich mich beherrschen kann, und ich zucke zusammen, als er die Hand hebt, um mich wieder zu schlagen. Doch dann hält er inne und lässt die Faust sinken.

»Vielleicht hatten wir nur einen schlechten Start«, sagt er. Er packt meine Hand und zieht mich wieder hoch. »Wissen Sie, ein bisschen Kooperation von Ihrer Seite dürfte alles viel einfacher machen. Es könnte sich sogar lohnen für Sie, finanziell, meine ich. Ich kann mir nicht vorstellen, dass der Staat seinen Bediensteten allzu üppige Renten zahlt.«

Vorsichtig betaste ich die Wange, auf die er mich geschlagen hat. Sie blutet nicht, aber ich spüre schon die einsetzende Schwellung. Das wird ein prächtiges Veilchen geben. Falls ich lange genug lebe.

»Sagen Sie mir, wohin Sie Nina gebracht haben«, fordert er erneut.

Schon sind wir wieder bei der mysteriösen Nina. Ich darf ihn nicht wissen lassen, dass ich keine Ahnung habe, wer sie ist. Ich muss um mein Leben bluffen.

»Nina will nicht gefunden werden«, sage ich.

»Erzählen Sie mir etwas, das ich noch nicht weiß.«

»Sie hat große Angst.«

»Das sollte sie auch. Ich erwarte Loyalität von meinen Mitarbeitern, und mit den Feds reden ist der *Gipfel* der Illoyalität.« Sein Blick geht zu den Männern an seiner Seite. »Die beiden verstehen das.«

»Aber Nina hat es nicht verstanden.«

»Sie wird niemals vor Gericht aussagen. Da könnt ihr sie noch so oft in ein neues Versteck bringen, ich werde sie finden. Aber wissen Sie, das wird allmählich ermüdend.« Seine Stimme ist auf einmal sanfter, freundlicher, beinahe vertraulich. »So viele von meinen Ressourcen darauf zu verwenden, das Miststück aufzuspüren. Diesmal habe ich volle vier Wochen gebraucht, um sie zu finden. Ich war sogar gezwungen, einen Gefallen vom Revere PD einzufordern.«

Vier Wochen. Jetzt wird mir alles klar. Vor vier Wochen sind die Greens in dem Haus auf der anderen Straßenseite eingezogen. Die Greens, die immer ihr Garagentor und alle Jalousien unten halten. Die nie ein Wort mit mir geredet haben. Ich denke an die nervöse Frau, die sich Carrie Green nannte, aber das ist nicht ihr richtiger Name.

Ihr richtiger Name ist Nina, und offenbar reicht das, was sie weiß, um diesen Mann hier ins Gefängnis zu bringen. Falls er sie nicht vorher tötet.

»Machen wir es doch ganz einfach«, sagt der Mann und beugt sich wieder vor, seine Stimme leise und einschmeichelnd. »Sie helfen mir, und ich helfe Ihnen.«

»Und wenn ich mich weigere?«

Er sieht sich zu seinen Helfern um. »Was meint ihr, Jungs? Lebendig begraben? Müllpresse?«

Eine Kugel in den Kopf klingt plötzlich wie eine verlockende Alternative.

Er wendet sich wieder mir zu. »Versuchen wir es noch einmal. Sie sagen mir, wo Sie sie versteckt haben, und ich lasse Sie am Leben. Vielleicht nehme ich Sie sogar auf meine Gehaltsliste. Kann ja nicht schaden, noch ein Augen- und Ohrenpaar an der Quelle zu haben. Was sagten Sie noch, für wen Sie arbeiten?«

»Das hat sie nicht gesagt«, wirft der Fahrer des Lieferwagens ein. »Aber es roch doch sehr nach Bulle. Die Art, wie sie mit mir geredet hat. Wie sie auf mich losgegangen ist, als ob ihr die verdammte Straße gehört.«

Und das war mein Fehler – zu glauben, dass ich eine echte Superheldin bin, anstatt eine einfache Hausfrau aus Revere. Zu dumm, dass ich so überzeugend war. Jetzt werde ich sterben, weil ich keine Ahnung habe, wo Nina alias Carrie ist.

Aber das müssen diese Typen ja nicht wissen.

»Lassen Sie mich raten. FBI?«, fragt mich der dicke Mann.

Ich antworte nicht. Diesmal sehe ich die Hand kommen, aber obwohl ich darauf vorbereitet bin, ist die Wucht des Schlags keinen Deut geringer als beim ersten Mal. Ich taumele zur Seite, mein ganzer Kiefer pocht. Meine Lippe brennt, und als ich sie betaste, sehe ich Blut an meinen Fingern.

»Ich frage Sie noch einmal: Sind Sie vom FBI?«

Ich schnappe nach Luft. Und flüstere: »Boston PD.«

»Jetzt kommen wir der Sache schon näher.«

Ich bin zu zermürbt, um auch nur ein Wort zu sagen. Ich starre auf mein Blut, das auf den Betonboden tropft – Blut, das noch lange nach meinem Tod ein stummer

Zeuge sein wird. Ich stelle mir vor, wie die Kriminaltechniker nach Tagen, Wochen oder gar Jahren dieses Lagerhaus nach Spuren absuchen und wie ihre Blicke auf diese Beweise für den Mord an mir fallen, die zu ihren Füßen aufleuchten. Ich werde ihnen nicht mehr sagen können, was passiert ist, aber mein Blut wird es können.

Und dann wird Jane den Fall übernehmen. Das ist eine Sache, auf die ich mich verlassen kann: Meine Tochter wird dafür sorgen, dass der Gerechtigkeit Genüge getan wird.

»Versuchen wir es noch einmal«, sagt er. »Wo ist Nina?«

Ich schüttle nur den Kopf.

»Tötet sie«, sagt er und wendet sich zum Gehen.

Einer der Männer zieht seine Waffe und tritt vor.

»Warten Sie«, sage ich.

Der dicke Mann dreht sich um.

»Im Colonnade Hotel«, platzt es aus mir heraus. Der Name kommt mir nur deswegen in den Sinn, weil Agnes Kaminskys Großnichte dort ihre Hochzeit gefeiert hat. Ich erinnere mich an die dreistöckige Hochzeitstorte, an Champagner und einen auffallend kurz geratenen Bräutigam. Es ist eine verzweifelte Notlüge, die sie mit einem kurzen Besuch im Hotel sehr schnell auffliegen lassen können, aber es ist die einzige, die mir einfallen will, um das Unvermeidliche hinauszuzögern.

»Unter welchem Namen ist sie angemeldet?«

»Kaminsky«, antworte ich und hoffe nur, dass nicht zufällig jemand dort wohnt, der wirklich so heißt.

Er sieht den Fahrer des Lieferwagens an. »Fahr hin und überprüf das.«

Und das wird das Ende dieser Scharade sein, denke

ich – sobald er herausfindet, dass ich geblufft habe und dass die Frau, hinter der sie her sind, gar nicht dort ist. Ich weiß nicht, was ich sonst noch sagen oder tun könnte, um mich zu retten. Ich kann nur an die Menschen denken, die ich liebe, und daran, dass ich sie nie wiedersehen werde.

Der Fahrer setzt sich ans Steuer des Lieferwagens und fährt los. Eine halbe Stunde, allenfalls eine Stunde. Länger wird es nicht dauern, mich als Lügnerin zu entlarven. Ich blicke mich um, suche nach einem Fluchtweg. Ich sehe Baumaschinen – einen Zementlaster, eine Planierraupe –, aber keinen Ausgang außer dem großen Tor, das jetzt von den Männern versperrt wird.

Der Dicke zieht eine Kiste heran und setzt sich. Er betrachtet seine Fingerknöchel und schüttelt seine Hand aus. Der Mistkerl hat sich wehgetan, als er mich geschlagen hat. Gut so. Er sieht auf seine Uhr, kratzt sich an der Nase – ganz gewöhnliche Gesten eines gewöhnlich aussehenden Mannes. Er wirkt nicht wie ein Monster, aber er ist eines, und ich denke daran, wie mutig es von Nina ist, sich mit ihm anzulegen. Ich erinnere mich an ihr nervöses Gesicht und an den Zettel, den sie mir vor die Tür gelegt hat, mit der Bitte, sie in Ruhe zu lassen. Die ganze Zeit habe ich geglaubt, sie hätte Angst vor ihrem Mann, dabei waren es in Wirklichkeit diese Männer, vor denen sie sich fürchtete.

Ich zucke zusammen, als sein Handy klingelt. Er holt es hervor und sagt: »Ja?«

Und jetzt ist es aus. Er wird hören, dass im Colonnade niemand mit Namen Kaminsky gemeldet ist. Er wird wissen, dass ich gelogen habe.

»Wer ist da?«, sagt er gereizt. »Woher haben Sie diese Nummer?«

Ein lautes Motorengeräusch lässt die Köpfe der beiden Männer zum offenen Tor herumschwenken, und im nächsten Moment kommt ein schwarzer SUV in die Halle gerast. Er bremst mit kreischenden Reifen wenige Handbreit vor den Männern.

Das ist meine Chance. Vielleicht meine einzige Chance, und ich ergreife sie.

Der Weg zum Tor hinaus ist mir versperrt, also laufe ich um den Escalade herum und auf den Zementlaster zu.

»He, was soll der Scheiß?«, brüllt der Mann.

Ich kauere hinter dem Zementlaster und kann nicht sehen, was passiert, aber ich höre wieder quietschende Reifen, als weitere Fahrzeuge in das Gebäude schlittern. Ich höre laute Stimmen und schwere Stiefeltritte auf dem Beton. Und Schüsse. Du lieber Gott – es ist eine Abrechnung unter Gangstern. Und ich bin mittendrin.

Ich weiche noch weiter zurück und verkrieche mich unter einer Planierraupe. Die Kerle sind zu sehr damit beschäftigt, um ihr eigenes Leben zu kämpfen, da werden sie vielleicht vergessen, dass ich auch noch da bin. Und wenn sie damit fertig sind, sich gegenseitig abzuknallen, wenn sie alle tot am Boden liegen, kann ich mich rausschleichen und davonlaufen. Dem Blutbad entkommen. Ich mache mich so klein wie möglich, schlage die Arme über dem Kopf zusammen und wiederhole stumm das Mantra: *Sie können mich nicht sehen. Ich bin unsichtbar. Ich bin unsichtbar.*

So fest habe ich die Arme um den Kopf geschlungen, dass es eine Weile dauert, bis ich merke, dass nicht mehr geschossen wird. Dass niemand mehr schreit. Wie eine Schildkröte, die ganz langsam unter ihrem Panzer hervorkommt, recke ich vorsichtig den Kopf und höre …

Stille.

Nein, es ist nicht vollkommen still. Schritte kommen auf mich zu. Aus meinem Versteck unter der Planierraupe erblicke ich ein Paar Schuhe, die direkt vor mir stehen bleiben. Schwarze Damenhalbstiefel, schmal und abgestoßen – und sie kommen mir irgendwie bekannt vor.

»Mom?«

Und dann taucht plötzlich Janes Gesicht vor mir auf. Wir starren einander an, und im ersten Moment denke ich, dass ich fantasiere. Wie ist das möglich? Meine clevere, beharrliche Tochter hat wie durch ein Wunder hierhergefunden. Sie ist gekommen, um mich zu retten.

»Hey, alles in Ordnung?«, fragt sie.

Ich krieche unter der Planierraupe hervor und schließe sie in die Arme. Ich kann mich nicht erinnern, wann ich meine Tochter das letzte Mal so fest gedrückt habe. Vielleicht vor vielen, vielen Jahren, als sie noch ein kleines Mädchen war und ich sie hochheben konnte, um sie im Arm zu halten. Dafür ist sie jetzt zu groß, aber ich kann es dennoch versuchen, und als ihre Füße vom Boden abheben, höre ich sie lachen. »Hey, Ma, nicht so stürmisch!«

Früher war ich es immer, die ihr zu Hilfe kam, die aufgeschlagene Knie verarztete und die fiebrige Stirn kühlte. Jetzt ist sie es, die mich rettet, und ich war noch nie so dankbar, dass ich mit dieser Tochter gesegnet bin.

»Ma.« Sie löst sich von mir und starrt mein lädiertes Gesicht an. »Scheiße, was haben die mit dir *gemacht*?«

»Mich ein bisschen vermöbelt. Aber es ist nichts weiter.«

Sie blickt sich um und ruft: »Greeley! Ich hab sie gefunden!«

»Wer ist Greeley?«, frage ich.

Da sehe ich ihn schon auf uns zukommen – den Mann, den ich als Matthew Green gekannt habe. Er mustert mich von Kopf bis Fuß und registriert kühl meinen ramponierten Zustand. »Glauben Sie, dass Sie einen Krankenwagen brauchen, Mrs. Rizzoli?«, fragt er.

»Ich will nur nach Hause«, antworte ich.

»Ich habe mir schon gedacht, dass Sie das sagen würden. Dann soll Ihre Tochter Sie jetzt nach Hause bringen und Sie verarzten. Und danach müssen wir beide uns mal unterhalten.« Er wendet sich zum Gehen.

»Über Nina?«, frage ich.

Er bleibt stehen. Dreht sich zu mir um. »Was wissen Sie über sie?«

»Ich weiß, dass sie gegen ihn aussagen will. Ich weiß, dass sie eine tote Frau ist, wenn er sie jemals findet. Ich weiß, dass er einen Spitzel im Revere PD hat, da sollten Sie sich also lieber mal drum kümmern. Und einer seiner Männer ist in diesem Moment im Colonnade Hotel und sucht nach ihr.«

Er betrachtet mich einen Moment lang so, als ob er mich gerade zum ersten Mal *richtig* sieht. Dann verzieht er den Mund zu einem angedeuteten Lächeln. »Mir scheint, in Ihnen steckt mehr, als man auf den ersten Blick erkennt.« Er wendet sich Jane zu. »Bitte bringen Sie sie nach Hause, Detective. Und halten Sie sie mir vom Hals. Wenn Sie können.«

»Was ist mit Nina?«, rufe ich, als er sich abwendet.

»Um die müssen Sie sich keine Sorgen machen.«

»Woher wollen Sie das wissen?«

»Glauben Sie mir einfach.«

»Warum sollte ich? Und ist Greeley überhaupt Ihr richtiger Name?«

Er hebt die Hand zu einem flüchtigen Winken und geht einfach davon.

»Komm jetzt, Ma«, sagt Jane. »Ich bring dich nach Hause.«

Jetzt, wo meine Panik nachlässt, fängt mein Wangenknochen an, so richtig wehzutun. Vielleicht brauche ich doch einen Krankenwagen, aber ich bin zu stolz, es zuzugeben, also lasse ich mich einfach von Jane zum Tor führen, wo ich ein Dutzend Männer mit Schutzwesten, auf denen *U. S. Marshal* steht, herumlaufen sehe.

»Nicht hinschauen, Ma«, warnt mich Jane.

Also muss ich natürlich hinschauen. Auf die Blutspritzer auf dem Betonboden. Auf die zwei Leichen, die zu Füßen der Polizisten liegen. Deswegen hat Greeley also gesagt, dass ich mir um Nina keine Sorgen machen soll. Weil der Mann, der hinter ihr her war, tot ist – erschossen in einem Gefecht mit den U. S. Marshals. Ich kann immer noch sein scheußliches Aftershave riechen.

Ich bleibe stehen und sehe auf den Mann hinunter, der mir ins Gesicht geschlagen hat, der ungerührt meine Ermordung befohlen hat. Ich würde seiner Leiche am liebsten einen kräftigen Fußtritt verpassen. Aber ich habe schließlich meine Würde, und außerdem schauen diese ganzen Polizisten zu. Also gehe ich einfach zum Tor hinaus und steige in das Auto meiner Tochter.

Ein paar Stunden später, nach einer gehörigen Dosis Ibuprofen und mit einer Tüte tiefgefrorener Erbsen, die ich mir auf die Wange drücke, geht es mir schon wesentlich besser. Ich sitze mit Jane in meinem Wohnzimmer, und das allein ist schon ein ganz besonderes Vergnügen, denn es kommt nicht allzu oft vor, dass meine Tochter sich

Zeit nur für mich nimmt. Meist ist sie mit ihrem Job oder mit Regina beschäftigt oder mit tausend anderen Dingen, die viel dringender sind als ein Schwätzchen mit ihrer Mutter. Aber an diesem Nachmittag scheint sie damit zufrieden zu sein, einfach nur Tee zu trinken und ... zu reden. Über das, was heute passiert ist. Über die Leute, die wir als Matthew und Carrie Green gekannt haben.

»Deswegen hatten sie also immer die Jalousien runtergelassen«, sage ich. »Deswegen hat er eine Waffe getragen und Gitter an den Fenstern angebracht. Deswegen hat er den Kontakt mit den Nachbarn vermieden.«

»Nina war ihre Kronzeugin, Ma, und sie mussten dafür sorgen, dass sie am Leben bleibt. Sie hatten sie vorher schon zweimal an einen anderen Ort gebracht, aber irgendwie hat er sie jedes Mal ausfindig gemacht.«

»Weil er einen Maulwurf im Revere PD hatte, der es ihm gesteckt hat.«

Jane nickt. »Dass sie das jetzt wissen, verdanken sie dir. Und sie werden verdammt noch mal rausfinden, wer die undichte Stelle ist.«

Es tut gut, dieses Lob aus dem Mund meiner Tochter, der Polizistin, zu hören.

»Greeley war alarmiert, als er vor zwei Wochen diesen Lieferwagen entdeckte«, sagt sie. »Deshalb haben sie die Zeugin in ein anderes Versteck gebracht.«

»Aber *irgendjemand* hat doch nach wie vor in dem Haus gewohnt. Ich habe das Licht gesehen.«

»Er ist dageblieben, damit es bewohnt aussieht. Und um den Lieferwagen im Auge zu behalten. Und dann hast du dich in die Operation eingemischt.«

»Und alles vermasselt, nehme ich an.«

»Nein, Ma. Du hast ihnen den Grund geliefert, endlich zuzugreifen und zu versuchen, den Kerl zu verhaften. Um ihn unschädlich zu machen, mussten sie ihm eine Anklage anhängen, aus der er sich nicht herauswinden konnte, und jetzt konnten sie ihm eine Entführung zur Last legen. Sie hatten schon einen Peilsender an seinem Escalade angebracht, und der hat sie direkt zu dir geführt. Als er das Feuer eröffnete, blieb ihnen nichts anderes übrig, als zurückzuschießen. Was den Prozess jetzt überflüssig macht.«

»Weißt du noch, was ich immer gesagt habe, als du klein warst? Über falsche Entscheidungen?«

Jane lacht. »Ja, das war definitiv die falsche Entscheidung. Ausgerechnet *dich* zu entführen.«

Ich blicke aus dem Fenster zu dem Haus auf der anderen Straßenseite. Dort wohnt jetzt niemand mehr, und ich muss gestehen, dass ich die Greens vermisse. Ich vermisse das Mysterium, all die aufregenden Möglichkeiten. Jetzt ist es bloß wieder meine langweilige alte Nachbarschaft, wo das einzige Rätsel, das ich lösen konnte, die Frage ist, wer mit wem in die Kiste gesprungen ist.

»Wo wir gerade bei falschen Entscheidungen sind«, sage ich, »ich weiß jetzt endlich, wie es dazu kam, dass Rick Talley auf Larry Leopold geschossen hat. Ich hatte die ganze Zeit angenommen, dass Rick einen Privatdetektiv engagiert hat und so hinter die Affäre gekommen ist. Aber es war Tricia, die es ihm gesagt hat.«

»*Tricia* hat es gewusst?«

»Sie war hier, um sich dafür zu bedanken, dass ich ihren Vater daran gehindert habe, Larry zu erschießen.«

»Wie hat Tricia denn von der Affäre erfahren?«

»Durch den Biounterricht. Sie haben Genetik durchgenommen und sollten ihre eigene Blutgruppe bestimmen.

Tricia hat B Rhesus positiv, und ihre Mutter A Rhesus positiv. Das Problem ist, dass Rick Null Rhesus positiv hat, was bedeutet, dass er unmöglich ihr leiblicher Vater sein kann. Deswegen war sie so wütend auf ihre Mutter. Sie hat es Rick erzählt. Der hat herausgefunden, mit wem seine Frau ihn betrogen hat, und deshalb ist er bei Larry aufgekreuzt.«

Jane ist lange still, und ich merke, dass sie über etwas anderes nachdenkt. So läuft es immer. Ich rede, und ihre Gedanken schweifen ab. Zu Dingen, die wichtiger sind als das, was ihre Mutter zu sagen hat. Jetzt wird es nicht mehr lange dauern, bis sie einen Grund findet, diese langweilige Unterhaltung zu beenden und sich davonzumachen.

»Mein Gott, Ma!«, ruft sie plötzlich und springt von ihrem Sessel auf.

»Ich weiß«, seufze ich. »Du musst los.«

»Du hast gerade den Fall geknackt! Danke!«

»Was? Was habe ich denn gesagt?«

»Blutgruppen! Ich hätte erkennen müssen, dass sich alles um *Blutgruppen* dreht.« Sie läuft zur Tür. »Ich muss jetzt wirklich dringend los.«

»Wovon redest du eigentlich?«

»Sofia Suarez. Ich war auf dem völlig falschen Dampfer.«

38

AMY

Detective Rizzoli war wieder da. Durch das Dielenfenster konnte Amy sie vor der Haustür stehen sehen, und sie fragte sich, warum sie jetzt, Wochen nach ihrem letzten Gespräch, plötzlich erneut auftauchte. Vielleicht gab es noch ein paar letzte Details zu klären, bevor der Fall endgültig zu den Akten gelegt werden konnte, damit auch wirklich alles seine Richtigkeit hatte.

Amy öffnete die Tür und begrüßte Jane mit einem Lächeln. »Das ist aber eine Überraschung. Schön, Sie wiederzusehen.«

»Ich dachte, ich schaue mal vorbei und frage, wie es Ihnen und Ihrer Mutter geht.«

»Uns geht es gut, danke. Wir schlafen viel besser, nachdem es nun endlich vorbei ist. Bitte, kommen Sie doch herein.«

»Ist Ihre Mutter auch da?«, fragte Detective Rizzoli, als sie eintrat.

»Sie ist nur kurz zum Einkaufen gefahren, aber sie wird bald zurück sein. Wollten Sie mit ihr sprechen?«

»Ja. Und auch mit Ihnen.«

»Gehen wir doch in die Küche. Ich wollte gerade eine Kanne Tee aufsetzen, möchten Sie auch einen?«

»Sehr gerne, danke.«

Sie betraten die Küche, wo Amy sogleich den Wasserkocher anschaltete. Das war etwas, was ihre Mutter ihr vor langer Zeit beigebracht hatte: Morgens bietest du dem Gast Kaffee an, am Nachmittag Tee. Auf jeden Fall musst du deinem Besuch immer etwas zu trinken servieren. Während Amy darauf wartete, dass das Wasser kochte, sah sie, wie Detective Rizzoli eine Textnachricht schrieb und sich dann nachdenklich in der Küche umblickte. Es war, als sähe sie sie zum ersten Mal, dabei war dies keineswegs Rizzolis erster Besuch in ihrem Haus. Vielleicht bewunderte sie ja nur den Edelstahl-Kühlschrank von Sub-Zero oder den sechsflammigen Viking-Gasherd – Geräte, auf die ihre Mutter sehr stolz war.

»Sie ist eine gute Köchin, nicht wahr? Ihre Mutter?«

»Sie arbeitet nur mit frischen Zutaten. Darauf ist sie sehr stolz«, sagte Amy, während sie eine Plastikdose mit Juliannes Zitronenschnitten öffnete.

»Wie hat sie kochen gelernt?«

»Ich weiß es nicht. Sie hat es einfach immer schon gekonnt. So hat sie die Rechnungen bezahlt, als ich ein Kind war. Sie hat in Restaurants gejobbt, in Cafés.«

»Ich habe gehört, dass sie Dr. Antrim so kennengelernt hat. In dem Café gegenüber vom Krankenhaus.«

Amy lachte. »Die Geschichte habe ich schon tausend Mal gehört.«

»Das war kurz nach Ihrem Umzug nach Boston?«

»Ich war neun Jahre alt. Damals wohnten wir in dieser scheußlichen kleinen Wohnung in Dorchester. Dann hat Mom Dad kennengelernt, und alles wurde anders.« Amy arrangierte die Zitronenschnitten auf einem hübschen Porzellanteller und stellte sie auf den Tisch. *Das Auge isst mit*, wie ihre Mutter immer sagte.

»Wo haben Sie und Ihre Mutter vorher gewohnt? Bevor Sie nach Boston gekommen sind?«

»Mal hier, mal da. In Worcester, in Upstate New York.«

»Und in Vermont. Da sind Sie doch geboren, nicht wahr?«

»Na ja, *so* weit kann ich mich nun wirklich nicht zurückerinnern.«

»Erinnern Sie sich daran, dass Sie in Maine gewohnt haben?«

»Da haben wir nie gewohnt.« Amy gab Oolong-Teeblätter in eine Kanne, goss sie mit heißem Wasser auf und ließ sie ziehen.

»Aber Sie waren schon mal dort.«

»Einmal im Urlaub. Dad wollte die Leuchttürme besichtigen, und es hat die ganze Woche über geregnet. Seitdem waren wir nie wieder dort.«

Sie saßen eine Weile am Tisch, während die Küchenuhr tickte und der Tee zog. Es hatte den Anschein, dass sie mit diesem ganzen Small Talk nur die Zeit totschlagen und dass Detective Rizzoli eigentlich gekommen war, um mit Julianne zu sprechen. Der Tee war noch nicht ganz so weit, aber sie schenkte dennoch zwei Tassen ein, schob eine ihrer Besucherin hin und hob die andere an die Lippen.

»Bevor Sie von dem Tee trinken, brauche ich eine Speichelprobe von Ihnen«, sagte Detective Rizzoli.

Amy stellte ihre Tasse ab und runzelte die Stirn, als Rizzoli ein Probenröhrchen aus der Tasche zog und aufschraubte. »Wieso? Wozu brauchen Sie die?«

»Es ist nur zu Ausschlusszwecken. An dem Messer war Blut von mehr als einer Person, und das Labor braucht die DNA von allen, die sich in der Hütte aufgehalten haben.«

»Aber Sie wissen doch, dass meine Mutter sich an dem Abend geschnitten hat. Dann ist es doch kein Wunder, dass ihr Blut am Messer ist.«

»Wir brauchen trotzdem auch Ihre DNA. Nur um den Fall abschließen zu können. Es ist reine Routine.«

»Okay«, sagte Amy schließlich.

Rizzoli nahm die Probe, schraubte das Röhrchen wieder zu und steckte es ein. »Und jetzt erzählen Sie mir doch mal, wie es Ihnen geht, Amy. Das müssen ja schwere Wochen für Sie gewesen sein. Von diesem Mann verfolgt zu werden.«

Amy schlang die Hände um ihre Teetasse. »Mir geht es gut.«

»Wirklich? Denn es wäre kein Wunder, wenn Sie eine posttraumatische Belastungsstörung entwickelt hätten.«

»Ich hatte Albträume«, gab Amy zu. »Dad sagt, das Beste für mich sei Beschäftigung. Ich solle das Studium wieder aufnehmen, meinen Abschluss machen.« Sie lachte verschämt. »Wobei es Mom am liebsten wäre, wenn ich für immer bei ihr zu Hause bleiben würde.«

»Hatte sie immer schon diesen starken Beschützerinstinkt?«

»Immer.« Amy lächelte. »Bevor sie Dad kennenlernte, gab es nur sie und mich. Ich weiß noch, wie wir im Auto immer dieses Lied gesungen haben: *You and me against the world.*«

»Wie weit reicht Ihre Erinnerung eigentlich zurück?«

Die Frage ließ Amy innehalten. Das Gespräch hatte plötzlich eine andere Richtung genommen, eine, die sie verwirrte. Rizzolis forschender Blick verunsicherte sie – als ob sie jedes Wort von Amy auf die Goldwaage legte. Es fühlte sich nicht mehr an wie eine zwanglose Unterhaltung beim Tee – nein, es kam ihr zunehmend vor wie ein Verhör.

»Warum stellen Sie mir all diese Fragen?«

»Weil ich immer noch versuche, James Creightons Motiv zu verstehen. Warum hat er gerade *Ihnen* nachgestellt? Was machte *Sie* so besonders für ihn, und wann hat er Sie zum ersten Mal gesehen?«

»Auf dem Friedhof.«

»Oder vielleicht schon früher? Ist es möglich, dass James Creighton Ihre Mutter gekannt hat, als Sie klein waren?«

»Nein, das hätte sie mir erzählt.« Amy trank einen Schluck Tee, doch er wurde bereits kalt. Ihr fiel auf, dass Jane Rizzoli ihre Tasse nicht angerührt hatte. Sie saß einfach nur da und beobachtete sie.

»Erzählen Sie mir von Ihrem Vater, Amy. Ich meine nicht Dr. Antrim, sondern Ihren leiblichen Vater.«

»Wieso?«

»Es ist wichtig.«

»Ich versuche, so wenig wie möglich an ihn zu denken.«

»Aber Sie müssen sich doch an ihn erinnern. Als Ihre Mutter Mike Antrim heiratete, waren Sie schon zehn Jahre alt. Ich habe das Hochzeitsfoto in Dr. Antrims Arbeitszimmer gesehen. Sie waren das Blumenmädchen.«

Amy nickte. »Sie haben am Lantern Lake geheiratet.«

»Und Ihr leiblicher Vater?«

»Für mich gibt es nur *einen* Vater, und das ist Mike Antrim.«

»Aber es *gab* da einen anderen, einen Mann namens Bruce Flagler. Ein Schreiner, der von Stadt zu Stadt zog und Gelegenheitsjobs übernahm – Terrassen ausbessern, Küchen renovieren.«

»Was hat Bruce damit zu tun?«

»Sie erinnern sich also an seinen Namen.«

»Ich versuche es zu vermeiden.« Abrupt stand Amy auf und nahm ihr Handy von der Arbeitsplatte. »Ich schreibe jetzt meiner Mutter, dass sie sofort nach Hause kommen soll. Sie ist diejenige, die Ihre Fragen beantworten kann.«

»Ich muss wissen, woran *Sie* sich erinnern.«

»Ich *will* mich nicht erinnern! Er war furchtbar.«

»Ihre Mutter sagte, dass Sie acht Jahre alt waren, als sie sich von ihm getrennt hat. Da waren Sie alt genug, um sich an viele Details erinnern zu können.«

»Ja, ich war alt genug, um mich daran zu erinnern, dass er sie geschlagen hat. Ich erinnere mich, wie sie mich in mein Zimmer geschoben hat, um mich vor ihm in Sicherheit zu bringen.«

»Was ist aus Bruce Flagler geworden?«

»Fragen Sie meine Mutter.«

»Wissen Sie es nicht?«

Amy setzte sich wieder an den Tisch und sah die Detective an. »Was mir in Erinnerung geblieben ist, das ist der Tag, an dem wir ihn verlassen haben. Der Tag, an dem wir unsere Sachen in einen Koffer geworfen haben und ins Auto gesprungen sind. Mom hat mir gesagt, es würde alles gut werden, wir würden zu einem großen Abenteuer aufbrechen, nur wir beide. So weit weg, dass er uns nie finden würde und wir nie wieder Angst haben müssten.«

»Wo ist er jetzt?«

»Das interessiert mich nicht. Warum wollen Sie das wissen?«

»Ich muss ihn finden, Amy.«

»Warum?«

»Weil ich glaube, dass er vor neunzehn Jahren eine Frau

ermordet hat. Er hat sie in ihrem Haus erdrosselt und ihre dreijährige Tochter entführt. Er gehört ins Gefängnis.«

Amys Handy läutete. Sie sah, dass sie eine Textnachricht von ihrer Mutter erhalten hatte.

»Wusste Ihre Mutter, was Bruce getan hatte? Hat sie ihn deswegen verlassen?«

Amy schrieb eine Antwort und legte ihr Handy beiseite.

»Wusste sie, dass der Mann, mit dem sie zusammenlebte, ein Mörder war?«, fragte Jane.

Sie hörten, wie die Haustür aufgeschlossen wurde, und Amy sprang auf. »Sie ist da. Warum fragen Sie sie nicht selbst?«

Ihre Mom kam in die Küche, beladen mit einer Einkaufstüte, die den Duft von frischem Basilikum verströmte. Glasflaschen klirrten, als sie die Tüte auf der Arbeitsplatte abstellte. Sie drehte sich um und schenkte der Polizistin ein Lächeln. »Detective Rizzoli – wenn ich gewusst hätte, dass Sie zu Besuch kommen, hätte ich mich noch mehr beeilt.«

»Amy und ich haben uns nur ein bisschen unterhalten.«

»Sie hat eine Speichelprobe von mir genommen, Mom«, sagte Amy.

»Von Amy?« Julianne runzelte die Stirn. »Wozu das denn? Jetzt, wo dieser Albtraum endgültig vorbei ist ...«

»Glauben Sie das wirklich? Dass alles vorbei ist?«

Julianne betrachtete Detective Rizzoli einen Augenblick lang, und Amy gefiel die lange Pause, die folgte, ganz und gar nicht. Es gefiel ihr nicht, dass das Lächeln ihrer Mutter verschwunden war. Juliannes Gesicht war jetzt völlig ausdruckslos, eine starre Maske. Amy kannte dieses Gesicht, und sie wusste, was es bedeutete.

»Ich brauche auch von Ihnen eine Speichelprobe, Mrs. Antrim.«

»Aber Sie wissen doch schon, dass mein Blut an diesem Messer ist. Sie haben die Schnittwunde an meiner Hand gesehen von diesem Abend. Ich habe sie mir zugezogen, als ich meine Tochter gegen diesen Mann verteidigte.«

»Sein Name war James Creighton.«

»Ist doch egal, wie er hieß!«

»Ich bin mir sicher, dass Sie seinen Namen kennen, Mrs. Antrim. Und Sie wussten auch, warum er sich so für Ihre Tochter interessierte. Er hatte allen Grund dazu.«

»Ich weiß nicht, wovon Sie reden.«

»Erzählen Sie mir von Amys leiblichem Vater. Soviel ich weiß, hieß er Bruce Flagler.«

»Wir nehmen diesen Namen nicht in den Mund. Niemals.«

»Warum nicht?«

»Weil er ein Fehler war. Der größte Fehler meines Lebens. Ich war siebzehn, als ich ihn kennenlernte. Es dauerte zehn lange Jahre, bis ich mich endlich von ihm befreien konnte.«

»Wo ist Bruce jetzt?«

»Ich habe keine Ahnung. Wahrscheinlich verprügelt er gerade irgendeine andere arme Frau. Wenn ich ihn damals nicht verlassen hätte, wäre ich jetzt tot. Und Amy vielleicht auch.«

»Sie würden alles für Amy tun, nicht wahr?«

»Natürlich.« Julianne sah Amy an. »Sie ist meine Tochter.«

»Sehen Sie, ich glaube nicht, dass sie das ist, Mrs. Antrim.«

Amy blickte zwischen den beiden Frauen hin und her. Sie wusste nicht, was sie tun sollte. Was sie sagen sollte. Ihre Mutter saß da wie erstarrt, doch es war keine Spur von Panik in ihrer Miene. »Amy«, sagte Julianne ruhig, »geh bitte nach oben in mein Schlafzimmer und hol unser altes Fotoalbum. Das mit deinen Babyfotos und deiner Geburtsurkunde. Es ist im Schrank, im obersten Regal. Und bring mir auch den Pass. Er liegt in meiner Schalschublade.«

»Mom?«, fragte Amy verunsichert.

»Geh, Schätzchen. Es ist nur eine Verwechslung. Es wird alles gut.«

Amys Beine zitterten, als sie die Küche verließ und die Treppe zum Schlafzimmer ihrer Eltern hinaufstieg. Sie ging direkt zum Kleiderschrank ihrer Mutter und zog den Stapel Fotoalben aus dem Regal. Sie legte sie alle aufs Bett und fand das Album, um das ihre Mutter gebeten hatte. Sie wusste, dass es das richtige war, denn es war Jahrzehnte alt, und der Einband war schon rissig geworden, aber sie schlug es dennoch auf, um ganz sicher zu sein. Auf der ersten Seite war ein Foto von Julianne als junge Frau. Sie stand unter einer Eiche und hielt ihren schwarzhaarigen Säugling im Arm. Gegenüber von diesem Foto, auf der Innenseite des Deckels, klebte eine Geburtsbescheinigung für Amy Wellman, geboren im Staat Vermont, Gewicht 2440 Gramm. Die Zeile für den Namen des Vaters war leer. Sie klappte das Album zu, dann blieb sie noch einen Moment lang auf dem Bett sitzen und dachte darüber nach, was als Nächstes passieren würde. Was ihre Mutter tun würde, was sie selbst tun musste.

Dann stand sie auf, ging zur Kommode ihrer Mutter

und zog die oberste Schublade auf. Sie schob die sorgsam zusammengefalteten Seidenschals beiseite und griff hinein, um das herauszunehmen, wonach ihre Mutter verlangt hatte.

39

JANE

»Sie weiß es nicht, habe ich recht?«, sagte Jane. »Wer ihr leiblicher Vater war?«

Die beiden Frauen saßen einander am Küchentisch gegenüber, zwischen ihnen die Teekanne, die Tassen und der Teller mit den Zitronenschnitten. So ein friedlicher, heimeliger Rahmen für ein Verhör.

»Ich zeige Ihnen Amys Geburtsurkunde«, sagte Julianne. »Ich kann Ihnen Fotos zeigen, auf denen ich sie im Arm halte, unmittelbar nach ihrer Geburt. Fotos lügen nicht. Ich kann beweisen, dass ich Amys Mutter bin.«

»Ich bin mir sicher, dass die Fotos echt sind, Mrs. Antrim. Ich bin mir sicher, dass Sie wirklich Amys Mutter sind.« Jane machte eine Pause, den Blick fest auf Julianne gerichtet. »Aber die echte Amy ist tot. Habe ich recht?«

Julianne wurde ganz still. Jane konnte beinahe sehen, wie sich feine Risse in der Maske bildeten, die ihr Gegenüber so sorgfältig aufrechterhalten hatte.

»Wie ist Ihre leibliche Tochter gestorben?«, fragte Jane leise.

»Sie *ist* meine Tochter!«

»Aber sie ist nicht Amy. Die sterblichen Überreste Ihrer Tochter – der echten Amy – wurden vor zwei Jahren in einem Naturschutzgebiet in Maine gefunden, unweit des Orts, an dem Sie damals mit ihrem Lebensgefährten

Bruce Flagler wohnten. Einem Schreiner, der bei der Renovierung von Professor Eloise Creightons Küche geholfen hatte. Bruce war schon früher durch häusliche Gewalt aufgefallen, und wir wissen, dass er *Sie* misshandelt hat. Ist die kleine Amy so zu Tode gekommen? Hat er sie getötet?«

Julianne schwieg.

»Die Polizei wusste nicht, wessen Gebeine sie gefunden hatten. Für sie war es nur eine unbekannte Kinderleiche, die im Wald verscharrt worden war. Aber jetzt wissen wir, dass sie einen Namen hatte: Amy. Wie furchtbar es für Sie gewesen sein muss, dieses kleine Mädchen zu verlieren, kann ich mir nur zu gut vorstellen. Zu wissen, dass Sie sie nie wieder im Arm halten würden. Wenn mir so etwas passieren würde, ich weiß nicht, ob ich überhaupt noch weiterleben wollte.«

»Er sagte, es sei ein Unfall gewesen«, flüsterte Julianne. »Sie sei die Treppe heruntergefallen. Ich habe nie herausgefunden, wie es wirklich war …« Sie holte tief Luft und starrte aus dem Fenster, als ob sie zu jenem Tag zurückblickte. Zu diesem Augenblick des Verlusts. »Ich wollte tatsächlich sterben. Ich habe es *versucht*.«

»Warum sind Sie nicht zur Polizei gegangen?«

»Das *hätte* ich ja getan. Aber in dieser Nacht hat er mir *sie* mitgebracht. Sie war so klein, so verängstigt. Sie *brauchte* mich.«

»Er brachte Ihnen eine andere kleine Amy, um Ihr Schweigen zu erkaufen. Eine neue Amy als Ersatz für die, die er zerbrochen hatte. Deswegen haben Sie es nie der Polizei gemeldet. Deswegen haben Sie ihm für die Nacht, in der er sie entführt hatte, ein Alibi gegeben, alles nur, um Ihr neues kleines Mädchen behalten zu können. Hat

Bruce Ihnen je erzählt, wie er die Mutter getötet hat? Wie er ihr die Hände um den Hals gelegt hat?«

»Er sagte, er sei in Panik geraten. Als das Kind zu schreien anfing, sei die Mutter aufgewacht, und da sei ihm nichts anderes übrig geblieben, als ...«

»... sie zu erdrosseln mit den einzigen Waffen, die er zur Verfügung hatte. Seinen Händen.«

»Ich weiß nicht, wie es passiert ist! Ich wusste damals nur, dass dieses kleine Mädchen meine Liebe brauchte. Dass ich für sie sorgen musste. Es dauerte eine Weile, bis sie die andere Frau vergessen konnte, aber irgendwann war es so weit. Sie lernte, *mich* zu lieben. Sie lernte, dass *ich* ihre Mutter war.«

»Sie hatte auch einen Vater, Julianne. Einen Vater, der sie ebenfalls liebte und der nie aufgehört hat, nach ihr zu suchen. Sie und Bruce packten also Ihre Sachen und verließen Maine. Sie änderten Ihre Namen und zogen nach Massachusetts, dann nach New Hampshire und schließlich nach Upstate New York. Dort schafften Sie es endlich, sich von ihm zu trennen. Sie nahmen Ihr kleines Mädchen und zogen mit ihm nach Boston, und hier läuft zum ersten Mal in ihrem Leben alles glatt. Sie heiraten einen anständigen Mann, Sie wohnen in diesem schönen Haus. Alles ist perfekt – bis Amy ihren Unfall hat. Es ist einfach nur ein sehr unglücklicher Zufall, dass sie hier im Krankenhaus landet. Doch es ändert alles.«

Juliannes Gesicht zeigte kein nervöses Zucken, in ihren Augen blitzte keine Panik auf, und Jane fragte sich plötzlich, ob sie nicht doch völlig danebenlag. Ob Julianne irgendwie den Beweis für ihre Unschuld aus dem Hut zaubern würde.

Nein, ich irre mich nicht. Ich weiß, dass es so war.

»Amy kommt auf die Intensivstation, wo Sofia Suarez ihre Krankenschwester ist. Sofia sieht die Narbe auf Amys Brust von einer Herzoperation im Kindesalter. Sie sieht, dass Amy eine seltene Blutgruppe hat, AB Rhesus negativ. Und sie erinnert sich an eine Patientin, die sie vor neunzehn Jahren gepflegt hat. Ein dreijähriges Mädchen mit Blutgruppe AB negativ, das eine Herz-OP hatte. Sie erinnert sich sehr genau an dieses Mädchen wegen des schockierenden Verbrechens, das an ihr und ihrer Mutter begangen wurde. Die kleine Lily Creighton wurde aus ihrem Haus entführt und blieb spurlos verschwunden. Jetzt, neunzehn Jahre später, sieht Sofia Amys OP-Narbe, von einer Operation, die in ihrer Patientenakte nirgends auftaucht. Und ihr fällt auf, dass sie diese seltene Blutgruppe hat.«

»Wie können Sie das alles wissen?«

»Weil Sofia Suarez die entscheidenden Hinweise hinterlassen hat, die ich brauchte, um mir alles zusammenzureimen: ihre Internetrecherche über Blutgruppen. Ihre Suche nach James Creighton. Ihren Anruf bei einer ehemaligen Kollegin in Kalifornien, die sich ebenfalls noch sehr gut an die Entführung von Lily erinnert. Aber Dr. Antrim war ein Freund von Sofia, und sie konnte ihm gegenüber nichts von ihrem Verdacht sagen. Also stellte sie ihre Fragen möglichst dezent – Fragen, die Sie alarmiert haben müssen. Etwa, warum Amys Herzoperation nicht in ihrer Patientenakte erwähnt wird.«

»Das ist nur, weil wir so oft umgezogen sind! Amy und ich haben in verschiedenen Städten gewohnt, in verschiedenen Staaten. Da gehen schon mal Unterlagen verloren.«

»Und warum haben Sie Ihrer eigenen Tochter kein Blut gespendet, obwohl sie es dringend brauchte? Die Frage muss sich auch Sofia gestellt haben. Ich weiß nicht, welche Ausrede Sie benutzt haben, aber ich kenne den wahren Grund. Sie konnten ihr kein Blut spenden, weil Sie Null Rhesus positiv haben, Julianne. Was Sofia herausfand, als sie eine Bekannte im Patientenarchiv anrief und diese bat, einen Blick in Ihre Akte zu werfen. Wenn Sie nicht ihre Mutter sind, wer sind dann Amys wirkliche Eltern? Sofia wusste, dass die einzige Möglichkeit, das herauszufinden, ein Gentest ist.

Also begann sie, nach James Creighton zu suchen. Sie fand seine alte Adresse heraus und schrieb ihm einen Brief, der ihm schließlich nachgesendet wurde. So erfuhr er, dass seine Tochter Lily möglicherweise noch am Leben war. Dieser Mann hat nicht einfach irgendeine wildfremde Frau gestalkt. Er wollte herausfinden, ob Amy *seine eigene Tochter* war.«

»Ich hab's gefunden, Mom«, sagte Amy, als sie mit einem Fotoalbum in die Küche kam und es auf den Tisch legte.

»Bitte sehr«, sagte Julianne und schob Jane das Album hin. »Schlagen Sie es auf. Sehen Sie es sich *an*.«

Der Einband begann sich schon in seine Bestandteile aufzulösen, und das Papier war spröde. Vorsichtig schlug Jane das Album auf und erblickte ein verblasstes Foto einer jungen Julianne, die einen schwarzhaarigen Säugling im Arm wiegte.

»Sehen Sie?«, sagte Julianne. »Das bin ich mit Amy. Sie war da erst ein paar Monate alt, aber sie hatte schon sehr volles Haar. Wunderschönes schwarzes Haar.« Sie sah ihre Tochter an. »Wie sie es heute noch hat.«

»Dank Clairol«, sagte Jane.

Julianne sah sie stirnrunzelnd an. »Was?«

»Ich habe in Ihrer Blockhütte am See eine Schachtel Clairol-Haarfarbe gesehen. Da dachte ich noch, es wäre Ihre, zum Kaschieren von grauen Ansätzen. Aber sie war in Wirklichkeit für Ihre Tochter, nicht wahr? Um ihre Haare schwarz zu halten.« Jane sah Amy an, die stumm und reglos dastand. »Noch ein Detail, das mir entgangen war, das eine Krankenschwester aber bemerkt haben würde. Eine Schwester, die sie badete und ihr die Haare wusch, wobei ihr auffiel, dass sie blond nachwuchsen.« Sie richtete den Blick wieder auf Julianne. »Wann hat Sofia Sie schließlich zur Rede gestellt? Wann hat sie Ihnen gesagt, dass sie wusste, dass Amy nicht Ihre Tochter ist?«

Juliannes Hände zitterten. Sie verschränkte sie, um sie ruhig zu halten, die Finger so fest ineinander gekrampft, dass die Knöchel weiß hervortraten.

»Haben Sie deshalb Sofia zu Hause aufgesucht – um sie anzuflehen, ihr Geheimnis für sich zu behalten? Vielleicht hatten Sie ja nicht vor, sie zu töten. Das will ich mal zu Ihren Gunsten annehmen. Aber Sie haben an diesem Abend einen Hammer mitgenommen. Nur für alle Fälle.«

»Sie wollte ja nicht *hören*!«, schluchzte Julianne. »Ich habe sie doch nur gebeten, es für sich zu behalten. Uns einfach in Ruhe zu lassen ...«

»Aber sie hat sich geweigert, nicht wahr? Sie hat sich geweigert, weil sie wusste, dass es falsch war. Also haben Sie zum Hammer gegriffen und sich des Problems entledigt. Anschließend haben Sie die Scheibe in der Hintertür eingeschlagen und ein paar Gegenstände mitgenommen, um es wie einen Einbruch aussehen zu lassen. Sie haben sicher geglaubt, Sie hätten an alles gedacht. Bis dann James Creighton auftauchte, der auf der Suche nach seiner Tochter war. Und so waren Sie gezwungen, auch *dieses* Problem aus der Welt zu schaffen.«

»Das war Notwehr! Er hat uns *angegriffen*.«

»Nein, das hat er nicht. Sie haben diesen Überfall inszeniert. Sie haben ihn auf seinem Wegwerfhandy angerufen und ihn eingeladen, sich am See mit Ihnen zu treffen.«

Julianne schnappte nach ihrem Handy und hielt es Jane hin. »Bitte. Schauen Sie sich meine Anrufliste an, dann sehen Sie, dass ich ihn nie kontaktiert habe.«

»Nicht mit Ihrem Handy. So unvorsichtig sind Sie nicht. Wir haben die Verbindungsnachweise von Creightons Wegwerfhandy, und Sie haben ihn von einem Münztelefon aus angerufen. Es ist heutzutage gar nicht mehr so einfach, ein öffentliches Telefon zu finden, aber Sie haben eins auf einem Rastplatz am Turnpike entdeckt. Pech für Sie, dass diese Rastplätze videoüberwacht sind, und tatsächlich sieht man Sie da an dem Münztelefon stehen, zu exakt der Zeit, als der Anruf auf Creightons Wegwerfhandy einging. Haben Sie ihm versprochen, dass er mit seiner Tochter sprechen kann? Er war schwer krebskrank und hatte nicht einmal mehr ein Jahr zu leben. Er hatte nur einen einzigen Wunsch: das kleine Mädchen noch einmal zu sehen, das er verloren zu haben glaubte. Also ist er natürlich zum See gefahren, um Amy zu treffen. Weil Sie ihn dorthin eingeladen hatten. Aber es war eine Falle. Sie haben ihn in die Hütte gelockt, ihn erstochen und den Hammer in seinem Auto versteckt. Sie haben sogar ihrer eigenen Tochter Würgemale am Hals beigebracht, um uns glauben zu machen, er hätte sie angegriffen. Sie haben an alles gedacht. An fast alles.«

»Ich habe es für *uns* getan. Für *Amy*.« Julianne holte

tief Luft und fügte leise hinzu: »Alles, was ich je getan habe, habe ich für sie getan.«

Daran hatte Jane keinen Zweifel. Es gab auf der Welt keine stärkere Kraft als die Liebe einer Mutter zu ihrem Kind. Eine wunderbare, furchtbare Liebe, die zum Mord an zwei unschuldigen Menschen geführt hatte.

»Mom«, sagte Amy. »Was soll ich jetzt machen?«

Jane blickte sich um, und jetzt erst sah sie die Waffe in Amys Händen. Ihr Finger war bereits am Abzug, ihr Griff unsicher, sodass der Lauf hin und her schwenkte. Eine verängstigte junge Frau, die im Begriff war, einen schrecklichen Fehler zu begehen.

»Wir werden tun, was wir immer tun«, sagte Julianne. »Wir werden das hinter uns bringen und ein neues Kapitel aufschlagen.« Sie stand auf, nahm ihrer Tochter die Pistole ab und richtete sie auf Jane. »Aufstehen«, befahl sie. »Amy, nimm ihr die Waffe ab.«

Ganz ruhig stand Jane auf und hob die Arme, sodass Amy die Pistole aus ihrem Holster ziehen konnte. »Ich nehme an, wir machen jetzt einen kleinen Ausflug?«, fragte Jane.

»Ich will kein Blut in meiner Küche haben.«

»Julianne, Sie machen alles nur noch schlimmer. Für Sie beide.«

»Ich schaffe nur ein Problem aus der Welt. So, wie ich es immer getan habe.«

»Wollen Sie wirklich Ihre Tochter noch weiter da hineinziehen? Sie haben Sie schon zur Komplizin beim Mord an James Creighton gemacht.«

»Los, gehen Sie«, befahl Julianne. »Zur Haustür.«

Jane sah Amy an. »Sie können das verhindern. Sie können Ihre Mutter aufhalten.«

»*Gehen Sie.*« Juliannes Hände packten die Pistole fester, und im Gegensatz zu Amy hatte sie einen sicheren Griff und zielte mit ruhiger Hand auf Jane. Sie hatte schon mehr als einmal getötet, und sie würde gewiss nicht zögern, es wieder zu tun.

Jane spürte, dass die Waffe auf ihren Rücken gerichtet war, als sie aus der Küche in den Flur und weiter zur Diele ging. Vor einer Kugel konnte sie nicht davonlaufen. Ihr blieb nichts anderes übrig, als sich zu fügen. An der Haustür angekommen, drehte sie sich noch einmal zu Julianne und Amy um. Sie waren nicht blutsverwandt, und dennoch waren diese beiden Frauen Mutter und Tochter, und sie würden einander immer beschützen.

»Eine letzte Chance, Amy«, sagte Jane.

»Tun Sie einfach, was meine Mutter sagt.«

Dann soll es eben so sein, dachte Jane. Sie öffnete die Tür und trat hinaus. Und hörte Julianne nach Luft schnappen, als sie sah, wer da vor ihrem Haus stand: Barry Frost und zwei Streifenbeamte des Boston PD, die nur darauf gewartet hatten, sofort einzugreifen, sobald Julianne auftauchte.

»Es ist vorbei, Mrs. Antrim«, sagte Jane.

»Nein.« Julianne richtete die Waffe auf Frost, dann wieder auf Jane. »*Nein.*«

Beide Streifenpolizisten hatten ihre Waffen gezogen und zielten auf Julianne, aber Jane hob die Hand, um ihnen Einhalt zu gebieten. Es war schon genug Blut geflossen – es sollte nicht noch mehr vergossen werden.

»Geben Sie mir die Waffe«, forderte sie Julianne auf.

»Ich musste es tun, verstehen Sie das nicht? Ich hatte keine Wahl.«

»Jetzt *haben* Sie die Wahl.«

»Es hätte meine Familie auseinandergerissen. Nach allem, was ich getan habe, um sie zu beschützen ...«

»Sie sind eine gute Mutter. Niemand bezweifelt das.«

»Eine gute Mutter«, flüsterte Julianne. Sie starrte auf die Waffe in ihren Händen hinab, deren Lauf immer noch auf Jane gerichtet war. »Eine gute Mutter tut, was getan werden muss.«

Nein, dachte Jane.

Aber Julianne hob bereits die Pistole an ihren eigenen Kopf. Den Finger am Abzug, drückte sie die Mündung an ihre Schläfe.

»Mom, nicht!«, schrie Amy. »Bitte, Mommy!«

Julianne verharrte vollkommen reglos.

»Ich liebe dich«, schluchzte Amy. »Ich brauche dich.« Langsam ging sie auf ihre Mutter zu.

Jane hätte sich am liebsten zwischen die beiden geworfen und Amy aus der Gefahrenzone geschoben, doch sie wusste, dass Amy die Einzige war, die noch an Julianne herankommen konnte. Die dem hier ein Ende setzen konnte.

»Mommy«, flüsterte Amy. Sie schlang die Arme um Julianne und legte den Kopf an die Schulter ihrer Mutter. »Mommy, lass mich nicht allein. Bitte.«

Langsam ließ Julianne die Waffe sinken. Sie leistete keinen Widerstand, als Jane sie ihr aus der Hand nahm. Und sie wehrte sich auch nicht, als Frost ihr die Arme hinter den Rücken bog und ihr Handschellen anlegte. Dann fasste er ihren Arm und zog sie von ihrer Tochter weg.

»Nein, bringen Sie sie nicht weg!«, rief Amy, als Frost Julianne zum Streifenwagen führte.

Jane legte Amy Handschellen an und brachte sie zu

einem zweiten Wagen. Erst jetzt, als die beiden Frauen in verschiedene Richtungen geführt wurden, begann Julianne sich zu sträuben. Sie versuchte, sich von Frost loszureißen.

»Amy!«, schrie sie, als Frost sie in den Streifenwagen verfrachtete. Sie stieß einen unheimlichen Klagelaut aus, der sich zu einem schrillen Schrei steigerte, als die Autotür ins Schloss fiel und sie im Wagen einsperrte, sie von ihrer Tochter trennte.

»*Amy!*«

Als der Streifenwagen davonfuhr, konnte Jane diesen Schrei immer noch hören, ein Echo der Verzweiflung, das noch in der Luft hing, lange nachdem Julianne verschwunden war.

40

ANGELA

Ich habe das Gefühl, dass alle Leute mich anstarren, während ich in der Ankunftshalle des Flughafens am Fuß der Rolltreppe stehe und auf Vince warte. Kein Wunder, dass sie glotzen, ich biete ja auch einen fürchterlichen Anblick. Mein Gesicht hat sich in den vier Tagen seit meiner Rettung aus der Lagerhalle noch stärker violett verfärbt, und meine Wange ist so angeschwollen, dass sie wie ein Luftballon aussieht. Es sind die Blessuren einer Kriegerin, und ich schäme mich nicht dafür. Im Gegenteil, ich trage sie voller Stolz, denn ich will, dass Vince sieht, was für ein harter Brocken ich bin. Denn wie viele von all diesen Leuten, die hier an der Gepäckausgabe herumwuseln, können von sich behaupten, eine Entführung überlebt *und* einen eifersüchtigen Nachbarn entwaffnet zu haben?

So sind wir drauf, wir Rizzoli-Frauen. Kein Wunder, dass meine Tochter in ihrem Job so gut ist.

Eine Hand legt sich behutsam auf meinen Arm, und als ich mich umdrehe, erblicke ich eine junge Frau mit freundlichen Augen, die mich besorgt mustert.

»Entschuldigen Sie die Frage«, sagt sie mit leiser Stimme, »aber geht es Ihnen gut? Fühlen Sie sich sicher?«

»Oh, Sie meinen das hier?« Ich deute auf mein Gesicht.

»Hat jemand Sie geschlagen?«

»Oh ja, er hat mir ganz schön eine verpasst.«

»Sie Arme. Ich hoffe, Sie haben die Polizei gerufen. Ich hoffe, Sie haben ihn angezeigt.«

»Das ist nicht nötig. Er ist tot.«

Mein Grinsen scheint sie zu erschrecken, und sie weicht ganz langsam zurück.

»Aber danke, dass Sie gefragt haben!«, rufe ich ihr nach, als sie davongeht. Wie nett von dieser Frau, sich nach meinem Wohlergehen zu erkundigen. Wir sollten alle so sein wie sie – aufeinander achtgeben, uns gegenseitig schützen. Etwas, das ich bereits tue, weil es nun mal meine Art ist, auch wenn es zu oft den Anschein hat, dass ich mich bloß ungefragt einmische. Ich habe dieses blaue Auge, weil ich zu viele Fragen gestellt und meine Nase in anderer Leute Angelegenheiten gesteckt habe, aber nur *weil* ich das getan habe, ist Larry Leopold noch am Leben, wird Rick Talley nicht den Rest seines Lebens im Gefängnis verbringen und muss Nina – oder wie immer sie wirklich heißt – nicht mehr um ihr Leben fürchten.

»*Angie!* Oh Baby, wie siehst du denn aus?«

Ich drehe mich um und sehe Vince von der Rolltreppe kommen. Er lässt sein Handgepäck fallen, fasst mich an den Schultern und starrt mich an.

»Oh, mein Schatz«, sagt er, »es ist ja noch viel schlimmer, als Jane es mir beschrieben hat.«

»Du hast mit ihr gesprochen?«

»Ja, gestern. Sie hat angerufen, um mich wegen deinem blauen Auge vorzuwarnen, aber sie hat nicht gesagt, dass er dich so übel zugerichtet hat. Ich schwöre, wenn der Dreckskerl nicht schon tot wäre, würde ich ihn eigenhändig erwürgen!«

Ich nehme sein Gesicht in die Hände und drücke ihm

ganz vorsichtig einen Kuss auf die Lippen. »Das weiß ich doch, Liebling.«

»Ich hätte nicht in Kalifornien bleiben sollen. Ich hätte hier sein sollen, um auf dich aufzupassen.«

»Ich finde, das habe ich ganz gut alleine hingekriegt.«

»Da ist deine Tochter aber anderer Meinung. Sie sagt, du hast dich zu einer Art selbsternannter Nachbarschaftswache entwickelt. Sie meint, ich solle mal ein ernstes Wort mit dir reden darüber, wie gefährlich es ist, sich in Dinge einzumischen, die einen nichts angehen.«

»Darüber reden wir, wenn wir zu Hause sind.«

Aber als wir dann zu Hause ankommen und über die Schwelle treten, verspüre ich absolut keine Lust, über diese Dinge zu reden. Also lassen wir es. Stattdessen bringe ich eine Flasche Chianti ins Wohnzimmer und schenke zwei Gläser ein. Ich küsse ihn, und er küsst mich zurück. Der Monat in Kalifornien hat ihm nicht gutgetan. Sein Bauch ist dicker geworden von dem vielen Fastfood und weil er wegen seiner Schwester die ganze Zeit nicht vor die Tür gekommen ist. Und er sieht müde aus, so furchtbar müde von dem langen Flug. Ich schließe ihn in die Arme, und es ist, als wäre meine Welt mit einem Mal wieder in Ordnung, als wären die ganzen verrückten Ereignisse der letzten Wochen nie passiert. So sollte es immer sein: nur Vince und ich mit einer schönen Flasche Wein, während das Essen im Ofen gart.

Durch das Fenster nehme ich eine Bewegung wahr, und als ich zur anderen Straßenseite blicke, sehe ich Jonas am Fenster stehen und wieder seine Gewichte stemmen. Er schaut nicht in meine Richtung, weil er weiß, dass ich sein Geheimnis kenne. Er ist nicht der, für den er sich ausgegeben hat. Es gibt so viele Geheimnisse, die ich über meine Nachbarn herausgefunden habe. Ich weiß, wer eine Affäre mit wem hatte. Ich weiß, wer in Wirklichkeit gar kein Navy SEAL ist. Ich weiß, welche Nachbarin um ihr Leben fürchten musste. Und, was das Wichtigste ist: Ich weiß, wer sich zuverlässig an meiner Seite in den Kampf stürzen wird, wenn es wieder mal hart auf hart kommt – auch wenn sie dabei husten und nach Luft ringen muss.

Ja, ich habe sie alle ein bisschen besser kennengelernt, und sie haben *mich* kennengelernt. Und auch wenn wir nicht immer einer Meinung sind und manchmal gar nicht mehr miteinander reden und einander ab und zu sogar an die Gurgel gehen – das hier ist meine Nachbarschaft, und irgendjemand muss ein Auge darauf haben.

Und wenn es sonst niemand macht, mache ich es eben.

41

AMY

Sechs Monate später

Ihr blonder Haaransatz wurde immer länger. Jedes Mal, wenn sie in den Spiegel schaute, sah sie die hellen Haare aus ihrer Kopfhaut sprießen wie eine goldene Krone. Seit sie sich erinnern konnte, waren ihre Haare immer schwarz gewesen, und ihre Mutter hatte streng darauf geachtet, den hellen Ansatz alle paar Wochen neu einzufärben. *Das müssen wir tun, um uns zu schützen*, sagte Julianne dann jedes Mal. Ihre Sicherheit – die war der Grund, warum das alles sein musste: das Haarefärben, die Umzüge von Stadt zu Stadt. Die wiederholten Warnungen: *Traue nie irgendjemandem, Amy. Du weißt nie, wer uns verraten könnte.*

Aber dann waren sie nach Boston gezogen, und ihre Mutter hatte einen Job im Café gegenüber des Krankenhauses ergattert, wo sie Dr. Michael Antrim kennengelernt hatte. Sie verliebten sich ineinander, und Julianne verwarf ihren eigenen Rat. Sie wurden eine Familie. Sie waren endlich angekommen, hatten endlich ein richtiges Zuhause, wo sie für immer bleiben konnten. Sie waren endlich in Sicherheit.

Bis zu dem Tag, an dem es der Zufall so wollte, dass Amy von einem Raser angefahren wurde und ins Krankenhaus kam, wo eine Schwester namens Sofia die Narbe auf Amys Brust, die seltene Blutgruppe in ihrer Patientenakte und den blonden Ansatz unter ihrem schwarzen Haar bemerkte.

Und ihre kleine heile Welt brach zusammen.

Jetzt war Amys blonder Ansatz länger als je zuvor, so lang, wie er noch nie hatte wachsen dürfen. Sie senkte den Kopf und fuhr mit den Fingern durch die zweifarbigen Strähnen. Diesmal würde sie sie nicht mehr nachfärben. Sie würde die Haare wachsen lassen; es war ein Teil ihrer Verwandlung, ihrer Rückverwandlung in das Mädchen, das sie einmal gewesen war – ein Mädchen, das ihr immer noch fremd war. Jede Woche würde sie ein weiteres kleines Stück von sich selbst aufgeben, ein weiteres Stück von Amy, so lange, bis das ursprüngliche Mädchen wieder ganz von ihr Besitz ergriff.

Es gab keinen Grund mehr für Lily, sich zu verstecken. Alle Welt kannte jetzt die Wahrheit. Oder einen Teil davon.

Niemand würde je die ganze Wahrheit kennen.

Julianne hatte die Morde an Sofia Suarez und James Creighton gestanden. Es war ihr auch nichts anderes übrig geblieben, denn durch ihren Anruf bei Creighton war sie eindeutig überführt. Ein Anruf, bei dem sie ihm versprochen hatte, er könne endlich Zeit mit seiner lange verloren geglaubten Tochter Lily verbringen. Er war ihnen nicht zum Lantern Lake gefolgt. Er war dorthin eingeladen worden.

Die DNA-Analyse hatte bewiesen, dass er Amys leiblicher Vater war, aber das bedeutete nur, dass es sein Sperma war, das das Ei befruchtet hatte. Er hatte sie nicht heranwachsen sehen. Es war Julianne gewesen, die sie gefüttert und angezogen hatte, die ihr vorgesungen hatte. Die sie beschützt hatte.

Und die sich am Ende für sie geopfert hatte. Julianne nahm die Schuld für beide Morde auf sich, und Amy wurde in allen Anklagepunkten freigesprochen. Schließlich war sie nur ein Opfer, ein entführtes Kind, das im Laufe der Jahre eine so enge Bindung zu seiner Bezugsperson entwickelt hatte, dass die Loyalität ihr Urteil trübte. Sie liebte ihre Mutter, also war es nur natürlich, dass sie ihr die Pistole brachte. Natürlich musste sie lügen, als sie nach dem Tod von James Creighton befragt wurde. Und natürlich würde sie Julianne beschützen.

So, wie ich sie schon einmal beschützt habe.

Sie dachte an das hässliche gemietete Haus in der Smith Hill Road, wo sie mit ihrer Mutter und Bruce gewohnt hatte, als sie acht Jahre alt war. Sie erinnerte sich an den Berghang, der vor ihrem Fenster auftragte, und an den Geruch von altem Zigarettenrauch, der in den Wänden hing. Sie erinnerte sich an all das, einschließlich der fleckigen Tapete in der kleinen Kammer, die ihr Schlafzimmer darstellte. Verblasste blaue Kornblumen. Dort lag sie zusammengekauert in ihrem Bett und lauschte auf die lauten Stimmen im Zimmer ihrer Mutter, während sie mit dem Finger die Umrisse der Blüten an der Wand nachfuhr und über den Riss hinweghüpfte, dort wo die alte Tapete hervorschaute, ein schmuddeliges Grün. Unter den hübschesten Oberflächen wartete immer etwas Hässliches darauf, zum Vorschein zu kommen. Wie viele Stunden hatte sie an dieser Tapete herumgespielt und sich weit weggewünscht, während sie auf Juliannes Schluchzer und das Klatschen von Bruces Fäusten auf der Haut ihrer Mutter lauschte. Und auf die Worte, die er stets wiederholte, um sich Julianne gefügig zu machen: *Wenn ich verliere, verlierst du auch. Wenn du ihnen sagst, was ich getan habe, nehmen sie dir dein kleines Mädchen weg.*

Und dann kam der Tag, an dem all das aufhörte. Der Tag, an dem Amy die Schreie nicht mehr aushielt. Das war der Tag, an dem sie endlich den Mut fand, sich aus ihrem Zimmer in die Küche zu schleichen und ein Messer aus der Schublade zu nehmen. Wenn die Verzweiflung groß genug ist, dann findest du die Kraft, einem Mann ein Messer in den Rücken zu rammen. Auch wenn du erst acht Jahre alt bist.

Aber das Messer drang nicht tief genug ein, um Bruce zu töten, und so steigerte es nur seine rasende Wut. Er heulte vor Schmerz auf und fuhr zu ihr herum, und in diesem Moment war es kein Mensch mehr, den sie da vor sich stehen sah, sondern ein Monster, dessen Rage sich nun gegen sie richtete.

Sie erinnerte sich an seine Alkoholfahne, als seine Hände sich um ihren Hals legten, als er ihr die Luft abdrückte. Und dann wurde alles schwarz, und sie konnte sich an nichts mehr erinnern. Sie sah nicht, wie Julianne das Messer aufschnappte und es ihm in den Leib stieß, wieder und wieder und wieder.

Aber sie erinnerte sich an das, was sie gesehen hatte, als sich der Nebel vor ihren Augen verzog. Bruce, am Boden ausgestreckt, mit glasigen Augen, das gurgelnde Geräusch seines Atems. Und das Blut. So viel Blut.

»Geh in dein Zimmer, Schatz«, sagte ihre Mutter. »Mach die Tür zu und komm erst wieder raus, wenn ich es dir sage. Es wird alles gut, das verspreche ich dir.«

Und es wurde am Ende alles gut. Amy ging in ihr Zimmer und wartete, es kam ihr vor wie eine Ewigkeit. Durch die geschlossene Tür hörte sie, wie etwas über den Boden geschleift wurde, dann ein Poltern auf den Verandastufen. Dann war es sehr lange still. Und viel später das Plätschern von Wasser im Waschbecken und das Rumpeln und Schleudern der Waschmaschine.

Als ihre Mutter ihr endlich sagte, sie könne rauskommen, war Bruce verschwunden und der Küchenboden feucht und so sauber, dass das Linoleum glänzte. »Wo ist er?«, fragte sie.

»Er ist weg«, antwortete ihre Mutter nur.

»Wo ist er denn hingegangen?«

»Das ist nicht wichtig, Schatz. Wichtig ist nur, dass er uns nie wieder wehtun wird. Aber du musst mir versprechen, dass du niemandem erzählst, was heute passiert ist. Nur dann kann uns nichts passieren. Versprich es mir.«

Amy versprach es.

Eine Woche später saßen sie im Auto, nur sie beide. *You and me against the world* sangen sie, als sie die Bruchbude hinter sich ließen. Amy erfuhr nie, was ihre Mutter mit Bruces Leiche gemacht hatte, und sie fragte auch nie. Vielleicht hatte sie ihn auf dem Feld verscharrt, oder vielleicht hatte sie ihn in den versiegten Brunnen geworfen. Julianne hatte immer ein Gespür für Details gehabt; sie hatte ihn bestimmt irgendwo verschwinden lassen, wo er nie gefunden würde. Und sie hatte die Küche so sauber geschrubbt, dass der Vermieter nie erfahren würde, dass an dem Linoleum mikroskopische Spuren des Bluts eines toten Mannes klebten.

Sie hatten so lange alles getan, um nicht aufzufallen, waren so lange von einem Ort zum anderen gezogen, dass sie kaum Freunde gewonnen hatten und nur wenige Bindungen eingegangen waren. Niemand fragte je nach Bruce

Flaglers Verschwinden, es schien niemanden zu interessieren. Nur Amy und ihre Mutter wussten, was in dieser Küche passiert war, in dieser armseligen Bude am Berghang, und keine der beiden würde es je verraten, denn die Liebe verlangte nicht nur Mut, sondern manchmal auch Verschwiegenheit.

Ein Klopfen an der Badezimmertür holte sie abrupt in die Gegenwart zurück. In das Haus in Boston, in dem sie jetzt wohnte.

»Amy?«, rief ihr Vater durch die Tür. »Es wird Zeit.«

»Ich komme gleich.«

»Bist du ... Bist du sicher, dass du sie besuchen willst?«

Sie hörte den Zweifel in seiner Stimme. Und den Schmerz. Obwohl Amy darauf bestand, ihre Mutter alle zwei Wochen zu besuchen, konnte Mike Antrim es immer noch nicht ertragen, Julianne gegenüberzutreten. Mit der Zeit würde er vielleicht verstehen, warum sie es getan hatte. Er würde die Verzweiflung verstehen, die sie an jenem Abend dazu getrieben hatte, zu Sofia Suarez zu fahren und sie anzuflehen, nichts zu sagen. Er würde verstehen, warum sie, als alles Flehen nichts nützte, den Hammer aus ihrer Handtasche gezogen hatte.

Amy verstand es.

Sie warf noch einen letzten Blick in den Spiegel und fragte sich, ob ihre Mutter den blonden Ansatz missbilligen würde. Nach so vielen Jahren, in denen sie sich versteckt hatte, schlüpfte nun dieses neue Mädchen aus ihrem Kokon, jeden Tag ein bisschen blonder, ein bisschen mehr Lily. Sie hatte noch nicht entschieden, ob das eine gute Sache war; sie würde Julianne fragen müssen. Julianne wusste bestimmt die Antwort.

Mütter wissen immer eine Antwort.

DANKSAGUNG

Ein Manuskript ist nur der Anfang. Ich bin dankbar für den unermüdlichen Einsatz und die Kompetenz all derer, die meine bloßen Worte zu einem fertigen Buch werden ließen. Ein großes Dankeschön an meine Verlagslektorinnen Jenny Chen (USA) und Sarah Adams (UK), die geholfen haben, dieser Geschichte den letzten Schliff zu geben; an meine Korrektorin, die mich vor zahllosen Blamagen bewahrt hat; und an meine Verlagsteams bei Ballantine und Transworld für ihren Enthusiasmus und ihre Unterstützung über die Jahre hinweg. Ich danke auch meiner unermüdlichen Literaturagentin Meg Ruley und der unvergleichlichen Jane Rotrosen Agency. Ein Hoch auf Team JRA!

Und an meinen Mann Jacob: Danke, dass du durchgehalten hast! Es ist nicht leicht, mit einer Schriftstellerin verheiratet zu sein, aber du machst das besser als jeder andere.

Alte Spione rosten nicht ...

432 Seiten. ISBN 978-3-8090-2778-2

Über Maggie Bird kann man einiges erzählen: Sie züchtet Hühner, ist eine zuvorkommende Nachbarin und lebt ein ruhiges Leben im idyllischen Purity in Maine. Die Sechzigjährige besucht regelmäßig einen Buchclub, wo sie mit ihren Freunden Martinis trinkt, kann hervorragend mit einem Gewehr umgehen – und sie spricht nie über ihre Vergangenheit. Als eines Tages eine tote Frau in ihrer Auffahrt liegt, weiß Maggie: Dies ist eine Nachricht aus der »guten alten Zeit«, in der sie für die CIA arbeitete. Nun scheint die Vergangenheit sie eingeholt zu haben. Zusammen mit ihren Freunden aus dem Buchclub – alles ehemalige Spione wie sie – nimmt Maggie die Ermittlungen auf ...

Lesen Sie mehr unter: **www.blanvalet.de**

Aufwühlend und mit unentrinnbarer Sogwirkung – der neue Krimi der Bestsellerautoren Tess Gerritsen und Gary Braver

384 Seiten, 978-3-8090-2748-5

Taryn Moore ist jung, attraktiv und brillant – warum sollte sie sich umbringen? Detective Frankie Loomis spürt sofort, dass mehr hinter der Geschichte steckt, als sie den Tatort des vermeintlichen Selbstmords untersucht. Die Studentin hat sich aus dem Fenster ihres Apartments gestürzt. Doch ihr Handy ist spurlos verschwunden. Hat es jemand verschwinden lassen, um Spuren zu vertuschen? Für den Englischprofessor Jack Dorian war Taryn die vollendete Versuchung: intelligent, aufmerksam und zu hundert Prozent tabu. Doch Taryn hatte auch eine dunkle Seite, eine Neigung zu obsessiver Liebe – auch für Jack. Und mit ihrem Tod haben seine Probleme erst richtig begonnen. Loomis' Ermittlungen enthüllen pikante Geheimnisse. Schnell wird klar, dass Jack Dorian mehr weiß, als er offenbart. Doch hat er auch einen kaltblütigen Mord auf dem Gewissen?

Lesen Sie mehr unter: **www.limes-verlag.de**